金大
著

炮灰朵朵开

青岛出版社
QINGDAO PUBLISHING HOUSE

图书在版编目（CIP）数据

炮灰朵朵开 / 金大著. -- 青岛 : 青岛出版社,
2018.6
ISBN 978-7-5552-6634-1
Ⅰ. ①炮… Ⅱ. ①金… Ⅲ. ①长篇小说－中国－当代
Ⅳ. ①I247.5

中国版本图书馆CIP数据核字(2018)第012593号

书　　名　炮灰朵朵开
著　　者　金大
出版发行　青岛出版社
社　　址　青岛市海尔路182号（266061）
本社网址　http://www.qdpub.com
邮购电话　010-85787680-8015　13335059110
　　　　　0532-85814750（传真）　0532-68068026
责任编辑　郭林祥
责任校对　耿道川
特约编辑　李金旺
装帧设计　苏　涛
印　　刷　三河市南阳印刷有限公司
出版日期　2018年6月第1版　2018年6月第1次印刷
开　　本　16开（700mm×980mm）
印　　张　18
字　　数　260千字
书　　号　ISBN 978-7-5552-6634-1
定　　价　59.80元

编校印装质量、盗版监督服务电话　4006532017　0532-68068638
建议陈列类别：畅销·言情小说

目录

CONTENTS

第一章

“哎呀，姐们儿，你不管别人，你还不管我吗？”刘乐乐一边往外小跑着一边讲着电话，她身上还挎着个超大的包呢，手里更是提着几个购物袋。

她走路速度还极快，最近她都要忙死了，结婚的事儿真是让人一个头两个大，她都要忙晕过去了。

那头的手帕发小林妙涵可不大给她面子，直嚷嚷着：“是姐妹儿就别坑人啊，你看看你给我捅的娄子！”

刘乐乐已经到了停车场内，她打开车门，一坐进去就连连说道：“哎呀，一个酒店的服务生嘛，打扫卫生的而已，还需要什么学历啊……”

“问题是你男人不识字啊！”林妙涵简直都想把手伸到手机里去拽这二愣子刘乐乐的耳朵，有这么没谱的人吗？找对象找个纯文盲啊？！

现在出去打听打听，二十多岁不瘸不傻的文盲大小伙子啊，她这是打哪儿淘换来的青梅竹马啊，满城都不见得能碰见一个的奇葩硬是让她捡着了。

要是谈恋爱就算了，现在整这么个玩意儿来，这没脑子的刘乐乐还非要嫁给人家。

林妙涵简直都想代替刘家打这死脑筋的刘乐乐一顿。

不求男人有车有房就算了，也不能赔钱到这样的地步啊？！

而且那男人还是从什么山里来的，既没财产，也没啥技能，人看着也呆呆的……

林妙涵简直都怀疑刘乐乐是不是让人下了蛊了！

那头刘乐乐早软了下来，对着手机装可怜地博取着同情：“哎呀，妙涵，你也知道他的情况了，你说我们都要领证了，你要是开除了他，我们可怎么活啊……再说他干活多任劳任怨啊，让加班就加班，让通马桶就通马桶，你见过这么老实肯干的人吗？你先坚持半个月，等我们正式结婚了，你爱怎么处置他就怎么处置他；可现在要是他丢了工作，我估计我妈就得急了，到时候非给我们掀了婚桌不可……”

“别说你妈了，我都想掀你婚桌啊。你脑袋让糨糊糊住了，你喜欢他什么啊，他人是长得不错，可问题是长得不错能当饭吃吗？再说了，这个人你没觉着很古怪吗？成天不是发呆就是愣神，别人休息的时候都是聊天打屁，打打小牌，他倒好，闭气打坐？！我听人说的时候我都不敢相信，后来我亲自去看了看，我差点没疯了！那动作那姿势，简直就是个神经病嘛！”

刘乐乐倒没觉着自家男人有啥不好的，他就是怪了点嘛，可人是顶好的，对她也是一心一意的，再说陈天佑从小就那样，她也都习惯了。

而且她都想好了，等他们一结婚，她就凑钱给陈天佑开个奶茶店啥的，到时候把小店铺打理好了也算个营生。

再说她本身能赚钱，她也不在乎陈天佑没啥本事。

唯一让她忧心的是，她都跟陈天佑提了好几次拿户口本领证的事儿了，每次老实巴交的陈天佑都支支吾吾的，她就总觉着陈天佑是不是有什么事儿瞒着自己。

刘乐乐在手机里安抚了林妙涵几句，林妙涵其实也没想真开除了陈天佑，毕竟陈天佑干活还是不错的，也算是任劳任怨、干脆利索，她就是特不能理解刘乐乐图的啥。

可是硬要拆散了这两个人吧，林妙涵又觉着过意不去，主要是那两个人就是一对呆子，只要坐在一起，就跟连体婴似的，只会看着对方笑。

孤家寡人的林妙涵看了都会觉着感动，觉着刘乐乐跟那个神经病陈天佑感情是真好，只是一想到刘乐乐今后的生活，林妙涵就觉着特不靠谱。

简直就跟看着刘乐乐要进火坑一样，那种啥都没有的男人，刘乐乐也真是敢嫁。

刘乐乐却是个乐天派，不管别人怎么想，她都无所谓的，有情饮水饱嘛。

她高高兴兴地到了家里，把车停在楼下，大步流星地往自己的小两居跑去。

这个小区当初可是她精挑细选的，小区环境是真好，就是离市区远一些。她选的顶楼，除了两居室外，顶楼还额外赠送了个四十平方米的大平台。

她都想好了的，到时候她就把平台归置归置，弄个空中小花园，偶尔有心情了还可以弄弄烧烤，还可以欣赏欣赏小区中心景区的美景。

她把自己买的大包小包的东西放下，也不多做休息就挨个打开袋子，把里面的东西拿了出来。

袋子里是一些挂件，还有一些生活小用品。厨房的整体橱柜已经都弄好了，虽说是超级环保的材质，不过她还是习惯性地打开窗户通风，然后就拿了个凳子，站在上面丁零哐啷地钉钉子准备挂相框。

相框是昨天才取回来的，是她跟陈天佑的结婚照。刘乐乐算不得让人惊艳的大美女，可是长相顺眼耐看，她歪着头打量照片上的自己，真是越看越喜欢。

她没想到轻易不化妆的自己，偶尔化一次妆竟然会这么出挑漂亮。

刘乐乐忍不住地自恋了下，就是跟她甜蜜蜜的笑容比起来，陈天佑的笑有点过于腼腆了。

在记忆里，陈天佑就不怎么爱笑，还有点老气横秋似的。

他们算是货真价实的青梅竹马，在早些年刘乐乐上小学的时候，因为她父母工作忙，寒暑假时她就被送到了山里的奶奶家，也因此认识了隔壁的怪小孩陈天佑。

跟普通的男孩子不一样的是，这个陈天佑吧，总是稳稳的，不管做什么都是一副大人样。

他们可以说是一见如故，平时不怎么喜欢跟人相处的陈天佑，几乎是打第一眼看到她的时候就喜欢上她了；她也是那样的感觉，自从第一眼看到陈天佑，就觉着他特别亲近，特别让她放心，只要看到对方的脸就会由内而外地开心起来。

那可真是两小无猜，两个人就在山里到处玩，去小溪流里捞小鱼，偷偷摘别人家的果子吃。虽然陈天佑人很乖，可架不住刘乐乐皮得跟个小子似的，到处调皮捣蛋。

从小学到初中都是那么过来的，直到高中时，刘乐乐的父母才觉出来，自家的女儿越来越向山里野人发展了，简直都没个女孩子的样子，等再过暑假的时候，死活都不放刘乐乐去山里了，最后硬是花大价钱给她报了无数个补习班、学习班。

刘乐乐那段时间差点没被那些该死的补习班烦死，几次想跑都被她妈追着给撵了回来。

一直熬到暑假即将结束。

刘乐乐记得很清楚，那天她正无精打采地等公交车呢，偶然一抬头，就看见了对面风尘仆仆的陈天佑。

在那之前，这个傻瓜陈天佑可是从没出过山的……

可在那个暑假，他不光出了山，还赶了六十多公里的路，从山里到县城，又从县城到城市……就这么独自一人赶了过来。

一路走走停停地边打听边找，找到了她。

那是一幅被记忆静止了的画面，那种悸动还有心疼的感觉，在瞬间就溢满了她的整个心脏。

刘乐乐至今都记得她看到陈天佑时的心情。

也是从那一刻起，她一发而不可收地喜欢上了陈天佑，想要跟陈天佑就这么长久地在一起。

现在梦想就要成真了，刘乐乐也早就有准备，她知道陈天佑不是赚大钱的人，所以她工作起来格外认真努力。

本来她只是销售部的小文员，可自从打定主意要养家糊口后，刘乐乐二话不说就挽起袖子做起了销售。

他们这个五金机械行当一向都是男人的世界，倒不是性别歧视，实在是女性想打入那个行业太难了。

可是刘乐乐不信这个邪。

刚开始工作时并不怎么顺利，她面对的客户群很杂，而且不光要博得老板的好感，还需要跟客户公司内部的操作车间主任搞好关系……

这样就需要方方面面都想到、做到了，而且那些工厂里的大老粗，谁也不把身材这么瘦小的小丫头放在眼里。

可刘乐乐是个有韧劲的人，除了苦学技术，她还特意磨炼了自己的酒量，在公是能说会道、技术过硬，在私是干脆利索，一点不扭捏，在酒桌上更是强硬得跟个汉子一样，不管那些人打的什么主意，刘乐乐二话不说都接了过去，让闷几口就闷几口，那豪爽劲儿，喝酒简直就跟喝水一样，渐渐地刘乐乐让那些人刮目相看起来。

靠着这一路的摸爬滚打，没多久刘乐乐硬是杀出了一条血路，破天荒地在向来由男人称霸的销售界订到了两个单子，在那之后，刘乐乐算是正式走上了康庄大道。

那薪水也是水涨船高地多了起来，一年多下来，不仅公司给她配了车，她还凑够了房子的首付。

她打算用上三年的时间好好地拼一把，把房贷都还了，不过在那之前，她还得帮陈天佑琢磨个小店。

刘乐乐精打细算地琢磨着往后的日子，她有颗精明的小脑袋瓜，哪些钱该怎么用，日子该怎么过，那都是又琢磨又算计的。

她边琢磨着边挂着相册，都挂好后，她又拿出那些摆件，挨个找合适的位置摆弄着。

她正摆放着，忽然听见有人在敲门。

她起初还以为是听错了呢，仔细听了一会儿后，她终于确定自己并没有听错，还真是有人在敲门。

这下刘乐乐可有点儿纳闷了，这房子她才买没多久，就连闺蜜林妙涵都没来得及款待呢，陈天佑和她父母那儿又都有钥匙……

这个点儿了是谁啊？

她疑惑地走过去对着猫眼往外看了看，就着楼道内的照明灯，看到了一幅诡异的画面，门外居然站着几个面色阴沉的陌生男人。

她当下就吃了一惊，而且那些人吧，还个个都穿着黑西服……

现在这片儿治安不太好，她也没敢贸然开门，隔着门回了一声：“哎，你们找谁啊？”

她说话的时候还觉着对方是找错地方了呢。

结果很快就有人回道：“请问这里是陈天佑的家吗？”

这次回答的是个很娇弱的女声。刘乐乐又往猫眼里望了一眼，刚才大概是那些高大的男人挡住了这个女孩，此时刘乐乐才看清楚门外的这个女孩。

那女孩吧，挺奇怪的，做销售的见多识广，刘乐乐也不是没见过漂亮的女孩，就算是明星她也亲眼见过几个，可是门外的这个女孩跟她所见过的那些女孩都不大一样……

她说不出来那种感觉，就是对方站在那儿，就好像一幅画、一尊雕像一样，很沉静，很安详……有那么点仙风道骨的感觉……

刘乐乐都被这种感觉惊到了，她隔着门应了一声。往日能说会道的刘乐乐，到这会儿也有点卡壳了，就跟反应不过来了似的，纳闷地接了一句："是、是陈天佑家。你们是……"

"我是他妻子。"门外的女孩很快地说道，"我来找他。"

什么？！

刘乐乐当下就蒙了，她打开了门，把头探出去上下地打量这些人。

那女孩自然是没得说，可奇就奇在女孩身后的那些人身上，那些男人穿着黑西服，可给人的感觉一点都不凶，反倒都是斯斯文文的。

而且刘乐乐发现这些人都戴了个家徽似的东西，那女孩的连衣裙腰带扣就是那个徽章，其他的那些人则统一地在衣服袖口处绣了那么个东西。

刘乐乐原本想破口大骂的，可对上这些人后，不知道怎么的忽然气势就弱了下去。

她也就把那些骂人的话收回了肚子，只手扶着门，瞪着那女孩，问道："你是谁老婆？"

"陈天佑。"对方平静地望着她，那眼神简直就跟看个孩子似的。

刘乐乐绝对不是善茬儿，可不知道怎么的，被那双眼睛看着，她却怎么也骂不出来了。

不过她依旧不客气地说道："喂，有满地上捡钱的，现在还流行满地方捡老公啊？空口白牙的你说什么啊你？！"

对方却也不恼怒，只淡淡地望着她。

那副清高的样子，刘乐乐简直都想拿酱油倒她一脑袋。

"是不是，你叫他回来一问便知。"对方说话怪腔怪调的。

刘乐乐迟疑了下，主要是这个女孩长得挺漂亮的，气质也不错，她身后那些人穿衣打扮、长相也不像是满世界蒙事的，难道里面真有蹊跷？！

这么一想，刘乐乐也就迟疑起来。

就在她迟疑之际，那些人显然是要进门，纷纷做出一副要往刘乐乐家进的样子。

刘乐乐可不是什么善男信女，别人欺负到脸上了，她不拿扫把给那些人轰出去就算不错了，还想跑进她家来？！

做梦！

所以她二话不说就把门重重地合上了，站在屋内，她非常不客气地回道："你等着，我这就打电话叫陈天佑回来，不过你们别在我门口堵着了，下楼去等！楼道都被你们堵满了，你们有没有点公德心？！"

她这么噼里啪啦地说完后，那些人倒是心平气和得很，居然很快就都下楼去了。

刘乐乐真是又窘又气，她激动得手指都在哆嗦，摸出手机拨号的时候，手指都按错了几次数字，可是很快她就冷静起来，这事儿怎么想也不对劲儿！

她跟陈天佑可是青梅竹马，从小一起长大的，再说了，就算她上大学的时候两个人见面见得少，可是她在山里的大伯也不是摆设啊，她结婚请柬都发过去了，要是陈天佑在村里结过婚，她大伯没道理不告诉她。

刘乐乐急急地打着电话，电话一接通她就对着那头喊道："你下班了吗？"

"快了。"他说话从来都是慢悠悠的。

陈天佑声音低沉喑哑，平时听起来特别悦耳性感，但这个时候刘乐乐都要被气死了。

刘乐乐沉不住气了，急急地说着："先别干活儿了，你赶紧回来。你不知道多恶心，有个女人找过来了，还非说她是你老婆！真恶心死我了，真没见过这么不要脸的！"

那头明显也是愣了一下，平时刘乐乐爱开玩笑，估计陈天佑还以为她在开玩笑呢。他无奈地笑了笑，回道："别闹了乐乐。"

"我没跟你闹，对方已经堵在门口了。你快过来处理下吧！"

放下电话后，刘乐乐就坐在沙发上等着，只是左等右等都没等到，她估摸着时间，陈天佑应该回来了啊。

她也就走到飘窗那儿，往外看了一眼。

这一眼看得可好，刘乐乐差点没被眼前的那一幕给气背过去。

陈天佑正站在那个女人面前，两个人靠得很近，看样子都不知道谈多久了。

刘乐乐火往头顶上撞，二话不说拿了钥匙就往楼下跑。

结果等她三步并作两步乘着电梯到楼下的时候，别说陈天佑了，之前在她门口的那些人都不见了踪迹。

刘乐乐不信邪地在小区里找了一圈，最后她才觉着不对劲儿起来，她忙掏出手机来给陈天佑拨了过去。

关机了！

刘乐乐这个气啊。

她赶紧上了车，这个时候她什么念头都没有了，就是想赶紧找到陈天佑，扯着他的脖子质问他到底是怎么回事，为什么他回来不先跟她解释，反倒跟那些人跑了？！

还是他真有什么事儿瞒着自己？！

刘乐乐开车沿着各个路口找。

这个路段很偏僻，一眼望过去路面上都没有什么车，而且交通四通八达的，她也不知道该到哪里找去。

她不断地开车兜着圈子，心里都不知道自己要的是什么。

就这么一遍遍地找着寻着，到了最后她终于想明白，陈天佑真的是跟那些人走了，而且走得还那么果断，现在都不肯接她电话了。

她抑制不住激动地就给林妙涵去了个电话，到了这个时候她的声音都带上了哭腔，在电话里跟急疯了般地说着："妙涵，我想杀人啊！"

林妙涵在那头刚刚吃了饭，正在做面膜呢，一听刘乐乐这个话，吓得脸上的水果面膜都掉地上了，她一个挺身就从沙发上坐了起来，急急地问着："乐乐，你怎么了？你在哪儿呢？你别干傻事啊！你冷静冷静，我这就过去……"

"你别怕……我还没找到他们呢……"刘乐乐吸了下鼻子，慢慢把车停在路边。她从车里走出去，拿着手机一边瞄着路上的行人，一边泛着泪花地说道："我被小三了！陈天佑的老婆找过来了，我真傻，真就应了那句话了，图什么都别图他对你好，我就图他对我好，人老实，是个过日子的人，可现在好了，我这一跤跌得太狠了……我怎么他了，他要那么对我……他都有老婆了干吗还要骗我啊……"

林妙涵也是莫名其妙的，哪儿有这样的事儿啊，就陈天佑那样的，帅是帅，可是就那条件的也玩脚踩两只船？！天下的女人都不长脑子的吗？

林妙涵心疼坏了，她是知道刘乐乐多么喜欢、在乎陈天佑的。当年为了跟陈天佑在一起，刘乐乐可是跟家里都闹翻了的。刘乐乐这两年这么玩儿命工作，不就是为了给两个人创造好的物质基础嘛！

现在都水到渠成了，居然出了这么狗血的事儿。

林妙涵也就想着过去找刘乐乐。

刘乐乐不想麻烦闺蜜大老远地跑过来，她又吸了下鼻子说："算了，我过去找你吧，今晚就在你家睡了……我估计我要回去，保不准能把新家具都砸了……"

还有那些结婚照，她一想起来心口都疼。

林妙涵见了刘乐乐后，也不知道该怎么安慰她。

实在是陈天佑满身的槽点，就那个没钱买房、没学历的笨蛋，刘乐乐这么一心一意地跟他，简直就是陈天佑祖坟冒青烟了。

可是听着刘乐乐的话，林妙涵也觉着不可思议，怎么想都想不明白那个陈天佑打哪儿跑来这么一个老婆。

但要是没问题的话，他陈天佑干吗不当面锣对面鼓地解释清楚啊？

现在跟人跑了又是怎么回事啊？

林妙涵给刘乐乐热了牛奶，又拿了冰块给刘乐乐敷敷眼睛，不然就她这么哭，明天眼睛非肿了不可。

其间林妙涵用自己的手机也给陈天佑去了几次电话，依旧是关机。

刘乐乐迷迷糊糊地哭着睡着了，第二天很早她就起来了。

她就跟什么事儿都没发生过一样地去上班，中间除了偶尔给陈天佑去电话，就是问问林妙涵那儿的情况：陈天佑是在林妙涵那儿打工的，如果林妙涵看见人了，肯定会告诉她。

结果一天下来刘乐乐啥都没等到，陈天佑依旧是无影无踪。

稍晚些时候，她连晚饭都没吃，就直接开车去了大伯家。

她大伯就住在山里，这些年因为她跟陈天佑的事儿，她大伯没少挨刘乐乐妈的埋怨，她大伯也时不时地劝她别找那个穷小子。可是在人品上，她大伯从没说过陈天佑的坏话。

现在她倒要去问问她大伯，一直没出过村的陈天佑这老婆是打哪儿来的！

她去的时候，她大伯家正在吃饭，桌子上摆满了烙饼、大葱、黄豆酱。

她大伯家人口多，一见刘乐乐都热情地站了起来招呼她。

刘乐乐眼圈当即就红了。

陈天佑的事儿，除了她的闺蜜，她都不敢跟家里讲，现在见到大伯一家，她心里那个难受劲儿就别提了。

她忍着眼泪，把陈天佑的情况一五一十地跟大伯说了。

大伯也是大吃一惊，在那儿直说："尼个不可能，尼小子怎么能结婚喽尼，偶（我）记得清清楚楚的，他就喜欢上山发呆，也不干农活，也不出切（去）打工去，谁家好闺女愿意嫁他也，除了尼个轴丫头……"

话才说到一半，大伯家的儿媳妇实在听不下去了，忙扯了扯自己公公的衣角。

大伯这才赶紧收住话头，都这个时候了，不是训自家孩子的时候，既然是找他来了，他怎么也得给自己的大侄女撑腰去！

再说老刘家都不是孬人，大伯二话不说就带刘乐乐去抄陈天佑的老窝去了。

不过按大伯说的，陈天佑家里也实在是没啥人了，他本来就是被光棍爹捡来的。

自从光棍爹去世后，这个家里就只剩下了陈天佑一个人。

那小子就守着两亩薄田凑合着养活自己……

现在大部分山里人都在路边建房子，图的就是交通方便，只有家里条件困难的才会继续留在以前的老村里。

陈天佑的家不光是在老村里，还是老村里顶靠后的位置。

还没走到呢，那种破落荒凉的感觉就已经渐渐地渗透出来了。

夜晚村里也没有路灯，天色渐渐地暗了下来，幸好天上的月亮还算挺亮的。

借着月光，两个人终于找到了陈天佑家。

那是一道漆黑的大门，只是年头太久了，门上的黑漆脱落了不少，大门中间锁着一把带着锈迹的锁，那锁也并不大。

她大伯力气很足，一脚就把那门给踹开了。

刘乐乐推开门走进去，黑黢黢的院落，杂草丛生，她刚走进去没几步，就觉出阵阵的阴冷来。

这院子冷清得不得了。

自从父亲去世后，陈天佑独自在这个地方住了五年……

她一边往里走，一边想着……

其实看到那把锁的时候，她就知道自己扑了个空……

她站在空荡荡的院子里，大伯也是有点无措。

两个人一时间都没有出声。

刘乐乐想起好多以前的事儿，她的脑子很乱……

她低头看着院子中间摆的那几个花盆，那是她从城里买了送给他的……

那时候她在上大学，他们见面见得少，看着宿舍里的女孩可以跟男朋友打电话联系，她可羡慕了呢，可陈天佑压根儿不知道手机是什么东西。

后来她把她妈淘汰的那个手机拿给了他，手把手地教他怎么用……

她还给他偷偷地交过电话费……

他们还是亲情号码……

现在也是……

她推开房间的门走了进去，一股发霉的味把她呛得够呛。

房间倒还是记忆中的样子，她小时候在陈天佑家玩过好多次，没想到这么多年过去了，这个地方还是那个样子，没有一点变化……

她想起小时候陈天佑告诉她的，他说不明白为什么他总是记不住文字，不管怎么教都学不会，可是他却可以知道好多别的事情，只要碰触一个人的手，他就可以知道那个人以前的事儿……

那时自己一点都不相信，还把手放在陈天佑手里让他猜，结果陈天佑都猜对了……

后来渐渐长大了，陈天佑倒是不再说那些话了，她偶尔问起，他也只是说那些都是小孩子的胡言乱语……

就在这个时候刘乐乐忽然觉着自己的手机震动了下，她赶紧拿出来，就见手机上显示了这么一条短信："对不起，我不能同你结婚了。"

陈天佑是不识字的，开始两个人没法用短信交流，后来还是刘乐乐找了好多资料，才给陈天佑找了这么个语音转换汉字的手机软件，可以把声音转换成短信发给她……为了更好地使用这个软件，陈天佑还刻意练习了好长时间，可因为汉字同音字太多了，错误总是避免不了。

像是"晚上要吃什么"，经常会被转换成"晚上要是什么"……

不过两个人都不在意，不管是被语音转换成驴唇不对马嘴的留言，还是留言被一个干巴巴的女声复述出来，对两个人来说都是非常新奇好玩的事情……而且，两个人总能在那些错误中，很快地猜出对方的意思……

只是当初的自己肯定做梦都不会想到，有一天陈天佑会把这个功能用在这个上……

等刘乐乐再打过去的时候，对方的手机又传出了电话已关机的提示音。

刘乐乐静静地握着手机站在那儿，在无数遍听到提示音后，她终于不再重拨号码了。她平静地走到院子里，捡了块砖头，什么话都不说，开始砸陈天佑家的窗户……

刘乐乐把能砸的玻璃都砸了，最后还觉着不过瘾，索性拿起手机就拨了个号，她是做机械行业的，平时认识不少行业内部的人，包括一些司机之类的。

此时周折了一番，很快就找到了适合的车型，对方也愿意连夜赶过来。

为了显示对她的重视，她找的中间人也跟过来了，一见到她就笑呵呵地说："哎，刘乐乐，我说大半夜的你着什么急啊，非要赶这个时间点推房子，你可真迷信，这个点儿能摸着五百万彩票是怎么的……"

刘乐乐也不多说什么，她在电话里只说是需要帮家里亲戚推倒房子，家里迷信特意算的晚上的时间。

此时人和车到位了，她找好了位置，一声令下。陈天佑家的房子本来就破，平时雨下大点、风刮紧点都颤，现在那几乎是不费吹灰之力，很快房子就轰的一声倒了下去。

反正这地界只有陈天佑家一幢破房子，再加上那房子是真破，刘乐乐叫来的那拨人也没多怀疑。

再说房子里都是破凳子烂桌子的，玻璃还都碎了，里面家具东倒西歪的，那些城里人自然也没觉出不对来。

很快房子就被推了个干干净净，村里深处住的人少，而且距离都隔得远，这么晚了出了声响，也就几个本村的老人在远处观望着，可半天也没人敢靠前。

刘乐乐身上没带那么多现金，跟人打个了招呼，写了个字据，就把那些施工人员送走了。

剩下的时间里，她就坐在这片废墟中发呆，她之前已经打发大伯回去吃晚饭了。

现下这地方只剩下她一个人。

一阵阵的小风吹过来，她觉着身上一阵一阵发冷。

看着满目疮痍，她却没有一点复仇发泄后的畅快淋漓，她只是冷冷地看着这一切。

她不是所谓的胜利者，她是感情上彻头彻尾的失败者，她只能抓到所有跟陈天佑有关的东西来发泄自己的不满，可是最该负责她情绪的那个人，却连她的电话都不肯接！

她努力积极奋斗的人生，现在都变成了一个笑话。

她所谓的不追求物质的爱情，也成了羞耻。

她现在就是这么一个货真价实的炮灰，成了别人郎情妾意的陪衬。

她大伯大概是听见她推房子的信儿了，急匆匆赶来的时候，刘乐乐正要往村外走。她也不解释什么，只是平静地对大伯说道：“大伯，要是陈天佑知道房子的事儿，你也别跟他废话，就让他找我算账，我等着他……”

她大伯也是被这虎丫头给镇住了，从小到大知道刘乐乐脾气拧巴，像个小子似的，可是也没想到这丫头能虎成这样。

这孩子是真被欺负得急眼了，她大伯也就哎了一声，回道：“尼不可能，他小子不能那么做，他拿什么脸找你咧……”

刘乐乐也不说什么，走到村外上了自己的车，跟大伯告辞后，她一夜风驰电掣地又回了自己的新房。

回到新房后，刘乐乐也没闲着，她把之前的婚纱照、摆件那些七七八八的都摔了踩了扔进了垃圾箱里。

新房里只要有一点陈天佑痕迹的，她都毫不留情地收拾掉。

她现在唯一庆幸的就是自己虽然看着大大咧咧的，可是行为很保守，跟陈天佑还没领证呢，也就没想别的，更没有婚前同居的想法。

如果真跟陈天佑有了什么亲密接触，那才叫恶心到家了呢。

饶是这样，刘乐乐还是把床单、被罩，那些当初跟陈天佑一起选的东西都团一团扔了。

第二天刘乐乐照常上班、下班、吃饭，跟人嘻嘻哈哈的，在外人看来，那是一点端倪都没有。

其实刘乐乐的心都在滴血，她跟陈天佑结婚的日子早就定了，她身边的人十有八九都是知道信儿的，她实在不知道该怎么应对这件事，该怎么告诉大家，那个她不顾一切地喜欢的男人，连个面都不见就走了……甚至都不肯接她的电话，告诉她个明白。

家里她也没告诉，不过，她估计大伯很快就会把这件事儿告诉她妈。

她现在什么都懒得做，只是工作上每天都忙个不停，一点不敢颓废、堕落、松懈，她不想让自己输人又输阵，照旧每天卖力地工作着。

倒是没几天刘乐乐的妈就兴高采烈地打来电话了，估计是听了她大伯的话，那高兴劲儿啊，简直就跟劫后余生一样。之前磨破了嘴皮子都没劝住刘乐乐，现在简直是眉开眼笑的，而且，有了陈天佑这么摊狗屎比对着，在刘乐乐妈的心目中，只要不瘸不傻、能认字的男人就算合格了。

刘乐乐也没心情去相亲，每次都推说工作繁忙，不过最近工作倒也正是在关键时刻，就连林妙涵好心地想找她逛逛街散散心，她都没时间。

她在电话里忍不住地抱怨道："别提了，妙涵，最近我天天加班呢。我们公司有一笔大单，是跟上善公司做的，本来都谈得差不多了，不知道他家老总是怎么了，脑抽了还是被驴踢了，非要亲自过来看看，这下好了，我们公司从上到下都跟迎接第三次世界大战似的……"

林妙涵是做服务行业的，对各家公司的规模情况都很了解，平时酒店做活动没少遇到那些商界大亨，这下她都瞪大了眼睛，上善？！

那种大公司的老总，那怎么可能？

刘乐乐所在的公司在他们市也算是数一数二的了，可是跟那种跨国级别的集团公司怎么比啊?

林妙涵也就以为自己听错了，肯定是什么分公司区域的头儿要过来。

其实不光是林妙涵，就连刘乐乐也觉着这事特别费解，那老总绝对是脑子有病。

刘乐乐现在睡眠严重不足，标书是过了一遍又一遍，就这么脚不沾地地忙着，那天终于到了。

一大早，公司老总就跟打了鸡血一样，在会上说得又是动情又是激情澎湃地喊口号的。

不过，等大家严阵以待等着对方进厂房看设备的时候，对方却只来了几个人，走了走过场。

这下就更诡异了。

那上善老板是来做啥的?不远千里来消遣他们?!

这么一来之前的工夫可都白做了。

刘乐乐就觉着心里老大不乐意的。不过等晚些的时候，刘乐乐正准备收拾了东西回家，部门经理急急地走了过来，对她说道："刘乐乐，你等下。把东西收拾收拾，标书拿好了，赶紧地！一会儿上小李的车，这次接风宴你也跟着……到时候你可机灵点儿，这次咱们部门谁都没带，就带你，你可得给我长脸。"

刘乐乐简直是大吃一惊，她没想到这种上层人士才会参加的接风宴，居然也会轮到自己。

不过去就去，她倒也不憷那个。

倒是她收拾好东西上车后，一见到车后座上的人，她就愣了下。

因为车内的人，可不是公司里的什么同事，而是老远见过几次的老板的独生女儿孟笃静。

她记得老板的女儿好像才刚上大学吧，这小丫头现在打扮得可够漂亮的，从头到脚简直都被名牌挂满了，不知道涂的什么眼影，看人的时候眼睛显得特别夸张，简直都带钩子似的。

刘乐乐就有些纳闷。

而且，老板的女儿傲气着呢，从小养尊处优的，对公司里的员工从来都是看都不看一眼。这个时候刘乐乐坐了进去，就跟要区分开自己跟庶人似的，自家老板的女儿很快地挪了挪位置，像是为了凸显出两个人不是一个阶层的，特意把脸扭向了另一边。

刘乐乐也没讨好巴结的念头，她又不是靠拍马屁吃饭的。

对方那么不屑跟她靠近，她索性也就掏出手机来随便刷了刷网络新闻什么的。

不过她就是挺纳闷的，这种节骨眼，这小丫头过来干吗？

等到了地方，大家分宾主落座后，刘乐乐才明白过来。

就这个座次，她一看就知道有猫腻了。

大老板特意把宝贝女儿安排在那个位置上，按规矩来说，那可是紧挨着对方一号人物的位置。

再加上老板女儿那个跃跃欲试的样子，简直就差给自己脸上写“待字闺中”四个字了！

刘乐乐冷眼旁观着，心说自家老板真是疼女儿疼得都不分东西南北了，这种场合也想给自己划拉个女婿啊……

不过看公司大小姐孟笃静的那副样子，倒真是挺上心的，中间几次伸长着脖子往外看。

刘乐乐收敛了眉目，她知道自己也就是个陪衬，是为给领导救场子才来的，万一遇到技术上的问题，她还得硬着头皮上呢。

她就在心里琢磨着一会儿的事儿，那些数值啊还有各种应对的办法……

对方的那些情况，其实她了解得也不多，多是会上公司公关部的人说的那些，什么对方的执行总裁别看是海外留学的，可是走的是纯中国风，只吃素，不喝酒……

她正琢磨着呢，门口忽然响起脚步声，刘乐乐下意识地抬头看了过去。她全副武装地想要迎接贵客，哪儿知道等最前面的人走进来后，她惊得整个人都从椅子上跳了起来，而且因为动作幅度太大，还撞到了她面前的餐桌。

餐桌上摆的那些漂亮的水晶杯也跟着摇晃了下，撞击中，发出刺耳的声音……

一时间，所有人都看向了她……

刘乐乐也是吃惊不已，她愣愣地看着对方的脸孔。

不过等那人走近后，刘乐乐终于瞧清楚了那人的长相，她立刻就知道自己失态了。

这个人怎么可能会是陈天佑嘛！

也就是眉眼跟陈天佑相似而已……

其他人一见这样，也纷纷站了起来，在那儿寒暄着。

等寒暄完，刘乐乐尴尬无比地坐了下去，她都不敢看左右人的脸色了，她估计他们部门的领导掐死她的心都有了。

刘乐乐接下来想好好表现表现，努力把之前丢的面子挣回来，而且后来她表现得也的确不错，遇到技术上的问题，回答得既快又准确。

就在刚才介绍的时候，她已经知道了，让她激动得跳起来的人正是上善公司的执行总裁。

她挺意外的，因为真没想到对方会这么年轻。

她也终于明白为什么老板女儿这么积极了。

就水承泽这副样子、这个身家，不招女人喜欢才怪呢。

而且看上去水承泽这人蛮随和的，席间跟人说话，没有一点总裁的架子。

那么大一家公司的当家人，在他们这种中等规模的公司面前，也是谦和得不得了。

对老板女儿的追捧撒娇那些，对方也都非常有礼貌地应对着。

只是刘乐乐刚经历了情伤，她也无暇欣赏美男，再说了，对方长得跟陈天佑又那么像，她看多了，没准儿还会恶心到自己呢。

她也就陪衬着闷头吃饭。

在酒足饭饱、对方要告辞的时候，刘乐乐倒是忽然注意到一个不寻常的东西。

在水承泽的衣服上隐约有那么一枚徽章，她觉着特别眼熟，仔细一想，她立刻就想了起来，之前声称是陈天佑老婆的那个女人就戴着这种徽章的腰带……

那些人身上也都有这么个东西。

刘乐乐一看到这个心里就是一惊，不知道这是巧合，还是中间真有什么联系。

再加上这个水承泽跟陈天佑长得又有七八分相似，刘乐乐就很想探求一二。

她原本在外围站着，此时也就刻意地往里凑了凑。

结果一个没留神，挎在胳膊上的小包顺着胳膊掉在了地上。那原本也没什么，可奇就奇在，那么多人呢，在应酬中心的水承泽，却不知道怎么的，居然一眼就注意到她这边的情况了。

在众目睽睽之下，那个水承泽亲自帮她捡起了小提包，他的态度很亲切，面对她的时候，脸上更是挂着温暖的笑容，还亲自把包递给了她。

刘乐乐却没什么被感动的感觉，她已经看清楚水承泽衣服上的徽章了，真跟那些人的一样。

她当下什么都没表现出来，跟着人群到了酒店外的时候，司机小李照例要送她回家。

刘乐乐赶紧摆手说道："不用麻烦了，我还想去附近逛逛，你走吧，我打车就行。"

说完刘乐乐就拦了辆车，不过她一上到出租车上，就压低了声音对司机说道："跟上前面那辆车。"

她让司机跟的正是水承泽的车。

她不是想要死缠烂打，现在就算陈天佑想回头，她也不要了。

那种烂男人！

她现在想做的无非就是给自己一个有始有终的句号，想弄明白，这个陈天佑到底为什么要这么做！

出租车司机也没怀疑什么，倒是在路口的时候，刘乐乐几次指挥着司机放慢速度，尽量别跟得太近，不过街上出租车多，她估计对方也未必能发现她。

就这么过了五六分钟，很快，水承泽他们的车就到一家五星级酒店停下了。

她偷偷地从出租车上下来，尽量低着头跟在那些人后面。

不知道是幸运还是怎么的，居然一路上都没被人发现。

只是到坐电梯的时候，她不敢跟过去，也就看着变换的数字，把停的楼层记下。

不过，也亏得水承泽一伙住的是顶层，一看楼层数字，刘乐乐就知道自己不用乱找了。

这家五星级酒店顶层只有那么一套超级套房，不仅有巨大的空中花园，还有漂亮的房间布置，据说随便一晚的住宿都是以十万起。

一想到陈天佑穷得连条板凳都没有，刘乐乐就有点犹豫，一个富成这样、一个穷成那样的两个人，怎么可能会有什么联系？

可是很像的长相，还有那枚徽章又是怎么个意思？

刘乐乐脾气拧巴，她现在也是真豁出去了，索性也就坐着电梯往顶楼走，只是她按了半天都没按亮最上层的按键，她这才注意到电梯按键那儿还有一个刷卡的设施。

估计顶楼还是需要刷卡才能去的！

不过她也不怕那些，她按了紧邻最上一层的楼层，到了后，她就不信了，这种地方总也有些服务人员可以上去的楼梯吧？

果然在找了一圈后，她还真找到了那么小小的一道楼梯。

她也没多想，为什么这道楼梯会修成这样……

她顺着楼梯就往上爬，爬上去后又遇到一扇紧锁的门，不过那也难不住她，她掏出一张卡片，顺着门缝就往里划了划。这种锁她以前在家的时候开过，只要找准了角度很好开的。

小门很快打开了，刘乐乐紧张得心脏都要蹦出去了，她深吸口气，慢慢地往里走。

看得出这是专供工作人员进出的地方，所以设施看着并不怎么高档。

她经过的地方还摆放了些清扫的工具，更神的是，她才往里走了几步，就听见从一根半镶嵌在墙内的金属管子那儿传来熟悉的男音。

她忙把耳朵贴了过去，就听见里面好像是几个人在说话呢。

别人的声音她也分辨不出来，可陈天佑的声音，她却是一下就辨认了出来。

那声音低沉喑哑，是她听惯了的、喜欢到了极点的，可此时听到的内容，却让她如坠冰窟。

“不需要赔偿，我跟她本来就没什么。”

“那好吗？”一个娇弱的女声柔柔弱弱地低语着，“毕竟是差点跟你结婚的人，听说现在还背着房贷呢，也怪可怜的……要不就让承泽补偿她些钱，这

样我良心也能过得去……”

“不用了，她跟咱们本来就不是一路。”

刘乐乐气得咬牙切齿，好一朵硕大无比的白莲花，你要真有心，让那烂男人跟我把话说开了啊，在这儿装什么好人？！

她本来就是点火就着的脾气，这个时候哪里还能按捺住。她直接推开小角门，冲着声音的来源就扑了过去。该死的奸夫淫妇，她得让他们尝尝厉害。

结果一冲出去刘乐乐就发现自己冲早了，虽说顶楼一整层都是顶级套房，可其实还有一小部分的面积被用来存放乱七八糟的杂物，还有一些顶楼的设施都堆在这儿呢。

刘乐乐差点没被气吐血，看来她还真低估了这家酒店，就这个设计，绝对是打从开始就没给顶级套房留出后门来，也绝对不会发生什么随便的阿猫阿狗就能摸进去的事……

她气得够呛，又摸又找地折腾了半天，最后也没找到什么出口，没办法，刘乐乐只能原路返回。

她在往外走的时候，忽然看见楼梯口那儿挡着一只长耳朵猫。

她只当这是酒店里养来抓耗子的。

就是那猫古古怪怪的，站在门上的姿势怎么看都是一副居高临下的样子。

而且那猫的眼睛也很古怪，黑亮黑亮的，此时正目不转睛地盯着她看呢。

刘乐乐不知道怎么就起了鸡皮疙瘩。

她也不敢跟那猫对视，快速地走过门口，走远后，不知道怎么的，鬼使神差地停下了脚步，下意识地就往后瞄了一眼，然后很诡异，她发现那只猫居然一声不响地正跟着自己呢。

这可就太怪了，刘乐乐可不想这么个黑不溜秋的猫跟着自己，她见多了可爱的小狗小猫，可是眼前这只不管怎么看都跟那些猫狗不大一样。

她就跺了下脚，吓唬着那猫：“别跟过来，小心我打你啊！”

那猫没有动，只蹲在地上，一动不动地看着她。

刘乐乐以前不觉着猫会有什么表情，可是在她面前的这只猫，简直就跟戴了猫面具一样，说不出的古怪，看她的样子就好像认识她一样……

这个地方本来就没什么光线，现在四下又没别人，刘乐乐瞬时就觉着后脊梁都冒冷汗了。

这可太诡异了，刘乐乐有点被吓到了，不知道怎么的满脑子都是那些恐怖片的经典镜头，怪猫、封闭的空间、影子……

她一紧张就忘记看路了，人已经到了楼梯口也没注意，等踩空想收脚的时候已经来不及了。

刘乐乐知道完了，她都做好头破血流的准备了，结果跌下去后，刘乐乐却发现自己居然也没被摔坏哪儿，反倒身子下面软软的，好像有块毛茸茸的垫子似的。

她顺手一摸，还摸到了一条尾巴。

她吓得就从地上跳起来了，果然就见自己身下压着那只猫呢。

这事儿可就太诡异蹊跷了!

她记得刚才那猫明明在她身后呢，这是怎么的了，好好地跑到她下面，还被她狠狠地压了一下?

不过，刘乐乐也没什么精力去追究这些，她可怕自己把那猫压死了。

看着猫躺着一动不动的样子，她都不敢伸手碰。

正在她发愁的时候，那猫倒是晃晃悠悠地自己起来了，就是站起来的时候，猫的腿有些不利索，走起来更是一瘸一拐的。

看着猫艰难地往前蹭着，刘乐乐心里挺不忍的，她忙走过去，小声地唤了大猫一声：“喂……”

大猫就跟听懂了她的话一样，慢慢地回过身来，长长的黑色尾巴扫着地面。

那双猫眼就像可以发光一样，专注地看着她。

在对上那双眼睛后，刘乐乐很快就不怕了。

都说人的眼睛可以透露出情绪来，原来猫也可以嘛。

她试探地伸出手去，还没靠近呢，那猫已经瘸着腿凑了过来，它就跟渴望她的手指一样，把头凑到了她的手边。

很柔软的毛发……

她小心翼翼地摸了摸。

看着大猫又要转身离开的样子，刘乐乐忽然激动起来，她一个勾手就把大猫揽到了怀里，那动作就跟抱小孩子一样。

她还以为大猫会反抗呢，但那只大猫在被她抱住后，居然都没有挣扎一下，老实得简直就跟猫玩偶一样。

其实刘乐乐这么做也是有原因的，这猫刚被自己压了那么一下，也不知道怎么样了，就算内里没事儿，可是走路一瘸一拐的，它又没有照顾自己的能力，她怎么也得告诉酒店的人一声，哪怕是把猫的医药费给出了呢。

等她下了楼、找到酒店的人时，她也没敢照实说，只说自己路过的时候看见酒店的猫了，然后不小心压了下，想赔钱，看看能不能帮猫咪治疗下。

结果那些工作人员面面相觑，在那儿直摇头："女士，我们酒店不允许养猫的，更没有人会把猫带进来。您是不是弄错了……"

刘乐乐这下更纳闷了，难道这是只流浪猫？可是看毛发，这猫被照顾得很好，不像是到处乱跑的啊？

刘乐乐犹犹豫豫的，也不知道该怎么办，不过她大大咧咧惯了，既然一时间找不到陈天佑那个混蛋，她不如就此打道回府，反正有水承泽在呢，总归是跑得了和尚跑不了庙。

最后，她索性就把猫带回了自己的新家。

就是到了新家后，一时间也找不到喂猫的食盆，新家的东西能扔的扔，能砸的砸，都被她折腾得差不多了。

包括早些时候她跟陈天佑一起买的那些餐具，那些漂亮的盘子碗啊可花了小三千块钱呢，她一个不留统统都扔进垃圾桶了。

此时她翻着橱柜，倒是意外地在橱柜底部翻到一个小碗，估计是当时情绪激动落下没扔的。

她把那小碗拿了出来，往里面倒了一些水，随后推到倒霉猫的面前。

那猫蹲在她面前，先是抬头看了看她，随后就低下头去，很乖地喝起了水。

看着大猫走路一瘸一拐的，刘乐乐又找了云南白药喷雾剂过来。

这还是上次陈天佑不知道为什么明明走得好好的却崴了脚，虽然他说没事儿，可她还是固执地买了药回来。

现在刘乐乐就准备拿这个药给大猫试试。

不过奇怪的是在给猫喷的时候，猫一点躲闪的迹象都没有。

而且弄完这些后，那只大猫也不乱跑乱动，只在她脚边老实巴交地趴着。

刘乐乐在路上的时候，还觉着自己会后悔呢，毕竟她没有养猫的经验，可看着大猫这么乖的样子，她又欣喜地找了个垫子过来，体贴地垫在了大猫的身子下。

然后刘乐乐就打开电视随便地看着，她不怎么喜欢看电视，可她讨厌房间里空荡荡的，闲得无聊，她还剥了会儿核桃。

就在她用核桃夹子夹核桃的时候，她忽然觉着有什么在拨自己的手指，原来是大猫的一只爪子，她一低头才发现，她刚才差点夹了自己的手指，她光顾着看电视了，自己的手指放在夹子里了，她都浑然不觉。

她终于露出了一丝笑容，这猫长得不可爱，可没想到还挺聪明的嘛。

她也没养过猫，主要是觉着自己没那个耐心。

可现在刘乐乐忽然有了个念头，要不她就试试养这只猫，这样总归是有个小活物可以跟自己做伴了。

第二天刘乐乐临出门的时候，多少犹豫了下，这么大一只猫就这样放在新家里有点不可靠啊。

不过她又转念一想，管他的呢，猫弄乱了就乱了，大不了她重新换家具。

她也就锁好了门。

到了公司后，部门胡经理倒是没说昨天的事儿，只叮嘱她再把标书认真核对一遍。

刘乐乐自然是高兴得不得了，这种大单谁不想一跟到底啊。

只是一想起水承泽来，刘乐乐心里终归跟扎了根刺似的，中间她忍不住给林妙涵去了个电话。

林妙涵在三星级酒店里工作呢，既然都是服务业的，她就想拜托林妙涵帮忙打听下。

结果林妙涵听她讲完，就忙说道：“你一准是听错了吧，你别逗我了，还陈天佑在堇色大酒店的顶级套房里？！就他？他还认识水承泽？！”

刘乐乐也是觉着蹊跷得不得了，那可是穷得叮当响的陈天佑啊！

水承泽是什么身份啊，自家老板在人面前都大气不敢出。

而且她自小就认识陈天佑的，陈天佑家把祖坟刨了都未必能找出上千块钱的东西，这么一想刘乐乐也觉着怪怪的……

可是那声音她又怎么可能会弄错呢，她可是从小听到大的。

林妙涵语重心长地劝着她：“你啊，该过去就过去吧，别总想了，管他陈天佑是活是死呢，你抓紧展开第二春才是真的……”

刘乐乐也明白那个道理，她倒不是过去过不去的，她就是气不过而已。

她也就叹了口气，说：“其实过去这些日子吧，我倒是淡了……我就是觉着那个水承泽古古怪怪的……而且那些人身上都有那个徽章似的东西……我总觉着这事儿挺古怪的，也许真有什么我不知道的事儿在里面……”

“是不是你看错了，乐乐，你觉着那可能吗？那种资产上百亿公司的执行总裁，跟那个白眼狼大烂人陈天佑？能有什么你不知道的事儿啊，事实就是，陈天佑背着你做了见不得人的事儿，现在见你知道了，就赶紧躲了，还能有什么别的……然后你吧，一时间接受不了，难免就想得多了些，想得脑子都乱了，看见什么都瞎联系，听见什么都会想起陈天佑来，要按我的意思，你就请假好好地休息一个星期，放松放松，把这事儿彻底放下，就什么都好了。”

刘乐乐跟林妙涵通过电话后，也觉着这件事挺不能理解的，忍不住也疑心起是不是自己想多了，听错了。

反正她现在接着上善这边的单子呢，总有再见到水承泽的一天，到时候还要调试、现场运转设备，只要有机会见面，还怕摸不着水承泽他们的底细吗？

她也就把这事儿暂时放下了，白天就忙忙碌碌地工作，晚上回到家就一心一意地照顾着大猫。

她决定不再为陈天佑那人渣浪费自己的人生。

刘乐乐要强惯了，不管是在外面还是在家里，她都是又冲又有干劲的。

哪怕是当初跟陈天佑蜜里调油的时候，她也是争强好胜，从不在陈天佑面前示弱，不管是给他买东西，还是帮他找工作，甚至房子也都一手包办了。

此时孤零零地躺在客厅沙发上，刘乐乐难得地露出一丝倦容来。

她不敢把心里的伤口说给父母听，要说的话他们一定会骂死她；她也不好意思向闺蜜讲，主要是能劝的对方都劝了，可伤口就在那儿摆着呢，她又有什么办法……

就在她难过的时候，她忽然觉着脚边有毛茸茸的感觉，她低头一看，就见大猫不知道什么时候跳上了沙发。

她也没动，那大猫发现她没反应后胆子更大了些。

它不断地靠近着，就跟试探一样，一点点地沿着沙发缝隙向刘乐乐靠近。

刘乐乐发现这只猫是真有意思，居然在靠近她的时候，都会小心地避开以免踩到她。

她伸出手去挠了挠猫的下巴。

大猫发出舒服的呼噜声，它最后挤在沙发跟刘乐乐中间，软软的带肉垫的爪子也小心翼翼地放在了刘乐乐的肩膀那儿。

猫是特乖的好猫，在她家关一天，别说乱挠东西了，就连她给它买的那些猫玩具，它也都不叼不咬的，乖得简直就跟只木头猫似的，只会守在她脚边，一动不动地挨着她。

刘乐乐也乐意在这么懂事的大猫身上投资。

她特意去宠物商店，挑着最好的牌子买了猫沙、猫粮。

只是奇怪的是，大猫对猫粮兴趣很一般，她倒了一盆后，大猫上上下下地打量她和猫粮，一会儿看她，一会儿看猫粮，最后吃猫粮那表情就跟不甘愿似的。

弄得刘乐乐还以为是猫粮怎么样了呢，第二天又特意去换了一次猫粮。而且她给猫猫讲解猫沙用法的时候，这乖惯了的大猫居然还抬起一只爪子来挡住眼睛，简直就跟害臊了一样。

刘乐乐就故意逗着大猫，把它按在猫沙上，笑眯眯地说："喂，你害臊也不行，来，姐姐告诉你哦，这是便便的地方，千万记得，好猫猫都是讲卫生的……"

不知不觉就过去了两天，那天刘乐乐正在洗手间洗脸呢，忽然就想起这件事儿来。

她赶紧直起身子，跑到猫沙那儿，用猫沙铲拨着看了看，这一看可不要紧，差点吓到她。

都两天了，那猫沙还干干净净的呢，一点用过的痕迹都没有……

她就怀疑是不是猫猫到处便便了，她在家里翻了翻找了找，一边找还一边对小家伙嘀咕着："喂，大乖，你在哪儿解手了？跟你说了的啊，要在猫沙里面便便……到处便便是不对的哦……"

大猫卷着尾巴，在她脚边蹭来蹭去的，嘴里更是喵喵地叫个不停。

刘乐乐被蹭笑了，可是找了一遍后，她又有点着急，乱拉乱尿大不了她再训就好了。

可是到处都没有……

难道说这家伙自从到她家后，就没便便过？！

还是吃的猫粮有问题，它上火了？

她性子急，赶紧就给当兽医的小舅母打了个电话，幸好对方也是24小时营业的宠物诊所，她忙抱着大猫就过去看病了，她去的时候对方正守在电脑前玩呢。

一见了她，小舅母就眉开眼笑的。

等见到她递过去的猫后，小舅母更是一脸惊讶的样子，一边抱过去，一边啧啧称奇地夸着：“你可真会捡，这猫长得可真漂亮，这是个猫帅哥吧！”

刘乐乐纳闷地说：“你怎么知道它是公猫啊？”

“母猫一般长不出这么漂亮的样子。猫狗跟人不一样，公的毛色一般都比母的好一些，个头也大，就是这猫的个头也太大了……

说着，她小舅母还逗着摸了摸大猫脚上的肉垫子，顺便把猫的身体翻过来检查猫的性别。

大猫大概是被抱得不大舒服，不断地扭着脖子、翻转身体，想躲着医生远点儿。

刘乐乐把情况说了，小舅母一边检查着猫的肚子，一边拿相亲的事儿嘀咕着刘乐乐：“你妈给你打电话了吗？我上次说的那小伙儿条件可是真不错……”

“哪个啊？”刘乐乐最近没少被她妈骚扰，她妈可不是早先她喜欢陈天佑时反对她结婚的态度了，现在简直恨不得把她一脚踢出去。

“就那个医院的啊，外科大夫，名牌大学毕业的，家境也好，人还特乐意见你……”

刘乐乐不感兴趣地哦了一声。

她小舅母不满意地瞟她一眼，“你啊，差不多就行了，你还孩子气到什么时候，之前不是不让你自己找合心意的，现在撞了南墙还不肯听家里老人一句话吗？我们还能害你？还是在感情上受伤害了，不想谈恋爱了……”

刘乐乐低着头，过了半晌才说：“我不是受伤害了，我只是……”她停顿了下，“只是不知道还能相信什么……”

小舅母半天没吭声，最后叹了口气，走过来捏了捏她肩膀，安慰她道：“不是所有男人都那么坏的。”

刘乐乐哦了一声。

小舅母也不再说什么了，只一五一十地把诊断结果告诉她：“这猫我摸着没什么事儿，估计是刚到你那儿还不适应呢，或者是它拉了便便你没找到……要不你再等等，或者换别的牌子的猫粮试试。”

刘乐乐答应着。

在她要告辞的时候，小舅母倒是忽然想起什么来，忙又提醒了她一句：“对了，你要是想长期养，最好给这猫做个绝育手术，不然公猫特容易跑丢染病。”

刘乐乐不知道怎么的，就觉着怀里的大猫好像颤抖了一下，她忙安抚地摸了摸大猫的颈毛，笑着说：“过一段时间吧，怎么也得多养养，养熟了再说。”

带着小家伙回家后，虽然小舅母说没啥事儿了，可刘乐乐终归还是有些放心不下，她就用手揉着大乖的小肚子。

大乖四仰八叉地仰躺在床上，简直就跟睡着了一样，幸福得猫胡须都一抖一抖的。

不知道怎么的，大猫这副样子，很快就勾起了刘乐乐的回忆，她想起早些时候，陈天佑崴伤了脚，她难得地放下架子帮陈天佑按脚。

那个时候的陈天佑就是这个样子的，整个人躺在床上，幸福得嘴角都是翘着的。

她不是什么合格的女朋友，虽然是一心一意地对陈天佑好，可她天生就不是什么温柔的人，也因为如此，偶尔一次的温柔，就能感动得陈天佑开心好久。

刘乐乐心里难过，她忍不住把大猫抱在怀里，感慨地说道：“人怎么就能坏成那样呢，翻脸就跟翻书似的，说不喜欢了就不喜欢了，一点迹象都没有……”

大乖眨了眨眼睛，它不断地用毛茸茸的头蹭着刘乐乐的脸颊，那毛发软软的，还带着它的体温……

不过，失恋也不算什么坏事，刘乐乐发现自从失恋后，她工作上真是越来越得心应手了。

以前加班还要考虑到陈天佑，总要努力地挤出时间来陪陈天佑，现在她就可以心无旁骛地把精力都用到工作上去。

就是周末的时候，还是要回家露个面。

此时，她无法如期结婚的事儿，亲戚朋友已经都有所耳闻了。

早些年的时候，因为刘乐乐找了那么个对象，全家七大姑八大姨都在等着看刘乐乐的笑话，哪儿知道刘乐乐自己有出息，不管是房子还是车子，没两年就都赚到手里了。

就在大家没处看笑话的时候，偏偏那山沟里的穷小子又把刘乐乐甩了。

还有比这个更没面子的事儿吗？

等家庭大聚餐的时候，难免就有些人故意地跟刘乐乐说些不痛不痒的风凉话，暗示刘乐乐平时脾气太要强了，女人嘛，哪儿有不哄着男人让着男人的，像她这么咄咄逼人要强的，就算男人是图她的钱，可就她那么不温柔的脾气，有钱也留不住了吧？

刘乐乐看在她妈的面子上，也没翻脸，她也懒得理这些八婆，只夹菜吃饭不搭茬。

其他的亲戚都知道她这个人什么脾气，也就没趣地走了。

只有一个即将结婚的堂姐刘冉，趁机把手上的钻戒拿出来显摆了又显摆。

刘乐乐的这个堂姐当初上学的时候就有大把的男人追，刚上高中就有男生接送上学，大学时更是靠着男性爱慕者的关照，连热水都没打过。

等毕业后，刚实习没两天，又捕获事业小成的小老板一枚，最后闹腾得小老板跟一起创业的女朋友分手，她直接就坐享其成当了半个老板娘，眼看着就要举办婚礼了。

刘乐乐很瞧不上这种专门撬人墙角的小三，再来她堂姐人品也不怎么好，小时候还阴过刘乐乐几次，所以平时家里聚会遇到刘冉，她都当看不见的。

刘冉也知道刘乐乐对自己什么态度，不过两个人原本就价值观不一样，此时遇到刘乐乐栽了这么个跟头，刘冉哪儿有不落井下石的。

众人也跟故意似的，纷纷说刘冉的未婚夫如何如何好，有出息还靠谱……

偏偏就在这个时候，刘乐乐那不长心眼的妈还当这个刘冉是好人似的，在那儿跟刘冉说刘乐乐相亲的事儿，指望刘冉能在那些小老板的圈子里也给刘乐乐介绍一个。

刘冉果然就用那种似笑非笑的口吻，回答着刘乐乐的妈："二舅母，哪儿用您说啊，自打知道乐乐的事儿后，我就跟我们家那口子说了，让他留心着。不过您也知道，乐乐跟人婚都订了，请帖都发了，他们那些老板可讲究了呢，对女人的清白尤其在意……哎，要不我问问离异的那些……"

"心意领了。"刘乐乐从椅子上站起来，淡淡地扫了她堂姐一眼，"不是所有人都像你似的，喜欢二手货。"

她说完，看也不看她妈的脸色就直接走人了。

她说话的时候底气十足，再说了，不找男人，她也能把自己的日子过得有声有色的，她又不是靠男人活着的!

等她回到家的时候，刚打开门，大猫就已经等在门口了。

毛色漂亮的大黑猫，瞅着她进到屋内，很快就凑了过去，尾巴不断地扫着她的小腿肚子。

在她放下包换拖鞋的时候，大猫更是把爪子收起来，用软软的脚垫不断地摸着她的小腿，长长的胡须更是扫得她小腿肚痒痒的。

就是刘乐乐累坏了，简直就跟刚刚加过班一样。

她妈给她打了两次电话，肯定是想在电话里骂她怎么那么说话呢。

刘乐乐也懒得去接，从小到大她妈就总觉着她哪儿哪儿都不如她堂姐，不像个女孩，脾气不够温柔，不像她堂姐似的会讨长辈喜欢，嘴巴不甜，没女人味，没魅力，男人不喜欢……

别说她亲妈了，就是其他那些亲戚也都这样，不管她堂姐做什么，大家都会维护她堂姐；与此相反的是，那些人每次都会觉着她不会说话，脾气不好，跟个假小子似的，总伤着她堂姐。

可刘乐乐扪心自问，自己也就是个刀子嘴，实际上她做事从来都是光明磊落，有话就说，对人也没有坏心的，可偏偏就是比不过那个人前人后两个人似的堂姐刘冉。

刘乐乐走到放猫粮的地方，瞅了瞅猫粮，见大乖把猫粮吃得干干净净的，她终于是开心了些。

现在满世界也只有她的大乖可以宽慰她了。

她重新坐到沙发上，打开电视看的时候，大猫就乖乖地趴在她身边，还特意伸出前爪放在她的腿上，头更是枕着她的腿。

那副样子乖巧得都让刘乐乐心疼。

刘乐乐无所事事地摸着猫毛，往常这个时间点，正是她跟陈天佑热火朝天地做饭做家务的时间，虽然大部分时间都是她看着陈天佑做。

她闲待了一会儿，还是拿起电话来，给林妙涵去了个电话。

其实最近一段时间，刘乐乐可茫然了，她打从第一眼看到陈天佑时起，就对他有好感，到了后来不知不觉地就喜欢上了他，这些年来，她也从没想过会喜欢别的什么人。

现在既然要重新开始，她也就想要好好地理一理思路，至少要明白自己应该找什么样的对象。

林妙涵恋爱经验多多，刘乐乐刚提了提想法，林妙涵立刻就连珠炮般地说道："你啊，就找一个有耐心的男人，最好是收入稳定、工作清闲的。就你这样的，要让你照顾家里，你肯定不行，你啊，就是忙碌命，所以你找个能顾家的男人正好……"

刘乐乐手指缠着固定电话的电话线，有一句没一句地说着："我知道你的意思，不过一想到一个大男人成天做饭煲汤收拾家务，我就觉着怪怪的……"

林妙涵笑话她："什么怪怪的，你家的陈天佑不就那样吗，当年给你伺候得多舒服啊，也没见你不开心……"

不过很快林妙涵就知道自己失言了，她赶紧说道："不过人心隔肚皮，有些人就是会装，算了，乐乐，你还是找一个物质条件好的吧……这样生活压力也小一些……"

刘乐乐也没再说什么，她心里如明镜一般，在陈天佑跟人跑掉之前，他们真的是天造地设的一对……

她尽量让自己的语气显得无所谓些，可是心里还是跟有小刺扎着似的。

挂了电话后，刘乐乐就觉着肚子有些饿，之前的聚餐她也没有好好吃，她正想要给自己泡个面呢，就看见身边的大乖正歪着脑袋在看她呢。

那副专注的样子，就好像在偷听她讲电话一样。

这小家伙，她笑着揉了揉大乖的脑袋。

然后刘乐乐就给自己泡了碗红烧牛肉面，随后就打开电视漫不经心地看了起来。正好赶上经济台有一个什么专题节目，她瞟了几眼，很快她就注意到里面还有上善公司呢，好像是什么合并案还是什么的，除了年轻英俊的水承泽外，还有另外一家很有名的公司。

刘乐乐听得直咋舌，怪不得能上中央台的财经频道呢，就刚刚她听到的那组数字，她还以为是听错了呢。

一想到水承泽这种大老板曾经给自己捡起过手提包，她就觉着特别不可思议。

第二章

刘乐乐第二天忙着工作，她接到上善公司的一个电话，对方让她到设备现场去介绍介绍情况。

刘乐乐倒没觉着有什么，这种价格都要上亿的设备，小心谨慎些也是应该的，她也就跑到郊区的厂区准备做介绍。

只是让她意外的是，那些看设备的人员里面还有水承泽。

明明昨天才在财经频道看到的人，转眼间就见到真人了，刘乐乐还真挺意外的。

而且上次是在饭桌上见的，此时到了工作环境，水承泽给人的感觉跟之前那次一点都不一样。

那是一种很沉稳的感觉，就是那个人站在那里，你就会觉着他很有气势。

虽然他语气很平和，也没有架子，可是不管是周围人对他的态度，还是他自身的气质，都让人感觉跟周围的人不同，自有一股气势在。

刘乐乐也有点被对方的气势压倒了，她尽量把语速放缓。

介绍情况期间倒是很顺利，主要是对方陪同的那些技术人员对她都客客气气的，一点儿都没为难她的意思。

刘乐乐是知道自己公司的设计的，里面多多少少有一些小问题，可是那些陪同人员居然都没提出任何问题来。

整个过程就跟走马观花一样。

等工作完成后，他们陆续地往外走。

倒是分厂的厂长知道水承泽大驾光临，非要请他们去会议室坐一坐。

刘乐乐也就先出来了。

这次她是打车出来的，她的车被公司司机开去验车了，走出工厂后，她就站在路边等着出租车。

在等车时她还顺便买了一些水果，主要是一会儿她又得去参加家族聚会，她嘴巴坏是坏，可她这个人天生大方，从不会空手去人家家里做客。

路上车来车往的，刘乐乐忽然就想起一件事来。

当年公司批给她车的时候，她曾经跟陈天佑一起去选过车。她记得那时候正在办车展呢，她看到了一辆宝马，那车可真漂亮，她盯着看了好久，中间还忍不住跑过去摸了摸。

陈天佑就跟在她身边，笑着看向她。

刘乐乐嘻嘻哈哈地对陈天佑开玩笑说，她要努力工作，当个小富婆，将来买一辆宝马犒劳自己。

陈天佑听后，眼睛里闪过很复杂的神情，那时候的自己，理所当然地认为，那是陈天佑在愧疚他收入少不能帮到她……

她每次都会大大咧咧地挽着他的胳膊，告诉他，她靠自己就好了。

刘乐乐正胡思乱想着呢，忽然一辆车停在了她面前。

她下意识地往后退了一步，面前的车窗缓缓打开，露出一张成功人士的漂亮面孔来。

虽然对方的长相跟陈天佑有七八分相似，可是近距离看，就会觉着水承泽长相过于阴柔。

陈天佑吧，有那么点虎头虎脑的感觉，大概也是青梅竹马的原因，反正刘乐乐总觉着陈天佑木讷是木讷，可是人吧，不管什么时候都特别有精神，给她的感觉，永远都是让人眼前一亮，乐呵呵的一个好青年的形象。

不过此时让人意外的是，水承泽不光把车停下了，还很自然地下车走到她身边，直接把她那侧的车门打开，做了一个邀请的姿势。

看着她微愣的表情，他笑着说道：“你要去哪儿，我送你。”

刘乐乐赶紧摆手，“您太客气了，我打车去就好。”

别看水承泽对她客客气气的，可是他邀请的姿势却一直没有变。

刘乐乐头皮就有点发麻，不明白这是怎么个情况。

而且，隐隐已经有分厂那边的人在往这边看了，她也就索性大方地坐了进去，一边系着安全带，一边道谢。

水承泽也不多说什么，路上只简单地同她聊了几句。

只是那些话题很怪异，居然都是关于她个人情况的，比如家庭啊父母啊……

虽然不是隐私吧，可是一般这种工作关系、对方又是大老板的情况下，刘乐乐是怎么想怎么琢磨都觉着怪。

幸好很快就到了刘乐乐的亲戚家，刘乐乐赶紧从车上下来，跟水承泽告辞。

水承泽一直都是客客气气的。

刘乐乐见人见多了，可是像水承泽这样，笑着让你摸不着底细的却是头回遇到。

她也说不准这是怎么个状况，也许对方真的只是客气惯了？

刘乐乐这么想着，等走到亲戚家的时候，才猛地想起来，自己居然刚才一紧张，把那些水果给落在车里了。

刘乐乐也就哎了一声，不过她估摸着水承泽多半已经开远了，再说一袋子水蜜桃而已，也就作罢。

哪儿知道刘乐乐跟几个亲戚打了招呼，也就刚坐稳，就听见外面的敲门声了。

她也没怎么在意，正说给自己找杯水喝呢，忽然就听见客厅那儿她妈用很夸张的声音在叫她的名字。

等她跑过去的时候，就看见提着一袋子水蜜桃的水承泽。

那幅画面实在诡异到了极点，就连周围的亲戚都在用异样的眼神打量着两个人。

主要是水承泽气质特好，跟生活中常见的那种愣头青小伙子绝对不一样，再说人也是真俊。

刘乐乐平时蛮机灵的，这个时候也有点发傻了，她木讷地接过水蜜桃，挣扎着露出一个笑容来，客气着说：“真不好意思，还让您跑一趟……”

她妈在她说那些话的时候，已经眉开眼笑地招呼开了，连连地叫水承泽坐下歇歇。

刘乐乐心里直打鼓，果然一等水承泽坐下，她妈立刻就偷偷地拉她到一边的卧室，逼问她：“这是你男朋友？不过你从哪儿找的这人，妈怎么看着跟以前那个长得那么像啊……”

刘乐乐脸都白了，“妈，你小声点儿！这是我客户，大客户，我们老板都要看人脸色的，你可别瞎说……”

等刘乐乐解释清楚再出去的时候，就见外面的情况已经发生了变化。

一直在卧室里闷着不出来的堂姐，不知道什么时候跑了出来。

此时这个超能哄人的堂姐刘冉，正睁着大眼睛一脸无辜地望着水承泽呢。

一见刘乐乐出来了，刘冉更是紧紧地拉住了她的手，笑眯眯地对水承泽说道：“我们姐妹感情可好了呢，乐乐虽然脾气不好，可你不能欺负她哦。”

刘乐乐一看刘冉的表情，就知道她没安着好心，所以刘乐乐二话不说，直接就拍开了刘冉的手，不高兴地说：“瞎说什么。”

刘乐乐也不管是不是在外人的面前，当下就很不客气地说了出来：“咱们关系没那么好吧，还有，没我同意，你别用爪子按我。”

刘冉那表情就跟生吞了耗子似的。

刘乐乐也不管她，别人会被刘冉那副样子骗，她可没那么好糊弄。

倒是一直跟刘冉应酬的水承泽一见这个场面，忙客气地起身就要告辞。

刘乐乐本来就觉着这个人莫名其妙的，也就赶紧就坡下驴，直接站了起来，打开房门，动作迅速又客气地送客。

只是水承泽在下楼后，却没有立即上车，反倒若有所思地看了她好一会儿后，特意地问了她一句：“你什么时候聚会结束，我过来送你回家好吗？”

刘乐乐还以为自己听错了呢，她愣了好几秒都没找到合适的话。

水承泽依旧那副彬彬有礼的温柔样子，“那我等你的电话。”

俊男，富豪，豪车……

所有的元素都全了，这个场景，简直就跟冒着粉色泡泡的偶像剧一样……

刘乐乐这才反应过来，她拧着眉头拒绝着：“您太客气了……一会儿我跟我妈他们一起回去，会有亲戚顺道送我们，就不麻烦您了……”

“那好。”水承泽脸上也没任何尴尬的表情，他只是淡淡地笑着，那副样子就跟一幅完美的画像似的。

刘乐乐看着车子远去的方向，忽然就觉着浑身直起鸡皮疙瘩。

再回到家里，刘乐乐因为惦记着家里的大乖呢，特意打包了一些鱼肉回来。

她怕鱼刺会扎到大乖，还小心翼翼地把鱼刺剔掉了。

她可没这么对过别人，刘乐乐都觉着自己母爱泛滥得厉害。

她把弄好的鱼肉放在食盘里，先是低头抱着大乖亲昵了一会儿，才把大乖放在盘子边。

大乖并不急着吃鱼，它一边小口小口地吃着，一边抬着头看她，那副卖萌卖乖的样子，刘乐乐是怎么看怎么喜欢。

她忍不住就摸了摸大乖的毛毛。

就是在亲戚家的时候，刘乐乐没怎么吃饭，家里七大姑八大姨的，总是七嘴八舌地问她相亲结婚的事儿，再加上刘冉指桑骂槐的，她还得随时注意反击，所以刘乐乐肚子还有些饿呢。

她打开冰箱，准备把前段时间她从超市买的那些方便饭包拿出来热热吃。

结果意外的是，她翻遍了冷藏柜都没找到方便饭包。

刘乐乐这下可就纳闷了，她当初可是买了十几份的，把冰箱塞得满满的。

她低头扫了一眼大猫。

大乖原本正抬头看着她呢，一见刘乐乐看向自己了，瞬时就低下头去，还故意拿猫爪挡着自己的半边猫脸。

刘乐乐当然不会怀疑大乖做了什么，就算大猫想做，也没那个能力啊。

只是她怎么想都觉着不对劲儿，她赶紧又进到卧室，检查了一遍自己的贵重物品，结果发现那些东西都在呢。

这下刘乐乐就更意外了，好好的不会方便饭包自己消失了吧，可是是谁干的呢?

偷偷跑到她房间，啥都不偷，只偷了十几份方便饭？！

陈天佑以前倒是把她买回来的那些方便饭偷偷扔掉过，难道是他回来了？！

刘乐乐一下就感觉很不好起来，这事儿还真没准儿，陈天佑那人渣手里还拿着她家的钥匙呢！

一想到这个，刘乐乐二话不说就给开锁公司去了个电话，让人赶紧过来给她换了个锁芯。

兵荒马乱地换好锁芯，刘乐乐又特意检查了房间，发现没别的异样后，她才终于松了口气。

当初分手分得不明不白的，好多事儿她都没想到。

此时她是真不想再跟陈天佑有任何联系了。

她把大猫抱到腿上，一边揉着大乖的猫毛，一边对猫咪说着："大乖啊，你帮姐姐看好门啊，要是见到坏人就挠他，知道吗？"

大乖就好像听明白了她的话一样，把头搭在她手臂上，用软软的脚垫揉着她的小臂。

被这么帅气的大猫安慰着，刘乐乐很快就不再想那些事儿了，她收拾收拾床，就上床睡觉了。

睡得迷迷糊糊的，刘乐乐忽然听到窗户被人拧动的声音。

她在睡梦中就是一个激灵，她还以为是家里进了坏人呢。

她胆子很大，当下就蹑手蹑脚地走了过去，想探个究竟。

哪知道在窗户那儿的并不是什么坏人，而是她家的大乖，正在试图用爪子推开窗户呢。

高层的窗户都没有能彻底打开的，她家的更是那种半合半开型的。

不过这丝毫不影响大猫的出行，大乖的动作超级灵巧，简直就跟个小人似的，很快就把那窗户打开了，在刘乐乐还没反应过来前，大乖已经蹿了出去。

等刘乐乐追到平台的时候，就见大乖顺着楼壁的窗户跳跃着下行，那动作帅气得简直跟超级飞猫一样。

很快，大乖就跳到了地面，变成了一个很小很小的点，消失在夜色中。

这下刘乐乐可就留心起来了。

果然等天刚刚亮的时候，平台那儿就有了动静。

很快，大乖就身手矫健地从窗户那儿跑了进来。

大概是怕爪子弄脏了地板，它在跳下窗台的时候还停顿了下，把爪子往窗帘布上蹭了蹭。

而且在蹭完了爪子后，它还转过身去，小心翼翼地去关窗户。

等关好窗户后再回头的时候，大乖就看见了对面目瞪口呆的刘乐乐。

刘乐乐穿着淡蓝色的睡衣，简直都看傻眼了。

那一瞬间，大乖显然也被惊到了，整个身体都贴到了窗户那儿，爪子更是紧张地挂在了窗帘上。

那副蠢萌的样子又很快把刘乐乐逗乐了。

她快走几步到了大乖面前，笑眯眯地摸着大乖的猫头，她就觉着怪嘛，大乖都不怎么在家里便便的。

这么看来，这小家伙是半夜偷偷跑出去瞎混了吧，所以都是在外面便便的？

她笑着把大乖抱起来，放在自己的床脚那儿，嘴里嘀咕着："你这家伙简直都要成猫精了，你也太聪明了，就是晚上出去多危险啊，万一遇到坏人怎么办？"

大乖乖乖地缩在她怀里，跟讨好似的，喵喵地叫了两声。

刘乐乐把它放到脚下后，它就把身体蜷缩在一起，就跟怕刘乐乐着凉一样，还用尾巴勾着刘乐乐裸露在外面的脚趾。

刘乐乐也没太往心里去，她身边有人养的猫，还会抓老鼠孝敬主人呢，本来就是有灵性的东西，聪明点儿不更好嘛。

等天亮了，刘乐乐匆匆忙忙地打着哈欠刷牙洗脸，准备换衣服上班。

以前陈天佑把家里收拾得井井有条，需要穿的衣服，一早就会摆在她床头。

现在家里没这么个人了，刘乐乐只能在一堆衣服里随便找了两件。

其他的那些脏衣服，她也懒得折腾，索性都卷了卷，扔到洗衣机里。

她急急忙忙拿着包往外跑，一边等电梯，一边考虑着要不要请个钟点工，不然让她做家务非累死她不可。

只是准备打车的刘乐乐，刚到小区门口就听见有人叫了她一声。

她下意识地转过头去看了一眼，结果就愣住了。

因为叫她的不是别人，正是那个莫名其妙的水承泽！

更让刘乐乐惊掉下巴的是，这个水承泽居然是特意来接她上班的，因为惦记着她今天没车子开，不方便……

刘乐乐这次想都没想，赶紧拒绝道："谢谢了，真不用。"

说完她拦了辆出租车就坐了进去，要说之前水承泽顺道捎她一程，她还能理解，这个时候都堵到她家门口了，怎么想都不对劲啊！

刘乐乐装作若无其事地到公司，进了办公室后，她也不想乱七八糟的事情，很快投入到工作中，把那些技术参数都找了出来，挨个地比对记忆着。

她正工作着呢，倒是保卫室的科长亲自过来了，对方似笑非笑地敲了敲她办公室的门。

等刘乐乐抬头的时候，那个科长早已经眉开眼笑了。

而且不光是这个保卫科长，他身后还有好几个探头探脑的人呢。

随后在保卫科长的指挥下，刘乐乐就看到夸张到极点的红玫瑰花束被人抬了进来。

那可真是超级夸张的一大束！

刘乐乐办公室不算大，此时那大束玫瑰被摆在了茶几上，把半个茶几都遮挡住了。

而且不光是玫瑰，很快又有别的花被抬了进来，各个品种各种造型，还有花篮，转眼间刘乐乐的办公室就被人布置成了一个鲜花店。

这下刘乐乐也沉不住气了，她赶紧走过去拿起花中夹的卡片，就见卡片上大大方方地写着"水承泽敬上"五个字。

这下刘乐乐可没法好好工作了，而且很快就连公司老板都把她叫到了办公室，语重心长地同她谈话。

刘乐乐一点都没有欣喜娇羞的感觉，她就觉着莫名其妙。

所以等晚上下班在公司门口再遇到水承泽的时候，刘乐乐也不兜圈子，直接就问他："水总，您这是要追求我吗？"

她问话的时候一点都没有女孩的娇羞之感。

水承泽也不大有追求者的忐忑，他镇定自若地回答道："是的。"

这下刘乐乐真说不出话来了，她沉默了片刻才镇静回道："谢谢您，不过我最近还不想谈恋爱，所以我没法回应你。"

"那没关系。"水承泽淡定地看着她，"我可以等到你答应。"

对方不管是气质还是外表都透着精英优良范儿，刘乐乐却不知怎么的，全身都冷飕飕的，很有一种听了冷笑话的感觉。

所以等回去后，刘乐乐就给好朋友林妙涵去了个电话，在电话里把大概的情况描述了一遍，最后告诉林妙涵："你不知道，我当时的感觉，简直跟被雷劈了一样。"

"是被天上的馅饼砸晕了吧？"林妙涵嬉皮笑脸的，"虽然说你嘴巴坏吧，但心肠那么好，人又直爽，工作能力又强，有成功男人喜欢你，不是很正常的事儿吗？更何况你又不是拜金女，估计对方也是觉着挺难能可贵的，想追求追求你……你有什么觉着不可思议的？"

"问题是他是水承泽，而且……"刘乐乐沉吟了下，她可是谈过恋爱的人，陈天佑至少当年还能装个一往情深的样子，她还能从陈天佑眼里看到痴迷，可是这个水承泽，连样子都懒得做似的，只是给她这么个追求她的态度罢了。

林妙涵在那儿教育她："你啊，别折腾了，这是该你走运了，初恋扔给垃圾就算了，现在超级优质股驾临，你还不赶紧接驾啊？"

刘乐乐没吭声，她忽然注意到，一直都围绕在自己脚边的大乖，不知道怎么的此时居然不在她身边了。

刘乐乐心里纳闷，她也就站了起来，轻手轻脚地走进了卧室。

一直围绕在她身边的大乖，此时正无精打采地趴在她的床上。

刘乐乐忽然就觉出一丝诡异来……

她发现大乖的那个环境，隔墙跟陈天佑声音很像的男生，还有那句让承泽给她钱的话……乖巧得不可思议的大乖，还有大乖晚上的偷偷溜走……水承泽现在对她莫名其妙的追求，所有的这些看似繁复，可是细细顺过去，却又好像可以抓到什么线索一样。

刘乐乐正皱眉想着呢，就跟灵光一闪似的，她忽然就注意到了不一般的东西！

此时空旷的平台上正架着一个晾衣架，她张大了嘴巴，早上自己扔在洗衣机里的那些衣服，此时都被洗得干干净净的，一件件地展开晒着呢！

那个晾衣架被陈天佑放得很隐蔽，就连她都不见得知道在哪儿。

而且，那些衣服都是谁洗的？！

刘乐乐霎时就瞪大了眼睛。

她向前迈了一步，走过去细细地盯着大乖的脸。

在那一刻，大乖也察觉到了她的视线，也抬起头看着她。

四目相对，一种熟悉得不得了的感觉让刘乐乐心跳快起来。

她不知怎么的，就鬼使神差地叫了一声："陈天佑！"

瞬间大乖全身毛发都竖了起来，在刘乐乐还没反应过来前，大乖嗖地一下就从窗户跑了出去，顺着平台的边缘跃了下去，那动作快得就跟闪电一样，很快，大乖就跑得不见了踪影。

刘乐乐趴在自家围栏上，愣愣地看着那个消失的小点，半天反应不过来。

她张了张嘴，最后终于是缓过神来。

她有一种穿越到神话小说里的感觉，猫？人？陈天佑？！

她愣了片刻，才开始检查家里不对劲儿的地方。

这一检查更是证实了刘乐乐的猜想，两天没扔的垃圾，不知道什么时候没了。

原本空荡荡的冰箱，此时竟然放了一些酸奶和水果。

她又走到晾衣架那儿亲自去检查了一遍，无论她怎么努力回忆，也想不起自己曾经洗过衣服，把衣服晾上。

所有的一切，所有熟悉的迹象都在告诉着她，陈天佑那个人一直都在房间内。

刘乐乐就有点蒙，她不知道该怎么办，因为这太诡异了。

倒是就在这个时候，被中断电话的林妙涵又打了过来。

刘乐乐接起电话来，此时她的额头都冒汗了，她惊讶得语无伦次地说："妙涵，我刚才放下电话是有原因的，还记得我之前收养的那只猫吗？"

林妙涵答应了一声。

刘乐乐继续说着："那猫不是一般的猫……最近我家里出了好多怪事，我扔在洗衣机里的衣服被洗干净晾上了，还有我一直没做家务，可是家里却很干净，我乱放的东西也被人收拾好了，那些东西摆放的位置，就好像陈天佑回来过一样……"

说到一半的时候，刘乐乐忽然就说不下去了，因为那话怎么听怎么神经兮兮的。

果然林妙涵担心起了她的情况，非要约她晚些的时候见一面。

刘乐乐也是头皮发麻，不管时间早晚，她是得离开这个诡异的房间，让自己冷静冷静啊。

刘乐乐也就拿了包跟车钥匙往外走。

本来说去林妙涵家的，结果林妙涵那儿的线路在检修，家里还没电。

最后林妙涵也就提议，要不找个地方唱唱歌，减减压。

刘乐乐是去哪儿都无所谓的，她现在就想让自己忙碌起来，千万别胡思乱想了，不然她非成神经病不可。

林妙涵是做酒店行业的，手里原本就有不少优惠卡、打折券，这次赶巧了，林妙涵刚得了一张皇朝的优惠卡，她也就拉着刘乐乐过去开开眼。

皇朝那地方，就算是做销售的刘乐乐都没去过，她只是听别的同事说过里面的消费很高，女服务生是全城最漂亮的，档次也是最高的，还有什么会员制那些。

不过，刘乐乐一直很排斥这种地方。此时跟林妙涵来，实在是她心里很乱，对什么地方都不挑了。

只是这次两个人来晚了，这个时间点儿普通包厢早就没有了，其他的那些又需要有会员带着才能消费。

就在林妙涵无精打采准备走的时候，门口那儿闹哄哄地进来了一大群人。

林妙涵眼尖，一眼就认出了其中的一个人来，她忙拉着刘乐乐的手说：“乐乐，就是井少给我的优惠卡……”

说话间，林妙涵就过去寒暄了。

刘乐乐也没太在意，她在旁边等了会儿，结果很快林妙涵就走了过来，硬拉着她的胳膊说：“乐乐，井少他们今天包场子，刚他们请咱们上楼上去玩，跟我一起来吧……”

刘乐乐这下就有些反感，她只是出来散心而已，又不是跟人聚会。

可是林妙涵太热情了，非要拽着她去。

最后好说歹说，林妙涵终于是把刘乐乐拽到了楼上。

刘乐乐算是后悔了，早知道如此，还不如找个街心公园溜达会儿呢。

顶楼的装修自然是与众不同，看着就觉奢华，而且音响效果也好。

不过那些刘乐乐都不关心，她也不管旁边的都是些什么了不得的人物，就随意找了个角落闷着发呆。

林妙涵倒是玩得开心，在跟人聊天的时候，更是大惊小怪的，惊得嘴巴都合不拢了。其间林妙涵拿着一杯酒凑到了刘乐乐面前，一嘴酒气，眉飞色舞地拽着她说道："乐乐，太厉害了，你知道这都是些什么人吗，有头有脸的贵公子今天都来这儿玩呢，你看××他爸爸可是做房地产的……你也一起过来说说话嘛，有这么多优质好男人，你就不想好好认识一个？"

刘乐乐抬起眼来，往四下里搭眼一看，就见一群人五人六、到处揩油占便宜的二代正满场地招蜂引蝶呢。

她反感地皱起了眉头，提醒林妙涵："一群浮夸子弟吧？"

只是林妙涵在星级酒店里工作久了，难免沾染上一些不好的习气。

林妙涵嘟了下嘴巴，无所谓地摆手说："都是有头有脸的人，你想太多了。"

刘乐乐也不再说什么，她就坐在角落里，看那些人瞎玩。

这种场合真是挺无聊的，而且那些人玩的东西很没品，什么真心话大冒险之类的，你亲我一口，你搂我一下的……

刘乐乐简直觉着这个场面中的女孩子都是给人白玩的一样。

她有心走，只是看着林妙涵那副疯疯癫癫的样子，有些怕林妙涵会吃亏，她也就犹豫了一下，想着一会儿把林妙涵送回家去。

中间刘乐乐一直挺冷淡的，倒是有几个假模假式的男人过来跟她搭讪敬酒。

只是在这种场合，刘乐乐一向都很警觉，她也不喝陌生人递过来的酒水。

在要饮料的时候，刘乐乐还特意多了个心眼，只要了一听罐装的可乐。

而且在找服务生要了可乐后，刘乐乐还从手提包里拿出现金付了饮料钱。

这下就连那个服务生都觉出奇怪来，一个劲儿地跟她解释，这个地方有人包下了，所有的费用都会有人结的。

刘乐乐也不管那些，只把可乐的钱放到对方的托盘里。

她才不想白喝什么人的可乐呢，她又不是出不起钱。

不过在做完这些后，刘乐乐忽然就觉着有些不对劲，隐隐地，好像有什么人在看着她似的。

她抬起头来四下看了看，却什么人都没看到。

刘乐乐也就打开可乐，有一口没一口地喝了起来。

只是等喝完后，没多久，刘乐乐就觉着身体很不对劲儿。

她头开始发晕，周围的摆设也都在转似的。

她挣扎着站了起来，知道这是出了问题，她想要过去找林妙涵，可是很快就有人从背后抱住了她，笑着逗她："哎，一起玩吧，装什么清高啊……"

刘乐乐就知道不妙了，她脑子转得很慢，可是身体却是发了力，直接回手就给了那人一嘴巴。

她眼前一片漆黑，唯一能记得的就是她距离洗手间的位置很近，她都不知道自己是怎么做到的，跌跌撞撞的，她就打开了洗手间的门。

她几乎是半跪着冲了进去，而且她头晕得都找不到门锁了，靠着手指的触感才摸到了洗手间的门锁。

她挤在门口那儿落了锁。

外面震耳欲聋的声音还在响着……

她已经知道自己遇到了什么事情，多半是有人在她的饮料里做了手脚。

她不敢耽搁，趁着神志还算清醒，她哆嗦着摸出手机来，快速地拨打了110，电话一拨通，她就快速地说了出来："我在皇朝的顶层，我被人下药了……麻烦你们赶快过来下……"

后面的话她还没说完，手指就是一抖，手机随后就掉在了地上。

她弯腰去捡的时候，头就跟充了血一样，整个人都跌在了地上，然后就怎么都起不来了。

昏迷中，刘乐乐就觉着好像是有人推门进来了，她隐约间还听到了一些声音。

然后就有人用力把她往洗手间外面拽，动作粗鲁得很，她的腿跟胳膊都碰到了门边，疼得她眼冒金星。

不光胳膊和腿被蹭到了，刘乐乐的头还跟要炸开一样。

不过在拽她出去后，对方却没有其他的动作，刘乐乐反倒感觉到了有人在摇晃她，试图唤醒她似的。

她挣扎了半天，才在对方往她脸上泼了水的情况下，终于睁开了眼睛。

但她还在刚刚跌倒的感觉里，整个人都是头晕目眩的。

她努力地往两边看了看。

结果很快她就看到林妙涵关心的脸。

林妙涵都要吓死了，摸着她的手臂，急急说着：“你吓死我了，乐乐啊，你怎么好好的摔在洗手间里了？你是低血糖了吧？！”

刘乐乐高中的时候也低血糖过，她很清楚自己现在不是低血糖闹的。

刘乐乐也就低声问了林妙涵一句：“警察来了吗？”

“什么警察啊？”林妙涵皱着眉头看她。

“有人给我下药……”她虚弱地说着。

这下林妙涵有点不高兴了，“你怎么总把人往坏处想啊？你就是低血糖了！”

刘乐乐也不说什么，她用尽力气想要起身。

倒是林妙涵不高兴地拧着眉头，嘀咕着：“你啊，这次幸亏是孟哲听见里面的声音，踢开门救了你，不然多危险啊……”

刘乐乐也不知道哪个是孟哲。

不过这地方肯定是不能再待了，她站起来后，捂着头就往外走。

就在刚走到门口时，刘乐乐就听见一个男声忽然开口说了一句：“我送你回去。”

刘乐乐哎了一声，抬头一看就惊呆了。

说话的人就站在她对面，那是一个长相非常女气的男人，那种漂亮，就算放在女人身上也是百里挑一的，而且这个人的发型还特意弄得很阴柔，长长的头发，左边的耳朵上还弄了个耳钉。

刘乐乐愣住了。

林妙涵倒是机灵，赶紧招呼那人，叫他孟哲。

刘乐乐顿了一下，她现在还心有余悸呢。她赶紧摆手道：“谢谢，不用了。”

但是叫孟哲的那个男人很奇怪，她都婉拒了，那个人却没有立刻离开，反倒亦步亦趋地跟在她们的身后。

刘乐乐有点无语。

幸好下楼的时候，周围人很多，而且对方的样子看着也不那么猥琐。

刘乐乐捂着头，也不搭话。

倒是身边的林妙涵跟孟哲一直在交谈着。

下楼的时候，刘乐乐的脑袋嗡嗡地响，简直就跟安了风机一样。

终于到了楼下，林妙涵正说要拦车呢，已经有机敏的侍应生把孟哲的车开了过来。

孟哲也不含糊，指点着侍应生为林妙涵、刘乐乐她们打开车门。

林妙涵倒是不客气，很快就笑着上了车。

刘乐乐头昏脑涨的，也有点分不清楚东西南北，稀里糊涂地被林妙涵拉到了车内。

不过刘乐乐多少心里还有一丝清明，她不敢掉以轻心，也就努力睁大眼睛，想要看看这人究竟要带自己去哪儿。

路线倒是没什么问题，就是车在行驶的时候，刘乐乐忽然从倒车镜里看到了一个影子。

那个影子很怪，像是有一个人站在很高的楼上跳跃着，不断地跟踪着他们似的。

她下意识地把头转了过去，打开车窗再看的时候，却只有一阵小风吹了过来，别说什么影子了，四周的楼顶都是空空的，路两边更是安安静静的，连个人影都没有。

刘乐乐叹了口气，她最近真是精神有问题了，不是遇到这个问题就是遇到那个问题。

到了地方后，刘乐乐从车上下来，她也顾不上别的了，捂着头就往楼上走。

一路跟跄着到家后，她小心地锁好了门，也没心情管别的，一上床，很快就睡着了。

一直到了早上，她才被林妙涵的电话给吵醒。

她迷迷糊糊地摸起床头柜上的固定电话。

话筒刚一贴到耳朵上，就听电话里林妙涵急急地说着："哎呀，乐乐，幸亏咱们昨天走得早，你知道吗，后来出事了，井少他们多半是昨晚玩HIGH了，回去的时候酒驾，出了很严重的车祸，据说人现在还在抢救呢……"

刘乐乐脑袋还不清醒呢，她哦了一声，心说这种不拿别人生命当回事的驾驶员，出事不正好等于是遭天谴了嘛……就是不知道给她下药的人在不在车里，要是在就更好了……

她睁开眼睛，活动了一下手脚，原以为会红肿的腿和胳膊却没那么疼了，就是隐约闻到了一股云南白药的味儿。

这是她昨晚回来的时候，迷迷糊糊给自己上药了？！

举胳膊的工夫，刘乐乐又注意到了自己身上的衣服，就连衣服也不对了。

她现在穿的居然是她平时最喜欢的那套睡衣！

她一下就坐了起来，往四周看了看，卧室还是老样子，井井有条，床头柜那儿按她的习惯摆着手机、水杯什么的，只是手机不知道什么时候被关掉了。

她记得很清楚，昨天那么混乱，她压根儿来不及捡起手机的，更别提把手机关掉了。

刘乐乐捂住头。她有点口渴，就随手拿起水杯喝了一口，很快她就发现不对了：这水可不是普通的凉白开，而是蜂蜜水！

林妙涵并不知道刘乐乐又遇到灵异事件了，还在喋喋不休地说着昨天的事儿，“你不知道孟哲多喜欢你，昨天一路上都在打听你的事儿。我说乐乐啊，你是不是最近去庙里做法事了，怎么就跟走了桃花运似的，这优质男是一个赛一个。你知道这个孟哲是什么来历吗？他外公可是××！”

刘乐乐一听××的名字，也有点被惊到了，那个××，就算她不怎么看新闻，也知道那人的名字。

那人的背景也太恐怖了吧，那可是妥妥的商业大佬。

刘乐乐就有点不大信，因为那个孟哲要真是那××的外孙，还能满世界招摇啊？他就不怕被人绑架吗？多半得被保镖二十四小时保护着吧。

她忽然想起昨天的电话来，她总归是有点疑心，当时自己打报警电话的感觉太真实了，怎么会是幻觉呢？

她忍不住给110去了个电话，想确认下是自己出现了幻觉，还是真发生过。

对方的回答倒是斩钉截铁，表示绝对没有接到过她的报警电话。

刘乐乐看了看手机上的去电显示，确实没看到拨打110的电话记录。

这么说，还真是自己出现了幻觉？

可刘乐乐还是有点不相信，昨天自己的确是被人从身后抱了一下，自己不能控制身体的感觉又那么真实。

所以等上完了班，刘乐乐不死心地又去了趟移动公司，既然是拨出去的电话，总会有个记录吧？她打印通话记录看看，不就都知道了嘛。

这次刘乐乐终于觉出不对来。

她原本在自助机处打印通话记录，忽然来了一个工作人员，一脸紧张地告诉她机器坏了。

可刚刚前面的人打印一点问题都没有，怎么轮到自己这儿就出问题了呢？

刘乐乐心里就觉着蹊跷。

而且不是只有一台机器的，奇怪的是她还没走到其他机器前，那些机器都陆续被工作人员贴上了告示条，都是故障中……

她疑惑地走出移动公司的时候，下意识地转过头看了一眼里面的工作人员，她忽然发现，之前告诉自己机器不能用的人，正一脸惊恐地看着她。

就跟被传染了惊悚似的，刘乐乐忽然就浑身都冷飕飕起来，脚步不由得就快了起来。

而且就跟电影里演的一样，当她走到路口时，就听到了汽车的喇叭声，随后一辆超级炫的跑车开到了她面前。那车来得特别巧，简直就跟特意找她的一样，斜着横在了她面前。

刘乐乐纳闷地看着那车。

车门很快打开，从里面下来了一个人。

豪车，美男，还是这样一幕戏剧化的场景。

只是跟水承泽比，此时从车内出来的男人显然要夸张十倍不止。

乍一看，很有点花花公子的感觉。

也因为对方外表太特别了，刘乐乐没特意去记，可还是一下就想起了他的名字，这不正是昨天送过她一程的那个孟哲嘛！

而且当这个孟哲下车的时候，似乎连空气都要凝固住了，所有的人都在往他们这个方向看。

孟哲本人更跟一只尾巴全开的大孔雀一样，之前刘乐乐头晕眼花的，也没怎么好好打量这个人，此时正面遇到了，刘乐乐才发现这世上真是什么人种都有。

尤其是见到对方翘着兰花指的样子，刘乐乐就很想笑，这人要真是那商业大佬××的外孙，估计他都有灭了这外孙的念头吧？

而且，见到刘乐乐后，孟哲一脸淡然，也不说什么，硬是把一包东西递到她面前。

刘乐乐莫名其妙地接了过去。

等打开后，刘乐乐就有点惊到了。

她虽然不懂行，可是盒子里装的那串翡翠项链，怎么看都是价值连城的。

这种样子的翡翠，绝对不是普通人能碰到的。

孟哲带着得意的表情告诉她："这是我家里祖传的项链，跟你有缘，送你了。"

刘乐乐面无表情地顿了几秒钟，然后她很没礼貌地眯着眼睛瞄向了孟哲。

谁家祖传宝贝会没事送人的，她统共就跟这人没聊过两句吧？

而且，这么贵重的礼品，就算是拿来泡妞也太败家了吧！

刘乐乐上下打量这个人，耳钉，指环，身上还有闪闪的亮片。

她不怎么喜欢身上戴的饰品比她都多的男人，更何况非亲非故，又没有任何缘由，她要能收下这份礼物才怪呢。

她赶紧把翡翠项链收好，递还给孟哲。

再说，有哪个男人会把有缘的女人生拉硬拽地从洗手间里拽出去的？！

既然都有送祖传宝贝的想法了，那么当初怎么也得对她客气点吧。

刘乐乐是怎么想都觉着这事儿蹊跷。

孟哲见她如此，倒是无所谓得很，只一副你可真不识抬举的样子，淡淡地说道："没关系，你不喜欢的话，下次我送你更好的。"

刘乐乐就有点闹心了，她本想不吭声扭头走的，只是走了几步后，她实在是觉得心里堵得厉害，忍不住又退了回去，这个时候，孟哲已经回到了车子里。

刘乐乐敲了敲孟哲的车窗，等他落下车窗后，才直截了当地告诉他："我不是觉着东西不好才退给你的，是我犯不着拿你的东西，让你低看了我。你也别拿别的宝贝来试探我，我不跟人玩欲擒故纵那套。"

孟哲脸上很快地闪过一丝不屑，就跟她说的那些话是故意摆姿态似的。

刘乐乐真是无语得很。

不过，看着对方车子跟按了喷射器似的开走后，刘乐乐倒是有了种茅塞顿开的感觉。

之前她努力压抑那些想法，总觉那些不合常理的事儿，不管是想到还是说出来，都会被人当作神经病，可如果……

她想着，如果不是她精神出了问题呢？

如果情况就是那么诡异呢？

什么人才能调动得了这些人做出这些事儿来，不管是抹掉她的报警记录，还是安排水承泽给她送花追她？

现在又有这个有商业大佬背景的孟公子送项链。

这些不合常理的事儿，一次是偶然，两次是巧合，那第三次呢？

再说，怎么解释她家里那些诡异的东西？

她也不想来来回回地再折腾这些事儿了。

就跟要做个决断一样，刘乐乐晚饭都没吃，直接驱车就往老家的方向赶。

这次刘乐乐也没跟老家的那些亲戚联系，她把车停在不远的地方，很快就摸到了陈天佑家。

之前被她推倒的房子还在，七零八落的。

才多久的日子啊，这地方就已经杂草丛生了。

刘乐乐站在一堆瓦砾间，她来的时候也没多想，此时天色早已经暗了下来，她举目看去，天边的火烧云把半边天都染红了。

这地方太容易让人生出一番感慨了，她忍不住想起小时候自己同陈天佑在这院子里的点点滴滴……

还有她手把手地教不识字的陈天佑怎么用滚筒洗衣机……那些过往发生的事……

甚至今早摆在她床头的那一杯水……

那都是长久以来，两人习惯了的默契。

不管陈天佑是什么来历，他都欠她一个解释。

一想到这儿，刘乐乐就大声地喊了出来："陈天佑，我不管你现在是人是鬼，你都给我快点出来！"

就这么喊了好久，刘乐乐喊得嗓子都哑了，也没见有什么动静。她郁闷得够呛，也不知道自己这样神经病似的，是不是做对了。

她又返回车里翻出了一瓶矿泉水，正打开瓶盖准备喝呢，忽然眼角一扫，就扫到了一个猫似的生物，而且那小家伙好像在窥探她似的。

刘乐乐当即就把矿泉水瓶子放下，只是等她跑过去再看的时候，那猫早已经不知道去哪儿了。

刘乐乐忽然就觉着瘆得慌，简直就跟钻到了什么恐怖片里似的。这个时候天色暗了不说，还隐隐有雷声传来。

刘乐乐下意识地摸了摸自己的胳膊，这个地方本来就在山区，偏僻不说，还人烟稀少，这个时间，这个天气，她也不想再多待了，也就叹了口气回到车内，启动了车子。

本来以为这种山里的雨，就算要下也不会这么快，哪儿知道车子才开了没多久，天上就下起雨来。

而且山间的雨真不是盖的，劈头盖脸地就淋了下来。

就算有雨刷，可是车窗还是模糊一片，再没有比下暴雨时走山间小路更闹心的了。

刘乐乐尽量放慢车速，饶是这样，在转弯的时候，车子还是打了下滑，车身就跟不受控制似的，不断地倾斜着……

她当下就知道坏了，偏偏越着急越容易出错，刘乐乐就觉着自己的身体跟着颠了下，随后，整部车子都不受控制地冲了出去。

在一片模糊中，刘乐乐也不知道自己的车撞到了什么，那撞击的感觉让她整个人都剧烈震动了一下，要不是系着安全带，她都怀疑自己会被撞飞出去……

在昏迷中，刘乐乐不知道是幻觉还是真的，她感觉到有人抱住了自己，那人力气很大，她的腿半悬着，就跟躺在摇篮里似的，随着那人的走动晃动着，不断地移动着……

她想睁开眼睛，可是脑袋昏沉，眼皮更是沉沉的，怎么都睁不开。

她终于挣扎着睁开了一条缝隙，在雨水的冲刷下，她迷迷糊糊地看到自己的车门扭曲着，好像被什么巨大的东西给撞击过一样。

再然后，她就跟用尽力气似的，整个人都是昏沉沉的。

不过身体的感觉还在，她知道自己还在那人的怀里，而且那人似乎在把她抱离她的车子……

终于到了一处地方，她能感觉到自己被人轻轻地放在了干燥的地面上。

外面的雨声越来越急。

又过了不知道多久，她终于清醒了过来。

她估计自己刚才是轻微脑震荡了。

等她再睁开眼睛时，她才看清楚了自己的处境。

她正在一个山洞里，山洞很浅，只有一个小凹可以避雨，而她就被人放在了小凹的中心。

在洞口外，有一个很熟悉的身影。

不用去看那人的脸，刘乐乐就已经认出了那是谁。

她没有开口，只是呆呆地看着。

雨水顺着陈天佑的脸和脖子一直往下淌，他用身体挡着外面的雨。

他就那么孤零零地蹲在那儿。

那个孤独的样子，就跟许久以前她偷偷来找他时一样。他总是孤零零的一个人，每次看到她的时候，他都会笑得像个孩子似的。

她喜欢他那么纯粹干净的笑容。

她用尽全部力气去摆脱世俗，她想用自己的努力去创造他们自己的小家，属于他们自己的幸福……

她那么努力地工作，熬夜，跟客户应酬……就为了这个大男孩似的男人……

大概是听到了身后的动静，陈天佑紧张地回过头来。

只是这次陈天佑没有再露出那种带傻气的笑来，他先是上下打量了她一番，然后就跟不敢靠近似的，很快就低下了头……

刘乐乐原本还嘀咕过陈天佑的情况，不知道他究竟是个什么物种。

不过一见到本人，她就把那些都忘了。

主要是这个家伙跟自己从小一起长大的，她再怎么觉着诡异，也没怕他的道理。

再来她正有一肚子气呢。刘乐乐挣扎着站了起来，她想过去给他几下，刚被他抛弃的那段时间，她做梦都想抽他一顿。

只是走了没两步，就因为地面湿漉漉的，她脚下一滑就滑倒了。

幸好陈天佑动作很快，他一个箭步上前，很快就扶住了她。

两个人靠得很近，那是很暧昧缠绵的一幕场景。

刘乐乐却一点都不感动，她在被陈天佑搀扶的情况下，硬是伸出手臂给了他后背两下。

陈天佑被打也没个什么反应，在挨了两下后，他反倒动作很轻地把刘乐乐搀扶到干爽点儿的地方。

怕弄脏刘乐乐的衣服似的，他还用手擦了擦地面，试图把石块弄干净些。

刘乐乐激动得眼睛都红了。

“你就没什么想对我说的吗？”被放下后，刘乐乐压着嗓子问他。

陈天佑迟疑了下，他还是不敢看她，“你、你……还好吗，没碰伤哪儿吧？”

刘乐乐都要一口气出不来被气晕过去了。

她死死地瞪着他，声音冷冷地问道：“陈天佑，你别跟我绕圈子！我又不是死缠烂打的人，你就给我一句话怎么了？！我到底怎么你了，你要那么对我？”

陈天佑耷拉着头。

刘乐乐新仇旧恨都被勾了起来，她谴责着他：“你没钱买房，我赚钱买，车子我也从公司要，结婚不用你花一分钱，别人给我介绍什么对象我都一律不见，大学时追我的男生，我也都拒绝了。可你怎么对我的，那女人到底是怎么回事？你为什么不跟我说清楚就跑了？！咱们那些年就不值你一句话吗？！”

她越说越气，简直恨不得把陈天佑撕烂了。

陈天佑更是一副蔫头蔫脑的倒霉样子。

以前觉着这个陈天佑在她面前木讷简单得跟忠犬似的，说什么他都是笑呵呵地答应着，此时刘乐乐是真讨厌透了他这个木讷的样子。

刘乐乐气得又对着他后背拍了两下。

结果她拍得太狠了，手都拍疼了。

陈天佑背对着她，他终于是动了。他先是在泥地上踅摸了一遍，找到一根拇指粗细的树棍，怕树棍的边杈会扎到刘乐乐，他还小心地整理了下，觉着不会扎手了，才递给刘乐乐。

他的想法从来都是简单的，递木棍也是怕刘乐乐打他打得手疼，不如拿木棍打他解气。

而且现在的他也不比从前了，用手打的话，最后吃亏的还是刘乐乐。

刘乐乐就有点傻眼，她盯着那根木棍，忽然就不说话了。

外面的雨下得很急。

陈天佑低着头，他整个后背都浸在雨水里，他也不解释什么，就那么任雨水淋着。

刘乐乐也不把他让进来。

外面雷声一声比一声响。

刘乐乐冷眼看着他，如果是以前的她，肯定心疼得眼泪都要下来了。

过了不知道多久，刘乐乐终于冷静了下来，她对他说："你进来吧，我不打你了，咱们好好谈谈！"

说完她让开了一点位置。

陈天佑却没有立即进到山洞里，他迟疑了好几秒，才挪了进来，他一直都没看她的眼睛。

"那女人怎么回事？你跟她什么时候认识的？"刘乐乐尽量让自己的口吻不那么咄咄逼人，不过话说出来，还是带着气的。

足足等了三四分钟，陈天佑才终于回了一句："你带我进城前，她找过我。"

他的语调平静低缓，到了此时，陈天佑已经不再显露任何情绪了。

"然后？"刘乐乐不知道自己问这么详细干吗，明明已经是过去的事儿了，她却跟自虐似的想知道自己有多瞎眼。

"我……们是天生的一对。"他的声音很轻，"是我对不起你……"

刘乐乐点了点头，她本来也不抱任何希望，就算现在陈天佑哭着喊着要回头，她都未必理他。

她就是想知道最近到底是怎么了……

她可是有很多疑惑的，现在她一并问道："那你认识水承泽吗？你那个天生一对的小娘们戴了个徽章，我看水承泽也戴了一个，他们不会是一家子吧？还有，我怎么听见你跟那女人说起我了，那女人还说拿钱补偿我，然后你说不需要，我跟你们不是一路的……还有……"

刘乐乐也挺想问猫的事儿的，就是话到嘴边，她有点问不出口。

主要是那事儿太诡异了，这又不是聊斋故事！他怎么可能会变成猫呢？！这不科学啊！

刘乐乐等着陈天佑怎么回答那些问题。

“我不知道你在说什么。”陈天佑头垂得低低的，“再说我跟别人怎么样，跟你也没有关系。”

刘乐乐就怕陈天佑觉着自己死缠烂打，她脸一下就红透了。

明明外面的雨很大，可她头脑一热，也不管那些了，站起来就往外走。

她往前走，陈天佑也不敢懈怠，赶紧跟上来。

刘乐乐就很生气，走了几步后，她就回头冲陈天佑喊道：“你要不要脸，让你滚呢，你跟着我干吗？！”

“我没管你，我就是送你下山。”陈天佑一字一句地回答她。

刘乐乐气得用手里的棍子戳了他两下，他被戳得狠了也不躲，只一脸担忧地望着她。

四周都是雷声，雨越下越大。

两个人都跟落汤鸡似的，刘乐乐气得想再给他一下，只是那一棍子还没戳出去呢，她忽然就觉着脚下抖动了几下，那感觉就跟地震了一样。

在城里长大的刘乐乐一时间也没反应过来，可陈天佑已经明白要发生什么了。

电闪雷鸣间，刘乐乐就觉着自己身体一轻，头晕目眩了一下，四周的景色就跟被快进了一样，那些草丛还有树木竟然一瞬间就离她近了起来。

不时有叶子打到她的脸上，那动作快得就连雨水都感觉不到了，她只觉着耳边是夸张的风声。

与此同时，碎石、断木混着泥浆，从上而下地冲了过来……

那些石块还有泥浆没有吓到刘乐乐，等一切都过去后，刘乐乐反倒差点被抓着自己的怪物吓成神经病。

她刚才像是被吊在钢丝上一样，此时脚着了地，她才终于看清楚了眼前的这个怪物。

她也终于反应过来，原来她刚刚一直被怪兽用爪子抓着狂奔呢。

有那么一瞬间，刘乐乐都觉着自己闯入什么3D电影里了。

怪兽，丛林，还有不断落下的雨。

可现实却是无比真实的。

刘乐乐颤颤巍巍地爬了起来，她的视线落在那个庞然大物的身上，那是只毛茸茸的“大猫”！

其实就这个体型叫豹子或老虎都绰绰有余了，可是那个外形实在不像她见过的豹子跟老虎。

虽然体型上跟豹子很像，可是豹子没有这么多毛发啊！

最主要的是豹子也没这么大！

此时的刘乐乐不是不想跑，只是她的腿脚实在没有力气了，整个人都是瘫软的。

深夜，密林，头顶还有密密的雨点落下……

她都不知道什么是害怕了，挣扎着要往远处跑。

只是刚跑了两步，那个怪物就跟知道她下一步的动作似的，一爪子下去，就把她按住了。

不过按下去的动作却是很轻柔的，只是用软软的脚垫按着她，并没有把指甲伸出来伤到她。

但是刘乐乐被拍了这一下，狼狈得很，她的脸贴在了地上，沾了一脸的泥巴。

这么一来，刘乐乐彻底被吓晕头了，她动都不敢动地趴在地上。

她也不知道装死能不能骗过这个怪物。

而且真跟做梦一样，她都不知道这怪物是怎么来的，明明上一刻她还在拿棍子去戳陈天佑呢，转眼间，那些碎石泥浆就冲下来了……

她知道自己是遇到了泥石流，可是之后呢……

还有陈天佑呢？

雨还在下着，没多久，她后背的压力消失了。

刘乐乐大着胆子扭过头去。

之前的怪物已经没有了，只有草丛后有微小的动静，还有一片白色的东西在移动。

刘乐乐都不知道自己哪儿来的胆子，明明该趁机逃跑的，可她却没有跑开，反倒快速地凑了过去，分开那些枝叶就往里扫了一眼。

一看到那个白色的东西，刘乐乐就惊呆了。

她嘴巴张了张。

之前不知道哪儿去了的陈天佑，此时正一丝不挂地躺在草丛里。

刘乐乐早忘记害羞了，她直愣愣地望着陈天佑。

陈天佑听见了动静，抬起头来，两个人的视线很快对在了一起。

在刘乐乐还没来得及出声前，陈天佑已经一个闪身躲在树后了，那动作快得就跟闪电一样。

刘乐乐这才觉出点儿尴尬来。

她刚才是把陈天佑看光光了吧？

刘乐乐嘴巴都合不拢了。

一个响雷响起，刘乐乐被吓得一哆嗦。

她伸着脖子看着陈天佑。

一股很不对劲儿的感觉，让刘乐乐的脚底板都冒了寒气。

“大猫”？陈天佑？

陈天佑光光的，还有消失不见的“大猫”。

刘乐乐都顾不上站起来了，她手脚并用地爬到了挡着陈天佑的那棵树前，她扒着树皮叫着：“是你吗？刚才那个……毛毛的东西？”

过了好半天，陈天佑都没有回答。

刘乐乐性子急，她也不等了，直接就转到树后去。

此时，用树挡着自己的陈天佑脸上一片死灰，他的嘴唇更是惨白惨白的。

在刘乐乐直面他的时候，他尴尬地把身体缩成一团，还手忙脚乱地摘了几片树叶想去挡自己的关键部位。

刘乐乐大手一挥就把那几片树叶抢走了，她情绪激动地瞪着他，追问着：“到底怎么回事？我就知道你有古怪！是不是你变成的那只猫？我的衣服也是你洗的吧？还有我买的那些快餐，你也给我扔了。还有水承泽，跟那个女人都是什么意思？”

陈天佑用手挡着下身，尴尬得要死要活的，整个人更是贴在树上。

他身材很魁梧的，硬是被矮了一头的刘乐乐逼得差点抹脖子。

刘乐乐才不管那套呢。

她从旁边捡起根树杈来，戳着他的胸口。

刘乐乐都觉着奇怪，她怎么就一点都不怕呢，要是有人告诉她，有人能变成怪物野兽，她肯定会觉着那是天方夜谭，如果亲眼见了，她一定是能跑多远就跑多远。

可当这个能变身的家伙是陈天佑时，她却忽然一点怕的感觉都没有了。

管他比老虎都大，还是比狮子都大，她照旧用树杈戳他。

陈天佑被戳了好几下也不吭声，那么高大的男人，被她欺负得都要缩成一团了。

而且他那副样子也是真应景，简直就跟低头认错似的。

最后等刘乐乐停下的时候，他才小声地开口道："就素（是）这样的咧……"

刘乐乐知道他一紧张就会恢复说家乡话的习惯。

这幕场景怎么看怎么透着可笑，她嘴角忍不住抽了下，随后就故意用家乡的方言回复他："到底咋的了啊？尼（你）就不能说清楚咧？"

刘乐乐折腾了半晚上，多少有些累了，她喊完话后就把头靠在树上，这个时候雨倒是小了不少。

她等着他交代。

"我不是人，我是畜生……"

刘乐乐翻着白眼，"我都看见了。"

接下来陈天佑就不怎么吭声了。

虽然是夏天，可是被雨淋，还在山林里，实在是太冷了，总在山上也不是办法。

刘乐乐知道陈天佑就是这么个三棍子打不出个屁来的人，既然已经知道猫腻了，慢慢逼问的话真相总能被逼问出来。

她也就站起身来，叫陈天佑跟她一起从林子里出去，至少到车里暖和暖和。

但是陈天佑磨磨唧唧地，总在试图用树叶挡住关键部位。

跟个大姑娘似的，耳朵根都红透了。

看着这样腼腆害臊的陈天佑，刘乐乐忽然叹了口气。

她自言自语地嘀咕了一句："所以你不跟我在一起，是因为咱们不同种？"

她说话的时候，并没指望陈天佑会回答什么。

可在走了几步后，还是很微弱的，刘乐乐得到了一个回复。

“我怕伤到你。”

刘乐乐诧异地回过头去，她的视线对上陈天佑的眼睛。

他一直不敢看她，可是每次看到他的时候，刘乐乐都有一种感觉，陈天佑在看她时，眼神没有变化……

刘乐乐很快别开眼睛，她不想让自己已经平静的心再混乱起来。

下去的路还算顺利，他们绕了一小段路，等回到车上的时候，刘乐乐浑身都没力气了，又冷又累。

走近车时，刘乐乐才发现自己的车门是被人硬生生拽开的，整个车门都变形了。

所以除了能变成那种“大猫”外，陈天佑还有怪力？

她进到车里，翻了一会儿终于翻出条毯子。

陈天佑现在全身上下就几片树叶挡着，刘乐乐把毯子扔在他身上，让他盖着。

陈天佑却不用，他蜷缩在后排车座上，固执地把毯子递还给刘乐乐。

刘乐乐迟疑了下，终于拿着毯子，跟他并排坐在后车座上，把毯子盖在两个人身上。

其实刘乐乐有很多话想问他，可是千言万语，她最后能想到的却是这么一个问题：“那个女人也是你这样的，所以你们是天生一对？”

陈天佑点了点头。

刘乐乐快速地把脸转向车窗外。

“那你是什么时候知道……自己的情况的？”

“在你大二那年，记得有一次我没接你电话吗……”

刘乐乐想了一下，“记得，那时候急死我了，我还逃课跑回来看你。”

因为知道陈天佑家里没亲人了，她很担心他出事，结果见到的时候，陈天佑果然瘦了一圈，面色也很不好，可是见到她的时候，陈天佑还是挺高兴的，他还特意跑到村边的小溪里给她捞小虾……

陈天佑似乎想解释什么：“那时候觉着，还是能跟你在一起的……只要控制住……可是后来才发现……一点办法都没有……”

刘乐乐哦了一声，她不大懂他说的那些话是什么意思，她只是呆呆地看着车窗外。

山里的气候真奇怪，明明之前还阴云密布、大雨倾盆的，此时居然月亮都出来了。

她想起什么来，又在车里找了找，终于翻出几块巧克力来。之前为了准备结婚，她十分劳累，甚至几次都因忘记吃饭而差点昏厥过去，也是从那时候起，她就习惯性地在车里备上一些巧克力。

“我还是喜欢吃榛子味的。”刘乐乐低头努力辨认着巧克力外包装上的字迹。

陈天佑视力好很多，他低头帮她挑出三块来。

他的嘴唇不可抑制地抖动了下，在刘乐乐低头的时候，陈天佑的眼圈无法控制地红了，他只得用力闭上眼睛。

剩下的那些巧克力，刘乐乐都递给了陈天佑。

她则打开包装放进嘴里一块，带果仁的巧克力味道在嘴里弥漫开来，有点苦。

其实榛子味的已经算是偏甜的了。

她沉吟了会儿，才淡定地说道：“你要早告诉我的话，我就不那么生你的气了。”

她都不知自己是这么豁达的人，可她还是继续说道：“我也不知道你遇到了什么，既然不能在一起，这种事儿，也只能自己看开……还有，你别惦记我了……分手就是分手了，总这么不清不楚地做什么……既然你有了天生一对的人，你就要好好对她，而且你知道的，三心二意的男人最让我恶心了……”

刘乐乐望着远处模糊得只有轮廓的大山，依旧平静地说着：“你放心好了，我从来不是脆弱的人，只要睡一觉，第二天我就能把这一切都忘了……”

此时此刻，所有的一切都不同了，如果他肯告诉她真相，如果他没有绝情地离开，他们还有很多机会，她愿意冲破阻碍，不在乎任何事儿地跟他在一起……

可是现在一切都不同了，骄傲如她，是不可能主动说那一句“我不在乎”

的……

天彻底亮了后，陈天佑显然还不想走。

刘乐乐看着时间不早了，就掏出手机来，给保险公司打电话，让他们尽快赶过来。

她现在都不敢看车子的惨状，她估计这车报废的可能都有了。

在等着保险公司的人过来的时候，她又拜托那些人帮着捎一套男士衣服过来。

只是等那些人来后，那些人带来的衣服却并不怎么合身。

陈天佑身材魁梧，穿上那些中等号码的衣服，明显胳膊、腿都伸展不开了。

而且他一丝不挂的样子，让保险公司的人都笑得很不怀好意。

刘乐乐的脸却一直都是沉着的。

她疲倦地处理着这些事儿。

陈天佑一点忙都帮不上，只会站在旁边看着。

倒是保险公司的人在用照相机照了几张相后，就觉着不对劲起来，在那儿摸着那些痕迹，嘀嘀咕咕地说着："刘小姐，你这个车是怎么撞的啊？"

刘乐乐把大概的情况说了说，雨天路滑，中间陈天佑那段肯定要略过不提。

只是就算她不提，那些人还是发现了蛛丝马迹。

那人倒是没往怪兽那边想，只用手摸着那几道好像抓痕一样的痕迹，嘀咕着："你这是在哪儿蹭的石头啊？跟你说啊，你这次真是命大，你看到那边的车轮印了吗，半个轮子都出去了，你这要是没撞这么一下，估计连人带车都得下去。"

她也是有点后怕了，忙瞟了一眼陈天佑，心里明白，陈天佑昨晚算是救了自己一命。

陈天佑穿那衣服太可笑了，裤子就跟七分裤似的，上衣的袖子也不行，窄窄的袖口，他肩膀宽，衣服就跟要被撑开一样。

她迟疑了下，终于看不过去，帮他整理了下领子和袖口。

随后她就别开眼睛，再也不去看陈天佑了。

事情倒是处理得很快，之后刘乐乐就跟着那些人上了拖车，车子撞成这样，她怎么也得跟着去店里看看。

一路上刘乐乐也没怎么说话，等车子驶入市里的时候，她才提醒陈天佑：“你到了地方就下车吧。”

说完，她又想起了什么似的，忙从钱包里抽出一张一百的钞票递给他，“拿这个打车。”

陈天佑低头看着她的手指，他没有去接，反倒叮嘱她：“你抽空检查下身体吧。”

“我没事。”刘乐乐见他不接，又把钱收好，把包放在一边。

她也不看陈天佑。

两个人都不再说话。到了一个十字路口，陈天佑对司机开口道：“师傅，麻烦您了，我在这儿下车。”

车停下后，陈天佑看了几眼刘乐乐，随后他推开车门走了下去。

但是他没有立即走开，而是手扶着车门边，站在那儿愣愣地看着刘乐乐。

刘乐乐也不看他。

此时就连车上的司机都觉出诡异来，忍不住从后车镜里看这对年轻的男女。

只要是有眼睛的都瞧得出，这个年轻的男人挺在乎这个女人的，司机也不知道两个人闹了什么矛盾。

最后陈天佑什么都没说，退了一步，把车门小心地合上。

很快车子就开走了。

司机还以为这是小情侣为车的事吵架了呢，就在车里劝刘乐乐说：“哎，姑娘，人没事儿就行，车子坏了就修，再说有保险呢，下次注意点就行了……我看刚刚那小伙挺在乎你的，一直都在偷偷看你……”

刘乐乐也不搭话，司机自讨了没趣。

后面的事情，刘乐乐并没上心，具体怎么修、怎么弄，她也没多考虑，她知道现在的自己有些麻木。

不过幸好事情解决得还算顺利，而且她跟公司说了车子的事儿后，经理也没说什么，倒是她觉着挺不好意思的，主动提出按月扣薪水作为赔偿。

再来就是婚礼取消的消息还有一些远些的亲戚朋友没被通知到呢，此时刘乐乐就跟她妈打了个招呼，让她妈挨个儿去通知吧。

现在她不结婚的事儿肯定是板上钉钉了。

她妈自然是高兴得很，还一连说了好几个小伙子的情况，非要让她选一个去相相看。

但刘乐乐对相亲的事挺抵触的，再说她还有工作要忙呢。

那天她正忙着呢，部门的胡经理忽然把他们部门的人都叫到一处，宣布了个特别让人意外的消息，说要去上海参加什么行业会。

那个行业会，刘乐乐倒是知道一些，可是说真的，现在全国各地的展会、行业会太多了，更何况那个行业会的内容和他们公司的产品关系不大。

倒是同办公室的小内勤朱琳高兴得直叫，蹦蹦跳跳地，还过来问她打算穿什么衣服去。

刘乐乐对出行兴致缺缺，她去年为了谈一笔业务去过上海那边，除了晕头转向地赶点赶车外，她实在没啥好印象，再说出去也是工作。

不过，既然大领导都发话了，刘乐乐也就跟着部门里的小姑娘忙了一阵，准备宣传资料啊、展牌啊。

就这么忙了两天，那天刘乐乐猛地想起来他们这一行人的机票还没订呢。

她赶紧找到朱琳，提醒对方："朱琳，你机票订了没？"

朱琳一脸神秘地偷偷告诉她："这次不用订机票，这次出行有惊喜的！"

她平时大大咧咧的，跟同事关系都不错，她也就用手点了点朱琳的鼻子，逗她，"什么惊喜啊？"

"你真不知道吗？"朱琳故弄玄虚地笑着，"这次咱们坐私人飞机！"

刘乐乐一下就愣住了。

朱琳就等着她这个反应呢，她笑得鸡贼，"想不到吧，就是这么神奇！咱们那个大客户，就那个上善公司，这次行业会是他们邀请咱们一起去的，不然你以为老总干吗颠颠地跑过去，而且机票都给咱们省了呢，据说就连住宿对方都给咱们安排好了。集团公司就是不一样，揪根汗毛都比咱们腰粗……"

刘乐乐哦了一声，怎么都觉着这事透着诡异。

从来都是卖家主动跟买家打好关系，这次怎么反过来了，他们这家公司又

不是什么垄断企业，现在居然还让客户包吃包住！

她做销售这两年，别说自己没经历过，就连听都没听说过。

不过他们老总倒是高兴得很，一点不对劲儿的感觉都没有。

刘乐乐也就随着大流，跟着一起准备着。

到了出发那天，她先跟同事在公司碰面，然后就坐着公司的车统一到机场。

跟往常坐飞机不同的是，这次他们刚到机场，就已经有上善集团的人在等着了，对方可是真殷勤，把他们挨个儿安排到飞机上。

朱琳一上了飞机就狂拍照片。

不过，这个飞机内部构造的确跟他们以前乘坐的那些不一样，座位都是面对面的。

还有一些小圆桌子之类的，简直就跟个移动的小酒吧似的。

大家都很兴奋，哪怕是当着老总的面，也都是拍照片的拍照片，发微博的发微博，忙个不停。

没多久就有空姐过来了，提醒大家关闭通信设备。

朱琳兴奋地坐在刘乐乐身边，抓着她的胳膊摇晃她，“货真价实的私人飞机哦，你知道这架飞机维护起来需要多少钱吗？听说单单跑这一次就要五十万呢！真是人比人气死人，跟别人比，咱们就只是生存啊，人家这才叫作生活啊。”

看朱琳那副夸张的样子，刘乐乐逗她，“跟那些人比做什么，有吃有喝的就行了，没准儿水承泽还羡慕比尔·盖茨。”

两个人在飞机上有一句没一句地闲聊着，时间倒是过得很快，统共也就一个多小时就到了。

到了地方后，有车子专程来接他们，把他们又统一安排在了上善集团的酒店里。

那酒店坐落在很偏僻的地方，里面的设施却是很好的，很有点度假酒店的意思。

他们一行人的计划是先歇息一天，第二天再去参展。

其他的男同事都出去玩了，刘乐乐跟朱琳可没那么轻松，两个人还要清点早些时候发过来的那些资料。

正清点着，刘乐乐忽然听见有人敲门，她以为是有男同事提前回来了，就过去开了门。

虽然知道这次行程很蹊跷，可是一开门，看见捧着玫瑰花的水承泽，刘乐乐还是傻在那儿了。

第三章

刘乐乐的第一反应就是想把这个水承泽轰出去。

不过在她开口前，水承泽已经把花递到了她面前，笑着说道：“欢迎你们过来，路上还顺利吗？”

刘乐乐有点骑虎难下，对方怎么也是合作公司的头儿，又给他们安排了飞机、住处。

最后她也就应付地回了一句：“还好。”

她接过花后就想要关门，可是水承泽似笑非笑地同她说了一句：“你现在方便出去吗？我想跟你谈谈你养的宠物。”

刘乐乐原本还想赶人呢，一听这个，她立刻就皱起了眉头。

迟疑了下，她很快回到房间拿起包，在朱琳那副都要吃人的表情中，刘乐乐也没多做解释，跟着水承泽就走了出去。

刘乐乐也挺好奇，上次跟陈天佑见面太仓促了，她都没有细问这些事儿。

现在刘乐乐就很想问问这个水承泽，为什么他要假模假式地追她？

只是水承泽没给她说话的机会，总是东拉西扯的。

刘乐乐犹豫了几次，想要主动说开了，可是毕竟人变猫猫变人的，怎么听都觉着那话像神经病才会说的。

最后等她终于下定决心要说的时候，刘乐乐忽然疑惑地看了看路，水承泽是要去地下停车场吗？

而且，不知道是灯坏了还是疏于管理，这个停车场外面都没有管理人员。

刘乐乐有点后悔自己此行太轻率了，下车后，她也不跟着水承泽，而是想先到光亮的地方等着。

哪儿知道她刚走了两步，就见身后出来了两个穿着黑色制服的人。

刘乐乐就知道坏了。

那些人更是动作夸张地做了个请的动作。

刘乐乐紧张地回头看向水承泽。

水承泽微笑着安抚她："你别怕，我们不会伤到你。"

刘乐乐的心跟打鼓一样，她偷偷地拿出手机来，试图拨号报警，结果按了几次都没有接通。

倒是走在前面的水承泽转过头来，那口吻简直就跟哄孩子似的，"这地方的信号都被屏蔽了。"

刘乐乐敏感地发现，四周都被布置妥当了，好像一个巨大的陷阱一样。

在下面还有一个类似地下停车场的地方，只是那里面空荡荡的，没有什么车，而且灯火通明，到处都是人。

他们刚走过去，就有人递给他们防弹服。

水承泽把剪裁合体的西装脱了下来，换上了防弹服。

刘乐乐迟疑了下，也跟着换上了。

此时整个变成一幕战斗前的场景。

刘乐乐隐约还见到有人握着枪柄很长的枪。

"是这边的实验室出了问题。"水承泽早已经找好了位置坐下，他很自然地拍拍身边的位置，示意刘乐乐坐下来。

刘乐乐发现周围的人都在盯着她看。

她脸色很不好地坐了下来，瞪着水承泽，显然对他这么对自己很不满意。

水承泽却跟没注意到她的表情一样，侃侃而谈："你养的大猫一直不能顺利交配，最后实验室的人就想用药物刺激一下，让他能够产生正常的生理反应。大概是药量没控制好，大猫在几天前忽然出现异常反应，为了安全起见，上面紧急让我把你引到这个地方。"

刘乐乐看着四周，她的心跳越来越快。

这真是一件很奇怪的事儿，一个她从小认识到大的青梅竹马，他的事情，她竟然要从一个一点都不熟悉的陌生人口中知道，而且还是在这样的场合。

她也不说什么。

本来这就不是可以用逻辑分析的事儿，也没有任何常理可讲。

她也没办法把陈天佑跟“交配”两个字联系起来。

对她来说，陈天佑只是那个陪伴她成长、有些腼腆的男孩子。

“他是纯血。”水承泽的口气很轻，“一旦变身的话，就会非常危险，当初他一直不肯从你身边离开……”

刘乐乐插嘴问道：“纯血是什么？”

“他们是可以变身的异种，不过出现几率太低了，狐仙，还有精怪，包括西方的狼人、吸血鬼，大概都是此类的衍生物。异种的基因很不稳定，有些异种一辈子都不知道自己的身份，有些则会忽然发生变身，但大部分都会因为无法适应而死掉，像陈天佑这样的情况非常罕见。”

刘乐乐也没接话，她觉着特别不真实。

刚刚她还在跟同事清点那些宣传资料，准备开会的事儿。

再早些时候，她还是幸福的准新娘子。

然后现在她却穿着防弹衣，准备看围捕。

围捕的对象正是她的前未婚夫，一个可以变成大猫的男人。

刘乐乐觉得很奇怪，她都跟陈天佑说清楚了，两个人已经断干净了，这些人还费尽心机地把她弄过来干吗？

就跟知道她在想什么一样，水承泽没等她问，已经开口说道：“请你来也是逼不得已，就目前的研究看，纯血一生中只会喜欢一个人，所以这次才会在试验中加入催情的药物，想依靠外力解决，只是还是出了意外，估计你的大猫很快就会循着你的气味找过来了。”

刘乐乐闻言紧张起来，她看着那些拿着枪的人，一脸的警觉。

水承泽是个人精，刘乐乐脸上哪怕只是掠过一点小情绪，他也能很快察觉出来，他随后宽慰地说道：“你放心，我们不会杀死他的，他对现在的研究很重要，可以说比我们现场所有人加在一起都要重要。”

刘乐乐闷闷的，也不出声。

水承泽倒是想起什么似的，给她看了一些照片。

照片有些年头了，有几张还是黑白的。

“纯血人的情况很不稳定，这都是跟纯血人相恋的结果。”水承泽意有所指。

刘乐乐低头看了看，照片里不光是女人，还有一个男人的照片，但统共就两张。

男人的脖子被咬了一个大洞，血流了好多。

那个女人则更凄惨，整个脖子都被咬断了。

刘乐乐只看了一眼，就觉得很恶心，把头转向了另一边。

“这是我父亲。”水承泽淡淡地说道，“那时候我妈很喜欢他，而且我妈还不是纯血，结果还是失控了……我们这些异种的血统一旦接近一半，就会变得非常危险。像陈天佑那样的，完全不适合家庭生活，而且，真正的纯血压根儿不可能跟人类拥有后代。”

这话倒是提醒了刘乐乐，她很快想起当初跟陈天佑开玩笑时说的那些话。她曾经笑着问陈天佑以后想要几个孩子，陈天佑当时的反应，她一直当作木讷呢。

他脸上什么表情都没有，只是定定地看着她……

她就跟自说自话一样，掰着手指头告诉他，她想要两个孩子，一儿一女，凑一个好字。

每到那个时候，陈天佑都是沉默的……

现在刘乐乐才明白，原来自己当初的话，一直都在刺激着陈天佑……

不过，刘乐乐也没有全信水承泽说的话，毕竟这姓水的也不是什么好人。

她脑子有点乱，一方面想跟陈天佑断干净算了，可另一方面又觉着这事儿还是跟自己有着千丝万缕的联系。

而且，她心底的某一处还是想着陈天佑的好的……

时间过得很快，在等待中，刘乐乐不知不觉地打了个哈欠。

她刚用手捂了下嘴巴，然后就觉着有一阵风呼地一下就吹了过来。

那是非常快的速度，在她前面几步远的那几个保安似的人压根儿没有开枪的机会，就被怪兽一爪子拍在了地上。

那完全是电影里才能拍出来的玄幻场景。

眨眼的工夫，怪物就扑到了她面前，那是一个被放大的慢动作。

水承泽就在她身边呢，电光石火间，所有的一切都发生了变化，她身边的水承泽抓着她的手，快速地跑了起来。

刘乐乐整个人都呆掉了，她大脑一片空白地跟在水承泽的身后，她听见身边好像有射击的声音，还有子弹撞击墙壁的响声……

那应该是很多人在向陈天佑开枪吧？

人的叫声，交火……还有各种嘈杂的声音不断地向她涌来。她几次想要回头，可是她被水承泽拽得太疼了，她压根儿挣脱不了，因为移动的速度很快，她都没有机会回头看看。

就在她琢磨该怎么脱离水承泽的牵制的时候，水承泽忽然毫无预兆地松开了她的手。

刘乐乐还以为是水承泽主动松开的呢，可等她一转身，却差点没被吓死。

水承泽绝对不是故意松开她的手的，就在她转过身的瞬间，她已经对上了那个怪物；而她身边的水承泽，几乎是在瞬间就被那个怪物直接甩到墙上去了。

此时那个怪物就在她的对面，它嘴里喷出的热气一股股地直冲着她的脖子。

刘乐乐原本还没觉着这怪物体型很大，可是当她面对它的时候，她却感到毛骨悚然。

她剧烈地喘息着。

所有的人都在看着这一幕。

无数的红点打在这个怪物的身上。

可是刘乐乐知道，就算那些枪手同时射击也来不及救自己了。

对方只需要一爪子，她就会直接被拍死在这儿。

她紧张得牙齿都在打战。

它就站在她的面前，上次看到它，还是在深夜的丛林里，此时却是灯光大亮，她看得很清楚……

黑色的毛发，好像玻璃珠一样的眼睛，还有比自己的腿还要粗的爪子……

刘乐乐都不知道自己哪儿来的胆子，她忽然出声了，她的嗓音很大，大到她自己都被吓了一跳，而且这个地方有回音，她在喊出那句话的时候，回音就像连锁反应一样不断地回响着。

“别过来！”

那些试图靠近他们的安保人员都放慢了速度。

她用余光看着那些人，做了一个深呼吸。

水承泽那些话是挺吓人的，可问题是，这可是陈天佑啊！

它的样子是很恐怖。

不过就算他再怎么变，他归根到底不就是那个陈天佑吗？

那个不小心看到她晒在阳台的内裤都会脸红的腼腆家伙。

那个因为牵到她的手，就会笑得眼睛都睁不开的人。

她真的有必要去担心什么吗？

刘乐乐努力让自己镇定，她试探地伸出手去，她的手指都在颤抖，那些落在大猫身上的光点，也在不断变换着位置。

情势紧张得一触即发。

刘乐乐很怕有人擦枪走火刺激到这只“大猫”。

此时，庞然大物般的“大猫”烦躁不安地不断扭转着脖子。

它的毛可真漂亮，在灯光下就跟涂了一层油似的反着光。

只是刘乐乐一点欣赏的心情都没有。

她的手慢慢地落在它的脖颈上。

她深吸一口气，小声唤了一句：“乖，别乱动……”

她的动作跟话语，让在场的所有人都倒吸了一口冷气。

这女人以为这是家养的小猫小狗呢，还说“乖”？！

之前被拍得七零八落的那些安保人员，在下一刻却都要被惊掉下巴了。

就像有魔力一般，那只狂躁的“大猫”渐渐地不再躁动了，它慢慢地眯上了眼睛，就像讨好一样，它还主动把脖子伸了过去，递到她的手边，随后它还动了两下，就像在催促一样，试图让她的手指多蹭蹭它的脖子。

然后它就跟家养的撒娇猫一样，整个趴在了地上。

那副样子，简直就差把肚皮翻出来给主人看了。

刘乐乐这才觉出自己的剽悍来，这只大猫趴下来后，那个头比老虎都大。

而且就刚刚那几下表现出来的爆发力和敏捷度来看，这家伙简直就是杀手之王！

她刚才胆子可真大，居然就敢对这么个怪物伸胳膊。

不过到了这会儿，还什么怪物不怪物的，统一都成了大尾巴猫了，此时这个怪物躺在她面前，那副样子滑稽得就跟只大懒猫似的。

刘乐乐动作僵硬地安抚着大猫，大猫倒是享受得很，就跟撒娇一样。

只是叫声让人囧死了，有点类似于老虎的叫声，呼噜噜的，又有点像是什么人打呼噜。

那些拿着枪的人渐渐把枪放了下来，无数个落在大猫身上的红点也都陆续撤开去。

所有人都是一副松了口气的样子。

刚刚打在“大猫”身上的麻醉弹，应该起效了。

等一切尘埃落定，水承泽也从地上爬了起来。

他动作很快，不断地指挥着四周的人，那些人有序地靠拢过来，还有专门的笼子被推了过来。

刘乐乐下意识地看了眼笼子，她不是没去过动物园，可是动物园里即便是关老虎的笼子也没这么恐怖。

那已经不是围栏了，而是巨大的网状笼子，而且还不是一层，她随意一瞄都瞄到至少三层，更别提那笼子好像还是通着电的。

那些人在推那笼子的时候，还刻意地检查了下四周有没有电。

就在那些人做着准备的时候，刘乐乐忽然就不忍起来。

她摸着这么乖的“大猫”，一想到那些人要把它关进笼子里，她就特不忍心。

而且，之前的话都是水承泽自己说的，他还说陈天佑变身后很恐怖，杀伤力很强呢，现在不也乖得跟家养的猫似的……

她这么想的时候，水承泽已经走到她面前，很客气地提醒她：“趁着麻醉起效，我们得尽量把它关起来。”

刘乐乐却没有动，她抬起头来，刚才摸大猫的时候，她注意到了大猫毛发上的血迹。

她怀疑大猫刚刚被打伤了。

刘乐乐也就提了下：“现在就关吗？他身上还有伤呢，至少也要处理下吧？”

水承泽就像听到一个笑话，“刘小姐，你不知道它的危险性，而且，刚才注射的麻醉剂量是否达标都说不准，若不趁此机会关住它的话，情况会很危险的，这也是为你好。”

刘乐乐却没有动，她像是在思考一般，手轻轻地抚着大猫的毛发，只是在摸的时候，手指不着痕迹地滑到了它的脖子那儿。

就在水承泽招呼那些人开启笼子的时候，刘乐乐忽然起身，她上学的时候跳木马成绩还是不错的，这个时候真是沾了当年苦练的光，她一个纵身就跳到了大猫的背上。

即便是变成了大猫，两人之间从小到大的默契还是别人比不了的。

在她跃上大猫后背的瞬间，她还没开口呢，刚刚似乎还在酣睡着的大猫，忽然就站了起来。

刘乐乐也不知道怎么稳住自己，她只是抓着大猫的毛皮，而且她都觉着这事儿太囧了，也亏得她是冲动型的人。

要是让她细琢磨，她可真没这魄力。

可偏偏这么囧的事儿，硬是发生了！

之前别说骑猫了，连马她都没骑过，现在居然就能骑着猫逃跑。

而且，亘古以来有骑猫跑的吗？

不过，大猫的毛可真厚，在她坐上去的时候，那触感简直比软垫子都要软。

大猫的动作也是真快，她压在大猫身上的分量，别说对大猫没任何影响了，她怎么感觉这次大猫比之前还要快了呢！

之前那些麻醉枪还能打到它，这次大猫快得，简直就是眨眼的工夫，就蹿出去好远。

那速度快得，刘乐乐都看不清楚四周的景色了。

几乎是转瞬间，她跟大猫就到了外面。

就是有些不适应，刘乐乐觉着头都晕了。

那感觉就跟刚坐了速度超快的云霄飞车一样，耳朵也是嗡嗡的。

不过渐渐地她就不怕了，不知道什么时候大猫把尾巴蜷了起来，正好绕在她的腰上，那感觉简直就跟给她系了根粗粗的安全带一样。

就是摸着猫尾巴的感觉，让刘乐乐挺别扭的，她也不知道对变回人的陈天佑来说，这条尾巴到底算是他的啥部位……

她赶紧甩开那些乱七八糟的念头……

要是那么想的话，她现在不就等于坐在陈天佑的后背上，还拿腿夹着人家肚子吗？

大猫带着她出去后并没有怎么休息，脑袋摆动着，就跟要找寻路似的，然后很快地，大猫就重新跑了起来。

幸好这个地下停车场所在的地区很偏僻，不然刘乐乐都怀疑自己这副骑猫的样子，要是给人看见拍下来，多半当晚就上了微博搜索头条了。

大猫又跑了一段路，刘乐乐也不知道它要跑哪儿去。

一直到了一处空荡荡的地方，大猫才停下。

刘乐乐算是知道为什么有人喜欢追求极速、开快车啥的了，一旦适应了那种超高速的移动后，就会觉着那感觉挺酷的。

等大猫停下后，刘乐乐也跟着松开猫毛，从大猫背上跳下来。

她往四下看了看，发现这个地方的景色看着还蛮眼熟的，然后仔细一想，她就想起来了，这不就是世博会留下的那个中国馆吗？！

她说怎么看着那么眼熟呢，大猫可真会找地方。

这个时间点儿，这地方别说没人了，就连真猫都没一只。

刘乐乐也要被累散架了，她刚才紧张得肌肉都僵硬着，一放松下来，她整个人都靠在了大猫身上。

大猫这身光滑漂亮的毛皮，摸上去的感觉，简直比表姐刘冉买的那什么貂皮大衣都要舒服。

不过一想到大猫身上还有伤，刘乐乐就紧张地摸着对方，小声问着："天佑，你能恢复成人的样子吗？你的伤得去医院处理下……"

大猫听了她的话后，却一动不动，那副样子不知道是累的，还是怎么的，有点没精打采。圆圆的猫眼更是跟没了力气似的，很快就半眯了起来。

刘乐乐这下可担心了。

她也顾不上别的了，幸好她这次出门是带的挎包，所以跑来颠去的，包居然还在。

她赶紧清点了自己带的那些东西，这次出门她带了不少现金。她有些担心那些人会追踪过来，这么一想，她忙把手机掏出来，把电池抠了下来。她记得电影里都这么演的，有些人可以通过手机信号追踪。

之后刘乐乐就回忆着早先来世博会时的路线，她胆子也是真大，都这么晚了，她硬是连跑带找的，最后倒是让她瞎猫碰上死耗子，在半路上碰到一辆出租车。

刘乐乐心里可着急了，陈天佑能放任她深更半夜在这种人生地不熟的地方走路，多半是陈天佑精力不行了，不然就她对陈天佑的了解，哪怕是爬他也会爬着跟在她身边的……

刘乐乐一路催着司机，边开车边找，最后终于找到了一家24小时营业的药店，她急匆匆地买了一些外伤药，又赶紧催着司机往回开。

她都要佩服死自己的胆子了。

而且她也是心大，对陈天佑这种退婚连个解释都没有的坏男人，她居然还能同情得起来，她这是纯肉馅的包子吧？！

回去再面对大猫的时候，刘乐乐就有点犯难，她也不懂得兽医那套。

而且不都说枪伤的话，最好把子弹挖出来吗，可是那些麻醉枪的痕迹，她看着好像是扎出来的。

她用手按了按伤口，结果这一按不要紧，原本不流血的伤口又开始流血了。

大猫也发出不舒服的噜噜的声音。

刘乐乐这个心疼啊，简直恨不得给自己两个嘴巴。

她赶紧手忙脚乱地用绷带帮大猫包扎好，但绑绷带跟平时打包装袋不一样，而且大猫身上的毛实在太浓密了，她绑了好几次都没绑好。

刘乐乐急得都出汗了，大猫倒是很乖，不管她怎么处置它的伤口，它始终都一动不动，见她急得气喘吁吁的，大猫还回过头来，用额头轻轻地碰碰她的身体，尾巴更是不断地摆动着，拂过她的身体，用毛茸茸的尾巴尖去碰触她的头发。

刘乐乐努力地保持冷静，不管嘴多硬，可真到陈天佑出事的时候，她还是没办法做到坐视不理。

等把伤口处理好后，刘乐乐终于松了口气，不过她还不敢太懈怠。

她在药店还买了一些葡萄糖水，此时她把那些葡萄糖拿了出来，准备喂一些给大猫。

但是大猫的嘴太大了，她往它嘴里倒的时候，那些糖水顺着它的大嘴巴流到外面去了。

最后刘乐乐不得已，只能用手捧着大猫的下巴，准备托着它的下巴喂它。

它的个头可真大，她的手放在它下巴那儿，她留意到它的牙齿都有自己的指头粗了。

只是这么喝的效果还是不好，葡萄糖水依旧顺着嘴角往外流。

这次大猫都有些不好意思了，它动了几次，最后扬起了下巴。

没有任何语言的交流，可刘乐乐一下就明白了它的意思。

她忙站起来，就着它仰头的动作，往它嘴里慢慢地倒着葡萄糖。

忙完了这些后，刘乐乐简直都想晕过去算了。

中间她又掐着时间喂了一些消炎药给大猫吃，最后她都不知道自己是什么时候睡着的，迷迷糊糊间，她觉着自己怀里有一个暖融融的小家伙在拱来拱去。

刘乐乐睡迷糊了，还以为自己是在做梦呢。

第二天天刚亮的时候，刘乐乐睡得正香呢，就被一个工作人员给推醒了。对方很不高兴地轰着她。

“喂，小姐！这是睡觉的地方吗？”

刘乐乐差点没被吓死，她赶紧睁开眼睛，下意识地就往身边看了看，然后就看见了自己脚边的黑色家猫。

那只跟普通猫差不多大的黑猫，此时正在羞答答地舔着身上的毛发。

见她醒了，黑猫忙一脸谄媚地冲她喵呜叫着，然后，这个曾经被她叫作大乖的家猫，忽然就举起爪子来，做了一个投降的动作。

刘乐乐也不知道这是啥情况，不过让她闹心的是，既然陈天佑能变成小猫了，干吗不变回人的样子啊！

她郁闷地抱起这个家伙来，在工作人员鄙视的眼光下，赶紧走了。

在路上，刘乐乐是怎么琢磨怎么不得劲儿。

昨天是危急时刻，她在道义上肯定要为陈天佑着想，可今天危机都过去了，她还有必要帮助这个“前未婚夫”吗？

刘乐乐想起那个“天生一对”来。

她也没立即发作，在等车的间歇，她拿出手机来，给家里拨了个电话报平安。

听着她妈说话跟平时没什么不同，刘乐乐多少放心了一些。

随后她又想起公司那边的情况，忙又给同事去了个电话，朱琳正不知所措呢，一听见刘乐乐的声音，就急急地问道：“我的天啊，你昨天跑哪儿去了，深更半夜的，水总还特意找过你一次，说是怕你人生地不熟迷路……”

刘乐乐一听，赶紧说：“我没啥事儿，就是有些私事需要处理，麻烦你给经理说一声，我先告几天假。”

在朱琳支支吾吾地想要打听清楚的时候，刘乐乐赶紧把电话挂断了。

随后她就把一边的大乖抱了起来，抓着它的猫爪子，催促着：“我的电话打完了，现在该你了，快点给你那‘天生一对’拨过去。”

她又不是犯贱，现在也该明确义务和责任了，谁享受谁负担。

大乖头垂得低低的，耳朵更是耷拉的，被刘乐乐放在手机前后，它全身都要缩成一个毛团了。

刘乐乐看着它这样就来气。当年陈天佑刚进城的时候，好多东西都不懂，像不会用热水器啊，不会用天然气啊那些，每次出了问题，陈天佑都会做出这个动作来，那时候刘乐乐只觉着陈天佑又呆又傻的，看他缩在角落的样子，还隐隐透着股可怜的感觉。

可怎么现在看见大乖做同样的动作，她却忽然觉着对方狡猾得很呢？

刘乐乐忍不住就疑心起来，之前的陈天佑到底是真憨厚还是装的憨厚？

要是真的老实人，绝不会把变猫变人的事儿一直瞒着她吧？

亏她还以为他们是无话不谈的呢！

她气呼呼地点着猫鼻子，那一句“我们天生一对”的话简直就是她午夜的噩梦。

她现在怎么也得把事情弄得清清楚楚了。

她抓起一只猫爪来，使劲儿往手机屏那儿送，嘴硬地说着：“哦，你出事儿了就找我来了，有好事儿的时候就找你的天生一对，是吧？天下哪儿有这么便宜的事儿，你也甭拿我当避风港，我之前救你是看在以前的面子上，现在你

都没事了，你还是回去找你的天生一对吧！”

大乖把指甲都缩在肉垫里了，头更是缩在毛毛的脖颈那儿，尾巴也圈了一圈。

有路人看见这一幕，当下就侧目起来，这世上的猫多了去了，有爱撒娇的，有傲娇的，也有脾气不好和脾气温顺的……可是这种像哈巴狗似的被主人按来撵去、抓来拨去，还能一动不动地耷拉脑袋、垂着尾巴认错的，实在是少见。

刘乐乐脾气很不好，见大乖只会装可怜，就怒从胆边生，她很想给大乖几下，可她只是以前跟陈天佑生气的时候，在气头上捶过人几次，打猫她还真没啥经验。

打肚子又怕弄裂了伤口；打脑袋，大乖的脑袋比她拳头大不了多少；打四肢，看着就毛茸茸的……小梅花爪子，虽然比普通的猫大吧，可就是有点下不去手……

最后刘乐乐一咬牙，就拔了它两根猫胡子。

大乖随后就把猫爪子挡在了脸上，就跟要护住自己的猫胡子似的。

刘乐乐也不理它那副倒霉样子，只拿手指点着大乖的头，数落它：“你现在装什么死？！你不识字，还不会认数字吗？我记得你以前数学挺好的啊，电话号码听一遍就能记住。要不你把数字写出来，我帮你拨。”

刘乐乐说完后，忽然觉着身边的人好像比刚才多了很多，她忙抬起头来四下看了看。

这一看不要紧，刘乐乐差点没晕过去。

她身边不知道什么时候围上了一圈看“怪事”的围观群众。

那些人个个都是一副目瞪口呆的样子，而且，人群里已经有好几个年轻人在偷偷拿着手机拍他们了。

刘乐乐这才反应过来，自己刚刚跟只猫在马路边上斗气，而且连比带画扯来推去的，大乖偏偏还挺配合……

嘿！这事儿闹的！

她赶紧捂着半边脸，抱着大乖，拦了辆出租车就跑。

刘乐乐也没啥目的地，看着差不多就让司机停了车，她肚子还饿着呢。

她找了家餐馆，要了两份饭。

她带着大乖，不方便在餐馆里吃，她让人打好包，拎出去，随便找了个地方开吃。

不过一吃饭，刘乐乐就注意到了不一样的地方，大乖别看外形是只猫，可吃起东西来一点都不像猫，那饭量简直夸张得不得了。

她记得很久以前陈天佑就饭量惊人，她那时候总担心陈天佑会变成个大胖子，可不知道为什么，不管陈天佑吃多少饭菜，反正那身材都好得不得了。

此时她买的两人份的早餐，大乖转眼间就吃完一人份的了。

刘乐乐那儿还剩着半份呢，其实她也就吃了个半饱，不过一想到陈天佑昨天还受着伤呢，刘乐乐想都没想，就把自己那份推到了它面前。

大乖没有立即去吃，而是抬起头来，先是歪着头左右打量她，随后就喵呜喵呜地叫了起来。

明明只简单的喵呜声，刘乐乐却一下就明白了陈天佑的意思。

她撇了下嘴，“叫你吃你就吃，乱叫什么，我最近减肥呢！”

大乖这才乖乖地低下头去吃。

刘乐乐等着大猫吃饭的时候，其实心里挺乱的，她也不知道该去哪儿，而且，一个人、一只猫能去哪儿啊?

可是不躲又不行，谁知道水承泽找到他们后会怎么样，而且最闹心的是，就算水承泽那边的事情顺利解决了，陈天佑那儿不还有一个天生一对等着呢，到时候自己算个什么?

刘乐乐正琢磨的时候，忽然就见一辆超级漂亮的跑车朝自己的方向开了过来。

刘乐乐起初还以为对方只是需要拐弯呢，哪儿知道那车在行驶到她面前的时候，来了个超级夸张的急刹车。

车还没停稳呢，车上就跳下来一个人。

刘乐乐下意识地抬头看了眼那人，一看清楚对方的脸，她就愣住了。

对方是个特帅气的小伙子，就那辆跑车的档次来说，这人也应该是那种典型的高帅富吧。

但对方看着她的表情很奇怪，简直就跟惊呆了一样。

刘乐乐就疑心对方是冲着陈天佑来的，她赶紧把大乖搂到了怀里。

结果对方压根儿没理她怀里的猫，只惊为天人般地来了一句：“我的天啊，梦里寻你千百度，原来你在这儿呢！”

听完那句话后，刘乐乐差点没被雷死。

她嘴巴张了张，正想躲开这神经病呢，偏偏得了神经病的高帅富整个人如大狼狗一样扑到了她面前，那动作夸张到了极点，绝对是半匍匐的姿态。

别说这么个高帅富了，就算是大街上偶然被神经病纠缠上了，看对方趴自己脚下，也能给吓一跳。

刘乐乐这种凡夫俗子，哪里受得了这个。

当下她就踮着脚跳了两下，她也没管对方这是要干吗，撒腿就跑。

对方倒也不含糊，随后就追。

刘乐乐这辈子都没被男人这么追过，亏得她身体素质过硬，七拐八拐的，终于在一个转弯把对方甩开了。

她大口喘着粗气，不知道自己这是被神展开了，还是偶遇了神经病。

她刚刚跑的时候，大乖也一直跟着，这个时候刘乐乐就弯腰把大乖抱在了怀里。

奇怪的是，往日毛很顺滑的大乖，这次不知道怎么的，忽然就炸毛了。

不过她摸了没两下，大乖就老实了下来，还会抬起头来蹭着她的胳膊。

刘乐乐也不敢多想，她现在就觉着得赶紧离开上海，这种地方人多眼杂的，还不知道自己会遇到什么乱七八糟的情况。

刘乐乐想着要不去杭州住几天，她一直听说那地方挺不错的，空气好，环境也不错。

她就在附近拦了辆去杭州的客车。

她没敢直接抱着大乖上车，而是提前在附近的小超市买了个编织袋，把大乖放了进去，小心地叮嘱着：“乖啊，上车乖一点儿，千万别露馅。”

她知道有些车是不允许带宠物上去的。

刘乐乐上车后，为了避开人，还特意选坐在最后排，但很快，车上上来一个女人。

这女人浓妆艳抹，身上也不知道抹的什么，刘乐乐闻着有点像花露水跟肥皂水的混合味似的。

而且，这女人就坐她身边了。

刘乐乐尽量往里靠着，其间她一直抱着大编织袋。

哪儿知道车开到一半的时候，大概是大乖被那女人身上的味儿熏得受不了了，就动了一下。

偏巧刘乐乐身边坐的那个女人眼睛也是真尖，一下就看见刘乐乐腿上的编织袋在动。

当下那女人就尖叫了一声：“啊，你包里是什么？”

刘乐乐赶紧护着怀里的包，很不好意思地解释：“没事儿，是我家养的小猫，我放包里了，不会跑出来的……”

哪儿知道那女人听后，反倒叫得更大声了，表情无比夸张地尖叫着：“什么叫不会跑出来！我最讨厌猫了，你把它扔出去！”

刘乐乐把编织袋展示给她看，试图解释着：“我把猫放袋子里了，你看袋子还绑着呢，它出不来的，而且我一直把袋子放在腿上，有什么情况我就阻止了，你放心，绝对不会伤到你的。”

那个女人看刘乐乐一个外地的小姑娘，说话也是斯斯文文的，当下就不依不饶的，直嚷嚷着：“那不行，车里有猫我就会过敏。”

都一个小时过去了，刘乐乐也没见她有什么过敏的症状。

车上的人想息事宁人，纷纷劝着：“没多会儿就到了……一只小猫……”

“什么小猫，我看那袋子大着呢！”

刘乐乐沉吟了下，她也不想节外生枝，最后就对司机说道：“那师傅你把我放在路边吧，我换辆车走。”

她也犯不上跟这种人计较。

倒是那个司机师傅回了一句：“这儿怎么停车啊，而且在这个地方，你也不好拦车啊。”

司机师傅也是怕刘乐乐一个小姑娘家半途下车出意外，也就以和事佬的姿态对那个中年妇女说道：“哎，大姐，不是什么大事，都半天了，也没见猫闹腾，这个路段你让小姑娘在半路上等车多危险啊……都互相理解下吧。”

“那不行，谁让她把猫带上车的？！”那女人说完，还故意伸手搡了刘乐乐一把。

刘乐乐被搡得歪了一下，见这样，她就又对司机说：“师傅，这车我不坐了，你就停一边吧，出了事儿我自己负责。”

司机见这样，也就把车子靠边停了下来。

刘乐乐好像要整理编织袋一样，把袋子放在了座位上。

那个之前赶刘乐乐的女人，一见刘乐乐要下车，露出得意的表情来，还把自己买的那些东西一股脑儿地往刘乐乐之前的位置放。

她就等着把刘乐乐轰下去，好占刘乐乐的座位呢。

刘乐乐见了她的举动，也没说什么，而是打开编织袋，把里面的大乖抱了出来，吩咐着："你先下车吧。"

大乖喵呜喵呜地叫了两声，就跟担忧似的，站在那儿犹豫了下。

刘乐乐催促着："烦你呢，你还在车上待着干吗，我一会儿也就下去了。乖，自己到车外面等我。"

大乖这才慢悠悠地往车外走，中间尾巴不断地摆着，更是时不时地转头往后看。

车里的人都奇怪起来，一直都见这女孩把猫放袋子里的，现在她怎么把猫拿出来了，还让猫自己走?

这女孩是受刺激了吧，知道有狗那么乖的，可是谁见过猫这么听话的?

这不是要把猫弄丢了吗?

可就在转瞬间，车里的情形就发生了变化。

一把大乖放出去，刘乐乐就动作了。

她对着那个占座的女人上去就是一脚，她那一脚又快又狠，直接就踹在对方软软的肚子上。

对方一下就被她踹倒在地。在对方还没反应过来前，刘乐乐又拿起座位上被塞得乱七八糟的那些东西，捡着分量重的，拿起来就往那女人身上砸。

那女人也是不禁打，刘乐乐都没觉着自己怎么样呢，就是几下的事儿，对方就爬不起来了，在那儿哎哟哎哟地叫。

刘乐乐之前见她那么横，还以为这位是职业级泼妇呢，此时见对方如此无能，刘乐乐就有些失望，弄半天，好像她欺负人了似的。

她也就停了下来，转身拿起自己的挎包，一边挎在身上，一边对那女人说道："别在地上趴着了，你要不服气就下车，咱俩接着比画比画。"

那女人也不吭声。

刘乐乐从司机身边经过的时候，都能感觉到司机看自己的目光有多愕然。

她也没当回事，她本身就是个暴脾气，现在还算收敛了些呢。再说她长这么大，最讨厌的就是有事没事找着机会欺负人的烂人。

她要下车的时候，在车门口那儿看到等着她的大乖了。

大乖正歪着脑袋看她呢，见她往车外走，忙跟了过来。

刘乐乐看它的表情就知道它想表达什么，要是此时在她面前的不是大乖，而是那个陈天佑的话，他多半早就已经开口了，在那儿用既担忧又无奈的口吻说着：“你啊……真怕你哪天闯祸……”

然后她就会笑着掐掐他，说他两句：“都像你这么老实，咱们还不得被人欺负死。再说，有些人就是欺软怕硬。”

刘乐乐叹了口气，就跟自言自语一样，把心里想的那些小声地说了出来：“你懂什么，我要不给那烂女人一点教训，她以后还不定怎么欺负别的小姑娘呢，这次她就该知道，不是所有小白领似的小姑娘都是那么好欺负的！”

大白天的，刘乐乐站在路边想着拦辆车，反正离杭州也不远了，哪儿知道站了半天，居然一辆都没拦下来。

刘乐乐就很郁闷，心说难道还得自己露个大腿才行?

就在这个时候，简直就跟演戏似的，路面上风驰电掣地冲过来一辆车，那速度简直就跟玩赛车一样……

刘乐乐远远地看着，都为那辆车捏一把汗。

哪儿知道那么神乎的车，在开到她身边的时候，居然停下了。

之前过去的车多了去了，什么大众、捷达、别克，可没有一辆愿意停的，偏偏此刻停在她面前的，她都没伸手去拦。

怎么想都会觉着这车诡异得不可思议啊！

而且这车蛮漂亮的，车身简直都能反光。

车门很快打开，高帅富兼神经病的家伙又过来了。

这次在那人身后还跟着两个保镖似的人，统一的黑色西服，那严肃的表情，魁梧的身材，很有点要过来抢人的感觉。

刘乐乐头皮有点发麻。

对方这次倒是没匍匐着，举止倒是都还在正常人的范畴内，只是那表情，怎么看都跟在盯着大肥肉的大狼狗似的。

刘乐乐被这个高帅富看得浑身挺不自在的，不过对方也没有怎么样她。

在她紧张得头皮都发麻的时候，对方很快地掏出一张黑色的名片来，一边塞给她，一边无比肉麻地问着："小姐，这是我的名片，现在能把你的芳名告诉我吗？"

刘乐乐都要抽搐了。

她怀里的大乖也跟受了什么刺激似的，忽然就对这个男人的脸来了一爪子。

不过那人动作可真快，一下就躲开了。

之后那人就主动打开车门，做出一个请的谄媚动作来。

神奇的是在这个神经病那么做的时候，刘乐乐敏感地注意到，这人带来的那两个跟班，明显是一副受到惊吓的样子，就连脸色都变了两变。

这事儿已经不是诡异，而是诡计了吧？！

刘乐乐倒退一步，坚定地摇头道："心意领了，不过我不喜欢坐这种车。"

那人也不恼，就站在刘乐乐身边，好像要陪着她一样，而且还不断地歪着头打量刘乐乐，简直是从头到脚，一根汗毛都不放过。

刘乐乐被他看得浑身都痒痒了，直皱眉头。

大乖更是一副防御的样子，不断地想要挣扎出她的怀抱，给对方致命一抓。

只是对方特不要脸，一点都不识趣，明明猫都这样不待见他了，他还能不怕死地往前凑。

刘乐乐忙安抚地摸摸大乖的头。

而且对方到底啥意思啊，在看她的时候一直咽口水。

刘乐乐算是胆子很大的女生，可是被对方这么虎视眈眈地看着，她不知道怎么的腿肚子都打战。

时间一分一秒地过去，刘乐乐很怕拖到晚上，这人要对她下手怎么办?

她伸手就掏出手机来，正准备拨号，可是忽然她手指顿住了。

主要是电话那头还有个水承泽在跟踪他们呢，这简直就是前有狼后有虎。

刘乐乐略微犹豫了下，终于扭头，对那人道："你真那么喜欢我？"

对方明明长得那么帅，可不知道怎么的做出点头动作的时候，简直就跟吐着舌头哧哧作响的哈巴狗似的。

刘乐乐见他这样，也就试探地说着：“那我讨厌你身边那两个跟班，你让他们走行吗？”

那人居然一点犹豫都没有，立刻就吩咐那两个保镖走人。

倒是那两个保镖挺忧心的，刘乐乐隐约还听见对方提到了什么老爷子，你身体不行的话……

但是架不住这个人非要赶他们走。

最后那两个跟班终于是走了。

看着那两个人走远，刘乐乐多少松了口气，她真怕对方给她来王老虎抢亲那套。

不过，对方显然是真“迷”上她了。

那人又要往她身边凑，而且动作很猥琐，刘乐乐留意到对方想要用下身蹭她似的。

刘乐乐就特想飞过去一脚，给这位去去烦恼根。

不过她忍住了没那么做，而是笑眯眯地说了一句：“哎，你真那么喜欢我啊？你要真那么喜欢我，你敢在公路上散步吗？你要敢散步我就相信你。”

刘乐乐也就是想拿话挤对对方，她真没想到那人是真傻。她说完后，那人居然连犹豫都没有，就跑到车流中溜达去了。

车子一辆一辆驶过，还有人打开车窗骂街。

刘乐乐嘴巴都要合不拢了，她见过各种犯神经病的，但是犯得这么脑残的真是头回见。

就在刘乐乐要喊对方回来的时候，意外发生了。

有一辆车从他身边疾驰而过，只是那车不知道是哪儿蹭到了那人。

等那辆车行驶过去后，刘乐乐就看见这个家伙已经倒在地上了，而高速路上还有车经过呢。

刘乐乐吓得心跳都要停止了，她飞快地跑了过去，对过往的车辆挥手，又跟拽死猪一样把这个人拽到了安全区域。

她摸了摸对方的鼻息，幸好还有气。

刘乐乐都要瘫在地上了，虽然是对方脑残，可事情到底是自己一句玩笑话引出来的，出了这种乱子，刘乐乐也挺后怕的，万一这脑残真被撞死了，自己还不得内疚一辈子啊！

这人多半被撞得不轻，碰触他的时候，他只有轻微的反应。

刘乐乐赶紧掏出手机来，原本还说豁出去打个求救电话呢，结果准备拨号她就傻眼了，自己的手机不知道是电池还是接触的问题，反正硬是开不了机了。

刘乐乐没法，又跑到路边去拦车，只是她拦了半天也没拦到。最后，刘乐乐想起这人开来的那辆车了。

她又不是不会开，她也就连拉带拽地把那人弄到车里。

这车子倒是很不错。

刘乐乐以前做梦都想开辆好车，此时开到了，可她一点都不开心。

刘乐乐一边开，一边沿路打听着最近的医院，终于是一路风驰电掣地开到附近的一家医院。

虽说是县城，可是这边的县城蛮发达的，她跑到医院里面叫了人出来，把这个脑残的家伙抬了进去。

拍片检查，还有吸氧观察，都弄清楚后，对方又让刘乐乐赶紧办理住院手续。

也亏得刘乐乐带的钱多，她气喘吁吁地，一会儿跑上一会儿跑下。

不过，出来的检查结果倒是不错，那脑残的家伙伤得并没有多重，也就左腿骨折罢了。还有一点脑震荡的后遗症，需要观察几天。

等护士、医生离开后，刘乐乐就抱着怀里的挎包坐在伤者身边。

此时惊魂已定，刘乐乐才难得地好奇起这家伙的身份来，她记得这人给过自己名片的。

反正他外套在检查的时候已经脱了下来，她也就伸手在他口袋里摸了摸，摸出一张黑色的名片。

名片很简单，就孟橙星三个字。

刘乐乐有些纳闷，一般的名片至少也要有个电话号码或者公司名称、职位的吧。

这人是特别自负还是脑残得无可救药？

不过这个孟字倒提醒了刘乐乐，她刚才就觉得这个孟橙星长得好，可是现在细细地看去，她忽然发现这人居然还有点眼熟，她努力地在自己脑海里搜索了一番，然后就想起一个人来。

那人虽然自己见的次数也不多，但是几天前，那人确实也干过同样脑残的事儿。

她皱着眉头想着，那个见了一面就非要送自己什么祖传宝贝的家伙，好像也是姓孟，叫什么孟哲……而且听她朋友讲，那个孟哲的身份还挺特别……

会不会这个人跟那个孟哲有什么联系？

刘乐乐胡乱地想着，不由自主地就抱紧了怀里的挎包。

倒是查房的护士再进来的时候误会了她的身份，还以为她是孟橙星的女朋友呢。

那个护士就在那儿提醒着："你要陪床的话得办个手续，而且病床不是给陪床的人睡的，你去服务台租张折叠床吧。"

刘乐乐哦了一声，她也是真困了。

她打着哈欠，办了手续又租了折叠床回来。

医院不准带宠物进来，刘乐乐把大乖留在车里了。

虽然大乖在被留下的时候很不开心，还不断地试图用爪子去抓车窗，不过事情太紧迫了，又是人命关天的事情，刘乐乐哪里有时间去顾及它啊!

此时她躺在折叠床上，睡得有些迷糊。哪儿知道偏偏就在这个时候，刘乐乐忽然觉着胸口一软，似乎有什么毛茸茸的家伙靠了过来。

半睡半醒间，刘乐乐微微睁开了眼睛，果然就见自己怀里有那么个小家伙在拱来拱去。

它发出绵羊一样的咩咩叫声，还用头蹭她的下巴。

她太困了，也没精力理大乖的撒娇，而且陈天佑不恶心吗，变成猫装疯扮傻的……

刘乐乐也就转了个身，嘴里自言自语一般地嘀咕着："别打扰我，我还得照看孟橙星呢……"

随后她就迷迷糊糊地睡着了。

不知道睡了多久，就跟做梦似的，刘乐乐隐约听见异样的声音。

她下意识地翻了个身，忽然觉着自己怀里空了。她赶紧睁开眼睛，就见怀里的大乖不知道什么时候不见了。

而且，对面床上的那个人也不知道去哪儿了。

唯一不同的地方，就是睡觉之前她特意关上的窗户，不知道什么时候打开了。

刘乐乐忽然就觉着不好起来，她赶紧披上外套，又穿上鞋子，往外一路小跑。

医院的走廊灯光亮是亮，可给人的感觉依旧很压抑。

而且住院部的门还关上了。

幸好门没锁死，她拧了两下就从里面拧开了。

她摸索着往外走去，外面很安静，只有路灯静悄悄地站在那儿。

刘乐乐的心脏越来越紧缩着，她都不知道为什么自己这么紧张……她也不知道自己在害怕什么……

刘乐乐紧张兮兮地到了外面，听到了一声诡异的嚎叫，便循着那声音走了过去。

她都做好心理准备了，觉着多半自己会看到一只巨大的“大猫”在折腾一个倒霉蛋。

结果等她走近、拨开那些挡在自己面前的植物时，还是被眼前的一幕给惊呆了。

那已经不是大猫那种级别的图像了，而是实拍的动物世界啊。

一只超级大猫和一只比狼都要大一头的怪物，不断地嘶吼并攻击着对方。

攻击的速度超级快，不光是爪子、尖牙，就连尾巴都是武器。刘乐乐就看见被它们扫过的植物纷纷倒在了地上，那感觉简直就跟两台高速运转的推土机在那儿折腾似的！

大猫跳得特别高，每跳一次，大猫就会仗着自己高度的优势，给那大狼似的东西一下。

那动作太漂亮流畅了，不管怎么看，都像大猫跟戏耍什么东西一样，倒是那个大狼一直都只是消极地抵抗着。

刘乐乐看得都傻眼了，她张了张嘴，半天都找不到自己的声音。

而且战况越演越烈了，大猫明显是占着上风的，不光是战斗技巧的问题，那只大狼似的家伙好像后腿有伤，似乎站都站不稳，每次被大猫攻击后，都是一副节节败退的样子。

而且在敏捷度上，大狼真比不上大猫。

眨眼的工夫，大猫一爪子过去就挠到大狼的后背上了，下一刻大猫就整个扑了过去，两个前爪非常有技巧地按住了大狼。

大狼虽然玩命抵抗，可还是被大猫紧紧地按住了，狼头正好暴露在猫的嘴巴下。

刘乐乐都不知道自己哪儿来的勇气，一看见这个，二话不说拿起脚边的一块碎石扔了过去。

亏得小时候练过铅球，那石头扔出去后，将将擦着大猫的下巴飞了过去。

虽然没打中，不过还是惊动了大猫。

大猫很快扭过头来。

那双好像可以发光的猫眼，在这样的深夜里，简直就跟两团鬼火一样。

即便是刘乐乐，都被惊得浑身一哆嗦。

可是很快，大猫闪着寒光的双眼却柔和起来。

大猫像是明白了刘乐乐的意思，慢慢地松开了爪下的大狼。

然后它无声无息地走到了她面前，它有脚垫，别看体型很大，可是走在路上一点声音都没有。

而且它的速度很快，过来的时候还跳了两下，简直就是一副撒欢的样子。

刘乐乐却有些惊住了，之前看它拿尾巴扫人还不觉着多恐怖，此时看了真实版的动物世界，她是知道这玩意儿全身上下都是武器了。

那看着软软的好像腰带似的尾巴，其实就是一根又粗又长且超级灵活的鞭子。

不过大猫已经走到面前了，她努力地伸出手，大着胆子摸了摸它的头。

但是心里多少有点发怵，就她这样的，估计还不够这家伙一挠的呢。

可是当她的手摸到大猫的时候，大猫却很快低下头来，像臣服一样，把头努力地低着，还发出呼噜呼噜的叫声。

就是大猫的胡子有点少，刘乐乐想起自己白天的时候揪猫胡子的事儿了。

是她给大猫揪少了的吧？

她伸手摸了摸猫胡子，即使是有着那么漂亮柔顺猫毛的大猫，胡子却跟铁丝似的，她刚摸了一下就觉着特别扎手。

刘乐乐挺意外的，她也不知道那狼是打哪儿来的，不过看样子那狼好像伤得不轻呢。她安抚好大猫后，就转过头去看大狼的情况。

她隐隐看到地面上还有一些散开的绷带似的东西，另外还有一些好像是衣服碎屑。

她纳闷地低头看了看，然后就觉着那些碎屑好像有些眼熟，仔细一辨认，刘乐乐就给惊住了。

那些衣服不正是那个孟橙星的吗？

她可是记得清清楚楚的，那个孟橙星看着脑残，可是穿的衣服很高档，也很有特点。

这是孟橙星被它们吃了，还是孟橙星就是那只大狼？

如果是被吃了的话，肯定有很多血迹和骨头留下的，可是这些破碎的衣服，看着又只像是被什么撑开的而已。

刘乐乐下意识地就往狼的位置看去，结果狼没看见，倒是有一只大狗在那儿趴着呢。

刘乐乐一下就捂住了嘴巴，因为就在她低头看那些碎屑的时候，她身边的大猫不知道什么时候也跟着变成了一只小猫。

她很有一种自己走到暮光之城的感觉，自己这是走了什么狗屎运啊？！

这是又遇到毛的变身人了吧？

而且就在她目瞪口呆的时候，她就好像有磁力的磁石一样，不光是大乖，那只大狗也在试图往她身边爬。

这下刘乐乐不得不多想了，自己身边发生了太多诡异的事儿，之前她还觉着是由于陈天佑的缘故呢，可现在看来，倒好像自己对这些怪模怪样的家伙有一定的影响力似的。

只是这影响力究竟是打哪儿来的？

她不可置信地看着大乖，又望了望单腿爬向自己的孟橙星。

刘乐乐深吸口气，赶紧走过去，抱住孟橙星。她这算是负负得正吧，她不知道别人会怎么处理，但她这个接受速度好像是快得不可思议了。

她抱起孟橙星的时候，大乖明显很不开心，一直用猫爪子阻挡她的去路，试图绊她一下啥的。

刘乐乐不得不伸脚踢了它的屁股一脚，皱着眉头告诉它：“你非要出人命啊？”

不过转念一想，也不知道该不该叫人命，她也就嘀咕着：“就算是狗也是一条性命，不准再欺负它了。”

大乖听后就跟抗议似的，咩咩地叫了两声。

刘乐乐也没理他。

她抱着狗到医院急诊部的时候，里面值班的医生正在打呵欠呢。刘乐乐赶紧走过去，对那个医生说：“麻烦您给看看，我刚在外面看见这只狗，后背被抓了一道子……”

那个医生迷迷糊糊地又打了个哈欠，搭眼一看就摇头道：“没法治了，不光是后背，它肚子上还有呢……再说我不是兽医，医院也不准带狗进来。你赶紧弄出去吧，都是细菌……”

刘乐乐这才发现自己抱着大狗的手上沾满了血，她还以为只是后背的血染的呢。

她心里就是一哆嗦，别说这家伙还是半个人呢，就算整个都是狗，也没眼睁睁看狗死的道理。

刘乐乐也就求着对方，“要是在这儿不方便的话，麻烦您到外面给看看，我抱它出去，到时候该多少治疗费，我给您双份好吗？”

“那也不行，我不给狗治。”对方依旧坚持着。

刘乐乐没法了，见人这样，也就退而求其次地说道：“那你给开点药行吗？就是酒精啊消毒药水什么的，还有止血的绷带那些，你都给开些，我自己看着给它治治。”

医生这次倒是没拒绝，很快给开了一堆东西，刘乐乐看了看好像还有什么消炎药之类的。

她也不管那些药都怎么样，赶紧跑去拿了药。

等再回来的时候，就有值班的护士过来轰她们了。

刘乐乐没法，只好又抱着大狗往外走。她一边走一边嘀咕着大乖，不断地说着：“陈天佑啊陈天佑，你看你又给我找事儿了，你没事儿咬什么人啊……”

大乖的情绪似乎一直都不怎么好，几次刘乐乐试图把大狗放在地上的时候，大乖都有伸爪子过去的意思，弄得刘乐乐都不敢放下大狗了。

她也不知道陈天佑这是在搞什么，也没见他当人的时候有多讨厌狗啊！

她现在唯一能想到的也就是陈天佑这是嫉妒了吧?

当年她跑业务的时候，陈天佑也担心过她，偶尔打电话知道她在跟客户应酬后，他也会露出一些不舒服的表情，只是他一直没说什么，所以刘乐乐还以为他是担心自己呢。

现在她才明白，不管陈天佑表现得有多无害憨厚，可作为一个男人，其实他一直都会嫉妒的吧?

当人的时候还能控制压抑，做畜生后就不用了?

她不明白为什么这些事儿会发生在自己身上，她左思右想都想不起自己从小到大有什么不一样的地方，唯一的不同大概就是从小不管她遇到什么猫狗，那些猫狗都会很快地喜欢上她。

不过，她一直以为那是因为她对那些猫狗和气呢，现在看来，难道是她天生招小动物喜欢?

刘乐乐也不怎么会包扎，她简单地帮着狗狗处理了一下伤口。

清洗伤口的时候，狗狗发出了狼嚎一样的声音。

刘乐乐赶紧摸着它的脖子宽慰它。

为了让大狗舒服点儿，她还把大狗放在了自己的腿上，就跟安慰大猫一样，一边帮它处理伤口，一边轻轻地抚着它的毛发。

等把伤口处理好后，刘乐乐才想起来，这不就等于自己把一个男人放自己大腿上，还给人摸脖子吗?

不过低头看着那狗的倒霉样子，刘乐乐又觉着自己是不是想太多了，狗就是狗，男人就是男人。

没准儿对这些家伙来说，他们变身前后的感觉也不一样呢!

不知道是体质健壮，还是就是这样的特异品种，反正大狗在被她护理过后，等天蒙蒙亮的时候，居然就跟没受过伤似的，都能自己站起来了。

那副活蹦乱跳的样子，刘乐乐冷眼看着，还真跟条狗似的。

对一般人来说，就算是变身了，也不能接受得这么快吧?

这位半人半狗的家伙是怎么个意思啊?

倒是刘乐乐自己因为一直在外面坐着休息，等第二天起来的时候，浑身骨头都要散架了，稍微一动肩膀、脖子都疼。

就在这个时候，刘乐乐忽然看到一队人神色匆匆地朝医院这个方向赶来。

那些人开了几辆车，刘乐乐眼尖，一眼就认出那些车子挂的是军牌。虽然那些人都穿着便装，可是动作整齐划一，再加上那股气势，刘乐乐下意识地就觉着那绝对是一群当兵的。

那些人速度也是真快，很快就跑了过来，而且走到医院门口时，那些人还停下脚步检查了孟橙星的车子。

昨天来得匆忙，刘乐乐直接把孟橙星的车子停在医院大门附近了。

此时那些人一副找对了的样子，刘乐乐就紧张了起来，不知道对方是冲着大乖还是冲着孟橙星找来的。

在经过刘乐乐身边时，刘乐乐听到那些人紧张地说着："先控制住几个门口，把人员都稳住，慢慢找……"

刘乐乐心里一紧，赶紧站起来，装着出来遛狗的样子，一边低头叫着大乖，一边装着叫大黑狗："家旺，快，遛够弯了，咱们回家吧……"

刘乐乐一副良民的样子，再加上又是狗又是猫的，那些人也没注意到她，只专心地控制着从医院出来的那些人。

一离开那些人的视线范围，刘乐乐就玩命地跑了一段路。

不管是大乖还是那条狼狗都紧紧地跟着她，它们速度太快了，落下刘乐乐一段距离的时候还会赶紧停下来，扭着头等刘乐乐跑近。

刘乐乐跑得气喘吁吁的，心脏都要蹦出来了。

她站定后就大口大口地喘着粗气，那一猫一狗倒是一点都不累，只歪着脑袋看她。

刘乐乐累坏了，正好跑到一个小公园似的地方，她就找了张长椅赶紧坐下。

时间还早，公园附近有不少遛狗的人，刘乐乐这样倒是没招人怀疑。

但坐下休息后，刘乐乐就开始犯愁了，她现在都不知道自己在躲谁，而且这躲躲闪闪的日子啥时候是个头啊！

当初她还想着陈天佑恢复身体后，她就可以解脱了呢，现在却又多了一只狗，刘乐乐就很郁闷。

而且她是带了不少现金，可架不住昨天垫付了好多医药费，现在她翻出钱包扫了扫，里面只有一些散碎银两了。

这简直就是弹尽粮绝的前奏。刘乐乐左右扫了扫，在路边看到一个煎饼摊，她也是真饿了，她把那些零钱凑了凑，买了一份煎饼，又买了一份罐装的八宝粥。

她刚坐下吃了没两口，大乖跟家旺就开始闹腾了。

大乖先是来卖萌的那套，把身体缩成了个大毛球，叫声软软糯糯的，有点像猫跟羊的混合音。

一声比一声缠绵。

家旺就没猫星人会卖萌了，简直就是个二缺，那副样子很像被人吐槽过的哈士奇二缺款。

它卖萌卖得很诡异，叫声更是汪汪的，哪里有大乖卖萌卖得专业。刘乐乐嫌它太闹腾，伸腿踢了它一下，训斥着："别叫了！我还没吃饱呢，你不会等等啊！"

说完家旺，刘乐乐又转过头去，对那个卖萌的喊道："喂，陈天佑你别装蒜啊，我知道你听得懂的，这么装疯卖傻的有意思吗？多大的男人了，你还给我来卖萌那套，你不觉着恶心吗？"

大乖就跟不知道她有多生气一样，它靠她很近，在听了她的话后，它忽然抬起下巴来，嘴巴咪的一声就亲了她嘴唇一下。

刘乐乐瞬间就愣住了。

虽然她心里住了个汉子，可是平时的作风绝对是保守的，即便是跟陈天佑到了谈婚论嫁的地步，甚至都住在了一起，也没有越过雷池一步。

可此时大庭广众的，居然被只猫给亲了！

刘乐乐的脸当下就红透了，作风再大胆的人也不能一上来就玩人兽啊，更何况她是绝对的保守人士啊！

这次她可真是气坏了，当下就想把那猫直接拍到地上去。

只是大乖超敏捷，她的手也就刚拂了它的毛一下，它就跳出去老远，尾巴更是在身侧平衡着身体，软软的。

等一站定，大乖就回过头来，讨好一样对着她不断地喵喵叫着。

四周有些上班、上学的人，看到这幕纷纷侧目，主要是不管是猫还是狗都太漂亮了。

那毛发简直就跟涂了油似的，精神看着也好，而且这两个宠物有那么股跟普通的宠物不一样的东西，尤其是那只猫，很有一种闲庭信步的感觉。

刘乐乐却没管周围人的目光，她一见没抽到大乖，心里就很生气，不过她吸取了之前的教训，没有追过去打大乖让人围观，而是忽然低下头来，撕了一点煎饼递给家旺。

家旺二缺二缺的，在看到刘乐乐递过去的煎饼后，整个嘴巴都张开了。

刘乐乐那一刻真怕它会咬到自己的手指头，结果家旺别说没咬到她的手指，在吃完那小角煎饼后，还用头顶了顶她的手指，眼巴巴地瞅着她。

刘乐乐这下算是明白了，不管是猫还是狗，在漫长的岁月中之所以能被很多人接受成为宠物，还真是有原因的，不管是卖萌的猫星人，还是可怜巴巴的狗狗，光这副小模样，就够骗饭吃的了。

这可真是各个都身怀绝技啊！

刘乐乐随后就故意对那边的大乖做出一副我懒得理你的样子。

做完后，她还想接着喂家旺几口吃的刺激大乖。

只是大乖很快就做出了反应，简直就跟吃醋了似的，刘乐乐才刚撕下一点煎饼来，就见大乖一个纵身蹿了过来。

家旺也不是好欺负的，一猫一狗眼看就要进行超低级的宠物争夺战。

刘乐乐这才发现自己被这些猫狗拖累智商了，她赶紧过去又是吓唬又是拉扯的，最后总算是把大乖和家旺分开了。

之后刘乐乐也没法吃饭了，她索性把剩下的煎饼分给了它们，自己则吃着八宝粥。

就在各吃各饭的时候，忽然有一个人走到刘乐乐面前。

那人手里牵着一只藏獒。

刘乐乐不大喜欢那种凶巴巴的狗，尤其是看那人把那么凶的狗往自己身边带她就很郁闷，正想开口让对方离远点。

那人反倒先开口说道："小姐，你养的猫跟狗都很不错啊，我是开狗场的，不知道你的狗卖不卖？"

刘乐乐拿眼皮扫了一边的家旺一眼，不知道这家伙听懂没有，不过家旺的头倒是抬起来了。

她迟疑了下，非亲非故的，她是没想过要怎么照顾那个孟橙星，可是同时她也不能因为不想照顾孟橙星就把他卖了。

刘乐乐一口回绝道："我家的狗不卖。"

那人也不气馁，又问道："那猫呢？现在的人都迷信，觉着纯黑的东西辟邪。你要不卖狗的话，可以考虑下卖猫，不然两只你也养不过……"

"来"字还没出口，那人忽然就说不出话来了，因为不知道什么时候他牵的那只藏獒跟疯了似的，对着他的大腿就是一口。

那个场面太突兀了，就算在旁边的刘乐乐都被吓了一跳，她吓得把手里的八宝粥都扔了出去。

地上洒满了她扔出去的八宝粥，那个之前还跟她聊天的狗贩子更是大腿血淋淋的，疼得坐到了地上哀叫。

刘乐乐看得清楚，那人的大腿上绝对被咬下块肉来。

她不止一次听到藏獒咬人的事，就在她防备着藏獒冲过来咬她的时候，神奇的一幕又一次发生了，那只之前袭击过主人的藏獒，忽然就跟俯首称臣一样，匍匐着趴在了大乖的面前。

第四章

这事儿已经不是诡异，而是不可思议了！

刘乐乐都不知道自己怎么成了狗领队，转眼间，自己的队伍就又壮大了。

那只藏獒自从咬了主人后，就撒丫子跟着她们跑了，而且那副样子，简直成了大乖的跟班一样，不管怎么看，两只动物的个头都差太多了。

刘乐乐觉着特别不可思议，不过，最近她身边一直都是各种奇奇怪怪的事儿，她倒是也淡定了。

就是可怜了那个狗主人，好好的被咬一口，自己的藏獒还被别人的狗拐带跑了。

要命的是刘乐乐原本就囊中羞涩，现在简直成了揭不开锅了。

刘乐乐正发愁以后的出路呢，偏偏一猫两狗就开始了猫狗界第三次世界大战。

只是藏獒肯定是狗界的叛徒，不光不帮同类吧，还帮着猫去咬自己的同类，那猫狗大战的样子，刘乐乐都不知道该是过去劝阻还是围观的好。

因为不管打得多热闹，也就是个猫狗混战。

不过看着看着，发现孟橙星那倒霉孩子又被咬得血淋淋了，刘乐乐赶紧找了根小棍，把它们给轰开了。

她算发现了，这个陈天佑是打算把孟橙星整死吧。

然后刘乐乐就很生气地对大乖说道："陈天佑你够了没有啊！你以前就这副德行，我懒得理你，家里什么都是我做，都是我扛，你现在变成猫了怎么还是这个样子，你就不能让我放松会儿吗？"

她话音刚落，大乖就跟得到启发似的，忽地跳到了她身边，先是用爪子抓了抓她的衣角，然后倒退了两步，用后腿站立着，做出一个举手的动作，身体还用站立的姿态不断地转着圈。

刘乐乐起初还不明白它是什么意思，直到大乖开始用前爪走路的时候，她才明白这是大乖想哄自己开心呢。

其实以前陈天佑就这德行，每次她不高兴的时候，他嘴巴笨不会劝她哄她，可是他会做各种好玩的事逗她笑，因为他本身就是个又傻又憨的人……

只是披了身猫皮后，刘乐乐才发现原来憨憨傻傻的人，也可以变得这么萌。

而且不光是大乖，大乖中场休息的时候还喵喵地叫了藏獒两声，然后那傻大个儿就过来了，也跟着耍宝似的装喝醉酒啊，装兔子啊地逗她……

只是怎么看藏獒那副样子都不伦不类的，跟只傻大狗似的。

到最后就连那个受伤的家旺都按捺不住了，也凑过来。

只是这二缺只会表演拜拜。

就是两只前爪合在一起，做个拜拜的样子，它那个头儿再加上那副威武的长相，再配合这么搞笑的动作，刘乐乐终于是被逗得扑哧一声笑了出来。

她正被猫猫狗狗逗得开心呢，突然觉着有点不对劲儿起来，好像有谁在远远地看着她似的。

然后她慢慢地抬起头来四下看，终于发现不远处站了个人，那人站得远，所以看不真切，不过可以肯定的是那个人正在远远地盯着她看呢。

刘乐乐当下就愣住了，眼睛一眨不眨地望着那人。那人也发现她的目光了，而且显然她没有看错，那个人果然是一直在看着她的，在她看过去的时候，那人很快移动起来，朝着她走了过来。

刘乐乐一下就紧张起来，她也不知道那人是什么身份，有什么目的。

在那人靠近的时候，大概是刘乐乐表现出来的紧张感染了大乖跟家旺它们，它们也都跟着变得警觉起来，只是反应还是慢了一拍，几乎是瞬间就发生了，刘乐乐都不知道那有没有眨眼的时间，已经有麻醉针似的东西射了过来。

最靠前的那只藏獒是最先被射中的，那家伙别看个子高高大大的，被射中后，居然哼都没哼一声就倒在了地上。

对付家旺则要麻烦多了，它被射了三四针后才渐渐有些体力不支，最后屁股那儿又被射中了两针才终于倒地。

大乖则压根儿没被射中，它躲避起来简直就跟装了加速器似的，别看麻醉针速度快，可是大乖的速度简直就不是正常生物能达到的。

只是为了躲避那些麻醉针，大乖不得不从刘乐乐身边跑开了。

于是很快的，那个走过来的人就凑到了刘乐乐的面前，直至此时那人才开口说道："刘小姐，你让我好找啊，麻烦你同我们走一趟吧。"

刘乐乐这才看清楚来人，其实刚才远远地看着他的时候，她就觉出眼熟了，现在一看，还真是这个家伙。

水承泽!

看来这个水承泽连生意都不做了，现在就全心全意追着她们跑了。

刘乐乐可不想坐以待毙，她很快拿出手机来，但还没安上电池呢，就被后来的人抢走了。

而且她都不知道那些人是打哪儿蹿出来的，呼啦啦地就出来了一群人，很快她就被那些人给包围了起来。

不过一把她包围后，那些人的动作就都停了下来。这下简直就跟按了暂停键一样，所有的人跟兽都停止了动作，大家都在等待对方的动作反应。

那个拿走刘乐乐手机的人并没有再做出别的过激动作，反倒用一个塑料袋似的东西把手机装了起来，还在袋子口贴了一张封条似的东西，随后，那人又掏出一张纸。

刘乐乐低头看了一眼，就见上面很义正词严地写了些为了维护世界和平人类平安的话。

而且对方给她看的时候，还摆出一副替天行道、天理昭昭的脸孔。

刘乐乐就觉得很囧，她也没带着猫狗干啥破坏世界和平的事儿啊。

她要破坏世界和平做啥啊!

再说她自己就是个人类，她跟人类为敌是图的啥啊!

她郁闷地低头扫了扫那人，又看了看那些人衣服上的那枚古怪的徽章，她都无力吐槽了，就跟自己与一拨精神病患者狭路相逢一样，可是吧，这场景又很玄幻悬疑，很有点穿越到都市异能文里的感觉。

合着陈天佑这个事儿还是国家机密啊？！影响到国际情势啊！

在稍微迟疑后，刘乐乐最后还是妥协了，倒不是被那纸公文和大话给唬住了，实在是情势逼人，现在那么多麻醉枪指着她们呢，而且大乖都跑了，她还不如老实配合呢。

刘乐乐也就没再说什么，乖乖地跟着那些人上了车。

藏獒跟孟橙星也被那些人放在笼子里，锁得好好地抬上了车。

刘乐乐也不知道他们会被带去哪儿，她总觉着大乖不会这么一走了之的，就她对陈天佑的了解，这个家伙也不是那种有脑子的人，多半是跑远了，找个机会瞅两眼，然后再试图靠近啥的。

只是刘乐乐没想到，陈天佑变成猫后能这么没脑子，它都不知道多隐藏会儿，他们上了车，车子行驶了还没五分钟呢，刘乐乐就觉着头顶上好像有什么动静，那声音好像有利刃在刮擦车顶一样。

坐在她身边的水承泽倒是一点都不惊讶，跟早有预料一样地笑道："是陈天佑在车顶上，不管你去哪儿它都会陪着你。"

刘乐乐这下可急眼了，她没想到陈天佑这么没脑子，她是跑不掉了，可是留得青山在不愁没柴烧啊，这只笨蛋猫跟过来干吗啊，不怕被关进笼子里吗？！

刚刚看它跑了，她还高兴来着，现在这傻猫又回来干吗啊？！

刘乐乐气得拍了两下车顶，不过很快车上方的刮擦声就弱了下去。

刘乐乐一直都有很多疑问，她趁机问水承泽："这到底是怎么回事？"

在这种情况下，水承泽居然也没隐瞒，他淡淡地告诉她："这只是陈天佑跟您的后遗症。"

刘乐乐纳闷地望着水承泽，不知道这家伙是不是在跟她绕圈子。

水承泽微笑着看向她，"不管理智怎么告诉自己不可以，可是在兽性那面占据上风的时候，陈天佑还是会忍不住地想接近你，想亲近你……"

刘乐乐听得莫名其妙，她撇了下嘴，"那你们这次带我回去干吗？还有，为什么我总会遇到那种诡异的事儿？那只狗又是打哪儿来的？"

水承泽这次笑得就更欢乐了，刘乐乐不知道怎么的，却觉着后脊梁在阵阵发凉。

“跟人类的规则不同，人类最强者的女人往往是禁区，大家都会为了安全，不敢去靠近；可是在异种的世界，越是强者选择的配偶，越具有超强的吸引力。而现在就血统来说，陈天佑是当之无愧的强者，之前你大概也注意到了，就连素未谋面的藏獒都会对他俯首称臣，而这只是他刚被开发出的一点点能力，他还有更大的潜质没有被开发呢……而现在陈天佑在你身边，你身上有他散发的那种气味，即便是隔开很远，只要是异种就都会感觉到……我们也是因为这个才找到你们的。”

刘乐乐真有种自己是不是跑到电影拍摄基地的感觉了，她觉着这个剧情简直是越来越扯了。

所以说，合理的解释就是之前那些人都有异种的血统？

而她之所以被那些人恶心巴拉地喜欢着，是因为他们想要抢夺老大也就是陈天佑的配偶——她？！

可那些人也不是个个都会变身啊，除了那个哈巴狗似的孟橙星，其他的也就是对她贱兮兮而已，还有孟橙星又是怎么个意思？

水承泽简直跟会读心术一样，很快又说道：“跟陈天佑一起回来的另一个异种人，我们还需要做监测。有些超过一半血统的异种人也是会发生变身情况的，只是他们的变身很不稳定。如果对方血统很纯的话，倒是意外之喜了……”

说完那句话后，水承泽甚至还开玩笑地说了句：“以后想再找到异种人的话，只要把你放出去就可以了，你简直就跟异种探测仪一样。”

刘乐乐却一点儿都笑不出来，她只觉着又诡异又不可思议。

而且说了这么半天，这个水承泽也没说要带她去干吗，她也就着急地说道：“既然话已经说开了，你们能不能先放了我，我出来这么多天了，不管是公司还是家里都有很多事儿要处理。你看我只是个普通人，我能做的事也很有限，如果需要我保密的，我可以签署保密协议。”

水承泽淡淡地摇头拒绝，“暂时还不能放你走。”

他一字一句、无比正经地告诉刘乐乐：“我们还需要你做一件事，为了让陈天佑变回人类的样子，我们还需要你配合我们……”

刘乐乐还以为自己听错了呢，她皱着眉头望向水承泽，按理说一个人要说那种不要脸的话时，总得有点不一样的表现吧，比如说的时候眼睛眨一眨，或者有些尴尬，再甚至很猥琐地笑下啥的。

可是没有！

水承泽简直就跟外科大夫一样，用做检查的超正常口吻跟病患说脱裤子的事儿。

而且，那事儿可不仅仅是“恶心”两个字所能形容的吧？

“之前他就发生过这种情况，一旦变身后情绪就会变得非常不稳定，甚至不容易恢复成人形，可是我们发现只要他在你身边待上一段时间后情况就会好很多。在最近的一些研究中，我们的研究人员发现，只要在你身边待过一阵后，再通过物理的手段刺激他发泄欲望的话，就可以让他的情绪恢复平稳。所以在这种情况下，我们很需要你能够近身地给他一些刺激暗示，好让他交配成功。”

在水承泽说完那些后，头顶的刮擦声又响了起来，大乖多半又在尝试着挠开车顶。

这次刘乐乐不知道怎么的，忽然就觉着恶心起来。

只是刘乐乐还没来得及多恶心呢，大乖已经把车顶挠开了一道缝隙。

刘乐乐不知道车体是什么金属材质的，可是在大乖的爪子下，这辆车子的车顶简直就跟纸糊的一样。

很快车子就跟被打开的罐头一样，被大乖几下子就给掀开了。

在他们头顶站着的已经不是那只萌猫了，而是个头巨大的怪物“大猫”！

与此同时，刘乐乐感觉到自己身边的水承泽好像在拿什么东西，她也没看清楚那是什么，可是下意识地她就扑了过去。

因为跟水承泽比，她无比清楚，至少陈天佑不会加害自己。

她死死地按住了水承泽的手，不过水承泽力气很大，她那么做也只是延缓了水承泽的动作而已。水承泽看着文质彬彬的，又喜欢笑，可是在被刘乐乐按住手臂的时候，他举手就给了刘乐乐一个耳光。

刘乐乐当下就被打得眼冒金星，差点没晕过去，她的身体更是往旁边一歪。车顶被破坏了，车门不知道什么时候也被打开了。此时她身体一歪差点掉了出去，倒是大猫在上面眼疾尾巴快，一下就用尾巴卷住了她。

随后大猫一爪子就拍在了水承泽身上，在水承泽被拍出去的瞬间，大猫已经用爪子抓住刘乐乐，一个跃身跳到了车的另一边。

刘乐乐就觉着自己眼前黑了一下，等她清醒过来时，就见自己已经被抓紧了，被大猫带着飞快地移动着。

水承泽他们的车子也就刚刚驶出小县城，路上可还有好多人呢。

从前大猫还是晚上带着她跑的，现在大白天的，刘乐乐就看见大猫一只爪子抓着她，其他三条腿不断地运动着……

那动作既迅速又滑稽，同时又诡异得不得了，因为这是青天白日啊，周围还有不少车跟人呢。

就这幅画面，别说她受不了，就连路上的其他车辆都受到了惊吓，纷纷发生了追尾，还有一辆车子直接就撞上了围栏。

很快就有人从车上跑下来，拿着手机追着她们拍，一边拍嘴里更是惊呼着："怪物，啊！怪物！它还抓着个人呢！"

只是大猫的移动速度极快，刘乐乐也不知道那人拍到了没有，很快她们就越过人群，通过了一片绿化带，渐渐地那些人的影子都看不见了。

不过，这次刘乐乐倒是不害怕了。

到了一个偏僻的地方后，大猫终于停了下来，把刘乐乐小心翼翼地轻放在了地上。

刘乐乐脚刚着地，对着大猫的腿就是一脚。

看着毛茸茸的猫腿，可刘乐乐这一脚踢过去，别说疼了，简直就跟被蚊子叮了一下似的，倒是刘乐乐整个脚底板都疼。

刘乐乐当下就疼得龇牙咧嘴的，大猫赶紧低下头去，只是还没靠近呢，刘乐乐已经倒退了一步。

人兽那种重口的东西，作为一个纯天然派的保守人士，别说尝试了，她连想都不敢想。

以前跟陈天佑就因为家庭条件不相当，她妈都闹得天翻地覆的，周围的人都议论纷纷，现在可是跨越种族了。

更何况之前都说好分手了，现在这么不清不楚的，怎么也要有个决断吧？

刘乐乐也就跟有气似的，迟疑了下，她也不直接动手动脚了，而是低头找了一根树杈，对着大猫的后背就是一通乱打，一边打她一边愤愤地叫着："让你用我来做心理平衡，我是什么人啊，你的发泄机器吗？看到我就平静了，需要帮忙了找我，可是真爱的话就找天生一对的是不是？”

她这么狠狠地打了几下，大猫却没有动，只是硬生生地承受着。

刘乐乐终于有些不忍起来，她停了下来。

只是脑子里都是刚才水承泽那王八蛋说的那些恶心巴拉的话。

她也就狠狠地又嘀咕了几句：“都不在一起了，你还拿我意淫干吗啊，我一想起来都觉着恶心，咱们是一个品种吗，你就那么想我？而且那些都是什么玩意儿啊，还科研机构，国家机密，别逗乐了。还让我帮忙，是不是这个还算是为国献身啊？他们那些人都怎么想出来的！”

她是越说越气，又抓着大猫的毛狠狠地给了它几下。

而且一想到大猫的形体，再一想到那些人让她做的事儿，那种浓浓的被恶心到的感觉，瞬间就笼罩了她。

她算是发现了，自己要放在古代，绝对就是一贞洁烈女，倒不是被封建思想给禁锢了，而是她真的是从身体到心灵保守到底啊！

只是在她气喘吁吁地背过身准备休息一下的时候，她忽然觉着身后有什么动静似的。

她下意识地就侧头看了一眼，然后很快地就看到了不可思议的一幕。

之前还是大猫形态的生物，这个时候整个身体简直就跟橡皮泥似的，在不断地变化着。

变换的某些中间形态恐怖得就好像要爆开一样，不过在那些诡异的场景过去后，很快，一个身材魁梧、光溜溜的男人就出现在了刘乐乐面前。

刘乐乐之前做梦都想跟他面对面地谈一谈，此时看到他终于不再装“猫”弄鬼了，却忽然不知所措起来。

她忽然就尴尬起来，赶紧别开眼睛。

陈天佑也是尴尬无比，蜷缩着身体，只是这地方实在是太偏僻，一个废弃的郊外工厂，四周也真是啥都没有，两个人身边顶多就是些杂草以及没人修剪的树木。

刘乐乐迟疑着，最后还是声音干涩地说了一句废话：“你现在好了……”

“嗯。”陈天佑在她面前一直都是木讷的。

刘乐乐瞟他一眼，心里知道他不一样了，可奇怪的是，两个人之间的感觉

又好像没变。

最近发生的事情太多，她脑子也是乱的，她也说不清楚自己到底要的是什么，一方面在感情上已经做好放下陈天佑的准备了，可在现实里却跟泥潭深陷一样，不断地纠缠在这些乱七八糟的事情里。

她咽了口口水，把心里的疑惑问了出来："我在车里听水承泽说了一些事情，不知道是不是真的……还有……他说……"

刘乐乐傲气惯了，即便是想确认事实，可从她嘴里说出来也是万分困难的，最主要的是，她一直拿不准陈天佑现在是什么想法。

"他说像你这样的情况，一生只会喜欢一个人……那个人是我吗？"她终于鼓足勇气问了出来，同时盯着陈天佑的脸。

陈天佑却没有立即回答，而是在长长的沉默后，才安静地点了点头。

刘乐乐的心情瞬时就变得复杂起来，她的手指都要抓到手心里了。她之前是坐在地上的，此刻心急得都忘记站起来了，而是一路蹭着地面移动到他面前。

"那你的天生一对呢？你不喜欢那个人，也要跟她在一起吗？你是不是遇到了什么难题？是他们用我威胁你，还是担心咱们会没有后代？"

陈天佑一直低着头。

刘乐乐脾气急，她不管不顾地说着："可你不觉着水承泽说的那些话很没逻辑吗？如果说纯血人跟人类不会有孩子的话，那么那些血统不纯的人都是怎么来的，对吧？这话逻辑上就不对啊，所以你别听他们忽悠，那些人嘴里没一句实话的……"

"是不一样的。"陈天佑终于开口了，他的声音很低。因为头垂得很低，刘乐乐看不到他的表情，只是听着他说着："我们的世界跟你们的完全不同，所谓纯血不是开始就有的，只是一种概率，不是血统越纯的人后代就会血统越纯……只是相对来说，若两个人都有异种血统的话，则更容易生出纯血来……其中一个人是纯血的话，会增加孩子的成活率，还有……"

刘乐乐瞪大了眼睛，看着，听着。

"还有一种假说，也许我们这些人从来就不属于这个世界……在神话传说中，女娲的母亲华胥氏在雷泽中无意间看到一个特大的脚印，好奇的华胥用她的足迹丈量了大人的足迹，之后生下了人首蛇身的伏羲……如果这是被误解的传说呢？如果真有那么一种未知的生物，也许他们本来就不属于地球，因为一次意外降落在这个地方，然后把他们的基因跟这个世界的人融合在了一起……只是他们的后代已经丧失了当时的文明，可基因里有些东西是无法抹杀的，他们还是有着自己的一套规则……而所谓的纯血其实压根儿就是……更接近他们的那种生物……”

刘乐乐安静地听着。

她的心跳很快，在跟陈天佑相处的那些日子里，她仅见过两次这样的陈天佑，一次是她说要带他到她生活的地方，那时候一直生活在山里的陈天佑就是这样的，好像很为难，她记得那时她握着陈天佑的手，她不断地鼓励着他……

还有一次是她忽然发起了高烧，没来由地就烧了起来，不管吃多少药、输多少液温度都降不下来，到最后陈天佑也是这样的，一直守护在她身边，就好像世界末日来临一样。

现在的刘乐乐不知道自己要不要伸出手去。

“在50℃高温中待上两个小时，人类就会受不了，缺氧15分钟的情况下，人类就会死亡，可我的纪录是200℃，24小时，缺氧30分钟后还可以存活，在这样的情况下，他们为我安排了一个同类……”

刘乐乐终于伸出手去抓着他，她都不敢想这些试验结果是怎么得出的。她心里难过，虽然他一直没说过别的，可她还是能从他的话里听出无奈来，她握着他的手。

两个人的手指很自然地就交叉在了一起，她动情地说着：“天佑，干吗要那么做啊？你又不是小白鼠，别理他们了，你回来吧，咱们重新来过好吗？什么同类的女人，什么不同的规则、不稳定那些，我看你挺好的啊，也没有伤到我。不能要孩子，我也不在乎的，大不了咱们就丁克。要是特想要孩子的话，就收养好了，你真的别有太大压力……”

陈天佑听完刘乐乐的话后，半天都没有反应。

他只是闷闷地坐在那儿。

刘乐乐激动得都忘记他是全裸的状态了，她正想再说什么的时候，才忽然注意到一些不大方便的情况。

陈天佑也注意到了她的目光，他跟害羞似的往后缩了缩身体，不过脸终于抬了起来。

只是他脸上的目光并不是刘乐乐常见的那种带着暖意的目光，而是纠结着无奈和心疼。

刘乐乐忽然就觉着很不对劲，她正要说什么，却忽然听到外面有喊话的声音，那声音很大，她在破旧的厂房内都能听得清清楚楚。

她吓了一跳，倒是陈天佑就跟早知道会这样似的，表情也没什么变化。

刘乐乐随后走到破旧的厂房窗口往外看，就见之前空空的院墙处，此时已经站着十来个荷枪实弹的士兵似的人，还有铁丝网似的东西被竖了起来。不知道什么时候，整个地方已经被包围了。

她没想到这次那些人这么快就追了过来，而且还是这样的阵势。

"你能躲开一下吗？我要起身看看。"她身后的陈天佑这个时候很突兀地问了她一句。

刘乐乐这才惊觉，两个人现在的情况挺微妙的。

她忙别开眼睛，躲在一边。

随后她听见陈天佑对着外面喊话，意思是他们会出去的，让那些人等一下，还让他们扔一些衣服进来。

那些人倒是停下了喊话，随后衣服从院墙外被扔了进来。

刘乐乐帮陈天佑捡了几件衣服回来。

等陈天佑穿好衣服，那些人才陆续地走了进来。

只是这次进来的不是什么荷枪实弹的士兵，而是一些穿着很奇怪制服的家伙。

那些人都文质彬彬的，不大像军人。

就在刘乐乐不知所措的时候，非常戏剧化的一幕出现了：有人突破人群，硬生生地冲了过来，跑到陈天佑面前，伸出双臂就抱住了陈天佑。

刘乐乐离陈天佑很近，她被这一幕给弄愣住了。

因为抱着陈天佑的是一个穿着长裙的女孩，那女孩头发跟染了墨汁一样黑黑的。

但因为那女孩的脸整个儿埋在陈天佑怀里了，所以她看不清楚那人的长相。

刘乐乐之前没遇到过这种情况，她就等着陈天佑的反应，而且为了表达自己的不高兴，她还特意扭头瞪着陈天佑。

只是陈天佑半天都没有反应。

这下刘乐乐终于按捺不住了，直接过去一把将那个女人扯开。

然后她就看清楚那人的脸孔了，这不正是陈天佑的那个“天生一对”吗？

刘乐乐本来就对这件事很生气了，这些人以为是给动物园配种呢，随便找个同种的就行？

她也就讽刺地说道：“喂，你这女人要不要脸啊，现在不流行组织介绍婚姻了，而且陈天佑已经跟我和好了，这段时间谢谢你帮组织照顾我家天佑，不过以后就不用麻烦你了。也请你有点自尊好不，别见人就扑。”

被拉扯开的那女人，好像这才看到刘乐乐。

别看那女人个头不高，可是她看着刘乐乐的神情绝对是由上而下看过来的。

刘乐乐也说不清那是什么感觉，对方脸上就跟写着“我很高贵”四个字似的。

刘乐乐最讨厌这种高贵派的女人。

而且她都说得这么清楚了，这个女人怎么还想往陈天佑那儿靠啊！

她就又推了对方一把，就跟保护自己的所有物一样，还把陈天佑挡在了自己身后，宣告着：“你别凑过来，我家陈天佑很害羞的，你一个女孩家家的，还想非礼我家陈天佑是怎么的啊？”

不过在做这一切的时候，刘乐乐觉着别别扭扭的，因为就算陈天佑再木讷，可也没有靠女朋友保护自己贞操的道理吧？

怎么这么半天了，他连句话都不说啊？

刘乐乐也就回过头去，恶狠狠地瞪了陈天佑一眼，催促着：“你哑巴了啊，告诉这女人啊！”

陈天佑直到这个时候才终于说了一句：“乐乐……”

随后他停顿了下，努力让自己没有任何表情地更正道：“刘乐乐……她是闻柳……”

熟悉陈天佑的刘乐乐，已经瞧出陈天佑脸上不同寻常的表情了。

她不可思议地转过身，呆了一样地盯着陈天佑的眼睛，她想从他的眼睛里探究到什么，她觉着陈天佑不会这么对自己的。

在她去看陈天佑的眼睛的时候，陈天佑忽然动作起来，就跟要躲避她的目光一样，快速地从刘乐乐的身后走了出来。

在众目睽睽之下，他就那么毫不犹豫地，绕过了刘乐乐僵直的身体。

他一直不敢跟刘乐乐对视，他低着头，肩膀有一丝颤抖，他努力地克制着，终于走到了闻柳的身边。

刘乐乐不敢置信地望着他的背影，她激动得手指都在哆嗦，她扑过去想要拉扯住他，可手指刚刚碰到了他的衣角，她就被那些人架住了。

她着急地喊着："天佑，你傻了啊，那些人就是拿你做实验而已，你图什么啊？你跟他们走……你脑袋进水了吗？你给我回来啊！"

陈天佑这才慢慢地转过身来，他的眼睛沉沉的，已经没有一丝情绪了。

"刘乐乐。"从他们熟悉后，他就再没叫过她全名，可今天就在这短短的时间里，他却叫了她两遍全名，"我还有很多事情要做，我有跟他们走的理由……请忘掉我吧……"

一直沉默的闻柳也不说什么，只是用一副胜利者的表情望着刘乐乐，那表情已经不光是高高在上了，而是包含了轻蔑和廉价的同情。

刘乐乐沉默地站在那儿，再也说不出话来。她的眼泪就在眼眶里打转，可是却不肯掉下来，身上也是凉飕飕的，好像没有了体温一样……

陈天佑是跟闻柳一起出去的，然后是其他的人……

他们陆续地走了，那些人什么都没说，那个叫什么闻柳的"天生一对"也并没有趁机侮辱她。他们只是鱼贯地走出去，把她一个人留在这个破破烂烂的地方而已。

她再也没去看陈天佑，她付出了那么多，把心都恨不得掏出来给他看，告诉他，她没关系的，不管他是谁、什么样，她都愿意跟他厮守在一起……

她曾经以为的那些骄傲在半个小时前还是属于她的，可是都被那个叫作陈天佑的家伙打碎了，现在就扔在这个废弃的工厂里，再也拼凑不起来。

当初她在酒店，听到陈天佑跟那个"天生一对"说那句话的时候，她就该明白陈天佑是个什么态度了。

她也不知道他究竟有什么理由，可是她把话都说到那份儿上了，就算有什么了不得的理由，也可以说出来跟她商量吧？

对陈天佑来说，她到底算个什么呢？一个连话都不能明说的对象吗？

刘乐乐的手指捏成了拳头，她不再去想那些，那些反正已经跟她没关系了。

不过事情还远远没有结束，在那些人走后，又有人过来找她谈话。

刘乐乐觉着脑子好像都不是自己的了，她头晕晕的，唯一知道的就是那些人让她签署什么保密协议，还要让她保证不能泄露任何机密，否则……对方说了很多吓唬人的话，比如终身监禁，比如再也不能跟外界联系什么的……

刘乐乐按那些人说的签了字，做了保证，对方还挺正式的，还留给她一份。

只是留给她的那份，隐去了需要保密的内容，只有受到限制的那些条款，还有相应的惩罚。

刘乐乐也不多看多想，直接就塞到皮包的口袋里。

等她走出去的时候，她觉着浑身都麻木了。有工作人员找到她，说要送她回到市区。

刘乐乐木讷地跟着那些人。

只是等到打开车门，看到车里的人，刘乐乐就被恶心到了。

里面坐的司机不是别人，正是那个之前给过她一个耳光的水承泽。

她当下都要被恶心得吐了。

刘乐乐很想关上车门就走，但还没关上车门呢，她倒是忽然想到什么了似的，又钻到了车内，只是身体没有坐稳便举起手来，结结实实地给了水承泽一个耳光。

其实她打的时候并没有想到会打中的，毕竟水承泽动作特敏捷，她打得又这么高调，他只要想躲肯定能躲开。

结果这么一巴掌结结实实地打了上去，刘乐乐都有点愣住了，不过她倒是觉着解气。随后她就一边往车外走，一边解释道：“这是还你的！陈天佑那王八蛋已经恢复了，保密协议我也签署了，现在我可以走了吧？”

水承泽倒是没说什么。

刘乐乐还以为他被自己打傻了呢，她也没多想，走出去几步后，她又想起自己的手机来，等再转回身去的时候，就见水承泽已经从车内出来了，就跟了解了她的意图一样，把手机递给她。

刘乐乐也不客气，直接就把手机抢过来，拿到手里。

水承泽见刘乐乐把手机抢过去，却没有说话，只是若有所思地盯着她看。

刘乐乐不再理睬他，直接就往外走。外面挺荒凉的，之前跟陈天佑来的时候光顾着跑路了，此时她左右看了看，才发现这里的道路离公路还有段距离呢。

她也不惧这个，就想着大不了她多走会儿好了。

哪儿知道走了没几步，刘乐乐就听见身后有车子靠近的声音。

她警觉地回过头去，然后就看见水承泽正在开车跟着自己，她当下就是一皱眉头，心说这人是不是被她打了很不甘心，想过来报复她啊？

刘乐乐对着身后的水承泽竖起了中指，又用唇语告诉对方："我不怕你！"

结果水承泽很快地把车停下，从车内走了出来。

刘乐乐赶紧摆出一副你要敢跟我来横的、我就跟你拼命的架势。

哪知道水承泽到了她身边后，却是淡淡地开口道："这里离公路很远，还是我开车送你吧。"

刘乐乐就有点愣住了，不知道水承泽葫芦里装的什么药。

不过刘乐乐也不是好糊弄的，她很快把手机拿了出来，装上电池，准备给出租车公司去电话。大不了她找辆车过来接自己就好了，再不济她公司的同事还在上海呢，到时候找同事帮忙，总能回去的。

哪儿知道手机太久没用，居然没电了。

水承泽又淡淡一笑，掏出手机来递到她面前，而且在递给她前，还主动地拨了个号码。

刘乐乐莫名其妙地接过去，很快就听到对方谄媚的声音，"水总好啊……"

那声音熟悉得简直不能再熟悉了，刘乐乐纳闷地扫了眼手机上显示的号码，瞬间她的眼睛就瞪大了。

那号码不是别人的，正是她家老板的啊！

刘乐乐目瞪口呆地看向水承泽。

水承泽面带微笑地提醒她："附近没什么出租车公司，你可以让公司安排司机过来。"

刘乐乐真想一脚把他踹出地球去，他当她家老板是他马仔啊，还让公司安排司机过来?

刘乐乐二话不说就把电话给挂断了，然后重重地塞回他手里。

水承泽倒是慢条斯理的，又打开手机，刘乐乐气得就要过去夺他的手机。

不过这次水承泽的动作可敏捷了，几下就躲远了，同时语气和缓地跟电话那头的人客套，“不好意思，临时征用了您公司的刘乐乐小姐，我现在就把人送回去，不客气……没关系的……”

刘乐乐再靠近的时候，就听见自家老板在跟水承泽道谢呢，都是些什么我们公司的员工能跟着您，绝对能学习到很多啊……

刘乐乐的脸色就很不好看，她没想到水承泽这人心思细密到这种地步，她离开这些天，真是什么都豁出去了，可是他却能在后面不断地帮她摆平麻烦。

刘乐乐停下来，沉吟了下，终于说道：“既然这样，那就麻烦你送我回去吧。”

她主动走到他车旁，其实他要想图谋不轨，这种鸟不拉屎的地方就足够了，也没必要特意骗她上车。

刘乐乐索性上了车子。

等水承泽也上车后，他忽然俯身靠了过来，刘乐乐惊了一下，正准备用包砸他脑袋呢，却发现水承泽只是要帮她系上安全带而已。

他淡淡地看她一眼，嘴角带着意味不明的笑。

而且他还拿了一瓶矿泉水给她。

刘乐乐接是接过去了，却不肯喝一口。

水承泽也不说什么，车子行驶了一会儿，才自言自语一般地说道：“你在伤心。”

“我有什么好伤心的，该伤心的是陈天佑那傻子！”刘乐乐就跟被碰到逆鳞一样，愤愤然回道，“眼睁睁看着他去做实验，看着他受罪的人，能是爱护心疼他的吗？他舍去什么都为他着想的我，跟那些人走，该伤心的是他才对！我有什么损失，不过是少一个拖累罢了。”

水承泽一直看着前面的路，也不说什么。

倒是刘乐乐忽然好奇起来，这个人也太没脸没皮了吧，自己都还他一个耳光了，他还这么跟着自己到底是做什么啊?

她也就纳闷地问道：“不过你这人也真是奇怪，你就不能找别人送我出去吗，干吗非要亲自来？”

水承泽带着笑地告诉她说：“我只是被你吸引而已。”他顿了一顿，“你忘了，我带着异种的血。”

刘乐乐没当回事地撇撇嘴，她现在还觉着那说法跟神话传说似的呢，再说跟她有什么关系。

水承泽没出岔子，一直开车把她送回了酒店。

那地方原本还是他给安排的呢，刘乐乐下车后也没跟他打招呼就径自走了。

水承泽没有立即开车离开，而是从车上下来，一直尾随着她。

刘乐乐就跟被什么东西粘到了一样，一边往里走，一边对着他又瞪眼又龇牙咧嘴的，她也全然不顾及自己的形象。

哪儿知道刚走到大厅那儿，偏偏就是有这么倒霉的事儿，他们公司的几个同事正打算出去吃饭，一眼就看见刘乐乐跟水承泽一前一后地走了进来。

真是怕什么来什么，刘乐乐当时就有些傻眼。

倒是水承泽主动地走过去跟那些人打招呼。

那些人的表情也特别精彩，之前还是同级的同事呢，现在那些人再看向她的眼神，已经把她当成成功傍上大款的女人了。

那些人的眼神是既好奇又羡慕，又有那么点不可思议……

刘乐乐脑袋嗡的一声，不是她反应慢，实在是不知道该怎么解释这个情况，更主要的是不管自己发不发脾气，这个水承泽都是一副我女朋友好难哄的样子。

刘乐乐真是烦透这人了，她最后什么话都没说，就直接回到了自己的房间。

但一到房间，她就被朱琳给叫住了。

朱琳最近一段时间没见到刘乐乐，简直都要郁闷死了。这次开会本来就她跟刘乐乐两个女职员，谁知道刘乐乐临阵脱逃，硬是说有事儿，而且就在老总震怒的时候，偏偏大客户水承泽又亲自来了个电话，说是要借用刘乐乐几天。

别看那话说得冠冕堂皇的，可是谁信啊！

现在所有的同事间可都是传遍了，刘乐乐这是被人要去当“伴游”了，还有人说得有鼻子有眼的，说就几天的工夫刘乐乐就能赚回套房子来，而且绝对是手提LV、身穿普拉达。

现在见了刘乐乐，朱琳却是大吃一惊，别说什么LV、普拉达了，刘乐乐还穿着之前的那身衣服呢，而且那脸色怎么看都像罩着一层灰似的。

刘乐乐累坏了，直接脱去脚上的鞋子，倒在床上。最近一段日子风餐露宿，她觉着头发都要痒死了。

刘乐乐又赶紧翻身起来，拿了换洗的衣服，跑去浴室洗了一个澡。

等再出来的时候，终于跟脱了层皮似的舒服了。

朱琳这才找到机会问她："乐乐姐，你最近几天到底干吗去了？"

"我……"刘乐乐也有点不知道该怎么回答，她已经为陈天佑损失得够多的了，现在再闹个绯闻，她不得怄死啊。

正在踌躇着怎么说呢，倒是朱琳主动提起，"听经理说，你被水承泽借调了，说是帮着看下设计，是吗？"

"哦……"刘乐乐赶紧点头应道，"嗯，忙得昏天黑地的，连洗把脸的时间都没有。"

她真不想搭上水承泽的人情，不过现在还真是欠上了。

"我说呢，你别提了，小陈那些人都在背后议论你呢！"朱琳平时大嘴巴惯了，这次也就嘀嘀咕咕地把那些八卦都说了出来，那些八卦还真是要多恶心就有多恶心。

只是刘乐乐也不是白混的，她忽然就觉着不对劲儿起来，因为自己跟同部门的小陈之前没什么过节，对方也犯不着造谣，而且这谣言的内容简直就跟真的一样。

刘乐乐就觉着这里面是不是藏着什么事儿，是不是她被人设计了？

正在思索着呢，刘乐乐就听见敲门的声音。

朱琳已经先她一步过去开门了，等朱琳再回来的时候，刘乐乐就觉着她的表情有点不对劲儿。

然后刘乐乐就看见朱琳身后跟着个服务生，对方推了一辆餐车，餐车上摆放着玫瑰花，还有各色精美的餐点。

又有一个演奏小提琴的中年男子走了进来。

"音乐有助于身心健康，请问哪位是刘小姐……"在朱琳愕然的表情中，那个中年男人已经开始演奏了。

刘乐乐更是目瞪口呆，简直跟被雷劈了一样。

在呆愣过后，刘乐乐发现她跟朱琳的房间要变成百货商店了。

因为就在她发懵的时候，门又一次被敲响。

这次进来的是面带微笑给她送来各式礼品的送货员，对方服务态度很好，哪怕刘乐乐跟傻了一样毫无反应，或者是粗鲁地一把夺过袋子，恼怒地质问着这是谁干的时候，对方也都是微笑地解答着。

到了此时，刘乐乐已经想要晕过去算了。

一旁的朱琳从原来的目瞪口呆，到现在听到“水承泽”三个字后，就变成了那副“哦！原来如此”的表情……

刘乐乐真要怄死了，这转眼就成了她傍大款还隐瞒是吧？

等那些服务人员都离开后，她气得就把那些东西往外扔。

倒是朱琳小姑娘家家的，看那些看上去就不便宜的东西被扔出去后觉着可惜，忙跑出去又都捡了回来，一边往回拿，小姑娘还一边大惊小怪地叫着：“啊，我在杂志上看到过这件啊！这个包包好漂亮的……乐乐姐，你生气也不要这么失去理智啊，多暴殄天物啊！”

刘乐乐脸色不大好，跟她说：“那你要吧。”

朱琳霎时就眉开眼笑了，一个劲儿地对刘乐乐鞠躬，“谢谢乐乐姐啊，那我可就不客气了！”

朱琳开开心心地把衣服跟包包收了起来，两人身材本来就差不多，现在一下收这么多东西，简直就跟天上掉馅饼一样。

不过朱琳也不好意思都拿了，她小声地劝了刘乐乐几句：“乐乐姐，你是不是跟那谁吵架了啊……没必要生那么大气的……”

刘乐乐都不知道该怎么解释，她之所以遇到这种事儿，是因为她的前未婚夫喜欢她，所以才有很多跟她前未婚夫相同血统的人也喜欢她。

所以归根到底，这些人并不是真的喜欢她，她不过就是个走过场的倒霉炮灰而已。

因为她那缺德的、该死的、臭不要脸的、脑袋进水的前未婚夫已经跟他的“天生一对”跑了。

刘乐乐也不吃水承泽送来的东西，倒是朱琳贡献出一桶泡面，刘乐乐拿来泡着勉强吃了。

这个时候公司早已经开过展会了，现在正在准备回去的事宜呢，要不是等她，估计大家都走了。

所以刘乐乐一从朱琳那儿知道这个消息后，二话不说就赶紧收拾起行李来。

不过返程还是让她恶心了一下，这次依旧是乘坐的水承泽的专机。

而且就跟故意似的，再上机的时候，就连公司老板在内的人都对她客客气气地，登机时，更是客气地让她先上。

刘乐乐脸都有点抽搐了。

到了地面，出了机场，往常遇到这种情况，除了老板有专车外，大部分的同事都是各回各家，差不多方向的就一起打辆出租车。

可这次不同了，老板非要亲自送她一趟不可，那态度热情得简直就跟她也是公司大客户一样。

刘乐乐这个闹心啊。

一路上刘乐乐都不知道该怎么应付老板了，之前还觉着自家老板蛮正常的，现在她都觉着，自己是否已经不是公司一员了。

等到了家，她把行李放下，打开窗户通了通风，看着窗外，她长长地出了口气，虽然肚子很饿，可她却一点胃口都没有。

她住在小区的楼王位置，打开窗户就能看见小区的中心景区，此时下面已经有不少人在遛弯了，还有一些带着孩子的年轻夫妇，一派其乐融融的景象。

刘乐乐喜欢靠着窗户往外看就是为了这个，装修的时候，还特意在窗户这儿弄了个小台子。

无数个傍晚，她就是坐在这个位置，耳朵里听着陈天佑刷碗收拾厨房的声音，然后等他收拾妥当就会走过来，跟不好意思一样，偷偷地从身后抱她一下。

然后他们就会手牵着手，跟孩子一样坐电梯下去，在小区的园区里随意地逛逛，聊聊天……

她有一种做了一场梦的感觉。

就是那样的陈天佑拒绝了她，走向了另一个女人。

刘乐乐很快地甩了甩头，决定把这一切事都甩到身后去。她随后走到冰箱那儿，她记得出门的时候太着急，都没有收拾冰箱，也不知道冰箱里的东西臭了没有。

结果打开冰箱后却发现冰箱里的水果居然还是新鲜的呢，尤其是那些苹果，简直就跟刚摘下来的一样。

看来广告里的什么光合作用箱不是噱头嘛，还真是管点儿用。

刘乐乐这么想着，拿起一个苹果来，在水龙头下冲了冲就开啃。

她最喜欢吃那种脆苹果，她本来都没胃口的，结果这个时候吃了几口苹果后，倒是又饿了起来。

她又在冰箱里翻了翻，找出几包湾仔码头的速冻水饺来。

她最喜欢吃三鲜馅的，不过她记得自己这阵没买过这些东西啊……或者是之前买的忘记了？

她也没多想，找了锅子就开始烧水，准备煮水饺。

吃得饱饱的后，刘乐乐就去睡觉了。

不知道是因为最近发生的事让她太累了还是怎么的，刘乐乐开始做噩梦，噩梦的主要内容是她被一个脸都看不清楚的男人追杀，中间不管她怎么跑、怎么躲，都找不到出路。

最后刘乐乐终于被那个男人追上了，就在她以为自己在劫难逃的时候，那个男人却忽然把尖刀收了起来，拿出了一把玫瑰花，这下刘乐乐可算看见那人的面孔了……

刘乐乐心惊肉跳地醒了过来，心说这个不要脸的水承泽，怎么连她做梦都不放过她啊！

就在这么想的时候，刘乐乐忽然觉着窗户那儿好像有什么影子在动。

她赶紧转过头去，虽然那东西速度很快，可刘乐乐还是看见了一抹黑色的影子从自己的窗台那儿掠过。

她玩命地跑了过去，一把扒住窗台，再看的时候，那道黑影已经不见了。

可刘乐乐知道自己绝对没有眼花，之前还开着的窗户，明显是被谁给关上了。

以前陈天佑就总喜欢半夜起来帮她关卧室的窗户。

刘乐乐气得手指都抖了。

这是陈天佑那王八蛋又来过了吧？

刘乐乐气得脑仁都疼，她快速打开卧室的灯，很快翻出一张A4的纸来，用力写道：“分手了就别再来找我！贱猫！”

不过气冲冲地写完后，刘乐乐才想起来，那臭猫可是不认识字的，她忙又在纸边画了一组漫画。

她自小美术就不大好，这个时候只能凑合着七扭八歪地画了一只猫，然后又画出一只大脚，对着那猫屁股就是一下。

随后就是带着标点的喵呜一声，下一幅画就是猫被踢出窗户的画面了。

刘乐乐觉着表述得够清楚了，就开始找胶带。

她把那些纸小心翼翼地贴在窗台的位置。怕那贱猫看不到，刘乐乐又多写多画了几张，挨个窗户贴了一个遍。

都弄完后，刘乐乐才心满意足打着哈欠又睡下了。

结果这一觉睡得倒好，等刘乐乐起来的时候才发现自己睡过头了，她连日来一直没用手机，也就忘记了给手机充电。

她赶紧拿着车钥匙就往外跑。

匆匆忙忙地到了公司，刘乐乐都不好意思跟同事打照面。她工作从来都是兢兢业业的，这次居然会连个招呼都没打就迟到两个多小时。

不过奇怪的是，在她进门后，她就发现公司里的人，只要看到她的，就没有一个是表情正常的。

她以为是自己跟水承泽那些乱七八糟的八卦被人传开了呢。

哪儿知道刚走到自己办公室门口，她就见里面早已经坐着一个人了。

刘乐乐纳闷地走了进去，那人闻声转过脸来，一看到对方，刘乐乐就愣了下。

这不是前段时间神经病似的要送自己传家宝的那个什么孟哲吗？

“你可真让我好找啊。”那人笑呵呵地，趴在桌子上，面朝着她。

刘乐乐已经走到办公桌后面了，他这么一副贱兮兮的样子凑过来，刘乐乐就挺想吐的。

她没好气地问他：“你跑来干吗，我又不认识你！”

“怎么会不认识？”他边说边敲打着刘乐乐的桌面，似笑非笑地，原本就有些娘的长相，现在看起来更是又贱又恶心，偏偏这人还长了一双桃花眼。

刘乐乐最讨厌这种轻浮的人。

“你不知道吗，我们很有缘的，而且你不是跟孟橙星很熟吗？”

刘乐乐瞬间就愣住了，她都要忘了那个变成狗被人带走的孟橙星了，此时忽然从孟哲口中听到这个名字，她还真是吃了一惊。

“三区的人找到我家的时候，我们全家都吓了一跳呢，虽然知道三区的一些传闻，但没想到就连我家都会牵扯其中。”

刘乐乐警觉地瞟了一眼门外，她赶紧走到门口把门关上了。开什么玩笑，她可是签署过保密协议的。

关好门后，刘乐乐才紧张地问他：“你跟孟橙星是什么关系？”

“哦，他是我亲大哥。”孟哲笑眯眯地告诉她，“他现在还没恢复呢，在家见谁都咬，我妈说他是被女狐狸迷住了。不过三区的人说，也许跟你接触后，他就能恢复。”

刘乐乐眉头皱得紧紧的，不知道自己又要被扯到什么乱七八糟的关系里去。

这个孟哲接下来的一番话还真是让她闹心得更厉害了。

“对了，这次你不能接触我家的任何男性了，三区的人说，你现在对所有异种都有致命吸引，所以……”孟哲耸耸肩，“我妈很怕你见到我爸跟我爷爷，我小舅舅他们也得到了禁足令，因为不知道我们身上的血统是从哪儿来的，我外公那儿也都打过了招呼。为了以防在街上偶遇引起不必要的麻烦，我们想请你佩带一个定位器，这样我们家的男性就能准确地避开你了。”

刘乐乐气得嘴都要歪了。

这可真是祸从天降，好好的就给自己套了个狐狸精的形象，还成瘟疫似的，人见人躲了！

而且这还没完呢，孟哲这次来可是带着目的的，除了那个微型定位器外，他还特别执着地要请刘乐乐到他家去看看孟橙星。

主要的原因就是孟橙星成了现在这样，需要她过去帮助变回人形。

定位器反正不大，她凑合戴就凑合戴了，再说就跟那些人想躲着她一样，她何尝想招惹这些事儿，自然是能少点麻烦就少点麻烦。

可是过去给人弄回人形这个，她怎么弄啊？

说白了这事儿跟女娲和外星人都有关系，这神展开的，能是她一介凡人鼓捣得了的吗？

不过看样子事情不办成，孟哲是不会走了。

他就那么耗在这儿，刘乐乐也不敢声张，她可是签过保密协议的，到时候闹出去她说不清楚的。

而且自从她来到公司后，公司里的同事就探头探脑地，孟哲这么大一个人戳在这儿，她就算是想工作也工作不下去。

刘乐乐最后没法，就跟经理打了个招呼，跟着孟哲出去了。

她的想法倒也简单，尽人力，听天命，到时候自己该做的都做了，姓孟的还能讹上她怎么的？

只是坐在孟哲的车上，一路风驰电掣地到了孟家后，刘乐乐才发现自己还是太天真了。

孟家很有点港剧豪门的感觉，门口还安了道大大的自动门，穿着制服的保安在那儿监督过往的人员。

不过刘乐乐敏感地发现，一般来说保安室里的工作人员一般都是男性，可这个时候出来的却是一个面色警觉的老大妈。

对方大概是第一次做这种工作，开门的时候显得很生疏，而且还一个劲儿地在那儿絮絮叨叨：“小哲啊，一定别带人乱走，按画好的白线走，千万别走乱了，一会儿消毒消不到就麻烦了。”

孟哲也答应着：“我知道了，李婶，我们不会耽搁太久的。”

刘乐乐就觉着特别别扭，这明显是拿她当病毒对待了啊！

倒是孟哲笑眯眯地，一双桃花眼直瞄着她，解释道：“我妈怕我爸回来的时候闻到你的味道，所以找了家里的几个阿姨帮忙……”

刘乐乐忍着没吭声，她也不想节外生枝，两个姓孟的就够她闹心了，这要来个孩子他爸、他爷爷、他外公，她还不如直接死了算了。

不过刘乐乐还是感觉到了，孟家好像空了一样，看来为了迎接她，孟家特意遣散了不少人。

等车子开进车库，孟哲领着她进到大房子里的时候，早已经有人在客厅等着了。

有一个看上去保养得很好的中年妇女在那儿。

而且光看那人的长相，不用介绍，刘乐乐就猜着她是谁了。

这人多半就是孟哲跟孟橙星的妈妈。

果然孟哲就叫了那女人一声妈。

孟夫人倒是没说别的，就是看刘乐乐的眼神很不友善，其实她本该是个挺文雅的中年女人的，就是一见了刘乐乐后，那脸拉得可长了。

而且只看了刘乐乐一眼，那中年女人就再也不看她了，只挥手快速地赶着孟哲，也跟看门的老太太一样叮嘱着："去吧，别乱走，还有小心你哥咬你……"

这话听得刘乐乐直咋舌，心说孟橙星是得了狂犬病还是怎么的。

孟哲又领着刘乐乐到了后院。

刘乐乐以为他会带她去个什么隐蔽的地方呢，结果等到了后院她才发现，那就是一处小菜园而已。

菜园里种了些当季的蔬菜，不过现在那些菜都遭殃了，被一只大黑狗给祸害了。

别说长熟的茄子，就连没长熟的西红柿都被踩了个稀烂。

而且，所谓的孟橙星压根儿就跟只狗似的被拴在那儿。

刘乐乐真有点意外，怎么想这人也是这家的儿子啊，就算变成狗了，也不能真当狗似的拴起来吧？

她也就纳闷地看了一眼孟哲。

孟哲一脸无奈地告诉她："没办法，他现在六亲不认了，见谁都咬，你看……"

说完孟哲就掀起裤腿来，刘乐乐随后就在孟哲腿上看见一道大疤。

刘乐乐也有点犯怵，她也怕狗咬啊……

她在菜园外站了一会儿。

倒是里面的大狗看到她后，瞬间就激动了起来，那么粗的绳子，居然都被它扯得颤巍巍的，好几次那个粗木桩都跟要被拉断了似的。

而且那表情、动作绝对不是警告跟暴怒，倒像是热情到爆棚，大狗的尾巴更是啪啪地摇晃着。

刘乐乐见它这样，多少是放松了一些，她也就凑到大狗的面前，蹲下身体。

这个家伙跟陈天佑还不一样，对她来说，这个变成狗的孟橙星压根儿就是个陌生人。

她不知道他平时什么样，她唯一能做的就是把他当作一个人。

这么想着，刘乐乐又凑近了一些，这么一来，对面那只大狗倒是正好可以够到她的腿了。

刘乐乐努力让自己的表情柔和下来，语速也尽量放慢，“你好啊，其实我跟你不熟，但是呢，毕竟你现在这样我也有点责任，所以我就来了。我不知道怎么做才可以让你恢复，但我想，好好沟通的话还是有可……”

“能”字还没说出口呢，刘乐乐忽然觉着自己的大腿被什么东西蹭了下。

她之前说得太投入了，此时一低头才发现自己身处的窘况。

这只畜生正在那啥她的大腿呢！

刘乐乐瞬时就愣在那儿了，她真是做梦都想不到会发生这么龌龊的一幕。

就在她愣住的时候，大狗还抬起头来，用湿漉漉的舌头舔了她一下。

这下刘乐乐就跟被人一鞭子抽醒似的，一下就蹦了起来，对着那大狗就是一脚。

大狗一点都不怕疼似的，在被她踹后，居然还顺杆爬，用狗爪子去蹭她的脚。

这下刘乐乐算是被恶心毛了。

她也不管自己跟孟橙星熟不熟，是不是自家的狗了，对着大狗就是一阵狠踹。

只是被踹了几下后，事情忽然发生了转机。

就跟之前大乖被她打回原形一样，刘乐乐忽然发现这只大狗被自己踹过后，居然也跟橡皮泥似的，形状忽地变化了起来。

孟哲就在她身后不远的地方，也被吓得捂住了嘴巴。

刘乐乐却是知道发生了什么，她不止一次见到陈天佑变化。

她安静地等在那儿，果然很快大狗就完成了变化，在那个地方的再也不是那只黑色的大狗了，而是一个需要穿衣服的光着身体的男人。

而且当这一切变化的时候，刘乐乐踢出去的脚还没收回来呢。

所以画面被定格在了诡异的一幕。

一个气势汹汹的女人正在用脚踹着裸男的肚子……

虽说刘乐乐知道自己是清清白白的，可是因为对方是蜷曲着身体的，所以那姿势是怎么看怎么怪异，怎么说也说不清楚……

这简直就是一SM现场啊！

就在刘乐乐要撤脚的时候，她身下的裸男却一把抱住了她的小腿。

这人手跟狗爪可不一样，那抓得可是真紧。

刘乐乐吓了一跳，赶紧更用力地往外撤腿，只是对方这下抱得更紧了，而且不光是抱小腿了，孟橙星把刘乐乐整条腿严严实实地给紧紧地搂在了怀里，还把全身的重量都压在了刘乐乐的腿上。

刘乐乐当下就站不稳了，身体跟着一歪，随后就坐在了地上。

这下可好了，孟橙星算是找准机会了，不光是她的腿，就连她的人都要被对方抱住了。

刘乐乐又气又囧、又怒又恼，对着扑过来的孟橙星就是一阵拳打脚踢，可是都不管用，她又恼怒地张嘴咬了对方一口。

结果不咬还好，这一咬对方反倒变本加厉地抱着她了，嘴里还跟呢喃一样，说着什么“宝贝你别跑，我的心肝儿”这样恶心的话。

最后刘乐乐都不知道自己是怎么被人从孟橙星怀里扯出去的，她就知道自己鞋子也丢了，头发也乱了，衣服扣子都不知道什么时候被扯掉了两颗。

刘乐乐惊魂初定，这才知道原来是孟夫人跟孟哲合伙把她给扯出来的。

此时孟家妈妈正用你可算占到我儿子便宜的表情看着她。

被那么鄙视的目光看着，刘乐乐心里就很别扭，而且她狼狈得就跟逃难的似的，踮着脚又跑过去捡自己掉在一边的鞋子，衣服也得拢一拢，还有头发也都乱了，需要顺顺……

偏偏这个时候孟橙星又扑上来了，刘乐乐又赶紧踢上去几脚。在孟哲跟他妈妈的帮助下，刘乐乐终于跑出了菜园。

到这个时候孟妈妈早已经按捺不住了，脸色铁青地说了她一句：“你不要再靠近他了！”

刘乐乐本来就带着气呢，她来可是帮忙的，对方又是消毒，又是不让靠近，好像她带着什么目的似的，再说被抱那么一下、被舔那么一下的损失谁赔啊！

刘乐乐也就没好气地回了一句："阿姨，您放心，您那儿子白给我都不要！"

孟妈妈再好的涵养也爆发了，"你知道我儿子是谁吗？多少名门闺秀上赶着，他都不屑一顾。你知道我儿子是多么优秀的人吗？"

刘乐乐瞥了眼光着身子、一直追着自己小腿跑的奇男子，无比鄙夷地说："阿姨，看您岁数大了，我也不跟您抬杠，此情此景，您就是把他夸得跟花似的，他对我来说也就是摊狗屎！"

孟夫人差点没被气得心脏病发了，自家万里挑一、从小就处处比人强的大儿子，居然在这么个女人嘴里成了这副不堪的样子。

最主要的是就像要配合刘乐乐的话似的，孟橙星还做了个扑上去的动作，最后还被刘乐乐一脚踹在胸口那儿给踹了回去。

这下孟夫人更是心都疼了。

孟哲赶紧搀扶住他妈。

刘乐乐看见自己把对方妈气成这样，也有点不好意思了，再说她的确也不知道正常的孟橙星啥样……

在当妈的面前这么说人的儿子也是有些过分。

她是做销售出身的，跟什么人都打过交道，她随后也就劝了一句："阿姨，您别生气了，气坏了身体还是您自己的。"

这下孟夫人就跟赌气一样，一把推开孟哲，点了点对面的刘乐乐，不依不饶地说着："你过来！"

刘乐乐还以为她要怎么样呢，她又不惧怕啥，也就跟了过去，心说你就算要骂我，你来九句，我还有九十句等着你呢。

哪儿知道孟妈妈带她去的地方却是二楼。

刘乐乐这下有些意外了。打开房间门后，刘乐乐才发现自己到的是一间很素净的工作室。

里面有一张很简单的桌子，桌子上摆了一台电脑，刘乐乐扫了眼，发现那电脑也不怎么先进，看着屏幕还是老式的呢。

不过奇怪的是，这个房间的墙壁上却挂了很多的照片。

刘乐乐起初没认出那里面的人是谁，直到最后几张，她才发现这些照片是一个男人的成长过程。

青涩的站在钢琴前的腼腆少年，意气风发地打着网球的青年，还有最后一张照片里的、站在某个会场的西装笔挺的成熟男子……

而且除了那些照片，刘乐乐还注意到一边书柜里摆放的各种奖杯、奖牌……

刘乐乐终于有点理解老太太为什么被气成那样了。

就跟应对最难缠的客户一样，刘乐乐抬起头来对着那个气呼呼的孟妈妈说道："阿姨，您带我看这些照片，是想让我喜欢上您儿子吗？"

"你？！"孟妈妈一时间都语塞了。

刘乐乐随即笑道："其实我讨厌他，您该庆幸才对，我要是一不小心喜欢上了您这么优秀的儿子，到时候事情可比现在恶心多了，对吧？"

孟妈妈也是聪明人，一下就明白了刘乐乐的意思。

刘乐乐也能理解孟妈妈的心情，不过她也是无辜的啊，她也就开诚布公地辩白着，"阿姨，我能理解您害怕儿子、老公包括老爸被我吸引走，可是这事我也很冤，现在咱们最需要做的就是赶紧想个解决办法，不然总这样，我也很怕您儿子变成狗来纠缠我。"

孟哲原本在楼下等着呢，他大哥一直不肯穿衣服，他没法，只得找了毯子给他大哥盖上了。

结果没多会儿，孟哲就看到了神奇的一幕。

之前还对刘乐乐百般瞧不上、简直都觉着是罪魁祸首的孟妈妈，下楼的时候却是揽着刘乐乐的胳膊的。

刘乐乐也是一口一个阿姨的。

孟哲都要看傻了，而且刘乐乐下楼后，一见孟橙星还光着呢，就走了过去，跟哄孩子一样地哄着孟橙星说："哎，你怎么不穿衣服啊？总这么光着身体会着凉的哦，快去卧室找衣服穿吧。"

然后之前一直死活不肯动地方、非要等着刘乐乐的孟橙星，简直就跟换了个人似的，当下就裹着毯子跳了起来，随后就跟个孩子似的，蹦蹦跳跳地就往卧室跑去了。

刘乐乐赶紧跟孟夫人告辞，趁着孟橙星换衣服的工夫溜走了。

这次孟妈妈可是客气多了，临走的时候，还非要让孟哲送送刘乐乐。

孟哲再开了车送刘乐乐回去的时候，就忍不住好奇地问刘乐乐："哎，你这女人真有手段啊，我妈当初恨不得找人去打你，你怎么把她哄开心的？”

“我不喜欢你跟你大哥啊。”刘乐乐理所当然地说道，“阿姨是发现我真不是有意的，才没再继续生我的气，而且你妈人很精明的，我把利害关系一说，她立刻就明白了，我这样的至少不会起坏心，不然我随便勾勾手指就够她麻烦的了，所以她干吗要把我当敌人啊？再说，惹急了我，跟你大哥生米煮成熟饭，最后倒霉的还不是她吗？”

孟哲忽然扭头给了刘乐乐一个飞眼，“哎，为什么不跟我煮熟饭啊？我技术可比我大哥好多了哦。”

有孟橙星打底呢，刘乐乐倒是不那么憷这个孟哲了，明显孟哲中毒浅一些。

她就是很好奇，他们到底对她是个什么感觉啊？真就没办法控制吗？

刘乐乐也就问了孟哲一句，他跟第三区的人接触过，没准儿会知道什么。

孟哲倒是知道一些，只是他也是一知半解的，“我哥那种情况没办法避免的，这是纯生理性的，就好像你可以控制自己的情绪，可以努力装出喜怒哀乐来，可是呼吸的频率，还有你身体本身的生理反应，你是控制不了的，比如血流的速度还有体温这些……而我们遇到你后，所引起的反应就跟这些一样，而且随着血统纯度的不同吸引力也不同，就好像吸毒一样，会逐渐加深……像我哥那样的完全就是不可控制的……”

刘乐乐听得眉头都皱在了一起，她在那些似是而非的话里隐隐琢磨出“生理反应”四个字来。

这么一想，她就觉着自己的胃里仿佛要翻江倒海。

“不过听说……”孟哲显然还有话要说。

刘乐乐一下大感兴趣起来，她赶紧盯着孟哲。

孟哲也不太确定似的，“这个只是假说，是我妈询问的时候，第三区的人提出来的假设，说你如果跟引起这一切的那个纯血合体的话，在某种程度上应该是可以减轻现在这种情况的，但那种情况还没有发生过，因为跟纯血做过的人都会死……”

刘乐乐叹了口气，一方面她是不想冒险，再来她恶心陈天佑还来不及呢，那种事情她更是连考虑都不会考虑。

到了她家楼下后，刘乐乐下车往家走，结果走到电梯的时候，她忽然觉着不对劲儿了，孟哲只是说送她回来，可都这会儿了怎么还跟着她啊？

刘乐乐也就一脸警觉地看着孟哲。

孟哲露出一脸无奈的样子，当着她的面又是握拳又是跺脚的，就跟要逼迫自己做什么事儿一样，可到最后他也没有要离开的意思，反倒惹得等电梯的人纷纷侧目。

孟哲无可奈何的，脸更是皱得跟苦瓜似的诉苦道：“你还是踹我几脚吧，我现在的脚就跟条件反射一样，死活都要跟着你……”

刘乐乐真想让孟哲化为流星！

在众目睽睽之下，刘乐乐毫不留情地就踹了过去，孟哲居然也不知道躲，被刘乐乐结结实实地踹了几脚后，居然还能眉开眼笑，不过还好，孟哲倒是终于能挪开步子走人了。

就是那些等电梯的邻居，等电梯到后，都没有跟着刘乐乐上去，在那儿眨巴着眼睛，都是一副看到了什么了不得的画面的样子。

刘乐乐这个郁闷，再回到家的时候，觉着浑身都软了，那种踩在棉花上的感觉，让她特别不舒服。

这还是个过日子的样子吗？

怎么她好好一个大好女青年，转眼间就成了S女王了呢？

在沙发上躺了一会儿后，刘乐乐觉得饥肠辘辘，忙活了一天，她还一口水都没喝呢。她挣扎着起来打开冰箱，本来只想找个苹果啃的，结果打开冰箱后却发现里面除了苹果外，还有一碗冰镇的银耳粥！

这简直就要命了，她最喜欢吃的冰粥啊！

偏偏又是在这么个饿得前胸贴后背的时候出现在她面前，虽然知道这粥来得蹊跷，知道十有八九又是陈天佑那王八蛋回来弄的，可她还是咽着口水把冰粥给喝了。

除了冰粥，她还看到了一个煲得软软的猪蹄。

她平时很少用什么护肤品，可是为了补充胶原蛋白，她习惯了每周都吃点肘子、猪蹄啥的。

也因为这个，陈天佑特意找人学的炖猪蹄……

无数个夜晚，两个人就一边看着电视，一边对着啃猪蹄。

刘乐乐迟疑了下，最后觉得也没什么好客气的，陈天佑要贱就去贱好了，猪蹄可是无辜的。

她吃了个痛快。

就是她心里很有芥蒂，反正时间还早呢，她一边啃着猪蹄，一边给一家安保公司打去电话，麻烦对方上门给安下报警器什么的。

对方的效率倒是真高，等她啃完猪蹄，安保公司的人也到了。

刘乐乐的房间面积不大，安装起来很简单。没用两个小时对方就把家用报警器都安好了，刘乐乐还试验了下，发现只要有碰到窗户的情况，就会有警报发出。

那个安保公司的人员还打包票说："小姐你放心吧，在设备报警到一定级别后，我们公司人员会直接过来的，绝对比你报警还快。"

刘乐乐倒是不求别的，只求能吓跑那只大贱猫。

晚上的时候，刘乐乐多少是放心了一些，她还特意把门窗都检查了一遍，确认无误后才睡下。

结果半夜她还是被弄醒了，倒不是有声音，也不是有什么报警声吵到了她，而是她忽然就觉着头皮发麻。

她睁开眼睛，果然就对上了一双好像可以发光的猫眼。

而且那只缺德的黑猫居然就站在她的床边，都不知道这么看了多久了。

刘乐乐气得伸手就把那猫尾巴拽住了，不过这缺德猫的动作真快，她抓是抓到了，可这猫毛滑滑的，一下又从她手心里溜了出去。

刘乐乐气急败坏地追到窗台，那缺德猫早已经跳下窗台跑得不见了踪影。

而那个号称最先进的报警器，在她靠近的时候才响了起来，反倒把她吓了一跳，刘乐乐又赶紧手忙脚乱地去找关闭的键。

这下刘乐乐算是睡不着了。等第二天再去公司的时候，刘乐乐就顶了一双熊猫眼。

朱琳跟她很熟，看见她这副样子就笑她，"哎，乐乐姐啊，你这是昨晚去哪儿逍遥了，弄得眼圈好黑啊……"

刘乐乐无奈地回道："别提了，我家进去野猫了。"

朱琳纳闷地问："没关好窗户吗？我记得你是顶楼啊，那么高野猫也能进去吗？"

“可能赶巧了吧。”刘乐乐没法解释这个事儿，而且还有保密条款在呢，她也不敢乱说什么。

倒是朱琳忽然想起什么来似的，忽然对她说道：“说起这个来，乐乐姐，你知道咱们公司门口来了只流浪狗吗？那狗可奇怪了，不管怎么赶都不肯走，后来老板看见了，说狗是旺财的，既然要来就别赶了，所以现在那狗还在院子里晃呢。”

以前刘乐乐倒是见过公司门口的流浪狗，他们这种机械公司离市中心远，门口偶尔有个流浪猫狗的很正常，可是现在她经历了那些奇遇，实在不敢掉以轻心了。

她也就留心了起来。

果然在中午吃午饭的时候，刘乐乐就看见了那个蔫头耷脑看着就很可怜的家伙。

那狗有点像小时候很常见的那种土狗，样子土气，看着也很没精神。

刘乐乐怕是孟橙星找自己来了，因为在她过去看的时候，那狗一看到她明显惊喜了一下。

幸亏昨天她跟孟哲要了手机号，这个时候她赶紧给孟哲打过去电话，在电话里着急地问：“孟哲，你哥是不是跑出来了？”

孟哲在那头意外地回道：“没有啊，我哥早上去公司开会了，我妈怕他中途跑去找你，一直让我跟着他呢，他现在就在我旁边呢。”

刘乐乐纳闷地哎了一声，忙又低头去看那只土狗。

难道是她一惊一乍，神经过敏了？

她又仔细打量着这只土狗。

其实那些异种人变身猫狗的时候都是神采奕奕的，眼睛亮晶晶的，毛发也漂亮，可眼前这只土狗，怎么看都跟丧家犬一样，蔫蔫的，尾巴更是垂在地上。

陈天佑和那个孟橙星变身成猫狗的时候，可都是纯黑色的，现在这个土里土气的土狗，怎么看也是憨憨厚厚的，一点异种人的样子都没有。

刘乐乐忽然就内疚起来，她真是见风就是雨了，这不就是只普通的流浪狗吗？

她正好在食堂多打了一些饭菜，本来想拿回去晚上吃的，这个时候她就把饭菜拿了出来，把一次性的饭盒盖扯下来，垫着喂给流浪狗狗。

大概是喂了这么一次就熟了，等下班刘乐乐再去开车的时候，就发现那只流浪狗一直跟着她，而且看到她就会狂摇尾巴。

刘乐乐虽然大大咧咧的，可是心眼一向很好，就又跑去食堂买了一些饭，专门喂给了流浪狗。

大概是见到了刘乐乐喂狗的这幕，等刘乐乐把车开到门口的时候，就被看门的王大爷调侃了几句："嘿，你说这狗吃东西是不是也挑人啊，我今儿也给它从食堂弄的饭菜，它就是不吃，你说都一样的，你喂就吃……"

刘乐乐笑了笑，也没太在意，主要是她小时候就是这样的，总是特别招猫狗喜欢。

不过王大爷平时总在门房里待着，并不知道刘乐乐早已经解除婚约的事儿，也就顺嘴问了一句："对了，最近怎么没见你对象过来接你啊……"

刘乐乐一下就尴尬了起来，当初她在公司加班的时候，只要有时间，陈天佑十次有九次半会过来接她。

虽然每次开车的都是她吧，可是他一定会跑过来，不管等多久都要等着她忙完。为了不打扰她，他连办公楼都不上，每次都是在楼下安静地蹲着等。

也因为这样，王大爷才知道她有这么个对象的。

只是当初会蹲在门口等她的男人早已经变心了，刘乐乐对着王大爷哦了一声，也没有解释什么。

不过从那以后，刘乐乐的生活终于回到了正轨，不知道是装了警报器，还是她暴怒的原因，晚上陈天佑那贱猫也再没有打扰她。

白天的工作也是按部就班的，刘乐乐又找回了以前脚踏实地的感觉。

只是她妈三天两头地催她去相亲，刘乐乐哪里肯去，连听都懒得听地拒绝了。她最近都是深居简出，主要是怕再遇到什么异种，城里不可能只有孟家一家子有异种的血统，万一她再遇到几个，可就闹心了。

其他的时间，刘乐乐就是工作、回家，偶尔上超市采购。

不过这期间刘乐乐倒是跟那只土狗熟悉了起来，那只大土狗可通人性了，每次见到刘乐乐都会特别高兴。

刘乐乐也就跟额外养了只大宠物似的，经常在食堂多打一份饭喂它。

一来二去的，一人一狗倒是真熟悉了起来。

那天刘乐乐正要回家，结果走到车旁，忽然发现那只土狗居然探头探脑的，像在跟踪她似的。

刘乐乐假装没看到，她径自打开车门，启动车子，本以为车子开动后，土狗就不会再跟着了，哪儿知道车子一动起来，土狗也跟着跑了起来。

简直就跟不依不舍似的，非要一路跟着她。

在公司外面的这条马路还好，因为在郊区，所以路上车子少一些，可是一旦开到另一条路上，马路上的车就会多起来，刘乐乐很怕土狗会跟着自己一直跑到车多的路上，于是她赶紧停下车子。

第五章

刘乐乐挺不忍心的，她走到大傻狗的面前，其实这只狗倒是没那么脏，至少比她以前喂过的那些流浪狗要干净很多。

刘乐乐迟疑了下，随后就伸出手去，安抚般地摸了摸大狗的脖颈，劝着流浪狗："别跟着我了，狗狗，我家是楼房，不能养你这种大狗狗的。"

流浪狗趴在地上，感觉很伤心。

刘乐乐知道狗很通人性的，她叹了口气，又劝道："这是大马路啊，车来车往的多危险，快，起来吧，回去吧……看门的王大爷对你也很好啊，你看你过来找我他都没有赶过你。"

流浪狗依旧那副萎靡不振的样子。

刘乐乐终于扛不住了，她最怕这种萌物了，她赶紧举起双手跟投降一样地说道："那好吧，我带你回去试试……但不见得是收养你啊，我真不会养狗狗的，要是实在不行，我就把你送到动物救助之家去。"

刘乐乐说完就去开车门了，哪儿知道土狗就跟听懂了她的话一样，她才刚把车门打开，土狗就自己跳到车里。

一般狗狗到了新环境都是嗅嗅闻闻的，可这只狗狗却很神奇，进到车里后居然就跟特乖的小孩子一样，一动不动，还跟怕爪子弄脏车座似的，半缩在了车座那儿。

这下刘乐乐就觉得不对劲儿了，她吓得赶紧给孟哲又去了个电话，不确定地问着：“哎，孟哲，你确定你大哥就在你身边吗？我怎么觉着我身边这条狗怪怪的啊？”

孟哲跟没睡醒似的，哎了一声后，笑着调侃她：“什么狗啊，你怎么总招惹这种东西啊，不过我大哥肯定没在你那儿，最近我妈盯得可紧了，要不我现在去看看。”

大概是孟哲把手机举了起来，刘乐乐在手机的背景音里听到孟哲叫了一声哥，然后就有一个很低哑的男声回了一句。

刘乐乐这次把心放在肚子里了，她稀里糊涂地把陈天佑弄回家养了一段时间就够恶心的了，现在可不能再犯相同的错误了。

看来这只土狗多半就是只通人性又懂事的流浪狗狗吧。

刘乐乐开着车把狗狗带回了自己家。

她平时在家不怎么做饭的，都是买些快餐之类的，但最近她回家的时候总能在桌子上、冰箱里找到一些做好的可口饭菜。

她知道多半是贱人陈天佑又撩拨自己来了。

只是不管她怎么换报警器，怎么换锁弄窗户，还是防不住。

现在把大狗带回家，刘乐乐也是多了层意思，至少家里有个看家护院的了。

到时候看见猫样的陈天佑兴许能管点用呢?

这么想着，刘乐乐顺带买了根狗绳把大狗拴了起来。

她最近一段时间都叫土狗黄黄。她们回去的时候正是下班、放学的高峰，等电梯的人不少。

为了以防吓到别人，刘乐乐就牵着黄黄爬的楼梯，到了家后，她累得都气喘吁吁的了。

然后刘乐乐就又看到了糟心的东西，在她家的餐桌上摆着一小锅绿豆汤。

碗跟勺子也都在旁边放着呢。

刘乐乐这个郁闷，在大热天刚爬了楼梯、出了一身汗的情况下，还有比这更诱惑的东西吗?

一边对陈天佑各种嫌恶，一边被他引诱着吃他做的各种东西，那种既被恶心着又被各种讨好的感觉，简直就跟强买强卖一样。

刘乐乐心情复杂地喝了一碗绿豆汤，然后很快她又发现厨房里还放着香喷喷的茄盒以及她最喜欢的炝笋丝。

只是饭菜做出来有一会儿了，她摸了摸菜碟，发现菜都凉了。

她把菜放在微波炉里热了热，米饭倒是正煲着，估计陈天佑那家伙用了电饭煲的定时功能。

等一会儿菜好了，米饭也差不多能吃了。

刘乐乐先是美美地吃了一碗米饭，随后她又想起黄黄来。自从到她家后，黄黄就一直老实得跟个布偶似的。

刘乐乐忙找了食碟放在黄黄面前，把米饭跟菜拌了拌喂给它。

黄黄倒是吃得很高兴，很快就吃完了一盘子。

刘乐乐把碗筷都放在厨房后，又想起打开热水器给大狗洗个澡。黄黄的毛发看着再干净，可终归是只流浪狗，谁知道它身上有没有虱子、螨虫之类的。

她在买狗绳的时候，特意多要了一瓶宠物专用的洗液。

她就想着一会儿给黄黄洗个澡，好好地消消毒。

她没给狗狗洗澡的经验，尤其是黄黄这种大狗。

不过等开洗后，刘乐乐却发现黄黄也太乖了吧，简直就跟只假狗似的，不管她用花洒怎么冲，狗狗都一动不动。

刚开始的时候她没握好花洒，结果花洒一偏反倒喷了自己一身水。

刘乐乐没法，只能就把身上湿漉漉的家居服给脱了，只穿着内衣裤帮狗狗洗澡。

这下刘乐乐就发现狗狗简直跟目不斜视似的，好像连头都不敢抬了，不过，大狗还是有几次露出偷偷乱瞄的表情。

那表情简直是想看又不敢看，看了又想看，但是又不能看似的……

刘乐乐不知道是因为人狗差异导致她误解了还是怎么的，反正那些表情是怎么看怎么古怪，不对劲儿。

刘乐乐觉着纳闷起来，因为这只狗给她的感觉有那么一点熟悉……

她不是个随便就会把猫狗弄回家的人，可是这只大狗不知道怎么的就跟她特别投缘，不管是表情还是动作，她就是特别喜欢。

简直都有点不好好对它就过不去的感觉，这种感觉真的超级像当年她对陈天佑的那种感觉。

刘乐乐一下就别扭了，她觉着自己是不是陷入了想太多系列，不然怎么随便什么猫狗都能往陈天佑那儿联想。

刘乐乐赶紧甩开那些念头，再说陈天佑是变成猫的，哪儿有可能还变成土狗啊？

要那样的话，陈天佑不就成了想变什么就变什么了。

那也不科学啊！

刘乐乐把大狗擦干净了，她怕大狗会着凉，又找了吹风机，盘腿坐在客厅地板上，一边搂着大狗，一边帮它吹着毛。

大狗就跟舒服得不会睁开眼了一样，居然就那么呆呆地躺在她的怀里，不管她怎么吹都一动不动。

那副样子简直就跟要睡着一样，而且在她关掉吹风机、放下它的时候，它居然还是一动不动。

刘乐乐都觉着可笑，不过她也没多想，就赶紧到浴室去冲澡了，主要是她爬了半天楼也出了不少汗，正好趁机冲个澡。

她洗得很快，但洗完澡后，她才想起来自己居然忘记带换洗的衣服进来了，最后她也就随意地找了条浴巾裹了裹，想着出去再找换洗的衣服好了。

哪儿知道一到外面，刘乐乐就被眼前白花花的一幕给吓到了，之前黄黄躺的那个地方，此时早已经没了狗的影子，取而代之的是一个光着身体没有任何遮掩的男人的裸体！

而且那个人的脸是正对着她的，她看得无比清楚，那人不是别人，正是那个最近一直贱来贱去，她躲也躲不开的那个缺德、下三烂的陈天佑！

刘乐乐的脑子当时就嗡了一声，她很快就明白了过来，自己这是又把陈天佑那玩意儿捡回来了啊！

这可真是要给气死人了！

刘乐乐都忘了自己身上只裹了一条浴巾了，上去就给了陈天佑一脚。

结果这一脚踹过去，陈天佑别的没啥事儿，倒是忽然就鼻血横流。

明明踹的是肚子，结果鼻子反倒先流血了……

刘乐乐吓了一跳，还以为自己那一脚把陈天佑踢出内伤了呢，可是她连鞋都没穿，怎么可能踹出那么大劲啊。

在看到陈天佑那涨得红红的脸后，刘乐乐才反应过来。

她刚才只裹着浴巾踹的他，所以在她抬高腿的时候，是不是被他瞄到了什么……

她气得跺了下脚，赶紧跑到卧室，急匆匆地把衣服换上。

等再出来的时候，陈天佑倒是还没跑，只是之前还光溜溜的，此时不知道从哪儿找了条毯子裹在身上。

刘乐乐出来的时候，陈天佑就跟做错事儿一样正缩在沙发那儿呢。

刘乐乐没好气地瞪他一眼，质问道："你怎么还不滚啊？哦，原来你除了会变猫还会变狗啊，你啥时候变个王八蛋让自己名至实归啊！"

陈天佑也不说话，也不辩解。

刘乐乐心里有气，她走过去，这次她穿上衣服了，她就想给陈天佑几下。

哪儿知道她还没动手呢，只是把袖子挽了挽，陈天佑就忽然抬起头来，"是你的身体在吸引我，可我没以前那么喜欢你了，我只是在变身后无法控制自己而已……"

刘乐乐迟疑了下，她没有再动手打他，因为那没必要了，她现在都不想再碰到他。

她手指一转，用力地指向房门的方向，嗓子沙哑地低声喊着："滚，你给我滚！"

刘乐乐知道他还光着呢，不过她才不管，不管不顾地就打开了门。

陈天佑走到门口的时候，大概也是想起他还光着的事儿了，略微显得有些迟疑。

不过他还是坚决地走了出去，回头对着她说道："希望你能记住今天的话，不管我遇到什么事儿，你都能对我说出滚字。"

刘乐乐二话不说就把门拍他脸上了。

她气得够呛，以前就知道自己很傻，喜欢这么个玩意儿，现在刘乐乐都觉着陈天佑就是个变态，哪儿有这样不喜欢她还不断撩拨她的，他是吃撑着了吗？

还跟她搞那套"我的心已经不爱你了，但你的肉体我还是很喜欢"的把戏，可问题是两个人清清白白从没有越雷池一步，犯得上搞得这么恶心吗？

刘乐乐是惹不起躲得起，她索性放弃了开窗通风，直接找人把几个窗台都安上了防护网，安防护网的师傅直提醒她，“姑娘，这样的话，你都没法开窗户了。”

刘乐乐无所谓地摆手说：“没事儿，师傅，我有空调呢，不怕那个。”

这么折腾了一晚上。

可是等再上班后，刘乐乐就发现自己打发走了一个陈天佑，那头立刻又冒出个别人来。

她忙了一上午的项目资料，哪儿知道刚忙完就接到一个电话。

那电话绝对是意外中的意外，她真是做梦都想不到孟橙星的妈会给她打电话，还非常客气地要请她吃饭。

无事不登三宝殿，刘乐乐可是怕了这些异种跟异种的家属了，她赶紧在电话里婉拒了。

哪儿知道下班时，刘乐乐刚到门口就遇到了过来接她的孟哲。

孟哲显然是有备而来，笑眯眯地堵在门口，怎么都不肯放她走。

众目睽睽之下，刘乐乐又不好当众武力解决，最后她没法了，索性开着车过去一趟。她倒要看看孟家是个啥意思，之前还那么讨厌她呢，怎么现在就要找她吃饭了？

这次可跟之前那次大不一样，上次她到孟家的时候，家里冷清清的不说，孟妈妈还对她特别冷淡。

这次刘乐乐他们刚到地方，孟妈妈就从房间里迎了出来，还特别热情地一把揽住了刘乐乐的胳膊，就跟多喜欢她一样，把她领到了客厅。

刘乐乐不是第一次来，不过上次只觉着这里很大很冷清，可现在她发现沙发前的茶几那儿居然摆满了水果。

孟妈妈非要请她吃水果，刘乐乐都不知道这个孟太太葫芦里卖的什么药。

她勉强吃了几块，孟太太显然是想亲自下厨，中间还跑厨房帮忙去了。

趁着孟家妈妈走开的工夫，刘乐乐赶紧把一直在身边的孟哲抓住，压低了声音问他：“孟哲，你妈这是怎么了？好好的叫我来吃饭，到底图什么？”

她开始还以为吃饭只是噱头呢，到时候肯定是有事儿找她，可现在看来还真是要请她吃饭。

孟哲把胳膊搭在沙发靠背上，也是一脸的郁闷，“没办法啊，我大哥对你念念不忘的，现在都茶饭不思了，简直就跟犯了高级的相思病一样。不知道我妈怎么想的，赶紧又找人调查了你的情况。”

刘乐乐觉得很意外。

孟哲接下来说的话，更是差点没把她吓死。

“然后我妈就发现你吧，其实家境还好，工作呢又很努力，学历也凑合啦，外加身家清白，父母那儿呢也没什么问题，人呢，长得也蛮漂亮的，说出去吧也算得上是小家碧玉。我妈大概是觉着反正我哥也这样了，人不人、狗不狗的，与其跟你不清不楚的，还不如把你们的事儿光明正大地给办了。”

刘乐乐就跟吞了只苍蝇似的，赶紧说：“什么叫不清不楚的啊，压根儿就没关系好不好！”

说话间，孟太太已经准备好饭菜催着他们过去了。

刘乐乐深吸口气，心说脑残还带传染的吗，怎么这种事儿也有人能想出来，这是要拉郎配吗？觉着自己儿子没人要了，就准备廉价处理给她？

一坐下，刘乐乐也不跟孟太太绕弯子，直截了当地说道：“阿姨，谢谢您的款待，不过我今天还有事，就不在这儿吃了……”

说完，刘乐乐就要拿包走人。

“那怎么行呢，多少喝点汤吧。”孟太太就跟没听出刘乐乐话里拒绝的意思似的，固执地拉着她的手。

刘乐乐这才不得不说道：“阿姨，既然这样，我就把话说开吧。孟哲给我说了您的想法，我真的觉着您这想法太可笑了，哪儿有这么拉郎配的，我跟您儿子还不熟呢，再说我现在也没那个心情。”

“不熟，坐下一起吃顿饭不就熟了吗，什么不是慢慢培养的……”孟太太赶紧招呼着身后的保姆，催促着，“快，让橙星过来吧，就说他的贵客到了。”

那效果不亚于关门放狗啊！

刘乐乐差点被吓得从凳子上蹦起来，她是真不想再见到那个会抱着她腿啃的孟橙星了。

那可太瘆人了！

只是她还没来得及走呢，楼梯那儿身影一闪，就下来一个人。

不知道是特意捯饬了一番还是怎么的，这次再进门的孟橙星倒不像个神经病了，也不是贱兮兮的了，而是非常帅气非常有魅力的一个成熟男人。

他就这么从楼梯那儿走了下来。

刘乐乐有些意外，她愣了一愣，简直有点刮目相看的感觉。

孟太太见多了女孩子在自己儿子面前失态的样子了，没有十足的把握，她也不会做这样的事儿。按老太太的想法，这个世上能拒绝她儿子的女孩还没出生呢，但凡有眼睛的都能瞧出她儿子有多优秀，多么值得托付终身。

孟橙星此时落落大方地坐在刘乐乐面前，刘乐乐觉着自己的心跳都要停止了。

有生以来，她真的是第一次面对这么优异的一个男人，主要是见过他贱贱的样子，此时再见他这么一本正经、气质很好地坐在那儿，那感觉简直太神奇了。

所谓优秀真不是光靠脸的，真的是眼前这个人的气质好到爆，很有那么点雅痞的感觉。

刘乐乐正在发愣呢，忽然就听见自己的手机响了，她吓了一跳，赶紧从包里拿出了手机。来电号码看着很陌生，她纳闷地接了起来，就听到里面一个陌生的女声不带感情地说道："你好，请问你是刘乐乐女士吗？我们医院刚收治了一个男病人，对方口袋里有你的联系号码，请你尽快过来办理一下住院手续。"

刘乐乐吓得心都要跳出去了，她还以为是她爸怎么了，赶紧问："啊，你们在哪儿啊？我爸怎么样了，没事儿吧……"

"这是××路上的第六医院，对方只有二十出头，纸条上写的名字是陈天佑，如果你能联系到他的直系亲属的话，麻烦你让他的直系亲属也尽快赶过来。"

刘乐乐脑袋都要爆炸了，她也不认识别人，唯一能想到的、手边还有号码的也就只有那个家伙了。

她二话不说就给水承泽打去电话，气势汹汹地说道："水承泽，你们也太不要脸了，有事儿了就把陈天佑往我这儿推，他那'天生一对'呢，滚哪儿去了？医院现在催我去接人呢！医院在××路上，你赶紧告诉那个'天生一对'

的去接人。”

刘乐乐说完就想挂电话，不过那头的水承泽倒是波澜不惊，只慢悠悠地回话，那姿态很有点隔岸观火的意味在里面，“刘小姐，如果您不想见到陈天佑先生的话，您大可以报警。对您来说，他是个跟你没有任何关系的陌生人，您干吗还要为他奔走打电话呢？至于我们要不要去，就不在您考虑的范围内了。”

刘乐乐气得哑口无言。

她也没心情跟孟橙星他们吃饭，心神不宁地站了起来，对着孟家人说道：“不好意思啊……”

在孟太太挽留她的时候，刘乐乐很坚决地回道：“阿姨，真的不行，我有事儿要处理。”

说完她就往外走。

她以为走出去就没事儿了呢，哪儿知道到外面后，刘乐乐才发现那个孟橙星居然也追了出来。

刘乐乐警觉起来。

孟橙星倒是没什么别的动作，只是眼巴巴地望着她，表情恋恋不舍。

那满含深情的目光，简直让刘乐乐汗毛都要竖起来了。

刘乐乐赶紧装没看到，努力地平息着自己的情绪。她心里如明镜一般，知道孟橙星这么看自己，并不是真喜欢她，而是血统异种的生理反应，她要当了真，才是真傻呢。

刘乐乐风驰电掣地回到了家里，她努力把陈天佑的事儿抛在脑后，毕竟她已经跟陈天佑断得一干二净了，她也犯不着管这个闲事。哪儿知道她刚从电梯里出去，就见自家门口那儿摆了个东西。

那东西不是别的，正是之前自己信誓旦旦说过绝对不管分毫的陈天佑。

此时陈天佑身上盖着一条印着六医院标记的床单，就这么大喇喇地躺在她家门口。

这多半是医院不肯收治，又等不到她，就把人弄过来了吧？！

那一瞬间，刘乐乐真想揪着自己的头发撞墙。

她生气地走了过去，不过一看清楚陈天佑的脸色，刘乐乐就止住了脚步，她本来想不当回事地迈过去的，可陈天佑的脸色已经不仅仅是有病虚弱的样子了，简直就跟半死的人一样。

刘乐乐也有点被吓到了。

她忙探出手去，试了试陈天佑的鼻息，倒是还有微弱的鼻息。

最后刘乐乐叹了口气，她上辈子多半是欠了陈天佑的，不然也不能今生今世被他伤成这样，还要管他。

就这么把人放在门外也不是回事儿，刘乐乐就想着要不要把陈天佑先挪到自己房间里去。

她的力气小，但是很奇怪，陈天佑那么高的个子，她原本只想尝试着抬抬看，可轻轻一拽，她就把陈天佑拽到了屋内。

刘乐乐都愣住了，当年她跟陈天佑开玩笑，陈天佑总能很轻松地就抱起她来，可是她要想抱动陈天佑，别说整个儿地抱起来了，哪怕是使出全力，也别想移动陈天佑分毫。

这还是当年那个死沉死沉、力气大得出奇的陈天佑吗?

她觉着纳闷，把陈天佑弄到沙发上后，她就掀起陈天佑的衣服看了看，这一看可不要紧，刘乐乐差点被自己看到的那幕吓到。

她不知道陈天佑到底经历了什么，可这真的是遍体鳞伤啊!

光是上身就说不清楚究竟有多少伤了，那些伤痕明显都是叠加的，而且都伤在不会轻易暴露的地方，说明那些伤他的人都是有计划、有预谋的。

刘乐乐的心瞬间就揪紧了。

这陈天佑得多鬼迷心窍啊，才会宁肯去受这种罪，也不肯留在自己身边。

她虽然不是什么富婆，但也绝对可以提供给他衣食无忧的生活，每天也都让他高高兴兴快快乐乐地。他这是吃了什么迷魂药啊，她豁出去地对他、挽留他，他都不肯，非要去受这个罪。

刘乐乐真是又气又疼，就算对陈天佑没有感情了，也是从小一起长大的，她忍不住伸出手去，握紧了他的手，小声地说：“陈天佑，你是傻子吗？你怎么把自己搞成这样？你不要我了，你就去享福啊？你要的不就是飞黄腾达，找个厉害的女人罩你吗，你现在怎么混成这样了？”

这么待了一会儿，刘乐乐轻手轻脚地站了起来，她想给他弄些吃的。

她平时自己肚子饿得厉害了都不会想起来煮一碗面，这个时候她打开天然气阀门，把盛着水的锅子放到炉子上，又从冰箱里拿出两个鸡蛋来，这些都是陈天佑多管闲事的时候买的，没想到现在倒是给他用上了。

刘乐乐在里面忙碌着，她以前尝试着做过饭，可每次菜刀还没拿起来呢，陈天佑已经一脸紧张地把菜刀拿走了，其他的像开火那些，陈天佑压根儿动都不让她动。

一等她教会了陈天佑怎么用天然气，陈天佑就再也没让她做过这些。刘乐乐一边胡乱地想着，一边小心翼翼地煮着面。

结果等她端着面出来的时候，却发现外面的沙发上早已经空荡荡的了。

刘乐乐愣了，但随即想到陈天佑就这么病歪歪的样子，想必也不会走得太快。

她忙把面放下，拿了车钥匙就往外跑。

她也不知道自己急匆匆地出来找什么，她只觉着心里空落落的，满脑子都是陈天佑那伤痕累累的上身。她不知道现在的陈天佑是不是后悔了，还是觉着没脸见她……

开着车绕了一圈又一圈，刘乐乐都没有找到陈天佑。

等刘乐乐开车往回走的时候，她忽然就觉着可笑起来，她是不是太口是心非，贱得太厉害了，明明都放出话再也不管陈天佑的死活了，可见到他落难还是各种不忍，人都跑了，她还巴巴地跑出去找。

就算找到了，她又要怎么做呢？

给人看护好了，让人再回去找“天生一对”吗？

她正这么想着呢，忽然眼角一扫，看到好像有个很熟悉的身影晃了下。

她急急地把车停在一边，从车里下去，三步并作两步地跑了过去。

果然，她在墙角找到了陈天佑。

他半躺在地上，已经陷入半昏迷状态。

在她靠近的时候，陈天佑还努力地抬了下头，随后他就把头低低地垂下了。

刘乐乐动了动嘴唇，站在他面前，她一句话都说不出来。

她没见过这么狼狈的陈天佑。

她迟疑了一会儿才蹲下身，试图拉他起来。

可对面的陈天佑却固执地往回缩了下。

刘乐乐终于忍耐不住地喊了出来：“陈天佑，你还是个男人吗？我现在帮你又不是想跟你复合，我就是瞧你可怜，同情同情你不可以吗？你能不能干脆点儿，别这么磨磨唧唧的。我又不图你什么，你到底在怕什么啊？”

陈天佑慢慢地抬起头来。

刘乐乐忽然就说不出话来了。

人的身体虚弱到这种程度，受了那么多外伤，眼神怎么也该是呆滞无力的，可是刘乐乐在陈天佑的那双眼睛里看到的却不是什么软弱无力——那双眼睛里充满了拒绝。眼睛深邃，她一直都喜欢他那双黑色的眼睛，非常漂亮，好像可以把她的灵魂都吸进去，当他望着她的时候，她好像可以在那双眼睛里看到满满的属于她的世界……

陈天佑的每一次呼吸里都有她，每一个念头里也都有她，只要看着他的眼睛，她就能感觉到自己对陈天佑有多重要……

可现在那双眼睛里什么都没有了……

对方清楚明白地把她推到了他的世界外，没有任何犹豫地拒绝着她，哪怕她已经把姿态放得如此之低……

刘乐乐都不知道自己是怎么想的，自从那天独自回到家后，她就总关注各种无名尸或是寻人的新闻。

其实事后她给水承泽去过电话，她还把陈天佑的情况跟水承泽说了，可水承泽的态度来了个一百八十度大转弯，之前还把陈天佑当珍贵资源的水承泽，听到她电话时，那语气敷衍得就跟陈天佑只是个废弃的垃圾一样……

刘乐乐当时都不知道是该为自己难过，还是该为陈天佑难过……

她正坐在食堂找新闻呢，小内勤朱琳过来了，一看见那页新闻，吓得捂住了胸口，嘀咕着：“哎呀，乐乐姐，你边吃饭边看这个啊，你胃口可真好。”

其实刘乐乐怎么可能胃口好啊，她已经好几天没好好吃过饭了，不光是这个，她最近还失眠得厉害，眼圈都黑了一圈。

她时不时地就会后悔当初干吗不拦住陈天佑。

倒是朱琳很有八卦的心思，最近全公司的人都轰动了，不知道刘乐乐是拜了哪路大仙、请了哪尊真佛，如今可是眼瞅着就要往豪门少奶奶、贵门少妇的路子上跑。

前一个水承泽追就当艳遇了，可最近总在公司门外徘徊的那位有后台的贵公子又是怎么个意思？

这已经不是桃花朵朵开了，这简直是天生掉下来成排的馅饼啊。

朱琳也就打着取经的念头，最近有事没事就往刘乐乐身边凑。

刘乐乐自然是知道朱琳的心思的，现在的她，都强到能开怎么勾引豪门总裁的培训班了，不光是公司的同事，就连七大姑八大姨以及各种八竿子打不着的人，都跑来跟她讨教。

刘乐乐哭笑不得。而且，按照惯例今天又是他们家族聚餐的日子，平时倒也罢了，可现在她身边总围绕着这三个来历不凡的追求者，想想头就大。水承泽一直走小资路线，送个花啊，偶尔打个电话问候一句啥的，弄的都是情趣派的；那位孟哲则是暴发户类型的，上次还塞给她一副纯金打造的金手铐，假模假式地说那是爱的手铐，只要铐上他，他就归她所有了。

被恶心到的刘乐乐特无奈地对孟哲回道：“我可真想送您副真的，给你铐精神病医院去。”

倒是这个孟橙星看着不动声色，只是趴在她公司门口守着。

用这个“趴”字倒不是故意挤对这个孟橙星，虽然小伙儿站在公司门口，简直靓丽得跟一道风景似的，可是刘乐乐每次见到他都会不由自主地联想起那只大贱狗来。

而且很神奇的是，刘乐乐曾经好奇地用百度搜过孟橙星的资料，她发现吧，孟哲还能凑合搜出一些眉目来，可这个孟橙星居然连个标点符号都没搜出来，刘乐乐就觉着孟橙星这个人蛮神奇的。

到下班的时候，刘乐乐倒是没再看到孟橙星，她心里多少有些窃喜，她可怕孟橙星跟去她家聚会，到时候再给她出个幺蛾子啥的，她可有嘴都说不清楚了。

哪知道等刘乐乐拿着水果到她大伯家的时候，还没敲门呢，她妈就一脸紧张地打开了门，火急火燎地把她揪到了客厅的阳台那儿，拿手一指，激动地质问着她：“这是怎么个意思啊……”

刘乐乐循着她妈的视线，就见她大伯家楼下简直跟开车展了一样，排了一溜的各色豪车……

刘乐乐的眼睛就有点直，虽然那些车子看着都很面熟，不过她还是死命辩解着，“妈，那些车怎么会跟我有关系呢？”

“什么没关系！”她妈说着指了指客厅门口的那堆礼物，“那些车主都上来过了，还说等你聚会完要送你回去呢……一下来了仨啊！”

这话说得刘乐乐差点晕过去，她就知道那些人不会轻易放过她。

等吃饭的时候，不光是刘乐乐的妈被刺激到了，她堂姐刘冉也着实受了刺激，刚吃了没几口，就不阴不阳地说道：“谁说咱们家乐乐老实啊，我看啊，现在男人都要疯了，这是来了一个又一个啊。不过乐乐啊，你可别大意，别到时候竹篮打水一场空。”

刘乐乐翻着白眼正要反讽回去，就听着她姑姑在旁边插了句话：“那是乐乐好人有好报，命好。说起这个，人真得信报应，咱们乐乐啊，一看就是有福气，当初跟刘乐乐订婚的那个谁来着，就那个没学历的穷小子，前几天你姑父看见他了，哎呀，狼狈得不得了，好像都要要饭了吧，在桥洞下边缩着，跟狗似的……”

刘乐乐当下就愣在那儿了，赶紧问：“哪个桥洞？”

她妈忙给她姑姑使了个眼色，她姑姑知道自己失言了，立刻改口道：“哎呀，谁知道啊，那种烂鬼估计早走了吧。”

刘乐乐却上了心，她怎么也吃不进去饭了，她想象不出来一向爱干净的陈天佑会有睡桥洞的一天，那得落魄成什么样啊！

勉强吃了几口，她就想起身去找陈天佑。

刘乐乐的妈最怕这个了，当初她费了多少脑筋、多少心血，刘乐乐就是不肯听家里的，死活都要嫁那个没学历、没本事的陈天佑，简直就跟喝了迷魂汤似的，现在好不容易刘乐乐忘了这事儿了，又出这么个岔子。

自己的女儿，刘妈妈哪里有不了解的道理。刘乐乐吧，也就看着脾气急躁，可其实心肠软着呢，这要是知道陈天佑落难了，十有八九会去管这个闲事。

一见刘乐乐要走，刘妈妈二话不说就要拦她。

只是刘乐乐有主意惯了，她妈压根儿拦不住她，气得她妈妈一直追到楼道那儿，刘乐乐只管往前走，头也不回地对身后摆手说着：“妈，你回去吧，我又不是小孩子了，我知道什么是好坏。”

她妈气得直骂：“你知道个屁，陈天佑那小子坑得你还不够厉害啊，你还去找他！”

刘乐乐装没听见，急匆匆走到外面的时候，天色早已经有些暗了。

她正准备开车上路，结果刚到楼梯口那儿，立刻就过来三个人。

刘乐乐这个头疼，心说自己这是自带后宫了是怎么的。她抬起头来，看了看对面那三个人，有心挨个儿把那些人踹走，可毕竟是在大伯家楼下呢，刘乐乐也就老实起来，索性跟鸵鸟似的，低着头装没看见，直接绕开那些人，就往自己的小车走去。

不料等车子启动后，刘乐乐就发现那些人跟狗皮膏药似的，居然一个不差地跟在她身后。

那阵仗简直就成了她是专门给豪车做开路先锋的。

果然走在路上的时候，周围的车都纷纷给他们让开位置。

没办法，现在随便擦点豪车的皮就能赔个倾家荡产的，有眼力见儿的司机，老远看见这头有豪车要过来，就做好准备了。

所以平时多少有些堵的地方，这次刘乐乐开过去居然还挺顺当的。

她深吸口气，眼睛一眨不眨地往路两边看，试图在那些桥洞下寻找陈天佑的身影。

只是把印象中知道的那些桥洞都走了一遍，却始终没有找到陈天佑。

最后刘乐乐忽然想到，如果陈天佑是刻意躲着她的话，他肯定不会在她熟悉的这些桥洞附近。

这么一想，刘乐乐又转换了位置，她琢磨着她姑父平时大概会走的地方，继续找着。

不过在这个过程中，不知道是其他的两辆车迷路了还是怎么的，刘乐乐忽然发现一直跟着她的三部车，现在居然只剩下了一辆。

她还特意回头看了看，终于在一个十字路口那儿，她确定孟哲和水承泽没跟上来。

估计不是嫌麻烦了，就是跟丢了。

倒是那个孟橙星一直不紧不慢地跟着，刘乐乐还刻意忽快忽慢地想甩开他呢，结果也没甩掉。最后刘乐乐也就当自己长了根小尾巴，努力地无视这个家伙。

不过时间实在太晚了，刘乐乐车里虽然安了导航系统，可她平时用得少，再来天色一暗，人就容易紧张，刘乐乐发现自己在同一个地方已经兜了好几个圈子了。

刘乐乐就挺郁闷的，而且她此时所在的地方看着还挺荒凉的，她正想着要不要找人打听个道呢，就见有辆摩托车正向着她驶过来。

刘乐乐心里一阵高兴，忙打开车门，准备拦住对方问问路，哪儿知道等那人一靠近，刘乐乐就知道坏了，那摩托车后面还带着个人呢。

不管是开摩托的还是坐摩托的人都戴着深色的头盔，她刚迈出去一只脚，那摩托车已经堪堪停下，车后座上的男人飞快地跳了下来，伸手就拉她半开的车门。

刘乐乐已经意识到不妙了，她这是遇到劫道的了吧？

她反应很快，忙返身回车上，可已经晚了，那个拉车门的人动作很大，而且对方的目标也很明确，一边用力拉车门，一边伸胳膊就要拿她放在副驾驶座上的包。

刘乐乐这个气，而且有对方拉着，她压根儿关不了车门，最后她索性也不关车门，反倒把车门往那人面前一送，故意用车门去打那人的脸，同时腿也抬了起来，正想踹过去呢，就见那人忽然往后一歪，就跟被人甩飞了似的。等她再看的时候，另一个骑摩托车的男人也横躺在了地上。

而她面前正站着气息都没乱的孟橙星。

刘乐乐当下就愣住了，不过她很快就反应过来，这一准儿是孟橙星看见她这儿情况不对，赶紧下车帮她来了。

刘乐乐没想到孟橙星挺给力的，居然两下就把那些人弄趴下了。

不过那两个坏蛋一看情况不对，推了摩托车就跑了。

刘乐乐知道这种人都是惯犯，忙掏手机准备报警。

倒是孟橙星望着那两个人远去的影子，淡淡地说了句：“我刚才用手机拍下了他们的样子，后面的事儿我来处理吧。”

刘乐乐长这么大，还真是头一次遇到这么可靠的男人。

她平时习惯了照顾人，也从来不当自己是需要被人呵护的，可她发现，不管孟橙星看着她的时候显得有多贱，可是在做事上，他却总能给她一种可靠的感觉。

她心里有点乱，她情愿孟橙星跟孟哲、水承泽他们一样。

不过刘乐乐一平静下来，忽然就觉出自己的脚踝不舒服了。

她刚才光顾着着急推车门了，这个时候才发现自己关车门的时候腿忘记收回来了，结果忙中出错，还把自己的脚卡了下，卡的那下还挺狠的，她的脚踝都肿了。

偏偏她这次出门的时候穿的绑带的鞋子，漂亮是漂亮，可脚踝肿了，稍微一动，那些带子都会蹭到，她就想换上她常年备在车里的那双平底鞋。

不过让她意想不到的是，当她把平底鞋拿出来的时候，已经有人先她一步帮她脱了鞋子。

看着孟橙星弯腰给自己脱鞋子，刘乐乐真觉着自己的脚踝都跟要着火了似的，她吓得把脚缩了回去。

这个时候，刚脱下的鞋子已经落到了孟橙星的手里。

他没有立刻放下，反倒跟看什么艺术品似的，观察着她的鞋子，露出一脸宠溺的表情，说着："你的脚好小，你喜欢穿什么样的鞋子，以后我给你买好吗？"

"大哥！"刘乐乐又羞又囧，忍不住告诉他，"我脚一点都不小好吗！我穿39号的鞋好吗！"

孟橙星也没说什么，依旧那么宠溺地笑着。

刘乐乐的脸都要烧着了。

她就跟赌气一样，红着脸把自己的鞋子拽了回去，赶紧跟另一双放在一起，塞在了车边上。

那之后她就想着继续开车找人。

倒是孟橙星跟想到什么似的，手扶着车门，探身到车内跟她说："你到底在找什么？告诉我的话，速度会快很多。"

刘乐乐挺别扭的，可现在天色已经很暗了，她又那么着急，她迟疑了下，最后终于试探性地说了一句："我在找一个人，他在桥洞那儿住着呢……"

孟橙星也没多问，只点头道："我知道了。"

然后他走到路边开始打电话。

等打完了电话，他才走过来，这个时候，一阵风吹过来，刘乐乐忽然就有一种自己是不是跑到某浪漫电影里的感觉。

时间一分一秒地过去，等了大概半个小时，孟橙星接到一个电话，然后他就告诉她："人找到了，需要你过去确认下。"

刘乐乐没敢耽搁，在孟橙星的带领下，她终于到了那个桥洞。

这个地方可真偏僻，刘乐乐心想：要不是有孟橙星，就她自己，估计找好几天都未必能找到这个地方。

在一堆破烂般的杂物中，有一个人蜷缩着躺在里面。

这种天气早上的饭不收，下午都会馊掉，可是陈天佑却穿了一身长袖长裤。

刘乐乐还没靠近呢，她的眼睛就酸了，而且在靠近的时候，她还闻到了一股很不好闻的馊味。

在陈天佑的旁边有一个破袋子，袋子里乱七八糟的什么都有，显然是陈天佑不知道从哪儿找的吃的，只是天气太热了，都馊掉了。

刘乐乐深吸口气，有一些发现陈天佑的人也在旁边，那些人都捂着鼻子一脸鄙夷地看着这个跟流浪汉似的陈天佑。

刘乐乐都不知道自己怎么到的医院，孟橙星找人帮忙搬动着陈天佑。

她一路跟着，一直握着陈天佑略显冰凉的手指。

她心里很明白陈天佑的情况很不好，也亏得有孟橙星这号大人物在，所以到医院检查没有费一点周折，到了医院立刻就有医务人员跑出来接他们，而且各种检查都进行得特别迅速。

做检查的也都是专家级的人物，其中有几个还是被孟橙星打电话叫过来的。

就连副院长都亲自跑了一趟，那副战战兢兢的样子，就连刘乐乐都被吓到了。

只是那些神色匆匆的专家赶到诊断了一番后，却也说不出个所以然来。

刘乐乐干巴巴地等着，心里就跟着了火似的，最后终于走过来一个中年男人，他很不解地对他们说道："这个病人的情况我们还是头一回遇到，他的体温很异常，可是身体的机能却没有发生病变，而一般来说这种情况人的身体早已经出现异常了。还有他身体上的伤痕也太多了，不知道他是怎么弄成这样的，而且伤的原因还不同，有一些明显是烧伤，有些感染的地方很严重……"

刘乐乐紧张地听着，她一直都是低着头的。

对方最后做出了结论，“外伤我们可以处理一下，可是他这种已经不是外伤的问题了，要不要换家医院再看看……”

在那一刻刘乐乐下定了决心，她猛地抬起头来说道：“不用了，麻烦您把他的外伤处理下，还有需要上的药也给我开一些。既然是这样的情况，我想早点儿带他回家。”

刘乐乐的话让医生跟孟橙星都吃了一惊。

其实刘乐乐已经大概明白了，一早的时候水承泽就提过，纯血异种能活到陈天佑这个岁数的很少，现在看来，就算是陈天佑，也要不行了吧。

所以水承泽他们才像丢垃圾似的丢掉他。

既然他不是人类，那么按人类的方式治疗又有什么用呢。

刘乐乐做决定做得很快，孟橙星看着人模人样的，不过啥话都会听刘乐乐的。

虽然医院的态度很微妙，不过有刘乐乐的坚持，最后孟橙星还是帮着办理了出院手续。

而且在把陈天佑弄到她那儿去的时候，因为有专业的医护人员帮忙，刘乐乐少了很多需要操心的地方。

等一切都弄妥当了，陈天佑也被放在卧室，刘乐乐终于松了口气。

等到医护人员一撤走，刘乐乐才觉出尴尬来，她这次真的是承了孟橙星很大的人情。

要是放在以前，她一准儿就把孟橙星踹出去了，尤其是看着他到处乱看，就跟进了博物馆似的样子。

可现在刘乐乐实在做不出过河拆桥的事儿。她从冰箱里找了一瓶啤酒给他。

孟橙星纳闷地接过去，开口就问：“你冰箱里有很多酒吗？”

刘乐乐哦了一声，她是做销售的，平时酒量就不错，夏天往冰箱里放几瓶啤酒不很正常嘛。

倒是孟橙星皱起眉头说了一句：“我不喝酒的。”

他顿了一顿，又补了一句：“你可以喝，但不能喝太多，对身体不好。”

刘乐乐强忍着翻白眼的冲动，她从钱包里拿出一些钱，她身上现金也不多了，她也不知道刚才的诊断费、治疗费花了多少，她把能找到的大额钞票团在一起，然后一股脑儿地塞给了孟橙星。

“谢谢你啊，也不知道这些钱够不够，要是不够的话，你把卡号给我，我过后打给你。”刘乐乐说完，就做出一副送客的样子。

孟橙星倒没死皮赖脸地赖在她家，就是往门口走的时候，就跟想起什么似的，忽然又折返了回来。

就在刘乐乐正想拿扫把赶人的时候，才发现孟橙星折返不是干别的来了，而是从厨房拿了垃圾袋子。

这家伙难道是想帮她倒垃圾？

刘乐乐看到这幕后就有点惊讶。

而且孟橙星就跟故意似的，再走向门口的时候高兴得就像个孩子，还回头对刘乐乐眨了眨眼睛，“有事儿就给我打电话，我随时恭候。”

刘乐乐这下真不知道说什么好了。目送孟橙星下楼后，她叹了口气，不管孟橙星表现得多么喜欢她，可是只要稍微推理一下，她就知道孟橙星的喜欢很不靠谱，哪儿有男人会把自己喜欢的女人跟别的男人放在一起后，还能安然离开的？

更何况她跟孟橙星说起陈天佑身份的时候，孟橙星居然一点反应都没有。

怎么想，孟橙星这种喜欢也是超级不靠谱的。

因为有个陈天佑在，刘乐乐晚上睡得也不安稳。她半夜起来好几次，每次都会摸摸陈天佑的额头，其实他的体温一点都不正常，简直就跟一具尸体似的。

而且她摸半天也没啥用，就算知道温度不正常，她也没有办法解决，可刘乐乐还是下意识地去碰碰他的额头。

她也没想别的什么，至于“天生一对”那些，她早都抛诸脑后了。她唯一能想到的就是，如果早知道陈天佑有这么一天，至少她该让他在最后的这段日子少受点苦。

中间刘乐乐也不知道陈天佑想不想喝水，她还给他嘴唇上点了一些水。

最后觉着陈天佑身上味道太大了，刘乐乐还给他擦了擦身体。

就这么忙碌了一晚上。

刘乐乐累到了极点，最后迷迷糊糊地就睡着了。第二天等她再起来的时候，她赶紧到陈天佑的卧室看了看。

陈天佑倒是还活着，看上去呼吸比昨天好像还平稳了不少。

不过这家伙都这样了，还有点贼心不死，居然手按着床边，一副要挣扎着坐起来的样子。

刘乐乐看见后，就过去阻止他，跟他说："你别乱动，小心昨天包扎的伤口又扯开了……"

陈天佑也不吭声，那副样子一看就是想走。

刘乐乐这下可恼了，她也不说什么，就开始翻找东西。

当初孟哲送她的那副金手铐被她退回去后，没过多久孟哲又送了她副真的，说她愿意的话随时可以给他爱的教育。

刘乐乐被恶心坏了，又怕随手扔了让坏人捡走，最后她也就把那副手铐扔在了一边。这个时候她翻了半天，终于把那副手铐翻了出来。

她的动作很快，一气呵成，翻身上床，半压在陈天佑的身上，几下就把陈天佑的手腕固定住了。

陈天佑原本还死气沉沉的，一看刘乐乐的动作，他就跟傻了一样，急急问着："乐乐，你要干吗？"

"你还没说清楚呢，你走个屁！"刘乐乐二话不说，就把他结结实实地铐在床柱上了。

其实床柱就是个装饰，可是陈天佑就这个体质了，估计塑料的他也不容易挣开。

等都弄好了，刘乐乐才恨铁不成钢地说道："陈天佑，就这一回啊，我凑合管管你的闲事，下一次你要死就死远点儿，别让我看到你。"

说完刘乐乐就拿起一把勺子来，她昨天用这个勺子给他喂过水，现在她也就拿这把勺子当了逼供的道具，咄咄逼人地问："说，你到底是怎么了？你是身体不行了吗？"

陈天佑又跟装死似的，耷拉着头。

刘乐乐真想用勺子戳他几下，可她估计真戳的话陈天佑也不会觉着怎么样。

刘乐乐气得脑袋都要爆掉了，这个三棍子打不出一个屁来的窝囊废啊！

她真的要被他活活气死了。

偏偏他现在又跟纸糊的一样，压根儿禁不住折腾。

最后刘乐乐气呼呼地摔门走了。

陈天佑对着对面的墙壁发着呆，这间卧室是他们当初打算用来当婚房的，所以特意贴了很漂亮的壁纸，好像无数的花瓣纷纷落下。

他开始看到的时候觉着有点太女性化了，可是乐乐喜欢，只要乐乐喜欢的事儿，他都会毫不犹豫地答应。

只是当导购员告诉他们那款壁纸的价格时，他忽然觉着口干起来。

那是他两个月的薪水都买不了的壁纸。

他不懂那些，他只知道每一次逛街都是这样，他会很开心地陪在乐乐身边，他喜欢看她看到漂亮东西时的眼神，他爱死了她那副样子，可是他的口袋永远都是空空的。

乐乐会为了照顾他，把她的钱包交到他手里，她会很开心地告诉他，她又赚了多少钱，这样他们的生活会有多么幸福……

而他能给予她的，只有微笑着点头，哪怕他想把整个世界都献给她，可是他却连一卷小小的壁纸都满足不了她……

陈天佑正在想着的时候，门忽然被人推开了。

刘乐乐又气呼呼地冲了进来，她手里端着正在冒热气的八宝粥。

气归气，可一想到陈天佑也许活不了几天了，刘乐乐就觉着心里跟堵了块石头似的。

她低着头，一言不发地把粥倒在碗里。

她没照顾过人，所以没什么经验，只能尽量让自己显得有耐心一些。

陈天佑迟疑了下，终于张嘴吃了一口。

刘乐乐克制着自己的情绪，慢慢喂着他。

她一直没出声，倒是到了最后的时候，陈天佑忽然开口说道："你别管我了。"

刘乐乐这才抬起眼皮来，扫他一眼，"我一直有一个疑问，你是故意这样对我的吗？"

她以前光想着感情还有那个"天生一对"了，可是静下心来，她真觉着人的态度不应该变化这么大，而且，他的"天生一对"就不知道他在暗处照顾自己的事情吗？

再说水承泽都说过的，像陈天佑这种情况，这辈子只会喜欢她……

那么，是不是陈天佑有什么不能说的苦衷？

刘乐乐看着他，眼圈都红了，“天佑，都到这份儿上了，你还不肯给我个明白吗？那些人都不理你了，你还怕什么啊？你就告诉我怎么了？”

陈天佑沉默着，就在刘乐乐以为他不会说的时候，他却开口慢慢说道：“我想成为神……”

刘乐乐不敢相信地看着陈天佑，她以为自己出现了幻听，她刚刚听到了什么？

陈天佑说他想成为神？

在她心目中，陈天佑一直都是很淡泊的人，在乡村长大，没有任何贫富的观念，给他买身好衣服，他都会觉着浪费，吃饭也从不挑食，做人也老实厚道，压根儿没有出人头地的想法。

她也正因为他的朴素无华才为他深深着迷的，可就是这样的陈天佑想要成为神？

“在山里的时候，他们找到过我，可被我拒绝了。后来到了城里，我一直适应不了城市的生活，我努力了很多次，可是我融不进这个世界……我以前不知道在外面生活会有那么大的压力，什么都要钱……所以在他们又找到我的时候，我想试试看……”

刘乐乐说不出话来了，她一直以来都觉得自己是最了解陈天佑的人。

他的单纯，他对她的感觉，她会微笑着对这个男人说：你不用担心，一切有我，我来赚钱养家。每当那个时候，他都会笑笑，她以为他是在害臊，她不知道的是，原来他一直都不开心……

她动了动嘴唇，终于从嗓子眼里挤出了一丝声音，“可是你没必要有那么大压力的，不是都有我吗……”

“我讨厌那样。”陈天佑的声音平稳，没有任何起伏，他没有看她，只是平静地陈述着自己的心情，“我不想什么都倚靠你，而且那种诱惑太大了……”

陈天佑望着面前的墙壁，在那些纷纷落下的仿真花瓣中，他想起了那天自己在楼下所经历的那些。

当他急急地赶回家时，那些人拦住了他。

他没有办法抗拒那些人承诺给他的那个未来，成为神一样的男人，哪怕她想要的是这个世界，他也可以毫不犹豫地送给她。他没有办法抗拒那种未来……

自从那天谈过后，刘乐乐觉着自己对陈天佑的感情好像有了很微妙的变化，以前她觉着自己可了解陈天佑了，可此刻她觉着现在的陈天佑对她来说就是个陌生人。

她居然一点都不了解他在想什么，他想要的是什么……

她以为自己努力地建立一个小家，她以为她努力地工作得到的那些财富会让他觉着幸福，可现在看来那对他来说其实都是负担，他压根儿就不想这样。

可她却傻乎乎地以为，每次她提到她养家的时候他那么笑笑只是因为害臊，她这是得有多呆啊！

她压根儿就没想过陈天佑那缺德玩意儿，也有所谓的男人的自尊心。

刘乐乐气归气，可一时间她也没办法完全舍弃陈天佑。她在心里可怜着他，一想起他受那么重的伤还在桥洞下生活，她就觉着特不忍心，尤其陈天佑现在举目无亲，她也不好把他又扔回马路上去。

刘乐乐就在忙完工作后，尽量地照顾着陈天佑。

陈天佑也没有为自己辩解什么，他每天都死气沉沉的，不管什么时候看到他，他都低着头，那副样子就好像随时都会断气一样，而且就连他自己都觉着纳闷，他的这个身体怎么就还能苟延残喘得没完没了呢？

他都盼着自己早死早超生，也省得在刘乐乐面前继续丢人现眼。

对他来说，身体的折磨倒是还容易接受一些，可每当刘乐乐用那种既无奈又心疼的眼神看他时，他就会觉着自己的心脏都要被揉烂了。

其实在刘乐乐眼里，陈天佑就是一个被人利用完了又被一脚踢开的倒霉蛋，她没办法不去心疼他、可怜他。

不过让刘乐乐觉着纳闷的是，明明之前陈天佑体温都不对了，一副濒临死亡的样子，怎么到她家后就跟缓过来了似的，看着一天比一天精神，虽然还是那副死气沉沉、要死不活的样子，可是出气也长了，叹气声音也大了，动作也不吃力了。

刘乐乐就怀疑陈天佑这种情况是不是被人误判的，不然没有越死越精神的道理啊？

结果刘乐乐乐观了没两天，她就遇到了一件惊悚的事情。

那天他们正在家里吃米饭，刘乐乐做饭手艺也是最近才学的，估计是水放少了，米饭做出来有些硬。

刘乐乐也懒得再弄了，就盛出来跟陈天佑凑合着吃。

哪儿知道正吃着呢，她一抬头，就看见陈天佑嘴里好像塞了什么东西似的，他皱着眉头，腮帮子也跟着一鼓一鼓的。

刘乐乐还以为他是吃着夹生的饭了呢，就赶紧说："别吃了，要是嚼不动就吐了吧。"

结果话音刚落，陈天佑就从嘴里吐出一颗牙齿来。

把刘乐乐吓得，差点没蹦起来。

陈天佑的神情倒是淡定得很，他还把枕头下的其他牙齿也都拿了出来，一一放在床头柜上给刘乐乐看。

"今天已经掉三颗了。"他的语调也听不出什么不同来，"还有我的视力也在减弱，最近几天我都看不清楚你的脸……"

刘乐乐这才想起，怪不得最近她让陈天佑帮忙拿个筷子他都跟反应迟钝似的。

原来是他的身体状况在恶化。

她望着那些掉落的牙齿，忽然觉着有点毛骨悚然，这种衰弱的方式太恐怖了，比生病还要让人觉着可怕。

她的手指就有点哆嗦，她真没见过这种情况，主要是陈天佑那么年轻的一张面孔，一张嘴，当中的三颗牙齿都没了，那副样子真是要多惊悚有多惊悚。

她担忧地望着他的面孔，用手捧着他的头，观察他的嘴巴，小心翼翼地问："疼吗？牙齿掉的时候，你觉着有什么感觉吗？"

"就好像脱落一样。"陈天佑一板一眼地告诉她，"没有任何感觉，就好像牙齿早已经不属于我了一样……"

刘乐乐也不知道该怎么办，她甚至都不知道要不要给他安假牙。

从那以后刘乐乐算是上了心，既然陈天佑牙口不好，一吃硬东西就掉牙，她索性就天天粥跟面条伺候。面条还不敢要有劲道的，都是那种泡得软软的，筷子一夹就能夹断的那种。

她上大学期间吃这种面条吃伤了，简直到了一见就想吐的地步，可现在为了陈天佑，刘乐乐强忍着恶心，跟着连吃了一个星期的泡面条。

饶是这样，还是没能阻止陈天佑掉牙的进程，很快他满口的牙齿纷纷离岗待业去了。

而且不光牙齿、眼睛不行了，就连听力也在跟着减弱。

以前刘乐乐随口的一句话陈天佑都能听到，到了现在，刘乐乐说话不用喊的他都听不到。

刘乐乐这下可是看在眼里急在了心上，心里接受陈天佑命不久矣是一回事，可是眼巴巴地看着对方这么一点点地活受罪，那滋味可太不好受了。

偏偏陈天佑对这种情况表现得很淡定，他一直都是求速死的态度。

这样的陈天佑反倒让刘乐乐不忍心起来。

她之前没想过给陈天佑买什么保健药，在她看来陈天佑的身体跟人又不是一回事，吃保健药也没啥用，可现在她也开始病急乱投医了，不管有用没用，她还是跑去同仁堂买了几克天价冬虫夏草。那东西比金子都要贵，刘乐乐把存款都用上了一些，才买了那么一点。

结果弄好了给陈天佑服下后，别说好转了，反倒让陈天佑好好地闹了回肚子。

刘乐乐这下可是再也不敢给陈天佑乱吃东西了。

陈天佑就跟早知道一样，病歪歪地躺在床上，语重心长地劝导着她："怕了的话，就让我走吧，而且你也不会照顾我……"

"你以为我想照顾你啊！"刘乐乐白他一眼，把手机塞到他手里，用手点着他说，"你现在只要能叫出一个把你接走的人，我二话不说就放着鞭炮把你送走。"

陈天佑哪儿有能叫动的人，他统共就只有一个刘乐乐。

刘乐乐这下可厉害了，不依不饶地嘀咕着他："吃你的吧，越吃越少，我又不缺你这口粮食，你着急跑什么。你放心好了，你要真去了，我就一把火把你烧了，省得放着碍眼。"

可是那话说完，刘乐乐又止不住地难过起来。

她平时大大咧咧惯了，说话也没个把门的，刚才那些话说完她才忽然意识到，自己没准儿真要为陈天佑办理后事，她一想到那个就觉着头皮发麻：她的鼻子总有点泛酸的感觉。

所以等晚饭后，她就闷闷地坐在窗台那儿。

坐了没多会儿，陈天佑也过来了。

一见陈天佑要凑过来，她赶紧叮嘱着："你小心着凉。"

陈天佑这才跟瞎子一样，摸着门边又溜到了卧室，找了件衣服披在身上。

再出来的时候，陈天佑忽然说道："乐乐，我想回去。"

他最近就跟个睁眼瞎一样，两个人说话也都是对吼，所以不管是多么动听的话，可吼出来味道都会变得一塌糊涂。他现在就扯着嗓子喊道："你把我送回老家就回来吧，然后忘掉我，就当自己做了一场噩梦……"

陈天佑说这话也不是心血来潮，实在是自己总半死不活的，这么拖累着刘乐乐也不叫个事儿，而且，他真挺想以前住的那个地方了……

大概也是死期将至，他最近想起了好多以前的事儿。他忽然想起自己很小的时候曾经做过一个很美的梦，梦中他牵着刘乐乐的手，走在山间的小溪流边，一直走着，路两边是他熟悉的那些景色，在一片鸟语花香中，他跟她一直走着，就好像他们可以永远走下去一样……

可自从来到城市后，那个梦就不见了，尤其是他打工后，大家只会笑话他不识字。后来倒是有人说要教他写名字，还写出来让他模仿，可他不管怎么努力，哪怕前一刻还能模仿出来，可在下一刻立刻就会忘掉。

可他还是很努力地学着……

其实他更想学写的是刘乐乐的名字，对他来说那是比他的名字还要宝贵的三个字。

只是当他把自己描写好的那页纸带回去的时候，刘乐乐变得很生气。

她急吼吼地找到了她的朋友，说那些人很讨厌，让她朋友去教训那些人。

也是到那个时候他才知道，原来那些人一直让他写的是"大笨蛋"三个字……

在城市里，他就是这么一个可笑的小人物……

刘乐乐在听了陈天佑的话后，也有点心动。

因为不管她做什么，最后的结果都是错的，为了给陈天佑补充营养买的那些补品，最后反倒害得陈天佑闹了肚子；为了让陈天佑能壮实点儿给他多吃，结果陈天佑后半夜就开始流鼻血……

诸如此类，跟她常识完全不同的护理情况，也让她感到百爪挠心、无所适从。

也许只有到山林间，他才能平静下来。

只是一想到就要这么送走陈天佑，刘乐乐就唉声叹气起来，就跟被陈天佑传染了悲观情绪一样，她也觉着眼前都是灰蒙蒙的了。

那天接到孟橙星的电话时，刘乐乐下意识地就叹了口气，不过，她现在对孟橙星的态度倒是好了不少。

她也不敢再笑话孟橙星了。对方怎么看都是优质男，说白了，要不是她有前情未了，不然就这么个优质男站在自己面前，她那幸运的劲头都赶上摸彩票了，也怪不得当初孟妈妈会那么说自家的儿子，一般来说，只要眼睛正常的就不会选择陈天佑而拒绝孟橙星……

只可惜刘乐乐就是这么个大傻瓜。

她只能该拒绝的拒绝，该绕开的绕开，尽量躲开这些不属于自己的桃花。

这样的日子过下去并没有任何意义，刘乐乐思前想后，还是决定陪伴陈天佑走完这最后的一程。虽然陈天佑对她有很多不厚道的地方，可这个人终归是自己的初恋，她不想在最后的时刻眼睁睁看着他孤零零死去。

就这样刘乐乐开始着手准备去村里的事儿，她也没敢跟村里的亲戚说。

在准备了一些东西后，她又跟公司请假。

她本来还以为请假会很难呢，毕竟她现在带着水承泽的项目，现在公司对这个项目这么重视，她要是放下不管的话，估计公司老板都要揪住她骂了。

哪儿知道她才刚刚说出要请假的事，部门经理已经笑呵呵地一口应允了下来，甚至还打趣了她一句，问她请假是不是要准备结婚的事儿……

刘乐乐真是苦水只能往肚子里倒，什么结婚啊，葬礼还差不多。

把那些事都处理完后，刘乐乐也觉着自己够奇葩的，在一堆精英男里面，偏偏为陈天佑这么个人掏心挖肝，而且，最后的结果很可能是她要为陈天佑送终。

想到这里，刘乐乐叹了口气，最近一段时间，她总会想起那个在山野间陪伴自己的少年。

而且光说回老家回老家的，可陈天佑哪儿还有立足的地方，当初她一气之下把陈天佑家推了个干干净净，现在回去压根儿没地方住。

刘乐乐手上积蓄不多了，她很少向别人借钱，可遇到这样的事儿，她也是没法了，就找了几个朋友多少凑了一些钱。

在带着陈天佑回去前，刘乐乐先是开车过去了一趟，终于找到一处差不多的旧房子，以前的房主早已经在村口盖了新房子，旧房子一直都闲着。

刘乐乐就跟人说了说，多少给了点钱，算是把那房子租了下来。然后她又找人把房子打扫了一番，还买了一些家具跟电器，因为电路不好用，她还找人特意整修了一下。

都弄妥当了，刘乐乐才把陈天佑小心翼翼地接了过来。

陈天佑原本还以为刘乐乐带他去自己家的破旧房子呢，结果在路过自己家门的时候，他很是意外。

只见之前的几间房早已经成了废墟，而在废墟上狗尾巴草早长得高高的了。

刘乐乐很不好意思地告诉他："都怪你惹我生气。"

说完，刘乐乐又指了指一边的房子，"正好那家房子没人住，我就租了下来，过来吧，东西都弄好了。"

陈天佑露出意外的表情，他跟着刘乐乐走到陌生的小院子内。

看着墙皮还有大门都很破旧，可是打开后，却能看到里面新修整的地面，上面还有用碎石子铺成的一条小路，其他的则是水泥地。

再来就是太阳能的洗澡间，一般村里很少有安这个的，他看了看左右，很快就明白刘乐乐在这个地方付出了多少心血。

最近一段时间刘乐乐早出晚归的，他还以为她是在忙工作呢。

他低头看了一眼刘乐乐，刘乐乐知道陈天佑在看自己，不过她也不多说什么。

很多事情做之前并不会想很多，当开始做的时候，她才意识到，在内心深处，她是舍不得陈天佑受苦的。

陈天佑跟着刘乐乐进了房间。

客厅、卧室都巡视了一圈，村里的房间天花板要比城市的高很多，可以看出来这个地方重新粉刷过，而且就连顶灯都换了新的。

刘乐乐还特意打开柜子让他看了看柜子里的东西。

“都是我从城里买来的，这个地方太穷了，什么都没有。”刘乐乐说完就跟想起什么似的，又忙找出空调遥控器来，把空调打开了，并告诉陈天佑：“村里电压不稳定，我特意买的变频空调，山里湿，我还挑了带除湿功能的。”

陈天佑走到床前，疲倦地坐到床上。

他的身体越来越虚弱了，有时候走几步路就会累得呼吸困难。

他摸着手下的床单，素色的格子床单……

这是刘乐乐按他的喜好挑选的……

他眨巴眨巴眼睛，努力把眼泪压回去，到了这个地步，已经不是后悔就能说明白的了。

如果不是他太贪心的话，他早已经跟乐乐结婚了，不管他是否有出息，乐乐都不会在乎的……

可是他偏偏不知足，非要成为什么“神”。

两个人最近都很沉默，简直就跟提前演练送殡一样，偶尔吃饭的时候，都会眼圈忽然红一下。

刘乐乐尽量不让自己露出太悲观的样子，她努力保持着开朗的样子，帮陈天佑把床铺收拾好。

然后她又跑去厨房，她不怎么会做饭，可在村里不做饭的话，压根儿没得吃。她也不会用村里的大锅，只好找人弄了电磁炉和微波炉。

哪儿知道刚把菜切好，正准备炒菜的时候，电磁炉忽然没电了。

刘乐乐纳闷了，还以为是跳闸了，结果跑到电闸那儿看了看，却发现电闸一点事儿都没有。

倒是陈天佑走了过来，告诉她说：“村里偶尔会停电。”

刘乐乐在村里住过一段时间，倒是也碰到过几次，只是没想到这么凑巧，他们才刚回来就遇到停电了。

哪怕等她炒好菜再停电也好啊。

她就挺郁闷的。

倒是陈天佑很快找来了火柴跟引火用的干草，他从小就会用大锅做饭，从懂事起，他就一直做着各种农活。

看着病歪歪的陈天佑要烧火做饭，刘乐乐赶紧拦住他说："你别弄了，会被烟呛到的，你告诉我怎么做，我来做吧。"

说完刘乐乐就要抢他手里的干草，陈天佑故意打开她的手臂，他长长的睫毛抖动了下，很快就偏过脸去，"我来。"

刘乐乐不高兴地拧起了眉头，就跟训斥不听话的孩子似的，"你这家伙，我不是跟你客气，你这个身体你逞强什么啊，你病情恶化的话，还不是我受罪吗？"

她终于凶巴巴地把他手里的东西抢了过来。

拉风箱这种事儿真怪，她凑过去小心翼翼地点着火，浓烟很快就冒了出来，熏得她直流眼泪。

她身边的陈天佑也被熏得咳嗽了几声，刘乐乐赶紧推着陈天佑，"一边去啊！别捣乱了……"

她说完话，下意识地就摸了下鼻子。

陈天佑看了看她，没说什么，倒是乖乖地站起来走了。

可很快的，在刘乐乐拉风箱的时候，他又返了回来，手里还拿了一块湿毛巾，他伸出手去帮刘乐乐擦了擦鼻子和手。

刘乐乐这才想到自己刚才准是摸了什么脏东西。

她多少有些不好意思，心里正在胡乱地想着什么时，陈天佑的手不小心碰到了她的脸颊。

刘乐乐忽然就不再乱想了，那只手就好像刚刚摸过冰块一样，凉得好像不是人类的手。

她努力控制着自己的情绪，低着头继续烧着火。她做的大锅熬菜，只是她没经验，水放得并不多。

陈天佑看到后，又去水桶那儿多舀了一些水放进去。

两个人已经很久没有一起做过饭了。刘乐乐望着炉灶内的火苗，在等着水开的时候，她像想起什么似的，对身边的陈天佑说道："还记得小时候咱们在山洼里烤红薯吃吗？"

"记得……"陈天佑看着被火光映得红红的刘乐乐的脸庞。

天色越来越暗了，房内也没有点蜡烛，两个人在这样静谧诡异的气氛里都沉默着。

就好像灶内的火苗一样，刘乐乐觉着有热热的感觉在她的脸上蹿动着……

过了很久，刘乐乐才慢慢地说道："天佑，如果当初我愿意陪你留在这里……你还会想成为'神'吗？"

第六章

自从这次生病后，之前那个山村少年好像又回来了。

那个在城市里无所适从的家伙渐渐地消失了，倒是这个病歪歪的陈天佑，虽然眼看着身体一点点地在虚弱变坏，可是整个人好像都有些不同了似的。

在没有了外界的那些压力，又离开城市的环境后，陈天佑明显变得爱笑了一些。

他会对着天空笑，会对着院子里的香椿树笑，还会对着院子里那口废弃的水井笑。

更多时候他会默默地坐在刘乐乐身边，跟她一起摘菜，会跟在她身边，安静地看着她干活。

然后在她需要休息、需要喝水的时候，他会及时地给她递上一把凳子、一杯水。

哪怕身体虚弱得都搬不动一把凳子，可他还是努力坚持那么做着。

刘乐乐现在很注意保护他的身体，虽然山里的水可以直接喝，但刘乐乐还是怕他会闹肚子，每次都是把水烧开才拿给他喝。

其他的做饭那些，刘乐乐虽然做得不好，可她为了保障陈天佑能吃到最新鲜的菜，特意找附近的几户人家采购了一些自家种的菜。

菜式单调是单调，可重在吃得放心。

不过在山里虽然很逍遥，可是也有很多不尽如人意的地方，尤其是这个季节，山里的蚊虫很多，刘乐乐细皮嫩肉的，很快就被蚊子咬出了十来个包，而且山里的蚊子毒性大，咬一个包就要肿上好几天。

刘乐乐虽然带了驱蚊花露水和蚊香，可是在这种空旷的地方，她简直就跟流动血站似的，不管走到哪儿都有一群蚊子盯着，她都要被蚊子咬成疙瘩头了。

而且就算有太阳能，可在村里洗澡还是很奢侈的一件事，不管是简陋的洗澡间，还是怎么都不够用的洗澡水。习惯天天冲个澡的刘乐乐，自从到了这个地方，就把这个习惯改成了两天一次。

刘乐乐在做这些的时候什么都没说，她唯一想到的就是，当初如果她答应了陈天佑，选择跟陈天佑在山村里生活的话，也许他们的生活早已经变得不一样了，可就因为她执意要回到城市，陈天佑才会舍弃这些跟着她。

每次这么想的时候，刘乐乐心情都会很不好。

应对家里的电话也是提心吊胆的，刘乐乐都不敢在村里闲晃，她很怕被自己家的亲戚看到捅到她妈那儿去，她估计这次她妈要知道她做的事儿后，一准儿就亲自赶来拿人了。

之前她还能跟她妈抗争抗争，可现在……一想起陈天佑是悔过婚的人，刘乐乐都觉着没底气。

那天刘乐乐早上起来得晚了一些，平时她都是先起来刷牙洗脸，然后去陈天佑那儿看看，没问题的话，她再去厨房准备早饭。

其实早饭都很简单，也就一些粥，外带两个鸡蛋。

可那天她起来去看陈天佑的时候，却意外地发现陈天佑压根儿没有在房间里。

她一下就紧张起来。最近几天陈天佑已经有吐血的症状了，就好像内脏出了问题一样。他呕血呕得很厉害，中间还流过两次鼻血。

她紧张地问他疼不疼的时候，他什么都不肯说，每次只会沉默地坐在一边。

最后刘乐乐只能在粥里放了很多补血的大枣。

再吃起粥来，简直成了红枣粥。

现在大清早的看到陈天佑没在卧室里，刘乐乐就很担心他的身体，他这么病歪歪的连牙齿都没有，跑出去能干什么啊？

刘乐乐赶紧推开大门跑出去找陈天佑。

山里的早上冷着呢，刘乐乐也不知道陈天佑去哪儿了。

她跌跌撞撞地跑到外面，顺着路往山上走。她知道陈天佑是喜欢安静的人，估计就算走，也是走到山里。

果然，顺着山路走了没多久，刘乐乐就在一个土坡那儿找到了陈天佑。

那地方其实她很熟悉，他们小时候，陈天佑就经常带她来这个地方玩。

那儿有很多花花草草，树荫也是成片的。

刘乐乐一见到他没事就松了口气，她大口喘着气跑到他身边。

因为他是背对着自己的，刘乐乐还以为他只是坐在那儿休息呢。

可等她人到了，她才觉出不对来。陈天佑就跟听不到她的脚步声一样，就算他的听力在减弱，可她脚步声已经很大了，再说她都出声喊他了，他怎么还会继续背对着她，一点反应都没有呢？

刘乐乐纳闷地伸出手去碰了他一下。

那一刻，刘乐乐以为自己摸的不是人的身体……

那是好像金属一样的触感，而且随着她的触摸，那个原本还坐在土坡上的人，忽然就直直地倒在了地上……

刘乐乐愣了一下，很快她就蹲下去，用力地去拉扯着陈天佑。

陈天佑的身体好像灌了铅一样，不管刘乐乐怎么努力，陈天佑始终都是倒在地上的。

刘乐乐终于不再拉扯陈天佑了。

时间一分一秒地过去，她身上的力气早已经被抽光了。

在触碰到他身体的那个瞬间，她的体温也跟着溜走了，她觉着冷……

可是她没有力气、也没有办法让自己镇定，她就那么呆呆地站在那儿，就跟傻掉了一样……

她的身上没有了一丝力气。

不知道过了多久，原本晴空万里的天忽然变得阴沉起来。

一阵狂风刮过，树上的树叶纷纷落下，有些直接就落到了她的脸上。

可她毫不在意。就算狂风夹杂着碎石刮在她的脸上，就算她的脸被那些碎石蹭破，她也没有任何反应，她呆呆地站在那儿，就好像魂都被人勾走了一样……

不知道过了多久，她才哭出来。她努力地、不断地告诉着自己，她得过去抱住陈天佑，她答应过陈天佑的，不让他孤零零的一个人……

她要陪伴在他身边……

她这样想着，她努力地、用尽所有力气地往前移动着……她终于走到了陈天佑面前，一把抱住了陈天佑的上身，刚要喊出一声天佑来，忽然就觉着有什么不对……

之前跟金属一样触感的陈天佑，再抱起来的时候，整个人都是软软的，就好像没有骨头一样。

这种诡异的感觉，让刘乐乐忽然就镇定下来。

天早已经黑了下来，她下意识地摸了摸陈天佑的面孔。陈天佑的情况跟人类不同，也许陈天佑还没死呢。

她下意识地就想试探下他的鼻息。

可当她摸他面孔的时候，刘乐乐忽然觉着好像有什么东西扫了自己的脚边一下，那触感很怪异，就好像她被绳子抽了一下。

就在她纳闷的时候，一道闪电从天而降，忽地照亮了她所在的这片土坡；与此同时，刘乐乐也看到了让人魂飞魄散的一幕。

就在陈天佑的下身，不知道什么时候两条腿没有了，取而代之的是一条长长的、蛇尾巴似的东西。

而且那尾巴还跟有生命一样，不断地卷曲摆动着。

刘乐乐惊得张大了嘴。就在这个时候，那条蛇尾仿佛辨认出了她一般，忽然就要凑过来。

刘乐乐脑袋霎时就嗡了一声，她连想都没想，就跟逃命似的，连滚带爬、手脚并用地往山坡下跑去……

刘乐乐跑回了家里，外面雨已经下得很大了。她听着连成一片的雨声，脚都站不稳了似的瑟瑟发抖。她从小就天不怕地不怕，唯独很怕蛇啊那些东西，当年就算是蚯蚓都能把她吓得不敢动，更何况看见那么个蛇似的玩意儿。

她连床都不敢上了，觉着到处都是蛇似的，身上也痒痒的。

正怕得要死要活的时候，刘乐乐忽然听见外面有声音，她吓得就是一个激灵。

很快门口那儿就传来扭动门把手的声音，不过她进门的时候把门从里面锁住了，所以门外那人扭动了半天门把手也没能扭开门。

刘乐乐吓得直往床上缩。

然后她就听见一个虚弱的声音在外面叫着："乐乐，开门好吗？"

声音很熟悉，一听就能辨认出来那是陈天佑的声音，可是刘乐乐却更怕了，眼前简直就跟飞过无数条蛇似的。

她最怕那种软体动物了，有时候看动物世界，偶尔瞟几眼，她就不敢吃面条，这个时候若看到妖怪版本的，她还活不活了！

她吓得不敢出声。

门外的陈天佑继续说着："乐乐……你别怕……我不会伤害你的……"

他知道刘乐乐天不怕地不怕，可小时候看见蚯蚓都会躲着走。他心里并不埋怨乐乐，他知道乐乐是被吓着了，如果可以的话，他应该躲开乐乐的，可是别说躲开了，简直就跟无法克制的需要似的，他都不知道自己是怎么一路爬回来的……

在泥泞的地上，明明地面早已经被雨水冲刷得干干净净了，可他还是能辨认出乐乐的气味……

他趴在门上，精疲力竭地叫着乐乐的名字，"开开门好吗，我好累，我想在你身边……"

刘乐乐终于大着胆子走了过去，小心翼翼地打开了一道门缝，随后她就看见外面的陈天佑了。

陈天佑可够狼狈的，简直就跟一路在泥地上爬过来似的，他整个身体都靠在门上，手更是紧紧地把着门把支撑自己。

刘乐乐心一下就软了，外面这么大的雨，左右又没个避雨的地方。

她正准备打开房门，忽然就觉着脚下有什么东西碰了她一下。

一看见那东西，她嗷地一嗓子就叫了出来，吓得又把门合上了。

那玩意儿她可真是扛不住啊！

可是听着外面越来越急的雨声，刘乐乐又很可怜外面的陈天佑，她尝试跟他商量："天佑，家里房间很多的，你去隔壁房间不行吗？"

"我想在你身边……"陈天佑的声音不知道怎么的，听上去更虚弱了。

刘乐乐需要把头贴到门上才能听清楚，她迟疑又迟疑，也知道现在陈天佑身体虚弱，又被淋得湿漉漉的，如果没自己照顾的话，到了明天还不知道会怎么样呢。

这么一想，刘乐乐也就一咬牙，豁出去般把门打开了。

门打开后，陈天佑连人带蛇尾巴就扑了进来，直接就倒在了地上。

刘乐乐知道他虚弱得很，人也是病怏怏的，一副濒死的样子，可是那条尾巴却活跃得很，总是不断地想要碰触她。

刘乐乐心惊肉跳，她伸出手去，拽着没了骨头似的陈天佑，气喘吁吁地把他放到了床上，只是他那蛇尾巴太长，一直耷拉到了地面上。

刘乐乐也不敢去看，她试图找条热毛巾或者干爽的床单给陈天佑擦擦，哪知道人还没走开呢，那条蛇尾巴忽然一下卷住了她的小腿。

刘乐乐被突如其来的这一下拽得趔趄了一下，倒在了陈天佑的身上。

那是诡异的一幕，当她试图爬起来的时候，她忽然发现那条蛇尾巴已经翘了起来，跟她一般高，又一次试图靠近她。

那情景简直就跟《异形》里的女主角对着异形似的。

而且之前她以为那就是条蛇尾巴呢，现在靠近了，刘乐乐才终于瞧清楚了那东西。

她也终于明白陈天佑之前跟她扯什么外星人是为什么，因为地球上的生物压根儿不可能会有这样的尾巴。

那蛇尾很有点金属的质感，但是金属怎么可能有那么高的灵活性和延展性，她发现那蛇尾压根儿不是固定的长度，而是可以随意拉长或缩短……

刘乐乐深吸了口气，尽量放低身体，试图从陈天佑身边离开。

可是那条蛇尾般的东西始终不肯放过她，在她试图离开陈天佑时，那条蛇尾就会压着她，最后干脆就跟根绳子一样，把她捆在了陈天佑的身上。

刘乐乐也不知道这尾巴为什么要这么做，不过她发现，在她体温的温暖下，之前软得跟没有骨头似的陈天佑似乎在渐渐复苏，体温也在回升。

就是这姿势实在太不好受了，她压根儿睡不好，一直被陈天佑硌着，硌得她身体都疼了。

这么恍恍惚惚地，她也不知道雨什么时候停的，等她醒来的时候，就看见外面已经天光大亮了，而她还跟晚上时一样，整个人都趴在陈天佑的身上。

只是跟晚上不同的是，陈天佑脸上的表情温柔了很多，呼吸看上去也平稳了起来。

她刚一动，那条闹心的蛇尾巴又翘了起来，简直就跟监视她一样，瞬间就变得长长的，在她身边围了一圈。

那副样子简直就跟在警告一样。刘乐乐吓得直举手投降，在那儿对着那缺德尾巴解释着："我没有要逃跑，你不用紧张……我是昨晚一直没翻身，现在胳膊麻了，我稍微活动一下不行吗？"

那条尾巴好像在思考——刘乐乐都不知道自己怎么会有这样的想法，可是那条软金属一样的蛇尾给她的感觉就是这样的，好像它也是个可以思考的生命体。

刘乐乐有点支撑不住了，她用力推了推身下的陈天佑。

结果陈天佑倒好，晕迷得那叫一个彻底，压根儿就没有醒过来的意思。

刘乐乐没办法，只好守在陈天佑身边。不过她饿得都要前胸贴后背了，昨天她被陈天佑吓得一天都没吃饭，现在起来了，怎么也要喝一口水吧。再说就算她能扛住，陈天佑这副病歪歪的样子怎么办啊？

刘乐乐最后只好跟那条尾巴商议着："你看我从昨天起到现在还没吃饭呢，就算我不吃没事，可是你看你的身体……地球人的身体是扛不住的，尤其是陈天佑这个样子，真的，让我多少弄点吃的过来吧，我保证不跑。"

不知道是她的话起了作用，还是它在考虑陈天佑的身体，反正到最后，当刘乐乐试图下床穿鞋子的时候，它倒是没有再拦着。

但那条蛇尾巴似的东西一直都跟着她，真是让人叹为观止。

就这条尾巴，从卧室到院子，那绝对不是三四米的距离了，而且神奇的是，除了看着粗细有一些变化外，那尾巴简直就跟超级长的金属线一样，尤其是在它待着不动的时候；可是当它动的时候，却又绝对是超级灵巧的。

刘乐乐很有一种自己陷入美国大片的感觉，可是因为所处的地方太过偏僻，她又觉着自己是不是走到了聊斋里……

浑浑噩噩的，她倒是很快准备好了简单的饭菜。等她端着饭菜再进入房间的时候，原本以为还在昏迷的陈天佑，不知道什么时候已经醒了过来。

陈天佑看到自己这副样子倒是并不意外，像知道自己早晚会变成这样似的。

刘乐乐一下就放松下来，她刚才都紧张死了。

被那个金属蛇似的东西一直盯着，她赶紧把热饭热汤放在桌子上，一屁股坐在陈天佑的身边，抱怨般地嘀咕着："陈天佑，我都要被你吓死了，如果这就是外星人的真面目，我估计外星人都不用武斗，直接就能把我恶心死。"

陈天佑却歪着头好像在思考什么，刘乐乐俯下身，关心地摸了摸他的额头，然后她就听见陈天佑问了她一句："那纸上是写的旧城建设的事儿吗？"

刘乐乐不明白他在说什么，她转过头去，就看见桌子上有一张旧报纸，是收拾房间的时候，她嫌弃桌子上有一块污痕擦不掉，就用那张报纸遮掩了一下。

她一时间也没反应过来，下意识地就哦了一声。

陈天佑没有再盯着那张报纸看，他只是机械地重复着那些句子，"关于旧城改造相关事宜……"

刘乐乐看着他，她的眼睛越睁越大，最后目瞪口呆地看着陈天佑，他正没有一丝犹豫地复述报纸上的内容。

"你、你……"刘乐乐简直都不会说话了，过了半天才说出来，"你、你认识字了？"

当初她跟玩命一样地使劲教他，可不管她怎么努力陈天佑就是不认识字，当天可以勉强记住的字，到第二天哪怕只是个大大的"一"字，他都能忘记。好多次刘乐乐都觉着他是故意开玩笑的，他智商又没问题，怎么可能笨蛋成那样呢。

可偏偏陈天佑就是那样的人，别说认识字了，就连数字教给他，他都能够跟睁眼瞎一样。

简直就跟他的脑子里没有识字的那根弦似的，就连陈天佑本人也曾经说过他是不是在认识字上有些残疾。

可现在……

刘乐乐呆愣了几秒后，甚至都忘记害怕了，她快速地跑到餐桌那儿，把桌子上的报纸拿了起来，把另一面递给他看。

陈天佑只瞟了一眼，然后就快速地把里面的内容复述了一遍。

刘乐乐都傻眼了，就算是他又认识字了，也没认识得这么快的道理吧？！

最主要的是现在他不仅仅是认识啊，简直就跟扫描仪似的，只需要一眼就能把里面的内容都说出来，就算是智商不低的人，也没这么快的速度吧？！

她简直都不知道该怎么形容自己的感受了。

刘乐乐小心翼翼地坐到他身边，过了好几秒，才开口说道：“你怎么忽然就认识字了？而且你还能记住……这可太神奇了。这下你可以考驾照了，不不不，你可以学很多东西了。天啊，天佑没准儿你是个很厉害的家伙呢，你的记忆力太厉害了……”

“不知道。”陈天佑也是一脸迷茫，他试图坐得更高一些，可他的身体才刚刚动了下，整个上身就滑倒了。

刘乐乐赶紧给他腰下边垫了个垫子，不过在帮他垫垫子的时候，她留意到了他腰上的肌肤。

她估算着，大概是在普通人类腰的位置，肤色在渐渐变深。

她多少有些好奇，于是大着胆子，尝试着摸了摸他的腰。

在她摸上的瞬间，她能感觉到陈天佑整个人都紧绷了下。

她以为是他怕痒呢，赶紧缩回手说：“你不舒服了？是痒痒吗？”

在她问话的时候，其间一直盘在陈天佑身边的金属尾巴忽然又翘了起来，一下就凑了过来。

刘乐乐实在怕死那种东西了，她吓得往后缩了下，从床上起来好躲开那条尾巴。

陈天佑也是紧皱着眉头的，他抬起头来，很为难地望着她的脸，白皙得没有血色的面孔，也跟着显出一丝尴尬的表情来。

“你、你记得神话传说里的女娲和伏羲吗？”

刘乐乐纳闷地点了点头，自从知道陈天佑的事情后，她还特意查过一些神话传说，只是当神话传说被罩上外星人的外壳，偏偏那个所谓外星人的后人自己还认识的时候，刘乐乐就总觉着自己跟掉进《故事会》里似的……

她稀里糊涂地听着，也不明白陈天佑想表达什么意思。

陈天佑说得很谨慎、很困难，“所以当时那些人找到我……还帮我找了一个同类……因为神话中，女娲跟伏羲需要交尾才能有后人……他们认为纯血的人也可以有很优秀的后代……我、我当时很不开心……他们用了很多办法……但我、我……没办法逼迫自己……我当时还在想着跟你在一起的事儿……但是事情一直办不好，我也没办法回去……我努力控制自己，可当我变成异形的时候，感情就会变得很强烈，我压根儿控制不了……”

刘乐乐有点听明白了，其实早先她已经在水承泽那儿知道了一些，但亲耳听陈天佑说这还是第一次……

她也跟着脸红了起来，就因为这样那时候陈天佑才会变成贱兮兮的猫跑回来找她……

她低着头，很不好意思。其实现在想起来那贱兮兮的猫猫还是很可爱的，至少比这个蛇尾巴好。

陈天佑继续说着：“虽然检测出我是纯血，我也有一些变身的形态，可是神话中的异形我却一直没有出现过……从后来的壁画上看到的交尾那些……也很奇怪……可我现在有点明白那些是什么意思了……”

这是他第二次提到那个词，刘乐乐有些疑惑地瞄了眼他那条金属尾巴，交尾?

她生物课学得一般，也没特意研究过交尾是个什么东西，唯一能想起的就是她曾经看到过两只大蜻蜓在一起交缠着，然后她妈指给她看后说那是在交尾……

交尾？！

是交配的意思吗?

尾？配?

刘乐乐恍然间就跟明白了什么似的，她下一刻就绕过了桌子，把自己贴到了墙角上。

她只是想找个单纯的男人谈恋爱而已啊!

如果早有人告诉她，要遇到这么重口味的事儿，她一定乖乖分手，永世不见陈天佑!

陈天佑也是羞愧得都不敢看她了。

刘乐乐知道他是个腼腆害羞的人，可那条金属尾巴却没有放过她的意思，之前那尾巴就喜欢蹭蹭她，黏糊着她，这个时候更是跟有生命似的，不断地在她身边蹭着……

之前她就觉着那尾巴恶心巴拉的，现在那感觉更强烈了。

她侧着头躲避，嘴里叫着："陈天佑，你让它滚开啊！"

她的话却没有得到一点回应，陈天佑整个人躺在床上，上半身就跟不能动似的，手肘支撑着身体，试图去挪自己的腰部。

可是在他那么做的时候，那尾巴就跟有感觉似的，忽然就在刘乐乐的脸上蹭了下，瞬间刘乐乐胳膊就起了一层鸡皮疙瘩。

在那条尾巴又靠过来时，刘乐乐也顾不上许多了，她扯过身边的椅子，对着那条金属尾巴就砸了过去。

结果不砸还好，之前看着只是软乎乎的金属材质的尾巴，在受到攻击时，忽然就在半空中绕了一圈，那动作简直就跟狩猎的蛇一样。

在刘乐乐还没有看清楚眼前发生了什么时，那条金属尾巴已经把椅子整个儿卷了起来，而且很快就将那把椅子放到了一边。

她都不知道自己手上的椅子是怎么被它夺走的。

不管是力度还是速度，这条尾巴都诡异得让她感到恐怖。

陈天佑还跟火上浇油一样，满怀歉意地告诉了她一声："乐乐，我控制不住了……"

这是想玩重口还是怎么的？

刘乐乐被那条金属尾巴逼到了墙角，那尾巴一直是一副调戏她的样子，刘乐乐这下可不干了，当年校园内的暴露狂都被她打跑了呢！

一条破尾巴还敢对她有那样的想法！

管它是外星人还是什么妖魔鬼怪，敢动她一根指头试试！

她也不举椅子了，她知道那样没用，她直接就手脚并用，就跟扯绳子似的，两手一抓就把那条凑过来的金属尾巴给拽到手里了，然后上去就是重重的一脚。

那东西弹性确实好，她那么狠狠的一脚居然没把它踹得怎么样了，不过刘乐乐也不气馁，她又跟甩鞭子似的，抓着那条尾巴就开始一通狂抽烂打。

不过很奇怪的是，她都做好手会被勒疼、勒肿的准备了，结果不管她怎么抓怎么拽，那条金属似的尾巴握到手里却是软软的，一点都没有磨到她的手。

就是不管她怎么做那条尾巴都不会受伤，最后她累得气喘吁吁的，那条尾巴却没怎么样。

不过她跟疯了似的那么一通折腾，估计也把那条尾巴吓到了，她发现她只要表情狰狞点儿，发出很不高兴的声音，那条尾巴就会蔫蔫地避一下。

刘乐乐也就挤眉弄眼做出我很恼怒、我很生气、你别惹我的表情，对着那条尾巴不断地指手画脚，最后那条尾巴终于明白了什么，就跟失望似的，往地上一落……

刘乐乐见终于摆脱了恶心巴拉的尾巴，立即几步走到陈天佑面前，一把揪住他的耳朵质问他：“你还控制不住了啊！你这是想给我来囚禁系是吗？你也不看看我是谁！”

她也不管陈天佑身体怎么样，当下就气呼呼地给了他两巴掌。

然后刘乐乐就想收拾东西走人。

不过刚把手机、钱包找出来，刘乐乐就看见陈天佑整个人趴在床上，一副只有出气没有进气的样子。

她一时间又心软了，重新走到陈天佑面前，小心翼翼地试探了下他的鼻息，感觉他呼吸还算稳定。

她又瞥见了一边的饭菜，这倒霉陈天佑什么脑子啊，都这样的身板了也不着急补充点营养，非想有的没的。

她赶紧把之前做的饭菜拿起来，用勺子舀着喂给陈天佑。

陈天佑吃得很慢。他的牙齿基本掉光了，吃东西的时候就会很慢，再来也不知道是不是她多心了，她总觉着陈天佑的舌头好像比以前长了，舌尖也是尖尖的，就跟可以随时吐信子似的。

她吓得不敢看他了，忙低头舀着米粥。

这么忙碌着，一直到了天黑，刘乐乐才喂完。

陈天佑后来渐渐好了一些，刘乐乐都有点哭笑不得了，她也不知道是该心疼自己，还是该骂陈天佑几句。

她握着他的手训斥了他几句：“你都什么模样了，就不能老实会儿吗？至少也该把身体养养吧，你这脑袋里装的都是什么啊？”

“我很想亲近你。”陈天佑露出尴尬的表情，躺在床上眼巴巴地瞅着她。

刘乐乐看着他可怜，就把他的上身抱起来，搂在怀里哄着他：“我都抱着你了，还不够亲密吗？”

只是在抱起陈天佑的时候，刘乐乐忽然留意到一件事。

她抱陈天佑的动作极其自然流畅，她的态度也很温和，可是这种情况很不对头。

她以前对陈天佑不是这样的，那时她会在心里把他当个男人看待，会在亲近他的时候觉着害羞、不好意思……

可现在的她却一点尴尬的感觉都没有，简直就跟哄个孩子似的。

刘乐乐一下就愣住了，幸好陈天佑被她抱着，并不能看到她的表情。

不然，他肯定会发现她的表情就跟惊呆了似的。

她的手指也在渐渐捏紧，因为有一个很可怕的念头出现在了她的脑海里。

那是一种很奇怪的变化，在经历了这么多事儿后，她都不知道这种改变是从什么时候开始的。也许是那夜，她孤零零地对着一片废墟，伤心到了极点；也许是她不断告诉自己陈天佑对她不再重要的时候，她潜意识里已经接受了那样的暗示……

就在刚刚她抱起陈天佑的时候，她才意识到她对陈天佑的感情已经变得不一样了，他就好像她的一个亲人、伙伴一样……

他们很亲密，可以分享很多回忆，可再也不是爱情了……至少当她抱着他的时候，她感觉不到爱情了，就好像自己的左手在握着自己的右手一样。

再说现在陈天佑有了条她怎么也喜欢不起来的尾巴，刘乐乐一想起来就觉着浑身起鸡皮疙瘩，她估计就算爱情再伟大，在面对一条蛇尾巴的时候也就啥都不是了。

幸好她也没空多想那些，陈天佑就跟身体透支了似的，一直在睡觉。

刘乐乐小心地照顾着他。陈天佑身体的变化很奇怪，一会儿热一会儿冷的。

热了刘乐乐就要帮他扇风，冷了她就要给他盖被子，还要帮他补充水分。

不过她能感觉到，她的碰触、她的体温可以让陈天佑舒服些，她中间哪怕只是出去弄点饭菜，等回来的时候，陈天佑在睡梦中也是愁容满面的；可当她握住他的手时，陈天佑又很快就舒展开眉头，露出开心幸福的表情。

她就像他潜意识里的条件反射……

这种感觉让刘乐乐心里挺不舒服的，其实她已经没办法再想象自己会跟这个有蛇尾巴的人过一生了。

不看周围环境，只看眼前这个男人的话，刘乐乐闲着没事，就会有一种自己骤然遇到神人的感觉。可是只要一看到自己所处的环境，她立刻又会明白自己的处境，其实她跟陈天佑没什么了不起的，他们不就是住在村子里的一个普通人外带一个畸形男人嘛。

就陈天佑这样的，好像挺不一般似的，可就这具身体，就这个连站都站不起来的样子，之前还被人当垃圾给抛弃了，她估计那些人如果知道了他现在的变化，一准儿会再把他收留了做试验。

这么一想刘乐乐就挺茫然的，她没办法丢下这个倒霉兮兮的陈天佑，可是她也要有自己的人生啊。

她本来想的是在这里送他最后一程，不让他孤零零地离开，可显然陈天佑一时半会儿也死不了了，刘乐乐不得不考虑自己以后的生活。

再来陈天佑总喜欢她也不是个事儿啊，她既然都把他当亲人看了，就没必要再耽误人家的青春了。

刘乐乐稀里糊涂地也不知道自己都想了些什么，不过在过了整整一个星期后，陈天佑终于好了起来。

好起来的陈天佑还尝试着要坐起来，刘乐乐怕他腰部用不上力气，就一直帮他支撑着身体，不过大概是渐渐掌握了诀窍，陈天佑倒是能直起上身了。

之前还会摇来摆去的尾巴，现在也跟受到了控制似的，渐渐地就不摆动了。

刘乐乐很快就欣喜地发现，陈天佑居然能依靠着尾巴站起来了。

陈天佑一旦站起来，刘乐乐才惊觉这条尾巴有多威风。之前陈天佑个子就不矮，现在用尾巴站起来后，她就这么仰头看着，估计陈天佑都有两米五那么高了，而且他那条尾巴还是可以收放自如的，也就是说，其实他还可以让自己显得更高一些。

不过大概是为了方便跟她并排着走，陈天佑倒是把尾巴收缩了，这样他的高度多少降了一些。刘乐乐不知道他行走的话会不会不稳，毕竟那是条尾巴嘛，谁知道支撑点稳不稳啊。

刘乐乐必须得承认，她真是看错了陈天佑的那条尾巴。

在她看来那就是条蛇尾巴，就算跟金属似的，可毕竟形状在那儿摆着呢，要想移动的时候该多困难啊，可是情况恰恰相反。

人在走路的时候是两条腿交替移动的，所以会有一种晃动的感觉，可陈天佑简直就跟坐着滑轮一样，那条尾巴也不知道是怎么做到的，当他开始移动的时候，刘乐乐简直都要被自己眼前的一幕给震到了。

那绝对是帅气得不得了的一种移动方式，平稳得简直就跟滑行一样，没有一点声响。

那条尾巴在移动的时候就好像波浪一样，与地面的交界面不断地变化着，那是超级炫的一种方式，问题是在那种波浪般的滑动后，那条尾巴却不会出现任何变化。

这可就太神奇了。

不过房间里是平地嘛，刘乐乐就怀疑其实陈天佑这种尾巴行走法到了外面的土路上就不好使了，她就故意往外面走，引着陈天佑试试走土路。

结果别说土路了，就是石头子的路，对陈天佑来说都如履平地一般。

而且不光是这个，刘乐乐简直都有点要认不出陈天佑了。

不光是行走，之前她为了让陈天佑能住得舒服点，特意买了一台电视，可山里收到的信号有限，为了能把电视用起来，她又额外找人安了个大锅，可有一次刮风，也不知道哪儿出了问题，那个大锅就不能用了。

陈天佑能自由活动后，他先是跟散步似的熟悉周围的环境，适应自己的新身体、新的行走方式，逐渐适应后，他就开始不安分起来。

他开始尝试各种不同的移动，比如上下台阶啊，登上梯子啊。

而且在上梯子的时候，他突然想起什么似的，就爬到房顶上去修大锅了。

刘乐乐早已经目瞪口呆得都不会说话了，眼巴巴地瞅着陈天佑跟爬行动物一样贴在墙上，尾巴不断地钩着梯子往房顶上移动，她的嘴巴都要合不拢了，这是神话片还是科幻片啊？

如果她把自己看到的这一切说出去，她准会被人当作精神病关起来，可现在太阳这么好，这个院子又如此真实……

发生的一切都没有任何折扣地摆在她面前，她就是遇到了一件这么诡异的事，就是有这么个半人半蛇的家伙在她面前到处乱蹿呢！

到了最后，陈天佑整个人都到了房顶上，刘乐乐这下可看不太清楚了，她很怕陈天佑会重心不稳、不小心摔下来什么的，所以也踩着梯子想要上去帮忙。

只是人还没上去呢，陈天佑就已经修好了大锅。

刘乐乐可是知道陈天佑对机械有多不在行的，当初教他用自动洗衣机都要教好久，他现在居然会空手修卫星大锅了？！

刘乐乐就觉着特不可思议，她估计陈天佑也就是挪了挪大锅的方向而已，不过等她下去试电视后，电视还真是能用了，而且电视信号好像还比以前更好了。

刘乐乐自从住到山里，还真有点两耳不闻窗外事的感觉，现在忽然有电视可以看了，她立刻调到新闻频道，开始看各种新闻。

最近一段时间她一直精神挺紧张的，现在看到陈天佑好像度过了危险期，正在适应新身体后，她多多少少松了口气，也就半躺在床上给自己稍稍放了个假休息休息。

她看了会儿新闻后，忽然就闻到饭香。她赶紧站起来往窗户外一瞧，就见院子的灶台那儿，陈天佑把蛇尾巴盘在一起，正在弯腰做饭呢。

要是有两条腿蹲在那儿还好一些，现在这样，光靠条蛇尾巴蹲着多危险啊！

万一一个不小心没撑住，不就会栽到灶火里去吗？

这么一想，刘乐乐赶紧三步并作两步地跑了出去，正想支开陈天佑呢，陈天佑已经掀开锅子，把里面的饭汤舀出来尝了尝。

大概是听到了她的脚步声，陈天佑在尝过米汤后，很自然地回过头，开心地告诉她：“饭都熟了，我看到厨房有丝瓜就炒了一个，我还特意留了一些丝瓜，等晚上的时候我帮你捣碎了给你敷脸好吗？”

刘乐乐心里动了下，以前一起生活的时候，陈天佑偶尔会把做饭用的黄瓜、丝瓜之类的留一点给她晚上敷脸。

因为他总觉着她买的那些护肤品不如新鲜的蔬菜水果好，他还曾经在她看电视的时候为她做过好多种面膜……

她不敢低头看他的蛇尾巴，她木讷地点了点头。

本来她还想帮着盛饭端饭呢，结果陈天佑一点儿都没麻烦她，他的动作比以前更敏捷了，那动作快得就像是在适应了这具身体后重生了一样。

刘乐乐坐在电视边的餐桌旁，等着他把饭菜端上桌的。

不管之前她多努力地去照顾陈天佑，可在做饭手艺上，她还是差了陈天佑好大一截。

她也真是好久没有好好吃饭了，而且，陈天佑做的饭菜永远都是那么合她的胃口。

刘乐乐也就低头默默地吃着。

她的心里有点酸酸的，陈天佑看她的目光，不用多说什么，她就能从中感觉到他对她的感情一直都没有变化。

可是她已经变了啊！

对方怎么也是刚重生过来，身体还在适应期间呢，刘乐乐也不好说我把你当我亲哥之类的话。

所以晚些时候，她跟陈天佑一起刷碗的时候，在陈天佑那种柔柔的好像能把人融化掉的目光中，刘乐乐都不敢抬头了。

但是不抬头势必就要低头，可一低头又会看到那条活灵活现的尾巴。

这玩意儿可太坑爹了，真是抬头尴尬死，低头恶心死。

刘乐乐估计自己的脸都没正常的颜色了，偏偏陈天佑还在温柔无比地看着她。

而且之后他陪着她看新闻的时候，他还跟献宝一样忽然指着屏幕上的字念给她听，数字、汉字那些还能理解，可到最后当播放到海外新闻时，陈天佑居然连屏幕上的英文都能念出来。

刘乐乐试图躲开他，可陈天佑的身体却不断地向她倾斜。

而且在他靠近的时候，刘乐乐能感觉到他好像在深吸气似的，这副样子要放在以前，她一定就会觉着特害羞，但心里又觉着很甜蜜，因为这不就是浪漫小说里写的，喜欢她喜欢到呼吸她身边的空气都会觉着幸福的那种境界吗？

可现在她对陈天佑感情有变化了，刘乐乐忽然觉着陈天佑做这个动作挺猥琐、挺恶心的……

虽然他那个人不管怎么看怎么想，也不是那种下流猥琐的人，可她就是受不了。

在几次试图避开陈天佑都失败后，她终于忍无可忍地伸手推了他胸口一把，嘴里别别扭扭地嘀咕着：“大晚上的，你、你就不能离我远点儿！”

陈天佑很腼腆地笑了笑，他一向都是听刘乐乐的话的，他笑着离开了一臂的距离，可依旧会扭着头看向她。

在看向她的时候，他无法抑制地笑着。他想要成为神一样的男人，虽然他没有真实的感觉，可他心里隐隐知道，现在的他已经再也不是那个什么都学不会、什么都不懂的无能家伙了，他一直想要得到、想要给予刘乐乐的，也许很快就可以都做到了。

刘乐乐却实在扛不住了，终于忍无可忍地说了出来："天佑，你别这么看我了，你还记得咱俩分手的事儿吗？"

她一边说，一边用力瞪着他，"我跟你回来，不是要跟你怎么样。我是以为你要死了，觉着你可怜，我想作为朋友、亲人送你一程……而且你毕竟是我的初恋……可是很多事儿过去就过去了，在经历了那么多事儿后，我觉着我对感情已经麻木了，我现在好像都没有男欢女爱的那根弦了一样，就是……"

她着急地摆着手，"就是我不再爱你了，我还是很喜欢你的，只是那已经不是爱了，只是跟对朋友、对亲人一样，你明白吗？你遇到麻烦我还是会帮你，可是等你麻烦解决了，我就会想回家，想回去过我自己的生活，因为在我的人生计划里，已经再没有你的位置了……"

刘乐乐说完这些话都觉着自己一定会被陈天佑掐着脖子逼问：为什么你不爱我了？

因为她是知道陈天佑对自己的感情的，可是就因为知道，才不得不说出来，省得辜负对方的一片真心。

哪知道她这么一颗重磅炸弹抛过去后，陈天佑却是沉默了一会儿。

在等待的时候，刘乐乐都觉着自己要犯心脏病了。

可是到最后的时候，陈天佑却什么都没说，而是直起腰，用尾巴移动着，跑到橱柜那儿把被子拿了出来开始铺床，一副居家男人的样子。

刘乐乐汗毛都要竖起来了，她很怕这是火山爆发前的沉默。

可是等铺好床后，陈天佑却只是平静地望着她，笑着说道："没关系的，乐乐，你爱不爱我都没关系的。"

刘乐乐脑子有些转不过来。

她眨巴着眼睛望着他，怎么可能没关系呢，他那么喜欢自己……

还是她一直都弄错了，其实陈天佑压根儿没那么在乎自己？

所以她都是自己吓自己？

“只要你幸福就好。”陈天佑把床下的拖鞋拿出来，他弯下腰的时候，尾巴折成了很诡异的角度。他把拖鞋摆得好好的，放在她的脚边。

然后他就出去了，留下嘴巴都合不拢的刘乐乐。

刘乐乐忽然就有一种自己是不是在欺负老实人的感觉。

然后很快地，端着洗脚水的男人又折返回卧室了，他低眉顺目的，也不说什么，明明那么高大，可在帮她端洗脚水的时候，简直就跟个受气包似的。

刘乐乐把脚伸进洗脚水里的时候都有一种道歉的冲动了。

她更情愿陈天佑跟她闹腾一通，哪怕甩她两个嘴巴，指着她骂几句“水性杨花，怎么对得起我对你的感情”那些。

她一边洗脚，一边郁闷地直挠头发。过了好半天，刘乐乐才小声地说道：“我说那些话不是怄气，我是真心的。”

“我说的也是真心的。”他守在她身边，目光简直能透出水花来。

刘乐乐以前就知道他长得帅气，可是那种帅气是山里小伙子的帅气，很憨厚，很纯真，但是不够精致。

可不知道是现在身体有变化还是怎么的，刘乐乐忽然发现就连他的皮肤都跟着变好了起来。

而且那种肤色不是普通人类会有的，简直像上了上等釉子的瓷器似的，在灯光的照射下几近反光。

眉眼间也有了点儿不一样的东西，眼睛比以前更亮了，而且那种山村里男人的感觉隐隐消失了似的，她也说不准，就是觉着这样的陈天佑怪怪的。

如果是以前的陈天佑在她说这些话后，肯定不会是这个态度。

可是仔细一想刘乐乐就释然了，因为陈天佑死过一次，而且在死前他受过很多苦，不管是试验中的烫伤还是那些折磨，他一定在那时候变了很多。

刘乐乐也就闷头洗着脚，洗完了，她想自己去倒洗脚水，她不想什么都麻烦陈天佑，她已经说好的了，她跟陈天佑只是朋友，她就不能再把他当男朋友使。

但她的动作没陈天佑快，她正擦脚呢，陈天佑已经把洗脚水倒了。

刘乐乐挺尴尬的。而且晚上睡觉的时候，陈天佑还给床上摆了两个枕头，这下刘乐乐就更尴尬了，她赶紧把其中一个枕头抱起来，对他说道："天佑，我还是去旁边的卧室睡吧。"

"不用。"陈天佑从她怀里拿过那个枕头，笑着说，"你睡床，我过去。"

刘乐乐挺不好意思的，不过这样也好，两个人没必要还那么亲密，慢慢来吧，过一段时间兴许就成兄妹情了呢。

等陈天佑走后，刘乐乐就倒在床上睡了起来。白天光看着陈天佑适应身体了，现在一闭上眼睛，她才觉出这一阵子有多累。

刘乐乐这一觉睡得可沉了，一直到天光大亮，她才慢悠悠地醒了过来，然后她就看见床边的餐桌上已经摆上了可口的饭菜。

她刚做出个要起身的动作，陈天佑就跟英式管家一样走了过来，洗脸、刷牙的东西一应准备齐全。

刘乐乐特意看了一眼，就连牙膏都帮她挤好了。

刘乐乐头皮就有点发麻，她很不好意思地对陈天佑说道："你不用这样的。"

"没事儿的。"他笑得无比开心，"这么做我会很幸福。"

刘乐乐听了这话赶紧环抱住自己，她觉着身上一阵阵地发冷。

她这种看电视听见"我爱你"三个字都起鸡皮疙瘩的人，真有点受不了陈天佑这样的转变。

她低着头跑到院子的猪圈那儿去刷牙，这个地方悠闲是悠闲，不过环境肯定是不如城市里。

她一边刷牙一边想着离开的事儿，既然已经这样了，她待会儿就跟陈天佑提一提。

都收拾妥当后，她就跟陈天佑一起坐在餐桌那儿吃饭。

她留意到他坐在尾巴上。

她多少有些好奇，忍不住就问他："你还适应你的尾巴吗？像是我昨天打你的尾巴，你觉出疼来了吗？"

"嗯，就好像手脚一样。"说话的时候陈天佑还摆了摆尾巴给刘乐乐看。

不过刘乐乐真恶心那种形状的东西，她赶紧低头扒拉着饭。

“就是感觉跟手脚不大一样，挺像能控制的头发、指甲，不会感觉到疼，可通过尾巴能感觉到温度、触感那些，很神奇。我特意试验了下，把尾巴放到火堆上，尾巴也没有受伤，而且我用手摸过，哪怕是很大的火，可在烤过后，摸起来还是凉飕飕的。”

说完陈天佑还把尾巴伸到她面前，要让她摸。

刘乐乐实在是头皮发麻，偏偏桌上还有碗挂面汤。

她吓得连挂面汤都不敢喝了。

她把筷子放在一边，清了清嗓子说道：“天佑，我有个事儿要跟你商量下，我想一会儿就把东西打包走。你看你现在也不需要人照顾了，我留着也没啥用……到时候我给你买个手机吧，你要有事儿了，随时给我打电话……”

“好的，一会儿我帮你收拾行李。”陈天佑很爽快地答应下来。

刘乐乐这下又意外了，她还以为他会很黏人地说些舍不得她走的话，让她左右为难呢。

结果陈天佑的表现成熟得简直就跟换了个人似的。

而且不光是说说，在吃完饭后，陈天佑很快就帮她收拾起行李来。

刘乐乐看着他有条不紊地为自己打包东西，看着他沉默的样子，心里有一点内疚，其实陈天佑未必不需要人陪伴在身边，只是她已经有了自己的想法……

刘乐乐不忍心地走过去，她以前可是很爽快的妹子，现在却有了各种纠结，“天佑……你这样在这里会觉着孤单吗？如果孤单的话就给我打电话吧……”

毕竟他这样也不能出去，也不能见人，需要出去买菜、买米、买面怎么办？

陈天佑就跟知道她的犹豫一样，他抬起头来，依旧笑着告诉她：“没事儿的，乐乐，你要做什么就去做好了，你已经为我牺牲太多了，现在我会照顾好自己的……而且等我再好一些了，我还会出去找你，到时候换我来照顾你好吗？”

回到家已经快一个月了。刘乐乐回到家后也没多耽搁就去了公司上班，生活照旧。她很快投入到工作中去，尽量不去想陈天佑的事儿。

就是再回家的时候，她妈难免嘀咕几句让她去相亲的事儿。

而且刘乐乐能感觉到，她妈是有点受刺激了，之前那些优质男忽地都销声匿迹了。再加上再聚会的时候，她堂姐刘冉有意无意地会说些什么“竹篮打水一场空啊”、“有缘没分啊”、“过路财神啊”之类的话，简直就跟火上浇油一样。

刘乐乐的妈听了更是受不了，死活逼着刘乐乐赶紧找个好男人。

这次刘乐乐没有拒绝，之前她心里还在挂念着陈天佑，自打知道自己对他的感情不再那么纯粹后，她也想重新开始一段感情。

而且刘乐乐也不知道是发生了什么，因为工作的关系她又接触了几次水承泽，她很怕这个时候水承泽还对自己有那种想法；结果再见面的时候，水承泽那公事公办的样子，简直就跟换了个人似的。

必须得说，水承泽不再用韩剧里的方式来追求自己的时候，她忽然发现他居然是个魅力爆棚的好男人。

只是现在的水承泽别说喜欢她了，就连一点暧昧都没有，跟她打交道的时候绝对是公事公办，一点都不刻意照顾。

这下就连公司的同事都发现不对劲儿了，纷纷对她投以同情的目光。

刘乐乐这个气啊，她跟这种绯闻没关系啊，同情什么啊！

就好像她是被有钱人玩弄的倒霉小妹一样。

一直都是清清白白的好不好！

而且不光是水承泽，上次在路上她遇到了孟橙星他们一家子，当时她就跟受了惊吓一样，正想要避开呢，结果倒是孟橙星那高贵的一家人，完全跟没看到她似的就过去了。

之前刘乐乐可是对这位变狗的孟橙星记忆深刻啊，她眼巴巴地看着孟橙星走过去。

就在这个时候孟家妈妈也发现她了，之前还对她各种热情的孟家妈妈，试图拉拢她做儿媳妇的那个孟家妈妈，现在就跟变脸了一样，看到她先是不屑地哼了一声，然后就来了一句：“你还跑过来干吗？就算你回来，我们家孟橙星也不会回心转意了。”

刘乐乐目瞪口呆，一时间都忘了回嘴。

等那高贵的一家人走远后，她才忽然回过神来，气得把手里的矿泉水瓶子都要捏爆了，这都什么事儿啊！

这些人都忘了当初是怎么贱兮兮地上赶着她了吧，怎么现在还玩起倒打一耙了？！

再回家的时候，刘乐乐隐隐就觉着这事很不对头，她也说不准这种变化是因为陈天佑变出蛇尾巴弄的，还是陈天佑对她的感情也发生了变化……

不过这样倒也不错，没了那些乱七八糟的人追求，她正好可以松口气。

再说，她的闺蜜林妙涵正好给她介绍了个相亲对象。

那个人是搞IT的，两个人在没见面前先用QQ联系了，结果发现还挺能说到一块儿去的，刘乐乐就琢磨着要不要约出来见见面。

也是赶巧了，最近正好有一部大片上映，刘乐乐就考虑着要不就约着出去看场电影吧，她早早地就在网上团购了电影票。

两个人都非常准时地到了电影院门口，那人一见刘乐乐已经准备好票了，忙又跑去买爆米花和饮料。

两个人也没多废话，直接就奔到电影院里面了，坐下没多久电影就开始了。

那视觉效果自然是没的说，刘乐乐看得热血沸腾，尤其是外星人对着地球狂轰滥炸，各种惨叫声响起还有特技显现的时候，刘乐乐也不知道自己这是啥心理，反正就是看着大楼倒下、人群四散、车子翻飞什么的，她就觉得特带劲儿。

很快爆米花电影就结束了，等散场出去的时候，刘乐乐的这个相亲对象算是打开了话匣子，开始用各种理论论述外星人的造型各种不靠谱。

刘乐乐抿着嘴听着，对方说起这些来还真是一套一套的，从生物学说到了宇宙里的各大星级，能感觉出这个IT男是个知识面蛮广的人。

她听着听着，忽然就觉着很奇怪，当年的自己是怎么喜欢上那个什么都不懂、连字都不认识的陈天佑的？

明明这种什么都懂又能说会道的男人更吸引人嘛。

而且谈恋爱的时候，她跟陈天佑都在谈什么啊？

那个啥都不懂、只会种地浇花的陈天佑……

她真想不起他们是怎么恋爱的了，只记得那时候只要在他身边就会觉得自己很幸福。

她好像爱上的一直都是恋爱的那种感觉……

“所以外星人怎么可能会是人形呢，也许压根儿就不是碳基文明。”

刘乐乐插嘴道：“说起这个，你看过那个《第九区》吗？就是里面那种外星文明，也许也有落难的一天……”

那个人点头道：“是有这种可能，就跟现代人手无寸铁，也会被大猩猩打趴下一样，如果真有高级文明，也有可能会被低等文明暂时控制，比如需要适应别的星球的环境，但要是高等文明的话，总有东山再起的可能，所以地球人战胜外星人那种臆想看看电影就算了，等人类能冲出银河系的时候，再做那种傻梦吧。”

刘乐乐因为见过一个类外星人，也就想趁机说点什么，只是她有点不知道怎么开口。过了好一会儿，她才说道：“如果真有外星生命跟人类融合了呢？你想没想过，也许女娲那些上古神，其实压根儿就是外星人嘛，也许就是他们把文明带了过来，然后还混在了普通的人类中……”

那人就跟听笑话似的，“你《仙剑奇侠》看多了吧？”

刘乐乐知道自己被笑话了，她也不多说什么，其实心里却忍不住想：也不知道陈天佑孤零零一个人在干吗。除了三天前陈天佑给她来过一个电话，他们就再也没有联系了……

她也不知道自己在这个时候离开他到底对不对，自己又在内疚什么。

跟相亲对象分手后，刘乐乐开车回到家，她拿出钥匙准备开门，可在转动钥匙的时候，她忽然就觉着触感很不对。

果然打开门后，她就见自己的房间内已经有人在了。

她一下就愣在那儿了，不过很快她就不那么怕了。

因为在那三四个人里，她一眼就认出来正中央的陈天佑。

他依旧是用蛇尾巴在移动着。

刘乐乐惊了一下，赶紧跑过去，哎的一声用手指点了点他的后背，叫着：“天佑，你怎么跑上来的？你这样被人发现可就坏了，你想被人拉去做实验吗？”

她说完才想起陈天佑身边还有别的人呢，而且那些人看她的表情都十分震惊。

刘乐乐这下更紧张了，她一脸警觉地望着那些人。

陈天佑却不着痕迹地把她的手握在手心里说：“我来找你，你别担心，跟

我来的这些人也不是要带我去做实验的。”

像是要证明自己的话一样，陈天佑说完对那些人做了个手势，那些人很快就撤出了房间。

刘乐乐目瞪口呆地看着那些人离开，又转过头来面对着陈天佑。

她有点晕乎乎的，不知道陈天佑怎么忽然就有跟班了。

她上下左右地打量着陈天佑，发现陈天佑没有变瘦，她多少放心了一些。

“刚相亲回来？”陈天佑倒是漫不经心地问了她一句。

刘乐乐正在打量陈天佑呢，一听这话瞬间心口就是一跳，忽然就跟心虚似的特不得劲儿，可是看陈天佑的表情又好像无所谓似的，她迟疑了下，才点头说：“嗯，林妙涵给介绍的，才见第一面，还没确定关系呢……不、不过你怎么知道的？”

“我派人去找你，那些人报告给我的。”

刘乐乐总觉着他说这种话怪怪的。她故意动作夸张地上下看了看他，笑眯眯地说：“哎，天佑，你还有跟班了呢？”

“嗯，只要有异种血统的人，现在都要听从我的命令。”

刘乐乐大大咧咧的也没多想，而且她也不明白那意味着什么，她只想到这下陈天佑不会再傻乎乎地被人拉去做实验了。

她一直以来熟悉的都是那个很倒霉的陈天佑，会被人欺负，还被骗去虐待……

虽然他一直努力，可就算是打扫卫生的小弟也会欺负他不识字……

但现在听他的口吻，好像只要有那些血统的人就会唯他的命令是从一样。

她就很开心地说：“那可好了，就是你一定要留心，要明白他们是真心听你的还是糊弄你。”

“我知道。”他在说这句话的时候，尾巴很自然地摆动了一下，试图靠近她。

不过她实在是太害怕蛇之类的东西了，吓得就往旁边躲了下。

陈天佑大概也察觉到了她的态度，所以很快尾巴又缩回去，慢慢地垂在地上一动不动了。

剩下的刘乐乐就不知道该说什么了，总不能跟他说自己的相亲情况吧。

她低头沉默着，气氛一时间都有些凝重了。

倒是陈天佑很快地说道："乐乐，我这次来是有事想拜托你。"

这样的他还有什么需要她帮忙的吗？

她奇怪地回望着他。

陈天佑慢慢地同她说着："我需要一个伴侣。"

刘乐乐的心跳漏了半拍……她正想开口解释自己的情况。

那头陈天佑已经继续说道："我知道你是不会再做我的伴侣了，所以我想在适当的圈子里选择一个适合我的人。我们这个种族是不会中途更换伴侣的，只要认定了就会永远不分离，所以我需要一个能够帮助我的人。你帮我筛选，行吗？"

"筛选？"刘乐乐机械地重复着，"你要筛选伴侣？"

"嗯。"他无比认真地看着她的眼睛，"你说过的，在你心目中我就好像你的亲人一样，那么乐乐，现在麻烦你帮我这个亲人选择伴侣吧，我想你选出来的人，一定是最适合我的。"

刘乐乐就觉着脑袋嗡了一声，她也说不出自己现在是什么感觉，她愣愣地看着陈天佑的脸孔。

他还是那副样子，可是他说出来的话，就好像钢针一样直戳她的心窝子。

她的嘴唇动了几下，最后才干巴巴地问了一句："你确定被你筛选的人都是自愿的？"

这位可是有条蛇尾巴啊，那些女孩子就不害怕吗？

"一开始是在异种里进行筛选，到目前为止已经有上千人递交申请表格了，我特意加上了年龄限制，这样可以剔除掉一部分不合适的人选。然后就是身高，再从里面剔出去一部分。体重的话我在犹豫，其实我喜欢胖一些的女孩。"

刘乐乐点了点头，又挠了挠头说："哦，你是喜欢胖的，当初你还使劲儿喂我吃东西呢，胖一斤你就会乐得合不拢嘴。"

"嗯。"他望着她的眼睛。

刘乐乐却再也笑不出来了，她努力压抑着尴尬和不快。"可我不能帮你。"她努力让自己镇定，尽量让自己不要显得那么情绪激动，"这样太怪了，我可是你的前女友，让前女友帮忙选老婆，别人会怎么想：而且尴尬不尴尬啊？！”

“我以为你已经放下了。”陈天佑的尾巴忽然抬了一下，尾巴尖就跟很得意似的，还扫到了刘乐乐的脚边，“你还说你想做我的亲人，如果我有需要帮忙的你一定会帮。”

刘乐乐一时语塞，她是能言会道的人，可是除了陈天佑也没谈过别的恋爱，遇到这种事儿，她也有点不知所措。

而且那些话都是她才说过的，都犹在耳边呢。

她坐在那儿，半天也说不出话来。其实她是打心眼儿里不想掺和这件事，可是转念一想，送佛送到西吧，陈天佑后半生有了着落，自己才会彻底放心，不然她总会忍不住惦记他的情况。

虽然这事尴尬是尴尬，可是又有什么好计较的。再说了，这个世上还有比她更了解陈天佑适合什么样的女孩子的吗？

她也就很快地回道：“行，这个忙我帮了。就是你要给我时间去请假，然后我把行李收拾下，到时候去找你，好吗？”

陈天佑听后面上也没什么变化。

只是刘乐乐觉着他好像有点别别扭扭，她明明都答应帮忙了，他听后也没开心的表情。

别的事情都好处理，请假的话，反正工作已经告一段落了，可是相亲那边就很郁闷了。果然刚给林妙涵说这个事儿，她也没敢说太详细，只说自己想出去散心，就被电话那头的林妙涵给痛骂了一顿。

“你是不是故意的，这次的相亲对象多好啊，对方可喜欢你了，还说下一个七夕就有人一起出去吃饭了呢。人家可是没谈过恋爱的纯情男啊，你知道我费了多少劲儿才帮你找到的吗？！知道你喜欢纯情的男人，又有洁癖，再说就现在这个世道，想找个处男有多难啊！”

刘乐乐掏了掏耳朵，无奈地回道：“我保证，这次的事儿完了后，等我把心情理顺了，我肯定跟他好好发展，再说我出去也是可以跟他电话联系的嘛，又不是不见面就立刻完蛋。”

林妙涵嘀嘀咕咕地告诉她：“这次可把握住了啊。跟你说，什么高帅富、什么乡村少年都不靠谱，就这样的经济适用男最靠谱了，真是过日子的人，既不会拖咱们的后腿，又不是咱们高攀不上的人。”

刘乐乐点了点头，其实这个道理她早就懂了。

在经历过拖后腿的陈天佑，还有种种不靠谱的高帅富后，她现在也觉出来了，过日子啊就要选这种居家型的，最主要的是，这款的不会有事没事变只猫、变只狗、多条尾巴刺激她。

把事情都处理妥当后，刘乐乐把行李也收拾好了，她本来想自己开车过去的，可陈天佑没有告诉她具体地址，而是在电话里说到时候会有人来接她。

到了时间，倒是真有人过来。

来人也没大张旗鼓，就穿的普通的衣服。

不过刘乐乐留意到来人身上也有那个标记，就是她之前见过的那种古古怪怪的徽章。

在路上的时候刘乐乐难免要打听几句，她问那些人："咱们这是去哪儿？现在陈天佑还好吗？没做实验什么的吧……"

那些人表现得特别谨慎，刘乐乐发现不管她问什么，那些人都不会回话。

她心里就有点打鼓，心说陈天佑不会又把自己卖了吧，这次还要搭上她？

到了地方后，所谓的实验基地也跟她预想的不一样，那地方还挺偏僻的，就跟郊县一样。

大门还带着锈迹，这下刘乐乐都皱起了眉头，心说陈天佑这是混成啥样了。

可被人带着往里走后，刘乐乐才渐渐觉着好像这个地方没那么简单。

因为往里面走的时候，会看到被修剪过的草木。

再往里则是几栋刚粉刷过的楼房，可以看出这地方以前是被废弃的工厂。

她纳闷地走了进去，以前为了照明所设计的超级玻璃窗户，还有大大的金属架子都还保留着。

可是等她进去的时候，却忽然被眼前的一幕给镇住了。

在这种有棱有角且没有一点修饰的大厂房里，首先映入眼帘的，居然是一座由纯天然的水晶堆积起来的水晶山。

那些水晶块头都极大，透明度很高，而且在摆放的时候肯定是经过计算的，所以一眼看去，就觉着不管从哪个角度看，那些水晶都漂亮得让人惊诧。

陈天佑可是很喜欢水晶的人，在没闹分手前，她还花小三千块钱给他买过一个水晶洞呢。

当时陈天佑觉着特别奢侈，又背着她偷偷地把那个水晶洞退了。

也因为那次的经历，刘乐乐很清楚这种品相的水晶有多贵，更何况是找到这么多契合的块数，还摆成这么一座水晶山……

刘乐乐看得都呆住了。

在她看那些东西的时候，陈天佑已经拖着尾巴移动到了她的身边。

他低着头，观察了她的周身，然后很突兀地来了句："先别看了，有时间我再带你参观，你先跟我来一下。"

刘乐乐被他的声音吓了一跳，她刚才看得太专注了，不过陈天佑严肃的声音让她心里一沉，不知道他干吗这么严肃。

而且在他经过那些工作人员的时候，刘乐乐还敏感地发现，所有的人都很刻意地给他让出通道。在他靠近的时候，那些人都停下手边的工作，对他微微地低头。

刘乐乐紧张地摸了摸自己的耳朵，因为她就在陈天佑的身后，被那些人跟行注目礼似地恭敬着，她忽然就觉着特不自在起来。

而且跟着陈天佑所去的地方，也挺奇特的。

那儿很像以前的办公区，外表看着很简单，可进入里面就会发现其实里面被布置得可好了，她在路过三、四层的时候，看到有的房间正在装修着。

陈天佑在左转的时候停了下，用手指给她看，"在这个地方会重新安装一部电梯。"

刘乐乐顺着视线看了下，发现那个位置要加装电梯可不容易……

她就觉着自己有点紧张。

不过跟着陈天佑进入房间后，她倒是放松了下来，她以为会被带到什么办公室之类的地方，结果陈天佑只是把她带到了自己的卧室。

格子的床单，还有简单的布置，在这个充满陈天佑风格的房间里，刘乐乐很快就放松下来。

陈天佑打开柜子，不知道在找什么。

等了两分钟，陈天佑好像才找到那件东西。等他再靠近的时候，刘乐乐发现原来他拿的是个针线盒。

她纳闷地看向他，不明白他拿这个干吗。

陈天佑也不多说什么，只扳过刘乐乐的身体，然后就开始穿针。

刘乐乐纳闷地把手背过去摸自己的衣服后面。

然后她就听见陈天佑闷闷地说着："下次检查好衣服再穿。"

他的手指在她衣服的开口处划了一下。

刘乐乐身体都紧绷住了。

他的手指好像金属一样，凉凉的。

"这种衣服不能用洗衣机洗。"

刘乐乐撇了撇嘴，她出来得太急了，她平时都穿职业装，这次随手找了件休闲的，哪里知道就会有开口啊。

"你肯定是上次洗的时候没注意。"

刘乐乐听着他的话，虽然看不到他的动作，可她能猜到他多半已经要开始缝衣服了。

以前他就帮她缝过扣子。

不是她想事事都依赖他，实在是她做家务烂得一塌糊涂，缝个扣子都会缝出个疙瘩来。

别看陈天佑是个男人，却有一双巧手，总能把家里收拾得舒舒服服的。

她望着面前的地面，不知道陈天佑找了别的女人后，会不会也是这样的二十四孝好男友。

她脑子胡乱地想着，嘴里也不经意地说了一句："天佑，你这样的男人该找什么样的女人合适呢，你说找个温柔的好，还是跟以前似的也找个事业型的？"

刘乐乐是真心实意地为陈天佑找未来老婆的，虽然她心里不大舒服，可她从来都是坦荡的妹子，而且她为人也豁达，知道很多事强求不来，已经没感情的人了，也没必要把对方当个风筝似的拴在自己身边。

不过在那之前，她倒是想多了解些陈天佑的情况，比如他以后的生活会不会有困难，虽然认识字了，可以后的主要生活来源是什么，还有没有潜在的危险，会不会再被人拉去做实验……

陈天佑也不瞒她，几乎都是一问一答的。

其实刘乐乐这么问也是有自己的考量的，自从跟陈天佑分手后，她再去相亲的时候，就会认真地考虑男方的经济条件。

当年年轻什么事儿都不懂，喜欢上陈天佑后，就觉着自己什么都可以做，什么都可以扛过去。

那时候的她对于未来从来没有害怕过，反倒是努力地去创造着。

可后来再出去相亲的时候，刘乐乐才觉着那时候的自己真勇敢，她居然都没细想过那些压力，就算她再能干，可以后要是她怀孕了该怎么办？

她可是家里的主要经济来源，公司虽然有各种福利，可孩子不是生完就没事的，还要哺乳、教育，到那时候家里、家外她都得顾及。

所以再相亲的时候，她就会特意挑选那些工作清闲一些，可以帮着她照顾家，但是又有一定经济基础的男人。

她也不知道自己是成熟了，还是之前的感情太真挚了，所以到了后来反倒平淡了下来。

也因为自己有了这个心路历程，再帮助陈天佑选择伴侣的时候，刘乐乐才会去问那些问题，就是想着帮陈天佑找到更合适的老婆。

喜欢是件很简单的事儿，可真要生活在一起，就需要用理性去分析了。

不过陈天佑的回答跟她的理解显然是在两条线上。

刘乐乐开始还能理解那些事儿，比如异种的血统啊，还有那些奇特的规则啊，什么纯血啊。

毕竟以前她也被迫卷到这件事里，知道那玩意儿有多神奇，可是一听说所有带有异种血统的人都会听从他的话，而且还不是被逼的，也不是做戏，她还是惊得嘴巴都合不拢了。

她目瞪口呆了一会儿，才小声地嘀咕了一句："那水承泽、孟哲、孟橙星那些人，也都要听你的吗？"

就他？

这个以前连个工作都需要她帮忙找的、大字不识一个的陈天佑？！

这是不是意味着陈天佑这下变得很厉害了，因为那些人可都是非富即贵啊。

陈天佑如果可以随意调遣那些人……

而且有那种异种血统的人可不少呢，不知道是因为血统的原因还是怎么的，里面的很多人都很厉害。

刘乐乐不知道怎么的大脑就跟当机了一样，忽然抬头问了他一句："那你以后还会工作吗？”

她都不知道自己怎么会问出这么一句可笑的话，随后她又跟补救一样地笑着加了一句：“还是打算征服世界啊……”

她说这句完全是开玩笑的，可是陈天佑回答她的时候却没有玩笑的感觉。

那是很正式的回答，“暂时不会。”

刘乐乐半天都说不出话来，过了好久，她才清了清喉咙，嗓子里没有任何东西，可她就是觉着嗓子痒痒，好像有什么东西堵着似的。

因为对方是陈天佑，所以她一直没多想。反射弧超长的刘乐乐现在终于意识到，她跟陈天佑的对话，不就等于是两个种族……两个文明的对话吗？

她的脑子霎时就有点不够使了。

所有的工作人员都戴着那个徽章，戴着那个徽章的都是有异种血统的人。

这个地方唯一的一个纯人类，也就是她自己了。

这么一想，刘乐乐的舌头就有点打卷。

“那、那你结婚后住哪儿……”刘乐乐已经不敢再想他需要贷款买房子的事儿了。

“还没想好，要跟我未来的伴侣一起商量。”

刘乐乐长长地哦了一声，心里不知道怎么的就酸了下。

现在的陈天佑肯定不会再为房子发愁了，可在当初，那对他们来说可是很大的一件事……

她顶着很大的压力，一直很努力地工作，熬夜加班，努力地攒下每一分钱……为了买房子恨不得把早饭都省了；跟陈天佑出去的时候，也都是捡着最便宜的东西买。

那时候是真的孤立无援，家里不看好他们，别说给钱了，没过来拆台就不错了，陈天佑薪水又低……

那么苦的日子她都挨过来了，房子买了，装修了，到最后还有余钱把家里弄得舒舒服服的，把那个家弄得那么温馨……

造成现在的局面并不是陈天佑的错，是她的感情过去了，再来她也接受不了蛇尾巴，就陈天佑这样的造型，以后睡在一张床上，随便一抱还不把她给吓死啊。

刘乐乐把心里的感觉压了下去，尽量不去想那些事儿。

她把那些资料都拿本子记了下来，然后努力笑着告诉陈天佑："我帮你考虑考虑啊，努力想想什么样的女孩最适合你……"

"不用想太多。"陈天佑面无表情地回了她一句，"我一会儿让人把候选人资料拿过来，你帮我现场看看，更直观。"

刘乐乐没想到陈天佑这边的工作效率还挺高的，之前才申请呢，这会儿都有候选人了。

而且陈天佑走了没十分钟，就有人把资料送了过来。

资料十分翔实，就连身高、体重都在旁边做了标注，学历也都很高，最低也是个本科，而且也绝对是名校出来的。

专业就更好了，还有几个身材超级棒的，特别标注了是学过舞蹈的。

弹钢琴和古筝的也有。照片而且都是素颜照。

就算是最朴素的造型，可照出来也绝对是气质型美女。

刘乐乐都有点为难了，这些女孩光看脸就觉着可漂亮了，而且个个条件都那么好，这可怎么选啊。

她努力想了下陈天佑的喜好，也没听他怎么评论过女孩子。自从他们在一起后，他好像就看不到别的异性了似的，偶尔在街上看到那些漂亮的女孩，她还会指着故意逗他，结果陈天佑每次都懵懵懂懂的。

刘乐乐挠挠头，不过这难不住她。

她是做事很利索的人，很快她就把那些资料分门别类放好，高学历的放一起，漂亮可人的放一起，艳丽的放一起，看着贤惠的放一起。

有几个不好归类的，她又按照那些人的特长一一标注出来。

在整理这些材料的时候，刘乐乐终于明白古代帝王为什么要设三宫六院了，漂亮女人多了是容易挑花眼。

挑着挑着，刘乐乐留意到一个学过书法的女孩，那女孩在这些人里面长得不算是最漂亮的，可是一脸的福相，笑起来很甜，很有点邻家小妹的感觉。

而且在个人简介里，还特意标注了喜欢养猫、养狗，对动物很有爱心。

这可就太难得了，下次陈天佑再变猫、变狗的话，有这么一位有爱心的伴侣，至少他就有用武之地了。

刘乐乐忍不住多看了几眼。

越看她越觉着喜欢，而且女孩家的情况也很简单，父母都是学者，还附了照片。她把那一家人的合影拿出来看了看，发现那一家人看着都是和气顺眼的人，怎么看都觉着没有比这样的家庭更适合的了。

刘乐乐也就单独把那个女孩的资料拿出来研究。

等晚上吃饭的时候，刘乐乐再见到陈天佑，就忍不住把那个女孩的情况向陈天佑提了提。

陈天佑移动得很慢，而且一直都在俯身倾听着。

刘乐乐还以为他是感兴趣了呢，见他努力地跟自己靠近着，还特意俯下身体，她也就跟献宝一样，把自己研究的那些东西，就跟汇报工作一样，一一说给陈天佑听。

“这次的候选人都很不错呢。我特意统计了下，一共有三百四十一位候选人，博士学历的有二十三人，学过舞蹈的有六十个，擅长做家务的就更多了，有一百多个人呢，不过我看了，那些号称会做家务的里面只有三十多个是非常优秀的，那些人不光擅长普通的家务，还曾经学过专业的烹饪。不过在里面我注意到一个人，我觉着那个人吧，虽然不是最漂亮的，可是长得很有福气，一看就面善，家里条件也不错，父母看着也不是事儿多的人，应该都挺好相处的，你真可以多注意下，那人的名字叫……”

刘乐乐不知道怎么的，忽然觉着陈天佑的移动速度好像加快了似的，之前还俯身靠向她，在听完这些话后倒是忽然直起了身体。

刘乐乐诧异了下，不过很快她就了悟了，这是陈天佑不好意思了，或心动了。

因为他的表情也变了，有点沉静，不知道是为了掩饰害羞还是怎么的，好像脸都有点绷着。

她也就笑着介绍自己的经验，“别觉着不好意思，或者想着这样会不会不太好，我前几天相亲的时候就是这样想的。不是说要怎么怎么样，好像很现实似的，而是这么做呢，把条件先看一看，觉着合适了再谈，这样心里才可以有个数，也能避免到时候遇到不合适的人，浪费彼此的时间、精力……至于怎么选呢，其实我还真有一套心得的。我觉着吧，要想幸福其实很简单，就是要找对人，找一个靠谱的、心态平和的人不管男人女人，心理健康的话，才能做出靠谱的事儿，遇到一些极端的情况时，也不会做出极端的事儿，这样可以少走很多弯路，尤其是像你我这样的。”

说完，刘乐乐还趁机剖析了她跟陈天佑的心理健康问题，“其实咱们遇到的事儿，如果放在别人身上，也许压根儿就不叫个事儿。对心态很平和、心理很健康的人来说，可能就是几句话的事，彼此一沟通，就会做出最好的判断，可你看咱们最后做得又怎么样呢？你呢，长年在山里一个人待着，所以遇到事儿就没有跟人商量的习惯；我呢，则太强势了，觉着所有事儿我都能处理好，可我不够心细，也理解不了你的感受。也因为这个，刚才在帮你选未来老婆的时候，我就在想，什么样的女孩更适合你呢？我看了觉得每一个都很好，但当那个女孩一出现的时候，我真的觉着眼前一亮，就是这款很阳光、很开朗的，而且还会做家务，心思很细腻，又懂得情趣，有一点点小浪漫，最主要的是，没有太复杂的经历，心态也好……”

刘乐乐说了这么一大通，可等再看的时候，早不知道陈天佑那家伙跑哪儿去了。

她还以为晚饭会两个人一起吃呢，结果等她到饭厅的时候，陈天佑早不见了影子。

反正是自助餐，她看了看，餐点其实都挺简单的，而且看着菜也不多，但胜在做得都很可口。她随便盛了点当季的蔬菜，又拿了一些面点就开始吃。

吃到一半的时候，她桌子边忽然出现一碗小米粥。

她抬起头来，就见陈天佑又拖着尾巴回来了。

她笑眯眯地问了他一句：“你跑哪儿吃去了，不会是去吃领导特餐了吧？”

陈天佑没吭声，只坐在桌子边等着她。

刘乐乐以为他是动心了呢，也就赶紧三口两口吃好饭菜。倒是陈天佑看到她这样，忍不住提醒说：“别吃那么快，你的胃受不了。”

“没事儿。”刘乐乐大大咧咧地告诉他，“前段时间总歇假，早把胃养好了。我发现啊，只要不加班，好像胃口就不错。”

她吃完东西，把托盘放在专门的柜子内，然后就一路引着陈天佑往她的住所走。

一边走，她一边跟他商量那些候选人的事儿。

陈天佑也不知道是感兴趣还是不感兴趣，一直都没搭话。

一直到了房间，刘乐乐打开吊灯，她的住所陈设很简单，有点像学校单身宿舍，可好在干净。

之前的资料她都放在桌子上了，她走过去拿起来，还特意把那个女孩的资料放在了最上面，递给他。

“好好选吧。”她说完还笑着提醒了他一句，“就是不许起花花肠子，不管送过来的资料有多少，候选人多优秀，你都只能选一个。”

说完刘乐乐就到饮水机那儿倒水去了。

水还没倒满呢，她就听到陈天佑凉凉地来了一句：“就算我都收了，又能怎么样？”

刘乐乐扭过头去看了他一眼，就算是开玩笑，这个玩笑也开得太过了。

可陈天佑压根儿没有开玩笑的意思，因为很快她就看见陈天佑在用房间里的固定电话拨着号码。电话拨通了，陈天佑的声音始终都是凉凉的，“不用筛选了，按候选人名单上的编号依次把人送上来吧，嗯，一个星期一个，轮着换。”

刘乐乐疑心他在搞恶作剧，故意说这些话逗她。

她凑过去，还特意听了下话筒的声音，结果在话筒里并不是什么忙音，而是应答的回声。

她张了张嘴，陈天佑已经重新坐到床上了，他的手边散着那些资料，不管是他的表情还是动作，她都觉着陈天佑对那些女孩没有尊重的感觉。

她一下就别扭起来，手里端着水杯就凑了过去，一字一句地问他：“你什么意思？”

“就字面上的意思。”陈天佑抬起头来。

刘乐乐以前没觉着他有什么变化，他只是多了条尾巴的陈天佑，可是当他凝眉看向她的时候，刘乐乐才忽然觉出一点不一样的东西。

陈天佑即便是生气也不会对她露出这样的表情，他会懊恼郁闷、不开心，可是眼神不会这么凌厉，最主要的是他黑得好像墨一样的瞳孔也不是这样的。

她惊讶地发现陈天佑的眼睛虽然看着跟以前一样，可是里面的瞳孔早已经不一样了。

尤其当他不开心的时候，整颗眼珠都会变暗。

刘乐乐捏了捏手里的杯子，她已经确定他不是在开玩笑了。

她气恼又迟疑地问：“那、那你让我过来干吗？你说的那些话都哄傻子呢？什么一辈子的大事，你一个星期换一个人，你当女人是什么啊，一次性筷子吗，用过就换？”

在她说话的时候，刘乐乐能明显感觉到陈天佑的不耐烦，他就好像没有耐心一样，对她的态度也恶劣起来，那种抵触的感觉十分强烈了。

刘乐乐都想把手里的水杯扣他脑袋上，怎么会有这么恶心的男人，她可真是瞎了眼了。这个陈天佑完全就是一副暴发户的嘴脸，这还没怎么样呢，就想多找几个女人玩玩。

她当初怎么会觉着他单纯朴实呢……

刘乐乐咬着牙说道：“你、你可太让我失望了，你居然会是这样的人！”

“不是的。”陈天佑忽然低下头去，再抬起头来的时候，整个眼珠都变成黑色了。

刘乐乐原本还在生气，无端端地就看见这么惊悚的一幕，她当下就被吓了一跳，整个人都不受控制地往后蹦了下，心说要不要这么吓人啊，一条蛇尾巴已经够惊悚了，这是要拍恐怖片还是怎么的。

她直捂着胸口往后缩。

陈天佑也察觉到自己身体的变化了，他赶紧闭了闭眼睛，再睁开的时候倒是白是白黑是黑了。

不过刘乐乐觉着太神奇了，她把刚才的事都忘了，紧着打听他的情况。

“你这是怎么了？刚才那么变你还能看见吗？眼睛疼吗？这不是病吧？”

“你能过来坐我身边吗？”陈天佑的口吻变得很柔和，不知道是不是她多心，她都觉着那种语气跟哀求似的。

刘乐乐也有点摸不着头脑，迟疑了下才走过去，过去时她特意把那些女孩子的资料都收拾了下，很郑重地放在桌子上，然后才坐到陈天佑的身边，等着他开口解释他是怎么从一个纯洁的乡村少年堕落成这样的。

“你说得对，我性格有缺陷，并不能把自己内心想的东西很好地表达出来。”他说话很轻很缓。

刘乐乐不明白这种解释跟他一个星期换个女人有什么直接联系。

“其实我做这些并不是真的想这么做。”他过了很久才继续说道，“我只是不知道该怎么去表达，而且我很怕你会拒绝我。”

刘乐乐这下歪着头看向陈天佑，他是什么意思，怕她拒绝？

这跟她又有什么关系？

在漫长的等待后，她才听到他慢慢地说着。

他的表情跟语气都是她所熟悉的样子。

这个同她说话的家伙，不管他变成了什么样，或者变成了什么样的地位、身份，可现在的他还是那个跟她谈过恋爱、曾经独自生活在山村里的年轻男人。

“我做这些只是想告诉你……”他顿了一顿，用手点了点桌子上的那些资料，“只是想告诉你，就算有这么多女人供我选择，可我心里只有你一个人，即便你说我只是你的亲人，即便你说你不再喜欢我……我想过不管你要不要我，我都不能为难你，我要一直对你好，送你走的那天，我也是这么做的，我一直都对自己说，我已经很幸运了，可……当我知道你相亲的事儿时，一切都不对劲儿了……我不是外星怪物，我也不是什么长着尾巴的异形……我只想做你的丈夫……”

刘乐乐一下从床上站了起来，她先是愣了几秒，然后才跟想起来什么似的，浑身僵硬着走到桌子上把那些资料都整理好，收起来。

既然是没用的东西了就要妥善保存好，里面有那么多个人信息，还都是女孩的，她怎么也不想让这些东西被人乱放。

都弄妥当后，她就开始一声不吭地收拾行李。

陈天佑等了好久都没有等到回答，一看她在收拾行李，他才慌张起来。

他拖着长长的尾巴移动到刘乐乐的身边。刘乐乐一看他靠过来了，也不客气，直接把一些需要收拾的东西堆到他怀里，吩咐着：“这些东西你帮我放好，我去收拾衣服。”

之前收拾行李的时候，她把行李箱里的衣服都拿出来挂上了，这个时候她就走到衣柜那儿开始收衣服，然后又整理毛巾。

都收拾妥当了，再出来的时候，就见陈天佑已经把行李打包好了。

她深吸口气，刚才陈天佑那些话真震住她了，在收拾衣服的时候，她才反应过来了。

因为陈天佑就是这么个三棍子打不出一个屁来的脾气，之前惹出来的那些乱子，不就因为他总跟她玩猜猜猜才闹出来的嘛。

所以他做这种莫名其妙的破事也是可以理解的。

说白了，他要的不就是她能吃醋发火，然后抱着他哭喊着“不要不要，我都跟你熬了那么多年了，你不能现在不要我，我还爱着你呢”……

他要的不就是这个吗?

刘乐乐深深地叹了口气。

心说他俩当初那恋爱都是怎么谈的啊，哪怕是睁眼瞎也没这么糊涂的啊，她会是那样跟人不清不楚纠缠的女孩吗，在陈天佑的心目中，他把她当作了什么来试探啊?

再说一个大男人跟她玩猜猜猜的，就算是个可爱正太她都想把对方揍出去，更何况这还是个成年男人。

所以说初恋真要睁大眼睛，自以为很合适的人，也许压根儿就是装着很合适而已。

刘乐乐一点迟疑都没有，等东西一准备妥当，就拉着行李箱往外走。

陈天佑一直亦步亦趋地跟着她。

他的脸上有她熟悉的惶恐，在她决定带他出村的时候，他就是这个样子的。

刘乐乐也没有开口说什么，不过陈天佑倒是不错，见她拖着行李，就找人过来帮她，还找了部车专门送她。

刘乐乐也不是赌气要走，她就是不想纠缠了，之前是帮忙的性质，现在人是准备对她瓮中捉鳖啊，她还傻了吧唧地待着干啥。

不过等被送到家后，刘乐乐也有点茫然，她之前跟公司请了好几天的假呢，现在这样回去有点可惜。

而且一旦闲下来，难免就要想起些陈天佑的事儿。

最后刘乐乐就想起之前办的健身卡了，她把那张卡找出来，索性去健身房好好地锻炼了几天。

去健身房的那几天，她那个相亲男也时不时地给她打电话，最后两个人还约好有空了出去聚个餐什么的。

等再上班的时候，刘乐乐的精神好得不得了，觉着自己好像又重新活过来了一样，就连小助理朱琳看到了，都惊讶地说：“乐乐姐，你今天的气色好好啊。”

刘乐乐心情好，自然工作效率也高，她一扫阴郁，开始忙碌起来。

到了要下班的时候，相亲男还给她来了个电话，问她是否有时间，想约她吃饭。刘乐乐也就笑呵呵地答应下来。

从办公区下来要去取车的时候，刘乐乐忽然看见公司门口好像有个人。

那个人表情很平淡，坐在轮椅上，所在的位置也不扎眼。

只是看到她下来了，那人才驱动轮椅靠了过来。

一条厚厚的毯子盖着他的下半身。

刘乐乐一看到他就紧张地咽了口口水，她随后倒退一步，警觉地问道："你又跑来干吗？"

"过来看看你。"他说话的口吻都有些可怜了。

刘乐乐却不那么想，她怕被身边的同事听到，就走到一个偏僻的地方，很不高兴地跟他说："陈天佑，我不是跟你生气，也不是赌气要做什么，理由我很清楚地告诉你了，我对你没感情了，而且……你没发现咱们不合适吗？我是很要强的女孩，我觉着我可以把家照顾好。可你呢，看着很随和，什么都无所谓，可其实你很有主意，你不跟我商量就要做这个做那个的，还打着为我好的幌子，你这样的好我接受不了。我也不是跟你赌气，我是透过现象看本质，发现咱们不合适罢了。"

陈天佑无话可说，他也没有再多做纠缠。

刘乐乐上了车，长出口气，她还能在倒车镜里看到陈天佑的影子，他始终都在望着她这个方向。

刘乐乐赶紧把眼睛移开，她要努力恢复正常的生活。

自从知道她跟一个做IT的相亲后，她妈可高兴了，不断地打电话问东问西。

以前岁数小，总觉着父母不理解自己，可现在刘乐乐明白了，父母的意见未必就是错的，找对象的话，还是门当户对的好一些，老一辈的也不都是老思想。

车子开出去没多久，还没到相亲对象约的地方呢，刘乐乐就接到她妈的一个紧急电话。

在电话里她妈啥都没说，只让她赶紧回家。

刘乐乐觉得莫名其妙，听着她妈的口吻又像受到惊吓似的，刘乐乐直问她妈是不是家里出什么事儿了。

她妈却压低了声音告诉她："别提了，家里来人了，你赶紧回来吧！"

刘乐乐瞬间想到的就是陈天佑。

要是陈天佑敢拖着条尾巴去吓她妈，她绝对拿菜刀把陈天佑剁碎了喂狗。

这么想着，刘乐乐赶紧开车往家赶，中间等红灯的时候，还不忘给相亲对象说一声，幸好对方很通情达理，一听说是她家里有事儿，二话不说就答应下来，还说以后有空了再约。

她就这么一路急匆匆地到了家。

刘乐乐刚把车停下，就发现她父母所在的小区特别不对劲儿。

她也说不出那种不对劲儿是怎么来的，就是吧，以前肯定会在门口遛弯的几个老太太不见了，会在楼口下象棋的几个大爷也不见了。

刘乐乐头皮发麻地走下车，脑子里跟演恐怖电影似的，过了一遍陈天佑拖着尾巴往楼上走、下面老头老太太四散奔逃的画面。

不过真是那样的情形的话，她过来的时候这条路肯定早就戒严了，可楼道看着还是跟以前一样风平浪静的啊。

刘乐乐纳闷地往楼上走着，还没到门口呢，她就看见自家门口居然站着三四个保镖似的人物。

而且在她上楼的时候，那些人显然也接到了信息，在那儿重复着，"收到，我们已经看到人了。"

刘乐乐就有点儿不知道该迈哪只脚，她慢慢地走过去，掏出钥匙来。

她还没去拧钥匙呢，其中一个保镖似的人已经为她把门打开了。

她父母家的房子可不算小，结果她望过去居然一眼没看到他们，他们简直就跟被埋没在人群里似的。

里面早已经站满了各种陌生的面孔。

一看到她回来了，有些坐在椅子上的人刷地一下就站了起来，其中一个很慈祥的老太太先是过来一把扯住了她的胳膊，就跟搂着自家的孩子似的，特热络地跟她说着："你可回来了，我们都等你好久了。"

刘乐乐挨个儿看了看这些人，结果没看到一个认识的，倒是有几个隐约觉着眼熟，好像在电视上见过似的，有几个好像还是什么感情频道的当红主持人，还有一个什么婚姻心理学的某某专家也在呢，刘乐乐记得自己还买过她的一本书……

她懵懵懂懂地被人簇拥着，坐到沙发上。

她刚坐稳，就有人递给她一杯水。

刘乐乐抬头一看，就见这水杯正是她妈递给她的，她妈面色凝重地看着她，欲言又止。

不过在她妈开口前，一个自我介绍说是研究什么婚姻心理学的中年妇人，已经亲密地搂住刘乐乐的肩膀了，在那儿亲热地说着："你跟我想象中的一样，真是个漂亮的姑娘。"

刘乐乐不大喜欢别人这么动手动脚的，尤其是在自己不认识对方的情况下。

她也就刻意地扭了下肩膀，尽量避开那人的胳膊。

那个人倒是不觉着尴尬，只接着说道："我们这次来啊，是想了解下你的个人情况。"

"什么个人情况？"刘乐乐皱着眉头，"我挺好的啊。"

说话时，刘乐乐感觉到几乎所有人的目光都看向她。因为看她的人太多了，刘乐乐有点扛不住那些目光，她忍不住往沙发里靠了靠。

她本来不想多说的，可现在被这么多人看着，她终于是扛不住地说了出来："身体健康，心情愉快，工作努力，薪水不低，还有一个相亲对象正准备多接触接触……"

"是这样的。"在说到那个相亲对象的时候，已经有人插话了，"我们都知道你现在的情况挺好的，可你的前未婚夫陈天佑现在的情况，你知道吗？"

刘乐乐本来就觉着这些人多半跟陈天佑有着什么联系，不然就她家的情况，也没道理忽然来这么多媒人。

这个时候她也没掩饰什么，很快地点头道："我知道。"因为有她妈在呢，她没敢明说，"可我已经跟他分手了。"

"人在年轻的时候总会冲动，觉着不爱了，没感觉了，其实爱情到最后都会变成亲情的。"一个穿着很漂亮、带着文艺腔的中年女人这个时候凑了过来。

刘乐乐上下打量这个人，这人的脸倒是很熟悉，好像是在电视上做过什么情感节目的，好像是心理学家还是婚姻咨询师什么的。

刘乐乐有点迷糊，她迟疑了下，终于在人群里一把拽住了她妈。她也不跟那些人打哑谜，只把她妈带到了卧室，也不管有没有礼貌了，当着那些人，她直接就把卧室的门关上了。

她在卧室里问她妈："妈，这是怎么了，这些人来干吗啊？"

她妈也是摸不着头脑，"我跟你爸正说晚上是包饺子还是吃手擀面呢，就听见有人敲门，等我过去开门，就看见他们在外面，呼啦啦进来这么多。你看见×××了不？就那个总在电视上做节目的那个？是真人吗？"

刘乐乐真是无语了，原来她妈比她知道得还少啊。

"大概是吧。"她闷闷地坐在床上。

她妈却被惊吓到了，一把抓住她的手，"那××也是真的了？"

"大概吧。"刘乐乐心说：这些人算啥啊，就算他们再有名气、再有地位，可至少还都是人类呢，她妈要是见到长尾巴的陈天佑才叫开眼呢。

而且那个长尾巴的还是个头儿，带着一拨潜伏在人类中的异种，怎么想都是都市传奇里的情节，可是偏偏就在她身边发生了。

她估计她要是身居高位的人，也得跟着糟心，因为不知道人类中潜伏了多少这种玩意儿，而且他们每一个好像都混得不错的样子。

刘乐乐低着头琢磨着这个事儿，其实她得是有多呆啊，才一直没想到这些，她之前只专注在陈天佑那不成熟的性格跟三棍子打不出一个屁来的秉性上了。

现在看来，那不叫三棍子打不出来一个屁，那叫心有城府啊。

刘乐乐无比头疼地看着紧闭的门，这么一番思索，她已经琢磨出了个大概，这是陈天佑准备用两个种族的对话来解决这事儿啊，先是派这么一拨专业的媒人过来，下一步不会还要让组织给她安排任务吧？

看《激情燃烧的岁月》时，她还觉着里面的情节有趣过瘾呢，可真发生在自己身上，被人用世界和平、民族大义压着去做她不乐意干的事儿，刘乐乐忽然就很不好受起来。

沉默了几分钟后，刘乐乐才跟下定决心似的跟她妈说道："妈，你说是这个世界的和平重要，还是你女儿的未来重要啊？"

"啥？"她妈纳闷地看着她。

刘乐乐忙又解释了一句："就是说如果世界和平需要牺牲你女儿的幸福来取得，甚至是你的外孙啊外孙女啊这样的，你觉着值得吗？"

“值得个屁。”刘乐乐的妈二话不说就反对，“你妈没那个觉悟，谁家有女儿谁牺牲去，他也甭想拿大话压我。我含辛茹苦把女儿养大，要说是保家卫国，我二话不说就送孩子上战场，可要是大家伙儿都天天喝茶下棋，就让我孩子堵枪眼，绝对不行。”

“我也这么觉着。”刘乐乐点点头道，“我被你们当宝贝养了二十多年，就算要为世界牺牲，也得我乐意，可要是找一拨人来，还要拿大帽子压我就扯淡了。”

她想了下，很快又对她妈说道：“所以妈你别管那些人是什么来历，他们啊，就是想撮合我跟陈天佑。你也甭问他们为什么要那么做，你别搭理他们就行了。”

第七章

说完那些话后，刘乐乐本来想亲自出马去拒绝那些人的，结果她妈护犊子，把她扒拉到一边，直接就出去了。

然后刘乐乐就听着她妈对着外面的人一通嚷嚷，甭管那些人怎么煽情、怎么打感情牌，可都架不住老太太一句："我家的姑娘我自己疼，不劳你们费心，我啊，就不让他们复合。"

说完就打开门赶他们走了。

刘乐乐出去后也没为这事儿上火，平时她回家家里顶多四个菜，这次她妈还特意跑菜市场弄了条鱼。

吃得饱饱的，刘乐乐才准备回家。

本来她心情还算不错呢，可等开车回到她住所的时候，她一瞅见堵在自己家门口的陈天佑，就皱起了眉头。

陈天佑坐在一辆电动轮椅上，刘乐乐特想直接推着他的轮椅，把他从台阶那儿推下去。

陈天佑脸上没什么表情，而且不知是变身的原因还是怎么的，他现在的皮肤可真像小说里写的那种陶瓷般的皮肤了，眼睛更是跟宝石似的，黑亮黑亮的。

刘乐乐深吸口气，给了他一个白眼，"你来干吗，那些人回去没给你汇报工作啊？”

“我有些东西要给你看。”陈天佑说话的时候声音很沉稳。

刘乐乐原本想跟赶苍蝇似的把他赶走的，这个时候看到他腿上放的文件夹，倒是好奇了起来。

她也就打开房门，做了个请的动作。

进了房间后，刘乐乐也不跟他废话，直接就把他腿上的文件夹拿了起来。

快速地翻看着，她还以为这是陈天佑又在琢磨什么逼她就范的办法呢。

结果里面只有一些个人信息，还有一些浏览记录。

问题是这个资料要是别人的也就罢了，偏偏正是最近那个跟她相亲的男人的。

刘乐乐气得把那沓资料直接摔在陈天佑腿上，“你做这个很恶心。这是别人的隐私，你拿给我看干吗？再说男人爱看个黄片算什么啊？你敢说你没看过吗？”

他怎么就这么见不得她好呢？

陈天佑面沉如水，语调平和地告诉她：“我没有。”

刘乐乐撇了下嘴，虽然心里愤愤不平，可也知道他说的是真的。

陈天佑当年的确没这个毛病，他单纯得很，出门在外也不会乱看别的女人，眼里只有她一个。

不过他做这个干吗，他不看是他没那方面的需求，可现在这个社会，别说大龄男青年看点爱情动作片了，就是女孩子看也没什么好非议的吧？！

在刘乐乐不满的目光中，陈天佑平静地告诉她：“这是他在网站上的ID，里面有一些记录，除了那些东西外，他还对儿童的猥亵照片很感兴趣。”

他刻意地放缓语速道：“还记得你以前上网的时候，无意间看到有人在空间发了些孩子的裸照，你就会激动地找网警举报，所以我觉着这样的人不适合你。”

刘乐乐又把那些资料拿过来，仔细看那些记录。

她试图争辩着，“这种事儿，也许是你弄错了，或者是你想诬陷他……”

她说话的时候自己都觉着无力，陈天佑是情商不高，为人很烂，可是这种诬陷别人的事儿，他是做不出来的。

她闷闷地看着那些恶心得让人想吐的网站名字。

这种网站她见一个就举报一个，就跟知道她心里在想什么似的，陈天佑很快地告诉她："这些恶心的网站我已经找人去办了。"

刘乐乐困难地吞了下口水，她的心里真是又堵又憋。

最后她才抬起头来，跟面对陌生人一样，对着陈天佑点头道谢，"谢谢你提醒我，我会处理好这件事的，如果没事儿的话，你可以走了。"

陈天佑也没有纠缠她，他的目光沉沉的，电动轮椅转动着，把他带出她的房间。

她打开房门，礼貌地看着他等电梯。

刘乐乐努力地不让自己的情绪泄露出去。

很快电梯来了，看着陈天佑进入电梯，她才终于长长地出了口气。

再回到房间的时候，刘乐乐没半分迟疑，马上把那个只见过几面的相亲人的号码找了出来，她都懒得给对方打电话了，直接就一条"咱们不合适"的短信发了过去。

没过几分钟，对方多半是收到了她的短信，很快就打了电话过来，看来这人还真是挺喜欢她的，在电话里着急地解释，"我最近工作有些忙，是不是让你生气了？"

"不是的。"刘乐乐迟疑了下，才说，"我是真觉着咱们不合适……"

"到底是什么原因让你忽然这样的？"

刘乐乐也不知道该怎么跟这种人说，毕竟他给她的感觉还是不错的，干干净净的，谁知道此人居然是好几个恋童网站的骨干。

刘乐乐生平最恶心这种人，她沉默了足有三四秒，才慢慢地说道："如果你非要知道个明白的话，那就是我知道了一些你的爱好，而且我还要警告你，不管你是出于什么心理，是喜欢萝莉装啊还是什么，可你一定要分清楚网络、虚幻还有现实的区别。"

刘乐乐原本还想再多说几句呢，结果对方已经挂断了电话。

她望着手机出了一会儿神，知道对方这是心虚了，都不敢听她说完。

这都叫什么事儿！

而且遇到这种事儿，她还得感激陈天佑那"禽兽"。

她心里总归是不服气。等终于缓过神来后，刘乐乐就给闺蜜林妙涵去了个电话，电话刚一接通，她就急急地喊道："我跟那个IT男刚分手了，妙涵，改天你再给我介绍一个好的吧，而且这次你一定要给我介绍个人品好的，要近乎完美的男人，既不抽烟也不喝酒，更不喜欢赌博，还有爱心，为人单纯朴实，只会喜欢我一个人，在街上都不会扭头看别的女人一眼的。还有最重要的是，那个人还不能喜欢上黄色网站，平时最大的爱好就是在家做家务。"

林妙涵真是觉着祸从天降，她张大了嘴听着，到了最后，忍无可忍地吼了回去："乐乐啊，你就不用做梦了，要有那种好男人老娘早已经订下来，还能轮得到你啊！再说了，那种男人有吗？你家陈天佑以前倒是都符合，问题是他不跑了吗！所以说那种好得跟童话似的男人，现实生活中哪儿去找啊？！你就凑合着找个经济适用男吧，我赶明儿给你介绍个差不多的。"

刘乐乐趴在沙发上，跟要阵亡了似的，紧紧地捏着手机，"一定要给我找个争气的啊！"

"你就放心吧，随便找也比那个陈天佑要强，怎么也都是有经济能力的。"林妙涵还在电话里啥都不知道地安慰她。

刘乐乐却已经要吐了，啥经济条件啊，陈天佑现在已经非昔日吴下阿蒙了。

刘乐乐晚上愁得翻来覆去的，总觉着陈天佑不像以前那么单纯了，而且最要命的是，他们从小是一起长大的，太熟悉彼此的秉性、底线了，简直就跟蛇打七寸一样，陈天佑要想在她那些相亲对象里找茬，那还不一找一个死穴啊。

她这头光惦记相亲的事儿了，哪想到第二天起来，匆匆忙忙地去上班的时候，却发现公司一夜间变了很多。

他们公司是做机械的，厂址偏僻不说，而且老总对厂区环境也不怎么重视，可此时她刚一进门就注意到门口新种的一排树。她瞥了一眼，那些树可高了，而且因为是新移过来的，树的两边都专门放了防护的架子。

这可要花不少钱呢，大老板什么时候想着花这个钱了？

不过这么一弄，厂区环境是好了不少，至少门口不会光秃秃的了，更重要的是，这个地方会有一处树荫。

她再往里走就发现不光是门口，里面还专门挖了两座好像花池样的东西。

不过因为才开工，所以只有一个大概的样子。

问题是厂子里发生什么事都会提前嚷嚷遍的，没道理小助理朱琳一点都不知道啊。

等她走进办公室的时候，果然就见里面人心惶惶的，不光是朱琳，就连他们的部门经理都是一副热锅上的蚂蚁的样子。

一等刘乐乐走近，他们赶紧把她围在中间，七嘴八舌地说着："别提了，我们才接到的消息，老板全家移民了。"

"啊？"刘乐乐都听愣住了，她下一刻想的就是那公司怎么办？

"不过有新老板接收咱们，但具体哪儿的老板也没人透露，就说一切照旧，什么都不会变。"

"什么不会变啊！"朱琳一脸苦楚地嘀咕着，"你没看见告示上写的吗，以后要在公司吃早饭了，好郁闷啊！"

"又不是让提前来，再说早饭还是免费的。"有同事倒是乐意得很，反正他光棍一个，也没人管饭。

就是朱琳这种跟父母住一起的小姑娘撇着嘴嘀咕："食堂能有什么好的啊！"

食堂的饭菜她中午不吃就饱了，现在这吃撑了的新老板还给安排这么一出，不是神经病是什么，以为大家都喜欢吃刷锅水的破粥就馒头呢。

不过新官上任三把火，包括部门经理也不敢说不去。

再说头一天呢，他们也想到食堂去看看别的部门的反应。

刘乐乐也是惊讶得不得了，可是心里又隐约觉着蹊跷。她把东西放下，跟着朱琳一路到了食堂。

食堂还是昨天那个样子，就是之前需要买饭的地方，现在早已经换了摆设。

就连有年头的餐具也都换了。

消毒柜也是新的，还有几张新桌子放在那儿，桌子上就是一些无比夸张的早餐。

刘乐乐现在每天都累得跟狗似的，早上起来能有时间买张煎饼就不错了，大部分时间她都是懒得吃早餐的，这个时候看到这些东西，她一下就觉着肚子跟空了一样。

“天啦，水晶虾饺里真的有虾啊！”朱琳在盛饭的时候，就已经控制不住地拿手捏了个水晶虾饺放在了嘴里，“还有烧麦啊！这是什么……”

朱琳纳闷地看着那一碗一碗的东西。

刘乐乐瞟了一眼就认出来了，“双皮奶，新区那边有一家的你不知道吗？”

“这个就是啊，我不喜欢乳制品。”朱琳绕开了那个，倒是给自己盛了一碗粥，眉开眼笑的。

刘乐乐却愣住了，她以前倒是跟陈天佑偶尔会过去吃一吃。

不过大早上的她还是想吃清淡点儿，也就绕过这些，只弄了点养胃的小米粥，又随便捡了两个豆沙包。

跟朱琳坐下吃饭的时候，朱琳已经不再提每天都要吃难吃的食堂早餐了，又改成担心别的了，“你说这是不是新老板在收买人心，先给咱们吃点好的，过一段时间再往下减东西，到最后又恢复刷锅水的粥跟隔夜馒头，要是那样的话，我宁愿交点餐费，也想每天都能吃到这种早饭。”

“你当大学食堂呢。”刘乐乐无所谓地说，“吃你的吧，估计中午还有好的呢。”

果然到了中午，那餐饭丰盛得就跟满汉全席似的。

朱琳到最后简直都无语了，不断激动地摇晃着刘乐乐，在那儿痛并快乐地喊道：“这是天要亡我啊！我的减肥大计啊！这不是诚心毁我嘛。”

刘乐乐无奈地望着她，拉开她的胳膊，点化她，“既然要减肥，就别吃了啊，没看到墙角摆着的鸡蛋羹还有果盘嘛。”

朱琳怎么可能抵抗得住美食的诱惑，最后吃得肚子都鼓起来，在那儿懊恼着，不断地嚷嚷：“这是新老板要毁我啊。”

刘乐乐倒是吃得很清淡，不是她要装模作样，实在是一看到那些熟悉的菜色，她立刻就会想起一条长长的蛇尾巴来。

不光是丰盛得让人咋舌的早餐、中餐、晚餐，就在刘乐乐准备加会儿班，把白天的工作再顺一遍的时候，保安组的组员们却跑了过来，很紧张地对她说道：“你好，公司有新规定，到了下班的时间，所有的员工都要准时离厂，不准有特例，也不准在公司加班。”

刘乐乐皱着眉头，白天一天还只是怀疑，现在她都敢肯定这事十有八九跟陈天佑有关系了。

她沉默地把办公桌收拾干净，离开办公楼的时候，她想起了一年前的今天，陈天佑还会坐在楼下的台阶那儿安静地等她加班。

刘乐乐叹了口气，继续往自己车那儿走。

结果刚坐进车内，她就接到她妈的电话。

其实昨天那么一闹腾，她妈早已经知道情况不对劲儿了，过后还使劲地追问她：为什么现在的陈天佑能找到这么多的说客，而且那些人还要用这是任务、这是使命的态度跟她说那些话，陈天佑值得那些人那么做吗？

刘乐乐是真不想节外生枝，再说陈天佑长蛇尾巴的事儿，她也没法跟她妈解释，最后她只能回答得含含糊糊的。

这个时候接到她妈的电话，她就惊了一下，很怕她妈追问昨天的事儿。

结果接起电话后，却听她妈一惊一乍地说："乐乐啊，咱们家这片要拆迁啊！"

"拆迁？"刘乐乐一下就愣住了，她父母住的房子是有些年头了，可问题是就算要拆迁也不能一下就有了信吧。她也没多想，就安慰着她妈，"哎，妈，你别听那些谣言，哪儿能说拆迁就拆迁啊！"

"还说拆迁就拆迁，是已经开始了，现在找搬家公司都不好找了。咱们小区六栋楼呢，都接到通知了，而且是一比一点五的换啊！而且房子也是好房子，你知道君然新区吗，就是在那儿，现在咱们这儿最好的房子就属那儿了，还是学区房呢，我跟你爸都挺动心的，要是我们住那儿去，你以后有了孩子，还能就近上最好的学校……"

刘乐乐真心觉着她妈想得太多了，拆迁哪儿有那么好的事情，一般都是同比例的，再来楼层啊户型啊也要靠运气。

她就提醒她妈，"您真别听风就是雨的，还搬家，别到时候搬过去发现是恶作剧就麻烦了。"

"哎，你这个孩子，人都在家里呢，就是拆迁办公室的就在家呢，正跟我谈要哪儿的房子，而且我跟你爸不是高龄住户吗，还要额外补偿我们五十平。"

刘乐乐这下觉着更不可能了，她爸也就勉强够了六十，她妈可是连六十的边儿都没沾上呢，现如今的社会，五十多岁的人也没多高龄啊。

刘乐乐很怕是骗子上她家行骗，她赶紧驱车去了她妈家，结果还在路上，那个拆迁办公室的又抛出了更优惠的条件。

等她到的时候，已经从普通的住房转成高级别墅了。

她父母反应慢，可是刘乐乐心里一点都不傻。

哪有主动过来开条件的拆迁办，不光不砍价，还主动带着别墅景观图。

而且户型一次带着四个，生怕他们选不中是怎么的？！

刘乐乐一下就犯了嘀咕，不过她倒是能沉得住气，她先是看了看已经目瞪口呆的父母，到了这个时候，别说她妈了，就连她爸都激动得恨不得当下就把拆迁协议签了。

她慢条斯理地坐了下来，先是跟研究似的把那些户型还有位置图都看了看。

身边有一个自称是拆迁办的人，却在用专业售楼的口吻介绍着："这是A区，里面的建筑风格是非常漂亮的中式园林，亭台楼阁非常古典，里面的所有树种都是从南方运过来的，非常珍贵，还有鹅卵石铺成的小路，非常适合老人散步遛弯；C区呢，则是突出了健身娱乐的主题，虽然建筑风格也是延续的中式风格，可里面增加了一些健身器材，而且公用的游泳池就在这个区域，活动的空间更大；E区的话，则是非常适合小孩子玩耍的地方，里面有一个专门的活动馆……"

"条件是不错。"刘乐乐做出为难的样子，"可是我们家你也看到了，并不是很富裕，万一入住到这种地方，我看看啊，就这个户型来说都有三百多平了，到时候装修多麻烦啊，就现在的行情，那可是笔不小的开支。"

"这个请您放心，内部装潢会有专人负责。您看，拆迁协议上已经标注了，搬家还有装修费用都是由我们负责的，而且具体要什么装修风格，你们还可以跟我们的设计师沟通，包括室内的家具电器也都可以包含在内……"

说完，那人就主动在协议后加上了家具、电器的条款。

到了这个时候，刘乐乐的爸就跟中了五百万似的，激动得脸都红了。

不过就算中了五百万，刘乐乐估计也买不了这么一套别墅，但她还是跟较劲儿似的，又提到了一点，"可是这个位置有点偏吧，我父母习惯楼下就是菜市场了，这个房子好是好，可是房子又不会自己搬吃的，住在那种地方多不方便啊。”

“小区里面有专业的家政服务，生活区外还有一些商业区，有本市很有口碑的商家入驻，里面供应的蔬菜都是无公害的，都要经过检查才可以上架，在那种地方生活，只会让您的生活提升档次。”

刘乐乐这下算是明白了，这绝对是卖房的跑去拆迁办做卧底了。

虽然知道这是陈天佑在挖坑等自己跳呢，可是蛇打七寸，这个陈天佑太了解她了，她可以毫不犹豫地拒绝他送给她的礼物，哪怕他把世界都推过来摆在她面前，她都能一声不哼地给踢回去。

可是一牵扯她的父母，那就完全不一样了，尤其是看到她妈眼中的迫不及待，再说这只是“拆迁”嘛！

刘乐乐最后也就点了点头，对她父母说道：“条件挺好的，而且手续我都看了，是真的，不是骗子。”

再说也没这么骗的道理，先入住后拆迁……

等弄好室内装修、家具电器，他们老两口住进去后，才收旧房子呢。

再说就算她不答应，她父母也会答应。

很快她父母就兴高采烈地签字并按了手印。

那些拆迁办的人也很高兴，不断地说着恭喜的话。

送走那些人后，刘乐乐忍不住问了她父母一句：“这个协议，你们就没觉着有什么不对劲的地方吗？”

“不对劲的地方？”她妈也是跟做梦似的，可是做梦的又不是她一个人，全楼都是差不多的条件，只是她的更好“一些”罢了。

那头装修得如火如荼，就连刘乐乐她妈都跟刘乐乐嘀咕：“上次你爸找人要红木家具是不是有点过分了啊……”

刘乐乐心说一张红木椅子都要十万以上了，您老以为呢？

真当自己家是拿的黄金屋换的房子啊……

“可他们真给啊……”

刘乐乐真无语了，可不真给嘛，陈天佑都长尾巴了，就他们那些异种人，现在他要啥不给啊。

她哦了一声，无精打采的，“你们差不多就行了，也别太过分了。”

她忍不住吓唬她妈，“要是对方生气了，到时候毁约怎么办？”

其实这些她父母未必没想过，她妈也跟着紧张起来，赶紧说：“那要按摩椅的事儿，我就不提了……”

刘乐乐无力地挂断电话，最近公司不准加班，可是她的业绩都是加班加出来的，现在这样，简直就跟砍断她条胳膊一样。

刘乐乐努力地工作着，结果还是没把工作做完，幸好她把那些资料都拷贝了一份，公司里不能加班，她大不了回家做呗。

而且今天林妙涵又给她介绍了个相亲对象，那人是医院科室里的，据说人长得很帅气，就是家不是本市的，父母都在乡下呢。

刘乐乐倒是不嫌那个，当时跟林妙涵通电话的时候，林妙涵还调侃了她一句：“别人都会觉着那是个问题，但我估计你不会嫌他的，再说了，现在农村也比以前富裕了，哪儿来那么多凤凰男啊。”

刘乐乐倒是无所谓，只要对方人好，两个人生活水平差不多就行。

她按时到了相亲的地方。

那个相亲男早早就到了，刘乐乐本来想约在好一点的地方，可是对方非要约在肯德基见面。

反正她已经在公司吃过了，一个见面的地方而已，她也就应了下来。

她推开肯德基的门就走了进去。

这个时间点儿肯德基里人还真不少，有一些年轻的父母带了孩子在吃儿童套餐，还有一些学生也在里面聚餐。

对方看着倒是蛮帅气的，个子也高高的，而且看得出这个人蛮细心的，见到她第一句话居然是：“你开车来的啊？”

“嗯。”刘乐乐淡淡地笑了下，也没当回事。

到了点餐的地方，刘乐乐很自然地排在了相亲男前面。她做人大方，也就没想着跟对方AA，在点完了自己要吃的餐点后，她很自然地问了对方一句：“你要什么？”

对方倒是不客气，刷刷地点了好几样，刘乐乐也没多想。她这个人赚得多花得多，除了买房装修的时候钱紧张过，大部分时间她都不是愁吃饭的主儿。她也就掏出钱包来，把钱付了。

只是那么一堆东西摆在托盘上，两大杯饮料就算了，还有那么多餐点呢，她端着就很吃力。

而那个相亲男就在一边看着，连帮一下的意思都没有。

刘乐乐就有些不舒服，心说这人也太没眼力见儿了。

她就独自端着那么一托盘吃的，找了个角落坐下。

坐下后，那个相亲男就开始打听她的情况。刘乐乐知道这种情况很正常，毕竟林妙涵也不会把她的情况说得太详细。

她也就说了说自己的工作，而且相亲，不就是把条件摆出来看嘛。

她在这点上很看得开。

“你父母都是普通人，也可以给你买车吗？”

刘乐乐听着这话别扭，“车是我自己买的。”

“你自己买的？”那人完全是目瞪口呆了，“那你一个月得挣多少啊？”

刘乐乐很讨厌被人这么直接地打听收入，也就反问了一句：“你们医院也不错啊，收入应该也可以吧？”

“哦，还好，可是比不上你，你能开车的嘛……”

刘乐乐就觉着脑袋上的青筋有点蹦。

她装着捋头发的样子，回了一句：“车子也没多少钱，再说我公司给报销油费的。”

“哦……”那人听后竟然有些欣喜，“那可好了，等过年回老家的时候，我借你车开开啊，反正你报销油费嘛，不开白不开……”

刘乐乐再也忍不住了，赶紧拿起钱包，“哎呀，不好意思啊，我才想起来我还有事儿呢，您慢慢吃，我先走了。”

那人这次倒是热情得很，立刻站起来，一边拦住她，一边说：“那这样的话，你留个手机号吧，我觉着你挺好的……”

刘乐乐捂着鼻子，一边躲他，一边应付地嗯嗯了两声就往外走。

那人还跟她纠缠不清，居然还追了出来，见她要开车门上去，就一个跨步走到她身边拽着她的胳膊说：“你着什么急啊……你也了解了解我的情况，我是××医院在编的，现在有个编制可不容易了呢……”

到这个时候，刘乐乐已经决定不顾及媒人的面子发火了。

但她还没来得及发火呢，从她车子旁边刷刷地就蹿出来三四个人，她都不知道那些人是从哪儿冒出来的。那些人都穿着便衣，就跟普通的路人一样，可是一伸手那感觉就出来了，这些人绝对个个都是练家子。

就这种人，随便哪一个都能把这个相亲对象撂倒。那个相亲对象一看到这个场面，吓得差点哭出来，在那儿哎呀哎呀地叫唤着。

其中管事的那个人走到她面前，刘乐乐都觉着这个场景夸张得过分，而且已经有路过的人向他们看过来了。

“刘小姐，这个人怎么处理？”

刘乐乐瞄了瞄那人身上的徽章，不用问都知道这是陈天佑安排的……

她这个马大哈，最近一段时间没准儿被人跟得都密不透风了！

刘乐乐看了看吓得面如纸色的相亲对象，赶紧摆了摆手说：“什么处置啊，赶紧放了吧。”

就这种货色还值得处置啊？

等放走那个相亲对象后，刘乐乐就钻到了车内。

她也没跟那些人多说什么，生着闷气把车开回了家。

现在陈天佑就是采取的这个策略，不管她乐意不乐意，都要把好处给她，硬塞给她。

她刚到家，林妙涵的电话就追了过来，纳闷地问着：“乐乐，今天的相亲怎么样啊？怎么那边的媒人很生气啊？说我这边介绍的人很不好，有什么黑社会的男朋友还纠缠不清楚呢……”

刘乐乐无语，她都不知道怎么解释了，过了好半天才说：“妙涵，我真的很想有个黑社会的男朋友，那至少也是个男人啊，可是有人诚心要让我当一辈子女光棍啊！”

林妙涵赶紧在电话里劝她：“说啥呢，是不是对方人不好啊？我就说嘛，多半是恶人先告状，看来啊，以后不熟悉的人就不能瞎介绍，现在相亲的男的里面精品少、渣滓多。”

幸亏林妙涵向着她，但刘乐乐实在不知道该怎么跟闺蜜开口，自己现在正被一外星人的后代追求着呢，对方还找了人二十四小时保护她，还把他们公司买下了，就为让她好好地吃早饭，然后还给她父母弄了房子……

她估计她说到一半的时候，林妙涵就会喊“在一起！”了。

刘乐乐闷闷地挂了闺蜜的电话后，又忙起了公司的事儿。一直忙到很晚，她才准备睡觉，哪儿知道刚走到卧室，她就闻到了一股很怪异的味道，好像烧焦了的糊味似的。

她在房间里找了找，也没见到有什么不对劲儿的。她纳闷了一会儿，正准备再回卧室睡觉的时候，才终于看到窗外一股股的黑烟正在往上飘呢。

而且已经不断地有哭喊声从下面传来，她一下就惊住了，幸亏她上学的时候学过一点应急的举措，就赶紧冲到洗手间，把毛巾弄湿，准备捂着鼻子一路冲下去。

但她一打开房门就知道坏了，着火的楼层离她家很近，整个楼道都已经被浓烟充满了，而且大概有些人家里没关液化气的阀门，她还听到了几声很大的爆炸似的声音，地面也跟着抖了几抖……

刘乐乐吓得赶紧把门关上了，结果在关门的时候，才发现就连门把手都是烫烫的。

她胆子再大也没遇到过这种事儿，她能做的就是赶紧打开自己家的水龙头，让水更多地流出来。她又从衣柜里找了棉被，知道自己不好出去了，也就玩命地把棉被浸湿了挡住门，用棉被去挡外面的热量，尽量不让浓烟跑进来。

可浓烟还是从窗户那儿蹿了进来，很快房间里就变黑了。

她剧烈地咳嗽起来，赶紧用湿毛巾捂住自己的嘴。

可就是这样还是不能在房间里待下去了，刘乐乐最后退到了平台上。

站到平台上，她才知道自己的境况多恐怖，整个楼的火势都在顺着风势涌过来，就好像一个巨大的火炬，不断地吞噬着这座楼。

下面已经有消防员在努力地营救底层的人了，只是刘乐乐当初买房子的时候光顾着喜欢平台了，却没料想到市区内的消防梯高度有限，底层的那些倒还好说，她这种高层的就只能自求多福了。

而且，当初被开发商夸得跟花似的什么楼内消防喷淋设施，别说是启动了，居然一个水点都没有。

刘乐乐裹着湿淋淋的棉被，在浓烟还有不断涌上来的热气的熏烤中，都不知道自己还能坚持多久。

在一片嘈杂声中，刘乐乐忽然觉着自己好像听到了什么声音在靠近，那声音越来越大，而且有巨大的风从头顶刮过。

她抬起头来，就看到无比惊险的一幕：一架直升机正颠簸着试图靠近她的小平台。

而且机舱门打开着，一个人已经从舱内探出头来，整个身体几乎是挂在机舱口的。

刘乐乐真没想到这种美国大片似的情节也会发生在自己身上，她一下就变得激动起来，不断地挥舞着手臂，高声叫着："我在这儿呢！我在这儿呢！"

可是这一喊不要紧，她一下呼吸进去太多的浓烟，呛得她眼泪都流出来了，嗓子也是火辣辣地疼。

渐渐地那架直升机控制住了机身，不再那么颠簸了。

刘乐乐心里明白，直升机的驾驶员现在也是在玩命呢，这种燃烧中的大楼旁气流肯定不稳定，一旦沾染上一丁点火星也都是致命的。

她屏住了呼吸，等待飞机更靠近的那刻。她的手握了又握，不断地给自己鼓着劲儿。

在浓浓的烟雾中，直升机上终于垂下一根救命的绳子。

她激动得什么都顾不上就跑了过去，她都没看清楚那绳子是什么样的，就要往自己腰上捆。

但是很奇怪，一般来说这种救生绳不都是带锁扣的吗？

到时候一扣下去就很安全了，怎么这个就光秃秃的，跟金属绳似的。

她正纳闷呢，那条绳子却跟有生命似的，忽然一拉长，瞬间就缠住了她的腰，紧紧地缠绕了两圈后，刘乐乐都不知道这是怎么发生的，她整个人就已经被拖离了地面，随后直升机就飞离了大楼。

她腰上的绳子也在慢慢地往上收着，明明她离地面那么远，可是当她低头看清楚缠着自己腰的是什么后，她却一点害怕的感觉都没有。

整个楼群都在她的脚下了，她看到好多人都在仰头往她这个方向看，还有一些人试图用手机拍着什么。

等她被拽上直升机的时候，那条尾巴的主人不是第一个冲过来的，一个医生模样的人对她一阵敲敲打打，最后还翻了翻她的眼皮。

刘乐乐就很反感，赶紧一摆手把那个人推到一边，嚷嚷着："我没死呢，你翻什么眼皮啊，不会探探鼻子啊！”

“他是在看你的眼睛有没有被熏坏。”很熟悉的声音从她身后传来，那个医生样的人已经完成任务往前边去了。

此时，靠近舱门的位置只有他们两个。

舱门紧紧地关闭着。

飞机里只有螺旋桨转动发出的声音。刘乐乐虽然死里逃生，不过还是有一些头发被火烧了，发出焦糊的味道。

她低头把自己的头发整理了下，神情很尴尬，不知道该说点什么。

再对恩人口出恶言就不对了，可是那个“谢”字就跟卡在喉咙里一样，她过了好半天才自言自语一般嘀咕了一句：“怎么这么巧呢，我这儿刚出事你就来了，不会是你故意安排的英雄救美吧？”

她说完这话后过了好久，陈天佑都没有回话。

刘乐乐这才觉出不对来。

她慢慢抬起头来，对上陈天佑的面孔时才反应过来，陈天佑这是罕见地生她的气了。

在两个人相处的日子里，陈天佑从没有过这样的表现，不管她做什么，即使她说什么，即使偶尔耍点小脾气，陈天佑都只是无奈地笑笑。

可此时的陈天佑安静地坐在那里，脸上没有任何表情。

螺旋桨旋转的声音不断地鼓噪着，刘乐乐不由得就把手脚缩在了一起，之前被熏得够呛，现在她才觉出冷来，刚刚为了保命，她把自己的身体都弄湿了。

就在她觉着冷的时候，陈天佑很快地动了起来，他不知道从哪儿找出一条毯子，面无表情地盖在她的身上。

刘乐乐眼圈有点红，她知道自己说了很过分的话，别说是故意让她身临险境了，就是她喝水呛到都可以吓到他……

就算是玩笑话，她那句玩笑也重了些。

直升机不知道什么时候已经开始下降。

机舱门被打开的瞬间，刘乐乐看到了她父母小区边的小广场。

这是陈天佑打算把她送到她父母那儿？

“我已经给叔叔阿姨去了电话，他们正在家里等你。”他的口吻很轻。

直升机下的人推了轮椅过来，刘乐乐知道他可以自己移动下去，不过大概是怕会被人看到，他在自己腿上盖了一张毯子，在两个人的帮助下，他坐上了轮椅。

从直升机上下去的时候，毯子掀起了一个角，露出了一小截尾巴。

刘乐乐迟疑了下，最后伸出手去帮他把尾巴盖住了。

在一个女人的陪同下，刘乐乐往她父母那儿走去。

夜色中，她忍不住回头，然后就看见陈天佑坐在轮椅上，正一动不动地看着她。

等刘乐乐到家的时候，她妈哭得眼睛都肿了，身边的人在不断地劝着她。

不过一看到刘乐乐，她妈立刻不哭了，三步并作两步地走到她面前，拍打着她的身体，好像想检查她有没有问题。

刘乐乐忙告诉她妈："我没事，就是吸了几口烟，嗓子疼。"

她爸忙拿了杯水过来，"喝点水，补充点水分。"

刘乐乐坐下后才终于知道了是怎么回事，原来他们楼着火的事儿早已经上了新闻了。然后没多会儿，就有人过来找她妈，在那儿不断地安慰，告诉老人家她没事儿。

其实刘乐乐推算了下时间，那时候自己应该还没得救呢。

她一直以为陈天佑对她父母意见很大，当初她父母那么讨厌他，反对他们在一起，偶尔见到陈天佑的时候，她父母可是一句好话都没有的。

说真的，出事儿的时候她都蒙了，都忘记了告诉父母一声她平安无事，陈天佑却可以很快地想起他们来。

刘乐乐的心情就很复杂。

等回到自己的卧室，刘乐乐就不大能睡得着。

新家里关于陈天佑的东西，当初她生气的时候都扔掉了，不过父母家因为不怎么回来住，陈天佑送她的那些东西倒是都还在。

她在卧室里随便一看，就看到好几样陈天佑送的礼物，其实都是不怎么值钱的小东西，一些早已经落满尘埃的干花，还有一些山沟里捡的漂亮石头，竹蜻蜓，不知道用什么藤子编的花篮，样子一般，可是很结实，还有墙上挂的一个同心结，也是陈天佑送给她的。

同心结一直挂在那儿，她都看惯了，此时她才想起来，那是陈天佑当初给她做的，本来是她觉着好玩要做的，结果才做了一点她就烦了，陈天佑手很巧，就拿了过去继续做……

之前很多乱七八糟的事儿，还有那条尾巴，都让她觉着自己对陈天佑的感情不在了。

可当她看到这些东西的时候，才发现人的感情真的好神奇，就跟人一样，原来也是会睡觉的。

刘乐乐想了好久，反正怎么也睡不着了，最后她也就深吸口气站了起来。

她手机扔在自己家了，不过幸好她父母见她没事儿都去睡觉了。

刘乐乐蹑手蹑脚地走到客厅，小心翼翼地拿起固定电话的话筒来，她也不知道陈天佑现在用的是不是之前的号码，毕竟当初陈天佑跟那个所谓的“天生一对”走的时候，就把手机给关机了，后来她再拨就一直没拨通过。

刘乐乐也就抱着试一试的态度拨了一下号码，结果出乎意料，电话一打就通了。

几乎只响了一声就有人接了起来。

“身体还好吗？”

刘乐乐听到熟悉的声音，心里也说不出是什么滋味来。大概是她的沉默让那头不安了。

“喂，乐乐，要不要我现在派人过去？”

“哦……不用不用……”刘乐乐压低了声音，“我父母都睡了，我身体也没事儿……我、我就是在想啊……胡思乱想的啊，你看公司每天都有好饭好菜吃，然后我父母这儿又这么好……结果我住的地方却啥事都没有……”

“我买到了第六楼。”

“啊？”刘乐乐一愣。

陈天佑平静地告诉她：“一直都在做，不过你住的地方属于新社区，有些房子是被外地人买走的，还有一些做生意的到处跑，所以慢了一些……”

刘乐乐这才想起来，怪不得最近一段时间她坐电梯觉着人少了呢。

“刚才已经有消息了，火是从二十二层着起来的，具体的原因还在查。”

“哦。”刘乐乐挠了挠头，“不过好幸运啊，那些人都搬走了，不然这次伤亡可就大了。”

“嗯。”陈天佑这次的话出奇的少。

刘乐乐心里有点打鼓，不知道他是不是还在介意自己那句玩笑话。她不是能憋住话的人，再说自己还没向陈天佑道谢呢，她也就小声地清了清嗓子，“谢、谢你……今天真的多亏了你。我这个人你也知道的，不会说话，所以在飞机上我才说了那么一句，其实我知道你不是那样的人。你要是生气的话就骂我几句吧……”

“我没有生气，是时间不早了，我怕你再不休息会精神不好。你现在穿鞋没有？”

刘乐乐听见他的问话才低头看了看自己的脚，她还真没穿鞋子。

陈天佑在那头无声地叹了口气，“乐乐，去休息吧，好好睡一觉。”

刘乐乐第二天早上起来的时候，她父母挺想让她休息一天的，不过现在公司都不让加班了，刘乐乐心说：再休息一天工作都做不完了。

再说她也没有心情休息，她辛辛苦苦弄好的家还不知道啥样了呢，就昨天那场大火，她估计自己的东西肯定都报废了。

这么想着，她也就坐不住了。她越想越心疼，她那满满一屋子的东西也不知道怎么样了，那可都是她一一挑出来的，床单，被罩，哪怕是一个隔热垫都是经过精挑细选的，一想到可能都被烧没了，她就觉着可心疼了。

她一边想着一边下楼，结果刚到楼下就看见自己的车子正在门前的停车位内停着呢。

她当下就愣住了，怀疑是自己认错了车，可是车牌明明是她的啊。

而且最近小区大批的人都搬迁了，停车位空荡荡的，此时那么明显地停着一辆车……

就在她纳闷地走过去确认的时候，车门一开，里面居然还有人。

刘乐乐吓了一跳，不过一看见那人的脸，她立刻就笑了出来。

“你怎么把我车开过来了？”刘乐乐低头望着车内的陈天佑。

“怕你早上要用，就找人在你房间里搜了搜钥匙，要过去看看房子吗？”陈天佑的语气很轻。

此时他已经让开了驾驶座，挪到了副驾驶座上。

刘乐乐矮身坐了进去，然后就看见除了车子外，她之前一直随身带着的小包也被陈天佑找了出来。

包看上去瘪瘪的，好像被什么东西压过一样，而且摸起来手感也很不好。

“你的东西昨天都被水泡了，我看这里面有证件就先给你拿了过来。”

刘乐乐打开点了点，身份证、驾驶本倒是都在，这下可省了她不少事儿。

“其他的证件有些没抢救出来，我让人列了单子正在办理。”

刘乐乐都不知道该说什么才好了，她沉默了片刻才小心翼翼地问了他一句：“你早上吃饭了吗？”

其实刘乐乐出来的时候，她妈非要让她吃点东西，她虽然心里跟着了火似的，可还是捺着性子喝了一碗粥，所以现在的她一点都不饿。

她想如果可能的话陪着陈天佑吃点什么，他为自己操劳了一晚上，她不知道该怎么回报他。

“你呢？”陈天佑没有立即回答她的问题，反倒问了她一句。

他们是很有默契的人，刘乐乐很快就回了一句：“我也没吃呢，一起去吃吧，你还喜欢吃馄饨吗？”

他们在一起时，早上经常会去一家馄饨店吃点馄饨什么的。

那里的三鲜馅馄饨是他们的最爱，而且不知道老板是怎么做到的，馄饨汤特别鲜美，喝到碗底的时候，还有一层葱花似的东西，吃到嘴里香香的。

在得到陈天佑的同意后，刘乐乐把车开到了馄饨店前，这个店不怎么大，但每次来人都很多，里里外外都会坐满。

临下车时，刘乐乐才想起陈天佑的情况，她又赶紧把车子往偏一些的地方挪了挪。

反正时间还早呢，路上行人少，而且自从车子启动后，刘乐乐就注意到了，她车子后面其实一直都跟着几辆车呢。

现在一等她停好车，那些车也都跟着停了下来，很快就有专门照顾陈天佑的人走了过来，她跟着那些人帮着陈天佑把尾巴盖上，然后看着那些人把陈天佑抬到轮椅上。

轮椅是电动的，陈天佑操作得很灵活。

刘乐乐一路引着他往前走。

两个人过了一个十字路口，很快到了馄饨店里，找了很偏的地方坐下。

饶是这样，刘乐乐还是感觉到了周围人的目光。她起初还以为是陈天佑的尾巴露出来了呢，结果发现那些目光都带着窥探和同情，她才想起来现在的陈天佑坐在轮椅上，不就跟个残疾人一样嘛。

很快大碗的馄饨就端了上来。

以往陈天佑吃得很多，可这次喝了一碗粥的刘乐乐都吃完半碗了，陈天佑却只吃了半个馄饨。

刘乐乐就皱起眉头望着他。

“你慢慢吃。”陈天佑面带笑容地告诉她，“在等你的时候，我已经吃过了。”

“那也再吃点吧。”刘乐乐左右打量他，“你好像瘦了，脸看上去……”

她说话间下意识地就伸手去碰他的脸，不过在要碰到的瞬间，她忽然停下了动作，有些尴尬。其实有些事儿一直压在她的心里，只是她这个人傲气惯了，从来不屑去跟陈天佑求证，现在刘乐乐却很想知道他那时候到底是怎么想的，“你消失的那段日子，我曾经到处找过你，然后我在酒店听见你跟一个女人说话，其实你说过什么我已经不太记得了，可是那种感觉，每次想起来都很不好……就是忽然觉着我一点都不认识你，你对我就像对陌生人一样。”

“是他们要给你补偿。”陈天佑望着她的眼睛，“被我拒绝了。”

刘乐乐哦了一声，很快地笑了下，“如果真给的话，我多半会被气死吧。”

很多事儿当时转不过弯来，现在当着陈天佑本人，她却一下明白了。

“当时的我也不想你卷入其中。”陈天佑把自己碗里的馄饨舀给了刘乐乐。

那个馄饨看起来馅很大。

刘乐乐咬了一口，里面的嫩虾仁好吃极了。

她闷头吃了一个，感觉怪怪的，好像两个人又回到了以前的日子，就是每天上班前很紧张地跑出来吃碗馄饨，然后急匆匆地告别，晚上又一起做饭、吃饭……

每一天都是那么简单地重复着，可是心里很踏实、很满足。

刘乐乐原本不觉着多饿，现在几句话听进去，不知道怎么的就觉着胃空空的，她也就大口吃起来。

就是被陈天佑这么一眨不眨地盯着，她有点怪别扭的，她也就间或地问他一句：“你今天几点起来的？睡得够不够？”

“还好。”他的表情一直都很温和。

刘乐乐听后，又低头呼噜噜地吃馄饨。她在外面是很注意形象的，不管是应酬还是跟人吃饭，都是绝对的高端范儿，唯独在父母跟陈天佑面前，她跟本能似的就会忘记了那些，吃起东西来也容易忘形。

等她吃完了，虽然知道陈天佑的轮椅是电动的，不过她还是想过去帮帮他。

陈天佑倒是没拒绝。两个人就跟散步一样，由刘乐乐推着他往停车的地方走去。

刘乐乐挺好奇昨天的起火原因的，按说整个楼都搬空一半了，能是什么引发的火灾呢？难道是天然气没关好？

她也就随口跟陈天佑说了句。

她真的没想到这事可以这么快就调查清楚。

“不是意外。”

刘乐乐因为在后面推着陈天佑的，所以看不清楚他的表情，她唯一能知道的是他的语气很平静。

“是有人想要害你。”

刘乐乐一下就停住了脚步，嘴巴张得大大的，脑子里霎时闪过无数个念头。

她的竞争对手？

之前劝她跟陈天佑和好的那些人？

可是不能啊，每一个都站不住脚。

她脾气冲是冲，可也没有跟任何人结过这种到了杀人放火程度的仇啊！

她快走两步到陈天佑面前，眼巴巴地瞅着他。

陈天佑的表情也跟着凝重起来，他也并不瞒着她，“你还记得闻柳吗？”

刘乐乐听着倒是觉着那名字很耳熟，她仔细想了想，却没想起那是谁来。

她疑惑地看向陈天佑，准备听他解释。

“你一直说的那个‘天生一对’。”陈天佑说这话的时候，明显有点尴尬。

刘乐乐这才想起来，她都忘记那个女人了，当初她是被气得够呛，不过她这个人生气是生气，但也明白男人跟“天生一对”的跑了，只能说明自家的男人下贱，对那个女人，她却没太大的感觉。

但刘乐乐不大明白其中的因果关系，她招那“天生一对”的了吗？她都没记住对方的名字，对方居然想要烧死她。

她到底图的是什么啊？

刘乐乐这个生气，当下就瞪起了眼睛，一把扯着陈天佑的胳膊说：“我靠，那臭女人，真的是她吗？我招她惹她了？再说有那么干的吗？烧一栋楼啊，这是你把半栋楼买下了，不然多少人家要跟着倒霉，会死多少人啊！她这是丧心病狂了吧！而且她干吗要害我……”

她脑子转得很快，话一说完，就跟想到什么似的，一下放开了陈天佑的胳膊，胡乱猜测着。陈天佑现在看着是总围着她转，可这种事儿他小子不是没做过，一方面有个组织给安排的“天生一对”，另一方面又跑过来贴着自己。“等等！你现在跟那些人又联系在一起了……那么陈天佑，你是不是又跟她混在一起了？然后你还跟我纠缠不清，让她受了刺激？”

刘乐乐都说不上自己到底是怎么了，她火冒三丈，都能化成实体去烧陈天佑了。

她气得就戳了陈天佑的胸口两下，可是他胸口硬邦邦的，简直跟罩了个金属壳似的。

她力气大，这两下反倒把自己的手指给戳到了。

陈天佑赶紧拉过她的手仔细看了看，看过后还给她揉了揉，帮她缓解痛感。

他的声音很温和，“我早跟她断了联系，而且你知道的，我从来没有喜欢过她，倒是她那边的人一直在撮合我们，但都被我拒绝了，我的情况她也都清楚。具体的情况我还在派人调查，目前看，他们那边的人大概是觉着没有你的话，我就会改变心意。”

刘乐乐低着头，也知道自己刚才反应太过激了，而且他这么仔细地帮自己按摩手指，早已经引起周围遛弯的老头儿、老太太的注意了，大家都在往他们这边看呢。刘乐乐脸上热热的，她赶紧抽回自己的手，又跑到轮椅后帮他推着轮椅。

在等候调查结果的时候，刘乐乐也被各路人马问候、安慰了个遍。

先是她的闺蜜林妙涵从电视上看到她家起火的消息，而刘乐乐的手机被水泡了又打不通，当下差点把林妙涵吓死了。幸好林妙涵有刘乐乐父母家的电话，一个电话打过去，知道刘乐乐没事后，林妙涵二话不说就杀到刘乐乐的公司来了。

她去的时候，刘乐乐正被公司同事挨个儿地慰问着呢。

“有什么困难就跟大家说……”部门经理的话从来都是有高度的，“你不需要去处理下事情吗，哪儿有家里刚遭了灾就过来上班的……”

刘乐乐都不知道自己在公司里人缘这么好，她现在都要被同事包围了，不管大家是出于啥用意，但是挨个儿地给他们解释自己房间被毁的情况，刘乐乐实在是身体吃不消啊，她的嗓子昨天可是被烟熏过的。

幸好大部分人还是很有同情心的，在听到她复述后，都投以怜悯的目光。

不过也有爱打听的混在里面，不断地问她：“你上保险没？有人赔偿没？政府管不？房子那样了，还能住人不……”

“这个还要看最后的结果。”刘乐乐也挺茫然的，她从昨天到今天脑子都是乱乱的。

她这才想起来自己现在算是无家可归了。

虽说她可以凑合住在父母家，但说真的，她都出来独立生活好几年了；另外她父母对她好是好，可架不住二老处于更年期晚期，那可妥妥的是好一天坏三天……

再来她父母过几天就要搬到别墅区了，那地方好是好，可终归是偏了些，她还是更喜欢住在市区内。

可是她住在市区的那些朋友闺蜜，不是结了婚就是跟父母住一起，她也不好过去打扰。

这个时候林妙涵的到来，算是救了她一命。

刘乐乐很开心地把林妙涵迎到自己的办公室，一边关上办公室的门，一边偷偷地对林妙涵露出个苦兮兮的表情。

林妙涵赶紧抱了抱她，安慰她道："破财免灾。一栋楼都烧成那样了，你人没事儿就是万幸。你可是住顶楼啊，就现在的消防梯能不能够到屋子都难说，我看到消息的时候吓得腿都软了。"

"我也是侥幸。"刘乐乐给林妙涵倒了杯水。

林妙涵感慨着，"你也别着急，银行存折该去挂失就挂失，有什么需要补办的你就慢慢弄，就是那边有消息没有？你们楼以后怎么办，我怎么听说正有人收购那栋楼呢……"

"哦。"刘乐乐倒是听陈天佑说起过这个，她也就随口接了一句，"是有人在收购，我还在考虑呢。"

"有什么好考虑的，据说只比市价高，不比市价低，而且还给好几万的装修费呢。对方怎么跟你谈的，你可别让人糊弄了。据说是你们那儿的地皮被人看上了，不过我觉着吧，人既然有这个手笔，你正好趁机换套好点的房子。"

刘乐乐点头答应着，正说话呢，忽然就听见有人在敲门。

刘乐乐还以为是有工作上的事呢，林妙涵也识趣，赶紧一边站起来一边说："你要不嫌弃就先去我家挤几天吧。"

刘乐乐赶紧婉拒着，"别了，你家地方又不大，我再看吧，再说有我父母呢……"

说话间敲门的人已经进来了，这下刘乐乐倒有点意外。

因为敲门的人穿着一身快递的制服。

他们这儿管理很严，一般送快递的很少有放进来的，大部分都是放在门口的保卫室。

林妙涵不知道里面的缘由，已经走了。

留下刘乐乐纳闷地问快递的小哥："哎，门口的门卫没拦住你吗？"

"哦，这次的包裹特别，必须亲手交到你手里，我跟他们说了，他们让我进来的。对了，我得核实下你的身份，请问你是刘乐乐女士吗？"

刘乐乐点了点头，纳闷地接过快递小哥手里的小包裹。她被火灾吓到了，包裹一拿到手里，她就紧张起来，很怕一打开里面露出什么吓人的东西。

偏偏快递小哥非要她当面打开那个包裹检查检查。

刘乐乐最后大着胆子才把那个包裹打开来。

让人害怕的东西倒是没有，不过里面放着的几样东西还是把她吓了一跳。

新手机，外带一串钥匙。

快递小哥见东西送到了，让刘乐乐签了个字之后就离开了。

刘乐乐看到手机的时候就已经猜着送她手机的人是谁了，这款手机跟她以前的那部一模一样，她是做业务的，平时最重要的就是电话。

这款手机还是她当年选了好久才选中的，既好用又结实，最主要的是拿在手里最舒服。

她打开手机看了看通讯录，里面只有三个号码。

一个是陈天佑的，一个是林妙涵的，还有她父母家的。

刘乐乐对着手机忍不住地就笑了下，就是不知道这串钥匙是什么意思，难道是陈天佑猜着她在发愁什么，所以找了地方给她住？

果然晚些时候，刘乐乐就接到陈天佑的电话了。

对方只是很客气地问她要不要一起吃个饭，提都没提送钥匙的事儿。

刘乐乐都对陈天佑刮目相看了，这家伙什么时候也会玩这种手段了？

她也就不动声色地哦了一声，选了个以前两个人常去的地方。

等她到的时候，陈天佑早已经在酒楼下等着了。

看样子好像就只有他一个人。

刘乐乐不知道他是把人打发走了，还是他那些保镖都混在人群里了。

她笑眯眯地走过去，向他摇了摇手里的手机。

陈天佑笑得很浅，那样子甚至都有点腼腆了。

这个时间酒楼里人很多，刘乐乐选的这个地方装修得古香古色的，就连里面的服务人员都是穿的旗袍马褂。

不过看着酒楼门口车水马龙、人来人往的样子，刘乐乐忍不住笑了下，推着陈天佑的轮椅，小声地说了句："我来的路上还在想呢，你该不会包下整个酒店了吧？”

“没有。”陈天佑居然回答得还挺正经的，“我知道你吃饭的时候喜欢热闹。”

刘乐乐没找雅间，这种地方小桥流水一样，她最喜欢在这种装修得很别致的小院落里吃饭了。

两个人在院落里坐下，因为人少，被领位的人领到了很偏的位置。

刘乐乐觉着位置有点不好，虽然他们人少，可是陈天佑坐在轮椅上，太偏的位置他行动起来不大方便。

刘乐乐也就跟服务生提了下，最后，领座的服务生给他们换到了一个宽敞点儿的地方，就是那位置挨着过道。

刘乐乐倒是无所谓，她把靠里的位置让给了陈天佑，然后就拿起菜单兴高采烈地开始点菜。

她已经好久没来这个地方了，自从跟陈天佑分手后，她不是吃快餐就是吃盒饭，偶尔出来也都是随便找个地方凑合凑合。

现在她很想好好地吃几道特色菜，“这个，这个……”刘乐乐用手指点着菜单，“我还想要这个蜜汁藕，不过前一个是甜的，再来一个会腻的，要不上这个吧……”

正点着菜呢，刘乐乐忽然就觉着有人拍了下自己的肩膀，而且力度很大，她的肩膀都疼了一下，随后她就听见一个大嗓门嚷嚷着：“嘿！你怎么在这儿啊？”

刘乐乐扭头一看，就见自己身边不知道什么时候站了一个胖子，她肯定自己没见过这个人。

她正纳闷这人干吗说这么一句呢，很快她就嗅到了那人身上的酒味。

她一下就明白了，自己这是遇到耍酒疯的了。

她厌恶地皱起眉头，避开那人的熊掌。

结果她这么明显的躲避动作反倒激怒了那个醉汉，那人当下就要过来搂她。

刘乐乐做业务出身，什么耍酒疯的没见过，她也不是能受委屈的人，当下就站了起来，一把推开那人。

只是她太生气了，这一下推是推开了，可没控制好力度，正好把那人推到

了陈天佑的身上。

瞬间刘乐乐就觉着整个院落的感觉都不对了，之前还在旁边吃吃喝喝的一对情侣，还有旁边好像是同事聚餐的那些人，一下子都站了起来。

眨眼间，那些人就把那个醉汉给押走了。

那些人动作非常流畅迅速，简直就是超专业级别的。

刘乐乐目瞪口呆了一会儿，最后才想明白了，陈天佑是没包下这家酒店，可是这酒店里坐的人里至少有一半都是他的手下。

陈天佑的表情自始至终都是很从容的，在刚才被醉汉撞到的情况下，他也只是按住自己腿上的毯子，以防自己的尾巴露出来。

刘乐乐坐了回去，她一时间无法平静下来，忍不住往四周看了看，醉汉早被人押走了，其他的那些潜伏人员又继续吃吃喝喝，不管是氛围还是场景都跟之前一样。

刘乐乐深吸口气，这才想起自己菜才点了一半，她也没心情再点别的了，就抬起头来对服务生说了一句："主食就上米饭吧。"

之前态度还很自然的服务生，这个时候说话都结巴了，"哦，米饭是两碗吗……"

"两碗。"

"再来个西湖牛肉羹吧。"陈天佑适时地插了一句。

他不说刘乐乐都要忘了，以前来这儿吃饭，她每次都会点西湖牛肉羹。

可怜的服务生脸都绿了，不大的眼睛直往四下看。

刘乐乐估计这倒霉服务生也被刚才的阵仗给吓到了，以为这是遇到黑道大哥了呢。

等人走了，刘乐乐才压低声音跟陈天佑说："我怎么觉着你身边的事儿都那么夸张呢。你看你把服务生吓的。拜托你下次出来的时候，别这样了行不行？"

保护安全是没问题，可问题是只是保护人身安全而已，又不是要出去打群架，有必要这么夸张吗？

"乐乐。"陈天佑语气平和地告诉她，"不是我想要夸张，你要明白，我的存在就是一个夸张。"

吃完了饭，刘乐乐有点心惊肉跳地跟着陈天佑往外走。

有了刚才的事儿，她总觉着大厅里各种暗潮涌动，就连外面的路人也都是神秘莫测的，谁知道在普通人的面孔下隐藏着什么样的人，没准儿这里面藏龙卧虎的，就有不少超级保镖呢！

见刘乐乐总往两边瞅，到处找潜伏在四周的安保人员，陈天佑只好告诉她：“没你想的那么恐怖。”

他用手指了下旁边的几个人，“他们在这儿呢，保护我的人怎么可能会跑那么远。”

刘乐乐却心里直犯嘀咕，大概因为跟陈天佑太过熟悉的缘故，她总有一种自己在做梦的感觉。

她默默地看着那些人把陈天佑抬到车内。

到了这个时候刘乐乐才想起件重要的事儿，她光接到钥匙了，陈天佑一直神神秘秘地还没告诉她房子在哪儿呢。

刘乐乐也就赶紧问了一句：“哎，天佑，你借我暂住的房子在哪儿啊？”

“你一会儿开车跟上。”陈天佑只淡淡地笑了下。

刘乐乐都有点讨厌陈天佑这个故作深沉的样子了，虽然他很早以前就比同龄人稳重一些，不过那时候是三棍子打不出个屁来，怎么一换成成功人士的脸孔后，立刻就觉着那叫沉稳、有城府、腹黑了？

刘乐乐开车一路跟着陈天佑他们，车子开出去没多久他们就到了。

陈天佑现在的代号都可以叫“夸张者”了，刘乐乐没想到他住的地方竟然这么普通，虽说是本市很不错的小区，不过她还以为他多半会住在荒郊野外，然后盖一座跟宫殿似的城堡呢。

停好车后，刘乐乐有点忐忑地走到陈天佑他们车旁。

虽然陈天佑单独给了她钥匙，不过她拿不准是不是陈天佑想跟她同住。

她倒不是怕什么尴尬，她知道自己不想的话，陈天佑是绝对不会勉强自己的，她只是觉着很怪，好像两个人绕了一个大大的圆圈，最后又到了起点。

刘乐乐沉默地跟在陈天佑身后，两个人的楼层是一样的。

她的猜测又被印证了一部分，这是陈天佑在不动声色地靠近她。

这就好像一道加减题，她喜欢陈天佑这个人，可是她怎么也喜欢不起来他的尾巴。

电梯门叮的一声在她面前打开，刘乐乐深吸口气，走出去。

她原本还想自己掏出钥匙开门呢，结果陈天佑直接把紧闭的门推开了。

刘乐乐纳闷地哎了一声，一边跟着陈天佑往里走，一边惊讶地问他："你都没锁门吗？这样多不安全啊！"

"没事儿的。"陈天佑从轮椅上站了起来，他弯腰拿起一双拖鞋，很自然地递到她的脚边。

拖鞋踩上去很舒服，而且尺码正合适。

刘乐乐穿上后，刚想要放下自己的鞋子，陈天佑已经帮她把鞋子放好了，就连她拿的小挎包他都帮她挂了起来。

随后陈天佑就行动敏捷地移动到冰箱那儿，打开来拿出里面的水果，又去厨房给刘乐乐倒水。

一会儿的工夫，温水还有切好的水果盘就都摆在了她的面前。

陈天佑准备水果的时候，刘乐乐好奇地打量起了新住所。

这地方简直就是她以前小家的扩大版，除了面积是以前的三四倍外，装修的风格、里面的摆设都无比熟悉，就连卧室里的用品都是一模一样的，而且，她不知道陈天佑是怎么做到的，里面的床品居然还是她使惯了的牌子。

她迟疑着，又走到衣柜那儿，那是三扇推拉门。

看过客厅后，刘乐乐对这个住所已经有了一定的认识，她就猜着这个衣柜应该不小。

可等打开后，她被里面的内容吓了一跳。

那不是一个什么衣柜，而是彻彻底底的一间房子！

而且里面还专门摆放了一张试穿衣服的小躺椅，另外还有穿衣镜之类的。穿衣镜旁边还有梳妆台。

而且整个衣柜不是空的，里面早已经挂满了衣服。

刘乐乐真的是被震在那儿了，她倒不是被这些衣服惊到的。

她是昨天才变得无家可归的，陈天佑这么快就给她弄好这些东西了？

还是陈天佑其实早就准备好了，一直都在等着她……不管她是否愿意跟他在一起，他都要在这么一个按她的喜好、生活习惯布置的房间里住下去？

等再出去的时候，刘乐乐的心情就很奇怪。

她坐在舒服的沙发上，对面茶几上除了水果盘外，还有她喜欢吃的奶油瓜子。

陈天佑循着她的视线，也注意到了桌上的瓜子。他以为她是想吃瓜子了呢，也就伸手抓了一把，小心翼翼地剥了起来。

刘乐乐吃着瓜子的时候偷偷地瞄了瞄陈天佑的尾巴，其实要是看惯了的话，那尾巴跟早先比，好像也不那么吓人了。

她之前从没主动摸过，现在忽然有点好奇起来。吃了几粒瓜子后，她忽然低头摸了下溜到自己身边的尾巴。

“尾巴有感觉吗？跟人的手和脚一样吗？”摸完后，刘乐乐还纳闷地问了陈天佑一句。

陈天佑不知怎么的忽然就尴尬起来，他的尾巴盘了几圈又回到他身侧。

刘乐乐知道陈天佑这是不好意思了。

她仔细想了想，忽然也有点不好意思起来。

随便吃了点零食后，刘乐乐就去睡觉了。

她跟陈天佑生活在一起没有一点不方便的地方，所有需要注意的细节陈天佑都会注意到，他们原本就是磨合得无比默契的一对情侣。

就算刚才陈天佑当着她的面换家居服的时候，她也没觉着有什么不妥的地方……

她在他面前没有形象地坐着，在沙发上盘腿吃橘子也没觉着不文雅。

就是刘乐乐觉着自己这样心安理得地住下来，是不是不大好？

可是睡觉的时候，她又琢磨了下，其实她心里并没有抵触这个，再说她住过来，最高兴的应该是陈天佑吧。

这么翻来覆去地想了会儿，刘乐乐脑子里有根弦忽然就给顺了过来。她在感情上从来都是单线条的生物，她把陈天佑的尾巴，还有自己最近的心情都捋了一遍，左边是她慢慢恢复过来的感情，右边是那条怪怪的尾巴，还有他们可能的未来。

他们可能压根儿不会有孩子，也不大会像普通的夫妻那样生活，可能一生都要这么柏拉图地过下去。

如果是这样的话她会觉着怎么样？

这么想了一会儿，刘乐乐穿上拖鞋，披上外套，就准备去敲陈天佑的房门。

她才刚走到陈天佑的门前，门就从里面打开了。

陈天佑压根儿没有睡觉，他坐在电脑后也不知道在忙着什么。

而且很奇怪的是，他面前放了好几块超薄的屏幕。

刘乐乐也顾不上他是不是在工作了。她脸红红的，在陈天佑疑惑的目光中，她终于向前迈了一步，不过似乎还是有点不好意思，她又把脚缩了回去，只站在门口那儿，起先她的声音很轻，到了后来才激动地抬高了嗓门，“天佑，我不跟你捉迷藏了，我刚刚已经想明白了，不管你是谁，有尾巴还是没尾巴，是不是人都没有关系，我已经都想好了……”

“乐乐……”陈天佑脸上的表情有点古怪，似乎是想提醒她什么。

刘乐乐正情绪激动着呢，哪里会理会那些，只自顾自地说着：“我对你的感情没有变，我还是很喜欢你。当初你连字都不认识的时候，我都那么喜欢你，我都愿意为你做那么多的事儿，现在只是多了条尾巴嘛，我就当你是坐轮椅的残疾人好了，不能过夫妻生活也没有关系，不能有孩子也没有关系，我可以用别的来充实自己的生活，而且咱们可以领养孩子啊，再说夫妻生活那些也可以……”

“乐乐……”陈天佑非常无奈地告诉她，“我在开会。”

刘乐乐当下就哎了一声，她纳闷地走了过去，开会？他开的什么会啊？这大半夜的。

到这时刘乐乐才留意到他桌子上的那几块屏幕。

难道是视频会议？

循着陈天佑的视线，刘乐乐赶紧跑了过去，当她的脸冲着那些屏幕的时候，她就觉着自己的脑子嗡了一声。

那不只是几个人，而是好多好多的人聚集在屏幕前，而且什么肤色的都有啊。

这是多少国家的人在开会啊？

她还没看清楚那些人的表情呢，陈天佑已经把屏幕关闭了。

刘乐乐都要尴尬死了，她居然当着那么多人的面，在跟陈天佑做深情告白呢。

她还提了好几次夫妻生活。

她怎么不死了算了。

第八章

虽然事后陈天佑说在她打开门的瞬间，他已经把声音关掉了，但刘乐乐总觉着那是他安慰自己的话，因为那时候她看得很清楚，陈天佑压根儿都呆在那儿了，过后他也是一副又惊又喜的样子。

刘乐乐倒是还跟往常一样。她很早就起来了，就是出去见到陈天佑拖着尾巴在给自己做早饭的样子，刘乐乐心里多少有些不好意思。

她低头吃着那些熟悉的早餐。

油条是陈天佑亲自炸的，比外面买的要厚一些。知道外面地沟油多，陈天佑特意在家里练习了好久才练出来炸油条的技术。

为了这个他还跑去找卖早点的切磋过手艺，还知道两根油条放一起炸出来的效果更好。

鸡蛋则是打在心形的模具里，端上来的时候还在上面浇了一些很好吃的番茄酱。

吃饭的时候，陈天佑闲聊一样跟她提了下火灾的调查情况。

“这次的事儿跟闻柳关系不大。”陈天佑虽然表现得很平淡，不过刘乐乐能感觉到，他说话的时候其实很小心，一直在观察她的表情变化。

刘乐乐早忘记闻柳长什么样了，就是一听见那个名字从他嘴里说出来，还是有点犯堵。

她也就没好气地白了他一眼。

陈天佑忙讨好地夹给她一片培根。

刘乐乐看着餐桌上不中不西的早点，忍不住笑了下，摆手道："你别这样了，我生气是生气，可我没你想的那么在乎，我就是别扭而已。不过既然跟她关系不大，你该怎么处理就怎么处理，也不用顾忌我的态度，反正按照法律法规来就行，我又不是那种会给人上私刑的人，我也懒得去打听他们的事儿，你都全权处理吧，也别告诉我结果，我对那些不感兴趣。"

刘乐乐一向心大，陈天佑倒是知道这个，就又为刘乐乐盛了一碗豆浆。

刘乐乐吃得肚子都鼓起来了，忽然想起来公司里还有免费的超豪华早餐要吃呢。

她皱着眉头说道："坏了，朱琳还等着我一起吃免费早餐呢，我都吃这么饱了……"

"已经没有免费餐了。"陈天佑说这话的时候居然一点都不害臊，"你去的话，也只有很简单的早点和不怎么新鲜的炒米饭，还有一些头一天剩下的炸馒头片。"

刘乐乐哎了一声，陈天佑很正经地用手点了点她的鼻子，"午饭还跟以前一样，晚饭则是午饭剩下的那些，所以回来吃吧，我给你做好吃的。"

以前陈天佑也这么宠着她、惯着她，可是那时候家里的财政大权是紧紧握在她手里的，刘乐乐心里很有底，知道就算陈天佑对她再好，她在外打拼嘛，给这个家里做的贡献也不小，所以享受起来心安理得，被宠得无法无天，也从不会觉着别扭。

可现在她拿着包下车的时候就觉着脚下软软的，心里也怪怪的，好像自己平白地多出一个爹来似的。

她这时候才隐隐觉着自己以前是不是太欺负陈天佑了，会帮她把牙膏挤在牙刷上的陈天佑，会帮她把鞋子都提前拿出来摆好的陈天佑，以前她也没觉着有什么不妥当的……

到了公司的时候，刘乐乐刚打开办公室门，就听见里面各种唉声叹气。

果然她人刚走进去，就见朱琳正动作夸张地揪着头发咆哮："还我的水晶虾饺，还我的香菇鸡丝粥啊！"

已经有看破世事的同事摇头晃脑地去安慰她了，"我就说是新老板的怀柔政策吧，收买人心而已，现在公司都稳稳当当的了，你以为还会有免费大餐可以吃吗，唉……”

吃得肚子都要鼓出来的刘乐乐赶紧低头跑到了自己的办公室里。

过了一会儿，朱琳跑了进来，说了一通早餐时遇到的惨剧。

刘乐乐闷头听着，朱琳忽然话风一转，想到什么似的，跟她说：“对了，乐乐姐，咱们部门经理可能要换人。就收购咱们公司的那个老总，好像要空降个领导过来，据说还要带两个助手，我也不知道会不会动到我这儿，还是你们做业务的好，不管公司怎么弄，你们都是龙头……”

刘乐乐心里是明白的，哪儿来的什么新老板啊，这百分之九十九都跟陈天佑有关系。

所以一等朱琳走远，刘乐乐立刻给陈天佑去了个电话。

她本来还想着陈天佑会解释下呢，结果电话另一端的陈天佑只用很平淡的口吻告诉她：“是派过去三个人保护你。”

那口吻就好像他办的只是很平常的一件事一样。

可对她来说是很大的一件事啊。

刘乐乐当下就哎了一声，她很想说他一句“要不要这么夸张”，可最后她又把那句话给咽了回去。

因为最近发生的这系列事情，每一件拿出来都足够夸张了。

她也就点点头，配合着说道：“我明白了。”

挂上电话后，刘乐乐把之前做好的心里预备又拿出来，默默地加进去两句话：“除了不能过夫妻生活，不能有孩子外，还有……不一样的人生，诡异得不知道要通向哪儿的生活……”

这话虽然有点文艺，可是现在跟陈天佑在一起的每一天都会有些意料不到的事情发生。

而这种变化对陈天佑来说却是一种常态。

刘乐乐转了下手里的笔，给自己鼓劲儿，当年自己独立贷款买房子都扛过来了，没必要因为陈天佑变得太厉害了就退缩。

她笑了笑，把一切都抛到脑后，继续忙手边的工作。

晚些时候，部门经理果然换人了。

开部门会议的时候，新人只简单地交接了一下，新的部门经理看上去不怎么随和，有点儿过于严肃，不过做事的话倒都是公事公办。

刘乐乐也没觉出对方对自己有多么照顾，就是对方以要腾个展室的名义，把所有人的办公室都掉换了下。

在这个过程中，刘乐乐倒是很幸运地得到了一间比以前的办公室更大、通风更好的房间。

朱琳也被调到靠近她的位置。等收拾东西的时候，部门经理带来的两个助理之一还过来帮她收拾了一些杂物。

不过那都是新同事之间互相帮忙嘛，也没人会发现什么。

刘乐乐自己也不会表现出什么来，她照旧做着自己分内的活儿。

下班后她还跑去看了父母，见到她妈在收拾小院子的时候，她有点忐忑。当年陈天佑四肢健全她妈都不待见他，现在他尾巴都长那么长了，刘乐乐一想到以后两个人见面的情形就觉着头疼。

而且她妈也没有外孙可以抱了。刘乐乐估计她妈肯定会为这个事儿把她头打破的。

刘乐乐也就趁着她妈心情好的时候，给她妈稍微地做了些思想工作，旁敲侧击地闲聊着："妈啊，我今天上网看到一件特好玩的事儿，说其实已经有外星人跟咱们住在一起了，只是咱们不知道……没准儿老辈人流传下来的什么狐狸精啊、黄皮子啊，都是他们变的呢……"

"啥？"刘乐乐的妈都没听过这么傻的话，"啥外星人啊，尽瞎说，你见过黄皮子啊你就那么说。我跟你说啊，妈当年在乡下的时候还真见过，那东西神得不得了……"

"别听你妈的。"刘乐乐的爸从房间里出来，嚷嚷着，"她见啥黄皮子了，现在到哪儿找黄皮子去……"

一看父母要拌嘴，刘乐乐赶紧举手做投降状，嘀咕着："你们别拌嘴了，你们就不能好好地听我说吗，我要是真找个外星人，你们觉着怎么样啊……"

刘乐乐的父母压根儿没理她，又为陈芝麻烂谷子的事儿拌了几句嘴，临了倒是她妈想起什么来似的，拍着刘乐乐的后背催她，"别瞎想了，我最近在帮你找对象呢。妈在附近遛弯的时候遇到一个特好的阿姨，人可热情了，一听说你的情况啊，就非要给你介绍个对象。对方那个小伙子人可不错了，家是郊区的，赶上征地，他们家地多，一下就赚了不少钱，房子、车都有，人还本分，就想找个性格好的女孩……”

刘乐乐老大不高兴地嘀咕着：“妈，你真别折腾了，我不想出去相亲啊。我这样的脾气、性格，也没人能受得了我……”

她是知道自己的，她已经被陈天佑惯出来了，她找谁都会觉着不幸福。

偏偏她妈还特当回事，在那儿喋喋不休地叨咕着：“怎么会没人受得了你，再说你就真甘心一辈子不结婚啊？你答应，我未来的外孙还不答应呢！你甭管了，相亲的日子我都帮你选好了，到时候就来咱们家见面。你之前也说了的，你周六肯定有空过来看我们，这次你可不能不来了！”

刘乐乐真是要被她妈气死了。

等她回到陈天佑那儿的时候，她也不会掩藏什么，当下就把她妈给她安排的相亲说给陈天佑听。

“你说我妈过分不过分啊，我都说了我不要相亲，她还非让我去，我说我终身不嫁都不行。”

正在厨房里把饭菜往外端的陈天佑，居然一点着急的样子都没有，只淡淡地哦了一声。

刘乐乐就有点不是滋味起来，她帮着拿出碗筷，跟表白心迹一样告诉陈天佑：“你放心吧，我是不会去的，到了那天我连我妈的电话都不接，哪怕老人家生气我也不管了！我不能让她由着性子胡来，我的人生是我自己的，她不能这么随便地给我包办婚姻。”

“那样不好吧。”陈天佑盛好了米饭，放在她面前，语气平和地跟她商量，“你就过去看看，又不是非嫁不可，也别真跟阿姨闹翻了，阿姨毕竟岁数大了，禁不住你这么气的。”

刘乐乐翻着眼白瞅瞅他，闷闷地吃着饭说：“你真的不介意？你要真不介意的话，我可真去了，万一人看上我，你可别生气。”

陈天佑很自信地抬头看她一眼，笑眯眯地夹了一筷子菜给她。

刘乐乐稀里糊涂地吃着，心里总归是七上八下的，不过陈天佑说得也对，为了不气着她妈，她是得凑合过去应付应付，就是一想起来就头疼。

之后几天都风平浪静，到了周六，刘乐乐都懒得收拾捯饬了，平时她穿着都挺讲究的，这次为了不让对方看中自己，她特意选了一件过时的裙子。她也没怎么整理自己，很随意地就出门了。

倒是陈天佑把早饭端出来后，比她还要早就出门了。

刘乐乐知道他神秘莫测的，也就没多嘴问他，只跟他约好了晚点儿回来的时候要吃什么。

等吃过了饭，刘乐乐收拾了下，然后拿起小手包就出门了。

路况很好，虽然是周末，可也没有赶上堵车，一路顺顺当当地到了她妈那儿，她刚进门就听见客厅里传来很热闹的声音。

虽然很不想相亲，不过为了给她父母面子，她还是早到了五分钟。

里面对方的介绍人早到了，一见到那个介绍人，刘乐乐立刻就明白她妈为什么对这次的相亲这么热情了。

这个介绍人一看就是超靠谱的那种媒人，本身就有身份不说，人看着还很和气。

她原本还指望媒人不靠谱，给介绍个也不靠谱的对象呢，现在见了媒人，刘乐乐就很闹心，估计一会儿来的相亲对象也不会多差，到时候自己再推掉的话，她妈一定会气得拿腰带抽她的。

现在刘乐乐也就只能指望对方最好迟到，这样她就可以拿对方不重视相亲的大帽子压对方。

结果她这边还没坐下呢，门铃一响，她的相亲对象已经到门口了。

“真准时啊！”刘乐乐的妈兴高采烈地往门口走，那副样子就好像认准了门外的小伙是她未来的女婿一样。

门很快就打开了，刘乐乐正处于闹心得不得了的状态，也就没随着她妈过去开门。

奇怪的是，门打开了，不知道为什么她妈反倒没有了声音。

倒是很快的，刘乐乐听见一个熟悉的声音有礼貌地叫着：“阿姨，您好，我是陈天佑……”

刘乐乐还以为自己出现幻觉了呢，她三步并作两步地就走了过去。

等她过去的时候，就见她妈已经愣在那儿了。

陈天佑操作着轮椅进入了屋内。

他坐在轮椅上，表情十分客气谦虚。

只是刘乐乐她妈脸色很不好，回头很不高兴地瞪了媒人一眼。

媒人倒是跟早知道这个情况似的，只热情地叫着陈天佑的名字，把陈天佑往里迎。

进去后，刘乐乐都傻眼了。

她目瞪口呆地看着陈天佑，不明白这个家伙一句话没说，也没跟她商量，怎么就能跑到她家来。

刘乐乐的妈对陈天佑很有成见，这个时候碍着媒人的面子，她只能坐到座位上。不过刘乐乐的妈留了个心眼，特意把刘乐乐叫到自己身边，拉着刘乐乐的手，在那儿听着陈天佑的解释。

她也不说什么，那副样子，跟当年陈天佑来她家提亲如出一辙。

刘乐乐头就有点大，陈天佑四肢健全的时候，她妈都没答应他们的事儿，之前找了那么多说客，她妈都没动心，现在这样不是扯吗？

他光说让她不要气到她妈，现在他倒好，自己上门气人来了。

刘乐乐也就皱着眉头往陈天佑那个方向看。

陈天佑的表情始终都没什么太大的变化，他只是拿出一样东西来递给刘乐乐的妈。

刘乐乐的妈眼神儿不好，东西接过去后，老太太就不大高兴，在那儿嘟囔着："你这是要干吗？现在发财了，想反过来找我女儿吗？你还挺有心眼的！之前你怎么找到那么多人帮你当说客的？现在还拐弯抹角地让人给你介绍对象啊，你就蒙我们家人都傻是吧？"

刘乐乐也埋怨地看他一眼，他傻不傻啊，他该知道她妈有多讨厌他的，他还上赶着找骂。

"阿姨，我之前离开您女儿是有原因的。"不知道怎么的，陈天佑的表情忽然就悲伤起来，甚至还有点委屈。

"您要看了我给您的东西，您就知道了，是我出了意外，当时的情况不允许我再拖累您女儿。"

刘乐乐就有点纳闷，她紧张地对陈天佑使着眼色，心说你还真想说你长尾巴了啊！

陈天佑也不怕吓到她父母。

哪儿知道对面的陈天佑话题一转，很快说了出来："我在回家的路上看到一个孩子差点被车撞到，为了救那个孩子，我出了意外……当时以为双腿都要截肢的，虽然那时候很多人都建议我把这件事告诉乐乐，可我怕拖累乐乐，就什么都没说……直到前些时候，有人关心我的情况，希望从中撮合我们……”

刘乐乐都听傻了，她嘴巴张得大大的，陈天佑说得跟真的一样。

最主要的是她妈虽然讨厌陈天佑，可是陈天佑的老实劲儿和不会骗人的脾气秉性大家都是清楚的，所以他这么胡诌的话，虽然这么多漏洞，可她妈居然全都听了。

她妈甚至还问了一句：“所以那些人才找到我们家，那些什么妇联的人才要劝乐乐跟你复合？”

“是的，因为当时医生说我的腿有一定的几率会恢复，不过我是反对的，我想更有把握了再回来找乐乐。”

说话间，就跟很激动似的，陈天佑居然就要双手拄着轮椅把手站起来。

这下可把刘乐乐吓坏了，她很怕毯子掉下来，露出里面的尾巴。

可偏偏是怕什么来什么，她这儿刚紧张呢，那头陈天佑已经把毯子掀开了。

刘乐乐当下就吓得闭上了眼睛，啊的一声就叫了出来。

她以为很快她妈也会跟着喊几嗓子，可房间里却很安静，啥意外的声响都没有。

结果倒是她妈狠狠地掐了她一下，不高兴地问她：“你叫什么呢……腿都在呢，你睁开眼睛吧。”

刘乐乐慢慢地睁开眼睛。

很快地她就看见陈天佑在努力地支撑着身体站着呢。

那尾巴呢?

刘乐乐惊得人都从沙发上站了起来，她走过去绕着陈天佑走了一圈，眼巴巴地瞅着他的双腿看。

刘乐乐的妈都有点看不过去了，赶紧把她揪了回去。

不过刘乐乐能感觉得到，陈天佑的腿明显还有点儿使不出力气，他只站了几秒就出汗了，很快他就重新坐到了轮椅上。

“我还在慢慢恢复中，医生说我有很大的几率能恢复成以前那样……而且，”陈天佑露出了腼腆的表情，小心地解释着，“我家里的地被征用了，我一下得到了很多补偿款，我觉着现在我有能力给乐乐幸福了，以前我也是担心自己给不了她什么，可现在……我想阿姨给我一个机会……”

刘乐乐真有点要扛不住了，这是要演悲情戏啊。

偏偏这个时候还有个配合的，那个介绍人忽然开口了，就像是在证实陈天佑的话，“哎，我原本不想说的，可是当初就是陈先生救的我的孙子，我们全家真是特别感谢他。知道他可能会失去双腿后，我们的心情真是……而且他还要为这个离开自己喜欢的人，连婚都不结了，说是怕耽误了小刘……幸好他自己争气，我也一直在医院照顾着他，他的腿现在越来越好了，他才说想找以前的未婚妻……再说他现在条件也好了……”

刘乐乐捏了捏自己的鼻子。

其实她脸都要变形了，这两个人都是演技派的。

问题是她妈居然还都信了，这么夸张又各种狗血横飞的东西，她妈竟然就毫不犹豫地信了，还在那儿自言自语地说：“我是听老家的人说山里在征地，据说补偿了不少钱，地方越大给的越多……哎，这也是缘分了，我们家乐乐当初死活都不愿意相亲，我就猜着她对你吧，还是有感情的……只是没想到原来你这段时间经历了这些……我当初反对你们，也是怕我女儿跟着你吃苦，你说你连个字都不认识……”

“现在不会了。”这次介绍人很快就接过话头，告诉刘乐乐的妈，“之前他不是一直在住院吗，我正好没事，有空没空地就过去教他。他就是上学上得少，不过这孩子脑子可好使了，要不你现场考考他，他现在不光认识汉字，做计算题还可快了呢……”

“哦……”刘乐乐的妈也挺意外的，她也没考陈天佑计算，只随便拿了桌子上的一张报纸，让陈天佑念念。

刘乐乐嘴都要歪了，别说中国字了，现在陈天佑认识的东西多了去了。

果然陈天佑把报纸上的内容一字不差地念了出来，那声音平平整整、干干净净，都要赶上主持人了。

刘乐乐的妈也是典型的刀子嘴豆腐心，平时看见做好人好事儿的都会被感动得哭几鼻子，现在陈天佑是为了救人才这样的，再说还能恢复呢，一时间刘乐乐的妈一激动，也就说了出来：“我说怎么前段时间那么多人要撮合你和我家乐乐呢，原来你是做了好人好事儿了。我现在也不说别的了，你们年轻人的事儿啊，你们自己看着办吧。不过就一点，陈天佑啊，你的腿你必须养好了，有个什么伤痛，上岁数后都是问题。你有钱是有钱了，可我嫁女儿也不都是看钱的，你的腿要是彻底好了，你们要结婚就结婚，可现在我是不能答应，毕竟事关我女儿一辈子的幸福。只要你的腿不影响生活，我就都随你们，你看这样行吗？”

等刘乐乐晕头转向跟着陈影帝出门的时候，她都不会说话了。

她妈也是唉声叹气感慨万千的。

刘乐乐算是知道什么叫人精、什么叫算计了，这个陈天佑当年在她妈面前只会闷头坐着，不管她妈的话说得多难听，也只是挨着。

而刘乐乐能做的就是努力地维护陈天佑，然后彻底地跟家里翻脸，不让她父母再干预自己的感情生活。

可现在陈天佑的一通表演，居然硬是把她妈这个阻碍给搞定了。

什么救孩子，什么身体有了残疾，在努力奋斗啊，逆流而上啊，善有善报，家里征地，还得到很多补偿款，对她妈这种肥皂剧爱好者，简直是太对胃口了。

现在就差一个身体恢复健康、跟恋人相拥而泣的大团圆结局了。

等刘乐乐跟她父母吃过饭，再回陈天佑那儿的时候，就见陈天佑已经摆好零食在等着她了。

刘乐乐心情无比复杂地走到陈天佑面前，纳闷地低头扫了扫他腰部以下的尾巴，歪着头打量了下，最后忍不住用手点了点。

陈天佑赶紧躲开，尾巴更是小心地蜷在一起，就好像害羞了一样。

刘乐乐赶紧板着面孔问他：“你的尾巴什么时候可以变回去的？你怎么都没告诉我？”

“还在适应中。”陈天佑居然还挺有自己的想法的，“提前告诉你就没今天的效果了，我能骗过阿姨，你可是她看着长大的，到时候一个眼神不对都会露馅。”

刘乐乐知道他说的都对，不过还是有一种自己也被算计了的感觉，她也就闷头吃了几块西瓜。

陈天佑赶紧讨好地把放西瓜子的小碟子推过去。

刘乐乐白了他两眼，终于还是憋不住，又问道："以后会适应好吗？以后就跟人类一样用腿走路了，对吗？"

那样可就太好了！

陈天佑听后却没有立即回答，而是露出很为难的表情，过了好半天，他才小心地回道："乐乐，尾巴才是我的常态，用腿走路不是不可以，只是相比较来说，我更愿意回家的时候放松自己……"

刘乐乐哦了一声，她也没觉着怎么失望。

她早已经有了认知，她慢慢地消化着陈天佑的话。

她也不敢把所有的事情都往好的方向想，再说那样的话，也容易让陈天佑有压力。

可还是忍不住有一点点贪心，"那要是我想出去看电影呢，你可不可以跟我一起走着去？"

"可以。"

"那偶尔吃饭呢？"

"可以。"

"那去见我父母呢？"

"没问题。"

刘乐乐满足地笑弯了眼睛，高兴地把陈天佑的手握在手里。

他的手掌很大，跟他比起来，她的手就显得小巧多了。

她用自己的手量着陈天佑的手，她也不知道未来会变成什么样，但每过一天，她就会觉着幸福的日子又多了一天，所以她很满足。

"乐乐。"陈天佑迟疑着，慢慢地告诉她，"我们也会有孩子的，只是我不知道孩子以后会像谁……我知道你担忧的那些，我会努力地去解决……只要我们在一起，就什么都不是问题。"

刘乐乐用力点了点头，不管未来什么样，她都要跟陈天佑在一起。

她跟陈天佑的事儿不知道怎么三传两传地又传到了她堂姐刘冉的耳朵里，于是在家里再聚餐时，刘冉不知道怎么又想起刘乐乐被几个开好车的男人接走的事儿了，当下她就故意说了出来："我就说嘛，那么多金龟婿怎么可能都看上刘乐乐呢，多半都是要竹篮打水一场空的，你看现在乐乐还是要嫁个瘸子吧。”

刘乐乐都不知道她堂姐是怎么了，心理这么变态，每次都非要踩自己几脚才能舒服似的，而且，最近真是越来越过分了。

刘乐乐就很想回她几句，只是她还没开口呢，她妈也反应了过来——之前她妈还各种帮着刘冉说话呢，现在老人家忽然就怒了，当下就拍着桌子说道：“刘冉，你当姐姐的怎么能这么说乐乐呢。再说什么瘸子不瘸子的，那个陈天佑人多好啊，要不是为了救人也不会那样，而且他不正恢复着嘛！你这人怎么这样啊……以前看你这孩子也不这么爱慕虚荣啊，什么竹篮打水一场空，感情的事儿，是那么说的吗？又不是捞王八！”

刘乐乐忽然就很想笑，她没想到她妈也蛮幽默的，这一番话说出来，刘冉彻底被堵得说不出来了。

早有看不惯刘冉的亲戚在旁边跟着搭茬儿了，趁机说道：“而且乐乐的这个对象也不是没钱啊，我记得好像是家里的房拆迁分了不少钱吧。倒是刘冉，我怎么听说你老公做生意赔了钱呢，是不是前段时间还要卖房子抵债啊？”

这下那些亲戚都往刘冉那边看，刘冉脸憋得红红的，好半天才憋出一句来：“那我老公也比刘乐乐找的那个土鳖好，那种连字都不认识的文盲，能有什么本事啊……”

这下可是撞上枪口了，刘乐乐的妈妈当下就回嘴道：“你还真别说，虽然陈天佑是个村里的吧，不过老家的亲戚跟我打电话了，他们那个村啊，最近分了拆迁款，就是特可惜，早年那些搬出山区的都没拿到多少钱，倒是越住山里的人分的钱越多，所以现在的陈天佑可了不得了，他那点地可是分了不少钱呢……人啊，啥也不用做，这辈子也不愁吃喝了。再说了，我们家乐乐也不图他那点钱，她开始就喜欢他，还不是图他人好嘛，现在他有钱了也就是锦上添花……”

刘乐乐听她妈说的都要不好意思了，不过看到刘冉的那副样子，刘乐乐倒是爽得不得了，这么些年了，她妈终于是帮着她说话了。看刘冉的那副样子，刘乐乐估计再有亲戚聚会的时候，她未必会过来参加了吧。

日子一天天地过着，刘乐乐都不知道这个看似老实巴交的陈天佑是怎么做到的，他居然真的就那么按部就班地学起了走路。

虽然说长着尾巴的陈天佑才是正常形态的陈天佑，不过就跟他说的一样，只要在外面的时候，他都尽量配合着她，努力地用双腿走路。

但是陈天佑恢复双腿后，走路总是不稳，大部分时间还是需要轮椅、拐杖那些东西来辅助。

开始刘乐乐还纳闷呢，陈天佑怎么能装得那么像啊，简直就跟真的在重新学习走路一样，而且不光是当着她父母的面，即使有几次单独在家的时候陈天佑也是这样的。

在跟陈天佑闲聊的时候，刘乐乐才知道，他还真的是在重新学习走路。

所以再等陈天佑练习走路的时候，粗线条的刘乐乐赶紧跑了过去，关心地注视着他，虽然知道他未必需要，可她还是在旁边很小心地看着他的一举一动。

中间她会很关切地问他一句："腿有感觉吗？能使出力气吗？"

陈天佑总是表现得很轻松，不过从他额头流出的汗，刘乐乐知道其实他一点都不轻松。

现在的陈天佑简直就跟初生婴儿一样，还需要重新学习走路，学用两条腿保持平衡。

刘乐乐也不知道该怎么帮他，他也不需要她搀扶着。

所以下班回来的时候，她就买了好多排骨。她不怎么会做菜，不过既然陈天佑腿使不出力气的话，那她就给陈天佑多熬点骨头汤补补。

但不知道为什么，她熬出来的骨头汤味道总不对。

在一次回父母家看看的时候，刘乐乐忍不住跟她妈唠叨了自己下厨房的事儿，她妈赶紧问她："你用冷水还是热水熬的骨头汤啊？你有没有把浮沫去掉啊？"

刘乐乐不明白地反问道："还需要那样吗？不就把骨头放进去熬吗？冷水、热水有什么关系？"

"去！去！"刘乐乐的妈真是对这个女儿没办法，别人家的女儿不会做家务都是懒的，唯独她家的宝贝女儿，那完全就是个家务白痴。她妈也就忍不住地叨叨："哎，你妈我多会干家务的人啊，居然能生出你这样的女儿来。我看啊，你也别找别人了，就跟陈天佑过吧，也就他上辈子欠了你的，要给你做牛做马。”

刘乐乐不满意地撇着嘴说：“我对他多好啊，什么他给我做牛做马……”

不过看着她妈急吼吼地跑去菜市场买了排骨熬汤后，刘乐乐忍不住又高兴起来。她从背后抱住她妈，问她：“妈，你是在给天佑熬汤吗？”

这在以前可是做梦都不敢想的事儿。

“你说呢，你这个当人未来老婆的啥都不会，我做丈母娘的再不心疼未来女婿，他得多可怜啊！”

刘乐乐抿着嘴，忽然就觉着眼睛酸酸的。

等她拎着保温桶回家的时候，就看见陈天佑正在餐厅喝她熬的难喝到极点的骨头汤。

她赶紧走过去，把她妈的爱心汤拿出来，递给陈天佑，笑着告诉他：“这是我妈给你熬的，还有我爸说了，下周末让你跟我一起回去，我妈还说要给你做她最拿手的醋溜丸子呢。”

陈天佑笑着回答她：“好的，乐乐。”

刘乐乐心满意足地看着眼前的男人，她比任何时候都要幸福。

番外

1

那是刘乐乐跟陈天佑结婚后好几年的事儿了。

两个人时不时地会出去郊游，每天的生活也都跟最普通的夫妻一样，除了刘乐乐一直没有着急要孩子外，他们的生活简直完美到了极点。

刘乐乐身边的那些同学、朋友也都知道了她的事儿，不过他们知道的也仅仅是陈天佑编的那些，什么遇到意外残疾、努力恢复身体、好人有好报、得到征地款那些。

不过狗血大戏人人爱，刘乐乐的闺蜜林妙涵更是羡慕得不得了，直说："当时就觉着不对嘛，那么喜欢你的陈天佑怎么可能一句话都不说就抛弃你啊，原来他遇到了这么狗血的事儿啊，你们简直就是上演了一部韩剧啊！"

刘乐乐心说什么狗血韩剧啊，应该是走进科学、我要嫁个外星人那档的吧。

只是再美好的生活也总有不如意的地方，刘乐乐对孩子啊什么的是放开心了、不在意了，再说那事也强求不来，可架不住她妈三天两头地问她。

随着结婚的时间越来越长，刘乐乐简直都怕接她妈的电话了。

其实她跟陈天佑也不是不可能有孩子。

后来陈天佑做过一些研究，也跟她说过，他们也是可以有后代的。

只是刘乐乐一时间还没准备好呢，毕竟在她之前没有先例。一想到都不知道自己怀上的是什么，刘乐乐就觉着头大。

陈天佑也是一副顺其自然的样子，倒是中间刘乐乐被有关部门找了几次，对方都是用很隐晦的口吻给她讲她怀孕、生产的种种好处，比如对未来两个种族的融合做出伟大的贡献，以及留下优秀的基因发展航天事业……

刘乐乐摸着自己干扁的肚子，忽然就觉着连呼吸都沉重起来。

她这哪里是肚子啊，简直就是扛着整个新人种进化大旗的母体。

眼看着自己岁数越来越大，再加上她父母也催得急，刘乐乐也就一咬牙、一跺脚，索性不去避孕了，不管怎么样，就要个孩子算了。

陈天佑倒是态度很随意，只要刘乐乐想做的事，他都会听她的。

不过不知道是哪里的问题，之前心惊肉跳很怕不小心会怀上神奇的东西的刘乐乐，现在一心一意地备孕，却是死活都怀不上了。

这下不光是刘乐乐着急，就连有关部门都跟着犯难。一得到消息，有关部门立刻就派了医疗小组过来，给她做了很详细的身体检查。检查结果出来得也很快，作为一个成熟的女人来说，刘乐乐绝对是很合格的母体，怀孕、生孩子一点问题都没有。

所以唯一的问题就是她跟陈天佑差异太大了，两个人压根儿不可能会有后代。

刘乐乐就很郁闷，主要是之前没有期望，她也做好了不当妈妈的准备，可后来陈天佑告诉她是有机会的，又加上她周围的人都陆续当了妈妈，刘乐乐的心思难免就会活动一二。等着她投入到这个事情后，原本她以为自己没有的那根弦也被扯了出来，原来在心里她是想当妈妈的，也想自己的肚子里有一个软软的小家伙，也想可以抱着一个可爱的宝贝……

不过刘乐乐一直没表现出来，她不想把自己的负能量传递给陈天佑。

她每天照旧开开心心的，尽量不去想那些遗憾的事情。她已经得到了陈天佑的全部感情，她不能太贪心。

刘乐乐放下心里的包袱后，不知道怎么的胃口也跟着大了起来。

她平时就很能吃，每次都能吃满满的一碗米饭。可不知道怎么的，也不知道是从什么时候开始的，刘乐乐忽然觉着一碗米饭已经不够吃了。

她每次至少得吃两碗。

两碗其实也不多，陈天佑是巴不得刘乐乐能再圆润一些。

只是渐渐地好像两碗米饭也不够了似的，刘乐乐已经能吃三碗了。

可问题是刘乐乐那么能吃，她都觉着自己肯定会胖一圈，结果别说胖了，她发现自己的腰不知道怎么的反倒还细了一些。

而且她肚子总是饿得厉害，简直就跟自己多长了个胃似的。

那天刘乐乐跟朱琳闲着没事儿出去逛街，正好有一家什么美体中心在做活动，有发传单的，有拉着顾客过去称体重的，然后还保证说一定可以减到很苗条。

朱琳是那种喝水都会长肉的体质，当下就眼睛一亮，非要拉着刘乐乐过去凑凑热闹，反正开始三次活动是免费的嘛。

刘乐乐真是无语了，在旁边告诉朱琳："减肥这种事情，就要自己注意，这种减肥当下管用，过后你管不住嘴也是没用的。"

朱琳哪里肯听，硬是踩在电子秤上，对着上面的数字发愁说："我一米六的个子啊，居然已经一百三十斤了！不行，我一定要减到一百斤。"

"一百斤就偏瘦了。"刘乐乐想给朱琳做个示范，反正这边人少，等朱琳一从电子秤上下来，她也就踩上去说，"咱们身高差不多，你跟我一样重就行了，不胖不瘦的最好了，你看我也没多轻啊。这是……公斤吗？"

刘乐乐瞪着电子秤上不断攀升的数字，就算她现在一顿饭吃四碗米饭也没有这么夸张吧！

她身边的导购小姐也傻眼了，两百斤啊！

这人要两百斤，得胖成啥样啊！

可是这个踩在电子秤上的人明明很苗条嘛，尤其是那腰，简直都细得让人羡慕了。

导购小姐赶紧拿了身边的电子秤过来，放在刘乐乐脚边说："不好意思啊，准是电子秤不准了。"

刘乐乐头顶都要冒汗了，她吸了口气，小心地踩在新电子秤上。

电子秤的数字依然稳稳地固定在了一百千克。

这算下来依旧是雷打不动的两百斤。

朱琳嘴巴也跟着张大了，她抬头看看刘乐乐，低头又看看电子秤。

刘乐乐已经觉出问题所在了，她最近这么能吃，看着是没长肉，但她家的那位可不是一般人啊！

她赶紧从电子秤上下来，一把扯住朱琳的手就跑了。为了掩饰自己的体重，刘乐乐还一本正经地告诉朱琳：“你看到了吧，现在好多减肥的地方都是这么做手脚的，故意把电子秤弄坏，让你觉着自己很重，然后再给你个好的，你就会觉着他们的方法有效果了……”

“是那样吗？”朱琳疑惑地上下打量刘乐乐，“可为什么我的重量很准，你一上去就两百斤啊……”

刘乐乐也很想吐血啊，她问谁去啊！

等糊弄着朱琳回去后，刘乐乐赶紧给陈天佑去了个电话，把自己的情况大概说了说。

陈天佑在电话里并没有表现出异样来，不过人却是以最快的速度赶了过来。

刘乐乐说过好几次，能不夸张尽量不要夸张，但看着坐直升机过来找自己的陈天佑，刘乐乐一下就跟明白了什么似的。

她神情怪怪地摸着自己的肚子，但并没觉着肚子里有什么不一样。她纳闷地抬起头来，还没开口，陈天佑已经把手贴到了她肚子上。

很神奇的一幕出现了，刘乐乐原本还平平的肚子，忽地就鼓起一个小拳头似的东西，然后很快那东西又消失了。

刘乐乐差点没被那一幕吓到。

陈天佑很小心地抱起她，他们的视线很自然地对在一起。

“是小宝贝吗？”刘乐乐不是很懂地问着，“你们那儿的孩子都是这样的吗？那我要怎么生出来？需要怀多久啊？有什么注意事项没有……”

说到这儿，刘乐乐才跟想起什么似的，双手捂住了自己的脸，“我要当妈妈了吗？”

她带着点期待地直视着陈天佑的眼睛。

“是的。”陈天佑轻轻地抱起她，他的眼角眉梢都带上了笑意，“我们要学习怎么做爸爸妈妈了。”

2

刘乐乐也不知道父母该是什么样的，最主要的是，她都不知道自己肚子里是个什么样的孩子。

其实具体肚子里的是不是人类她都不清楚，她唯一能做的就是什么都不要乱想，好好地待着，等着肚子隆起来。

但是很神奇的是，她的体重虽然增加了，可是她发现自己一点都没有走路吃力的感觉，心脏也没有任何负担，做的任何检查都没有什么特别的地方。除了体重外，她的身体各个器官别说有问题了，简直比之前还要好很多。

她之前有点很轻微的近视，最近不知道是吃的东西太多了营养好还是怎么的，刘乐乐都觉着自己的视力越来越好。

这还不算什么，她听力也比以前好了。她发现自己在工作的时候，都能隔着墙壁听到隔壁的人在说什么，甚至就连身边的人接电话的时候，她都能听到电话那头的人在说什么。

这可太不一般了！

刘乐乐现在遇到什么事儿都会赶紧汇报给陈天佑，陈天佑那家伙听后倒是没什么反应，握着她的手沉思了会儿才说："身体呢，呼吸、心跳怎么样，有没有觉着不舒服？"

刘乐乐皱着眉头嘀咕着："不仅没不舒服，好像还觉着肺活量大了。"

陈天佑不敢掉以轻心，还是找了医疗组给刘乐乐做了一番检查，不过也没检查出什么来。

倒是小家伙的心跳被检测到了。

那是非常奇怪的现象，就跟肚子里有一颗蛋似的，不管是用什么现有的医疗设备都无法看到那颗蛋里是什么，但是呢，通过简单的检测却可以听到很稳健的心跳声。

陈天佑没敢告诉刘乐乐她肚子里有一颗蛋，他知道就算跟自己在一起待久了，刘乐乐还是很怕蛇。即便他们这种生物不是蛇，可是一想到有条蠕动的好像蛇一样的小家伙在肚子里，他很怕刘乐乐会被吓到。

不过刘乐乐倒是心情好得很，看着比以前都要乐观开朗了，时不时地就会大笑。

陈天佑也没敢把刘乐乐怀孕的事告诉她的父母，现在两位老人还以为自己家的女儿只是嫁给了一个土地暴发户呢，这要是知道自己女儿嫁了个长尾巴的，现在还怀了一颗蛋，陈天佑就觉着罪过。

再说刘乐乐的肚子只鼓起了一点点，看着也不明显，她怀孕的事儿也就这么隐瞒了下去。

但现在再让刘乐乐去工作就不合适了。之前是刘乐乐非要去上班，可是现在都已经怀着蛋了，再去的话，陈天佑也怕有个闪失，因为整个世界都没有这样的先例，谁都不知道未来的分娩会是什么样，是跟人类一样有阵痛，还是很简单地下个蛋就完事儿呢？

哪怕是需要开刀，也要知道刀口怎么弄，现在这个蛋只是长在子宫里，要不是有心跳，简直就跟长了个瘤子一样。

倒是那天两个人睡得正香呢，刘乐乐忽然从睡梦中醒了过来，她稍微一翻身，身边的陈天佑就醒了。

陈天佑一脸紧张地望着她，小心地问道："怎么了，是不是不舒服？"

"没有……"刘乐乐一脸茫然地左右看了看，好像遇到了多么不可思议的事情一样，"我做了一个梦，梦到自己肚子里出来一个金色的小孩子，全身都是金灿灿的，对我咯咯地笑，小手白白嫩嫩的，脸蛋软软的，就是好小，只有我的手掌大，我就把他托在手里，他居然还会爬……对了，那个小孩子也有一条尾巴，不过尾巴好小，看着一点都不害怕……"

说完那些话后，刘乐乐已经反应过来，她不好意思地笑了笑，亲昵地挽住陈天佑的胳膊说："我在说胡话了，肯定是白天想得太多，晚上才会梦到小宝贝……世界上哪儿有长得那么可爱的孩子……"

陈天佑却好像明白了什么似的，他伸出手来，用手指比量了下手掌的长度，又在刘乐乐的肚皮上稍微比画了下。

刘乐乐最近很爱瞌睡，说完那些乱七八糟的话，她又沉沉地睡去了。

虽然陈天佑不想让她继续工作，可自从怀孕后，别说妊娠反应了，刘乐乐都觉着自己的身体比以前好多了，所以她才不要每天无所事事地闲在家里呢。

再说她是业务员，也不是每天都需要安排得满满的，更何况陈天佑已经在公司里安置了各种眼线，她要有个什么，自然会有人过来管的，她怕什

么啊。

这么想着，刘乐乐就还在坚持着工作。现在她的工作效率可高了，以前遇到一些数字问题，她都习惯用计算器算的，她怕弄错了，比如报价那些，都需要核算好几遍，可现在不知道为什么，只要看到那些数字，她立刻就能算出结果来，而且她特别笃定自己不会弄错。

往常需要三四天才能做出来的标书，刘乐乐现在只要一天就可以做好。而且做出来的东西简直就跟范本一样，漂亮得让刘乐乐都忍不住想夸自己几句。

时间一天一天地过着，转眼间就过去了好几个月，刘乐乐的肚子始终都是那个样子，不大不小，不知道的看到顶多就会说她一句："哎呀，你结婚后蛮幸福的嘛，都长小肚子了。"

倒是也有爱开玩笑的会故意地逗她，"你这是怀孕了吧，看你肚子都鼓起一块。"

可是谁也没把她的肚子当回事，哪儿有人怀孕了还这么精神的，再说了，怀孕后肚子会越来越大，她那个一看就是每天吃得太多撑起来的小肚子。

就连刘乐乐的妈后来都看到刘乐乐平时平坦的小腹现在鼓起来一块，跟着在那儿嘀咕着让她减减肥，别总是吃啊吃的，家里的饭都喂不饱她了。

这么年轻居然一个人可以吃下两个男人的饭去，那还了得吗，这以后真成大胖子了，多难看啊！

刘乐乐哼哼唧唧地，也不答话，依旧是大口大口地吃着饭。有时候她自己也会好奇，她肚子里到底是个什么东西啊。可是很奇怪，她明明在没怀孕前还会各种胡思乱想地吓唬自己，可是真怀孕了，却一点都不害怕，反倒充满了期待。

难道是她一直隐藏着的母爱被激发了出来？每次一想起自己怀的小家伙，她立刻就会想起早先在她梦里出现过的那个小家伙，小小的、可以在她手心里爬的小东西，本来小婴儿就够招人喜欢的了，又是那么小、那么精致的小娃娃，她简直都想含在嘴里。

随着时间的推移，陈天佑倒是越来越紧张，晚上哪怕是刘乐乐呼吸得重了些，他都会紧张地看看刘乐乐的情况。

像往常一样，那天晚上刘乐乐睡得死死的。

陈天佑却不敢掉以轻心，半睡半醒间一直在留意着刘乐乐的情况，然后他就觉着刘乐乐忽然就跟不舒服似的，身体先是扭动了下，然后就开始抖动。

陈天佑一下就精神起来，他知道这是要生产了。

虽然他也不知道分娩具体是个什么过程，可是刘乐乐就跟失去意识一样，陈天佑也不敢擅自移动她的身体。他从床上起来，一手紧紧握着刘乐乐的手，一手去按床边的铃。

很快医疗组的人就跑了进来，七手八脚地把各种仪器都安好，心电、输氧……

所有的仪器都是早就准备好的，刚开始把房间弄得跟医院病房一样的时候，刘乐乐还跟他抱怨过，说每天晚上睡觉好瘆人，可是陈天佑现在却觉着自己的准备太少了。

他一直盯着刘乐乐的脸，刘乐乐一点意识都没有，看上去就好像在沉睡一样。

然后在众目睽睽之下，不可思议的一幕出现了，刘乐乐肚子那儿忽然鼓起一个好大的包来，然后，那个包慢慢地往下移动。

医疗组一开始并不敢去碰刘乐乐的肚子，所有人都没有经验，可现在肚子都鼓起那么大了，妇科专家终于忍不住想掀开刘乐乐身上的被子，哪儿知道还没来得及掀开呢，离刘乐乐最近的陈天佑忽然就觉着有一个球似的东西从床上滚下来，在滚下床后还沿着直线又滚了一段路。

为了安全起见，卧室早已经铺上了厚厚的地毯，按说就算是球的话也不可能在这种地面上滚远的。

陈天佑心里就是一动，周围的工作人员也觉出异常了。之前在床上无意识抖动的刘乐乐也跟着停止了抖动，就跟累了一样，居然还迷迷糊糊地打了个哈欠，可是因为鼻孔被插了输氧管，所以她还很不舒服地挠了挠鼻子，然后就沉沉地睡去了。

3

刘乐乐再醒过来的时候并没有觉着身体有什么异样，房间里也是安安静静的，倒是陈天佑不知道在干吗，一直望着她。

因为已经不是第一次睡醒时被陈天佑盯着，刘乐乐也就撒娇地推了推他，挺不好意思地说：“你在干吗，不好好睡觉看我干吗啊？”

陈天佑低下头，很亲昵地亲了亲她的脸颊。

刘乐乐迷迷糊糊地又睡了。她并不知道自己已经睡了足足三天，虽然这期间她的各项指标一直很正常，不过，一直处于深眠中的她还是让陈天佑紧张得心脏都要停跳了。

不光是她的沉睡，之前掉在床下的“球”也被人找到了，用托盘托到他面前。

那是一个没有任何特色的球，上面还沾染了一些毛毯上的毛毛，显得脏乎乎的，而且颜色并不怎么讨喜，就好像颜色昏暗的复活蛋，土里土气的，一点都不讨人喜欢。

而且，陈天佑也没有时间去关注这么个东西，他现在全部的心思都在刘乐乐身上。不明白为什么，自从那球从她身体滚出来后，她居然就一睡不起。

以前的刘乐乐就算再能睡、再贪睡，也不可能在这么大的动静折腾下还能睡着。

陈天佑一脸担忧地望着刘乐乐的面孔，在工作人员的努力下，他安静地守在刘乐乐的身边，这一守就守了好久。

现在看到刘乐乐醒了，陈天佑却没有立即把她生了一个球的事情告诉她，而是安静地看着她的脸。

刘乐乐明显还没什么精神，陈天佑也不知道该怎么说出口，他们一直期待的孩子并不是什么生命体，而是一个任何仪器都看不透的圆形石球。

他唯一能做的就是守在刘乐乐身边，好好地陪着她。

一直到刘乐乐睡得饱饱的起来的时候，陈天佑也没有把这个事儿说出来，而且不光他没说，他还叮嘱身边的人不要说漏了嘴。

所以等刘乐乐打着哈欠下床的时候，她还以为世界就跟她睡着前没啥变化呢，唯一让她觉着别扭的就是，她怀孕的时候视力很好的，可这次睁开眼睛不知道为什么，她忽然又觉着眼睛不如以前清明了，看东西也不如以前清晰了，有些远点儿的东西就跟罩在雾里似的。

可是之前哪怕再远，只要她想看，只要凝神细看，她就能看清楚。

刘乐乐就皱了皱眉头，然后低头准备穿拖鞋，陈天佑已经弯腰把拖鞋递给她了，但她却总觉着自己的身体哪里不对似的，以前她要弯腰的话，会觉着肚子那儿有个什么东西硌着似的，这次却没有那种感觉。

刘乐乐下意识地就摸了摸肚子，然后她身体就是一顿。

她不肯相信地站直了身体，摸着自己平坦的肚子，半天说不出一个字来。

陈天佑看到她这样，知道自己想得太简单了，毕竟是在她身体里生长了几个月的物体，她不可能毫无知觉。

陈天佑就很为难地看着她。

刘乐乐从他的脸上已经察觉到了什么，可她还是不死心地侧着耳朵听了一会儿，她没指望自己的孩子会像普通的人类一样，哪怕是个带尾巴的小家伙，就算是条蛇也好啊！

可是她什么都没有听到。

她只看到陈天佑一脸哀伤地看着她，他在为她难过，因为他明白，她在失望。

刘乐乐只觉着自己的眼睛很酸很酸，她差点掉下泪来。可是她又把眼泪忍了回去，难过的不只是她，陈天佑肯定也很难过，如果她再表现得很伤心的话，他一定会更难过的。

可是眼泪还是有点控制不住，她赶紧吸了下鼻子，努力装着无所谓的样子对陈天佑说："哦，没有就没有了吧，反正我也没怎么辛苦啊……别人都要怀胎十月的，我也没那么辛苦，我也没有做妈妈的感觉……其实咱们这样就挺好……"

可是心里的某个地方还是软软的，好像有一个很微弱的声音在说着，不知道当妈妈是什么样……

可是没关系的。

刘乐乐努力挤出一个微笑，她转过身体，用力地抱住了陈天佑，"我只要有你就好了，所以别难过，天佑，大不了咱们收养孩子嘛……"

她就是有点好奇，她肚子里到底是个什么东西啊，那么沉，在她肚子里不断地长着，好像拳头那么大。

刘乐乐一想到这儿就抬起头来，问陈天佑："我肚子里是个什么啊？我能看看吗？"

之前做检测的时候，什么都检测不到，只有很健康的胎心，现在既然没有她所期待的孩子，那么那个东西也没有心跳了吗？

陈天佑也不知道该怎么告诉她，其实那东西到现在都在被研究着，只是那些工作人员也不知道该怎么研究，而且确实也是担心在研究的时候会误伤。再来，虽然那石头似的球看着很奇怪，可是胎心却一直都在。

现在见刘乐乐执意要去看看，反正那东西也没多恐怖，陈天佑也就点了点头，带她过去了。

之前陈天佑一直守在刘乐乐身边，所以那个球也就被放在附近的房间。

别看已经好几天了，其实这也是陈天佑第一次走到这个房间里仔细地看那个球，之前他一直寸步不离地守在刘乐乐的身边。

刘乐乐已经早有准备了，所以看见那个球体并没有很惊讶。她只是走过去，仔细地观察透明玻璃罩内的那个球。

很奇怪，她在看那个球的时候，居然可以听到很有节奏的胎心的声音。

一声一声的，好像越来越响似的，她也就小声地问了身边的陈天佑一句："这罩子里有扩音器吗？怎么胎心的声音这么响啊？"

陈天佑闻言就愣了一下，就连身边的工作人员听到后，也跟着愣住了。

即便是一直在这里研究的工作人员，也只有借助仪器才能听到胎心音，更何况现在还隔着一个隔音的玻璃罩呢。

刘乐乐却跟被什么触动了一样，她忽地就动作了起来，她的动作很快，上去就把玻璃罩抬了起来。

陈天佑看到了她的动作，却没有拦她。

那些工作人员也只当她要去碰碰那个球，毕竟是从她身上掉下来的，任谁都会好奇那东西是什么材质的。

只是在刘乐乐伸手碰触的瞬间，惊人的一幕发生了。

在众人愕然的眼光中，那个球状的东西忽地就从中间裂开了。

之前不管工作人员用什么方法都无法看到的球体内部此时也显露了出来，从里面露出来的是一个四肢健全的、还能打哈欠的小婴儿，只是小婴儿的身体非常小，简直就是袖珍版一样。

在场的所有人都吃了一惊，谁都没有见过这么惊人的一幕。

更让人惊讶的是，这么一个小小的家伙竟然还很有精神，在试验用的小台子上不断地挪动爬行着，还差点爬出小台子，幸好试验台前的陈天佑反应快，一把接住了小家伙。

在那之后，所有的医疗组成员都围在这个活力四射的小家伙身边，手忙脚乱地，可是那些手忙脚乱的大人却都不知道该做点什么……

大家只是目瞪口呆地围着这个奇迹中的奇迹……

刘乐乐却好像明白了什么似的，忽然伸出手去，把那个小家伙小心地抱了起来，就像托着什么宝贝一样，然后把小家伙搂在了怀里。

他们的孩子真就如她在睡梦中梦到的那样是个手掌大的小家伙，而且她知道这将是世界上最可爱、最棒的一个小家伙。

4

自从小家伙出生后，刘乐乐就寸步不离地守护着他，在她看来，这个小家伙是全世界最可爱的小孩。

刘乐乐喜欢得要命，简直把他当作自己的掌上明珠。

但是那些医疗组的人却非常郁闷，他们可都是精挑细选来执行任务的，而且还身负重任，为的就是能够好好地认识新物种。这个同时拥有人类基因以及陈天佑这种异种基因的孩子，不管怎么说都是具有划时代意义的存在。

可偏偏刘乐乐铁了心，就是不肯让那些人接近自己的小宝贝，对她来说，她的孩子又不是试验品，怎么可以随便地被人研究呢！

陈天佑在所有的事情上都会听刘乐乐的，这次的事儿自然也不会例外，很快医疗组的人就被一一挡了回来，哪怕只是测个体温，都会被拒绝。

于是没多久那些人就都愁眉苦脸起来，幸好刘乐乐也没把事情做绝，她担心孩子会有个伤风感冒啥的，倒也没想把医疗组解散了。做试验不行，当家庭医生的话还是可以的。

刘乐乐担忧的事情一直都没有发生，一直过了好久，小家伙别说不需要医疗组了，他还表现得跟普通孩子完全不同。

这个小家伙活蹦乱跳得很，才那么小小的一点，却可以到处跑啊跳的，就是那动作不大像是人类的小孩子，俗话说得好，三翻四坐七爬爬，人类的小孩要到三个月才能翻身，四个月才能坐起来呢，哪有刚出生就能爬的。

可是这个小家伙却什么都会做了，不管是爬还是翻身坐起来，简直就跟半岁的孩子似的。

虽然让人惊讶，不过刘乐乐倒是很高兴，她也不管自己的孩子多么与众不同，她每天都喜气洋洋地哄着小家伙玩。这个小家伙起初吃的是流食，可是很偶然的一个机会——有次医疗组的人偷偷过来观察小家伙的时候，发现这个小家伙居然长了牙齿。

这可就太奇怪了，从没听说过这么小的孩子就长牙齿的，而且看着那些牙齿也不像是畸形，显然是很正常地生长……

于是在那些医疗组人员的建议下，刘乐乐尝试着喂了小家伙一些软软的苹果泥，本来就是试试，哪儿想到小家伙吃了这种东西后会更开心，而且肠胃一点都没受到影响。自从吃了苹果泥后，小家伙就不怎么愿意喝奶了。

再来刘乐乐也没什么母乳可以喂小家伙，最后也就亲自盯着医疗组的人给小家伙配营养餐。

日子一天天地过着，小家伙的小尾巴也在慢慢地长大。在爬了一个多月后，小家伙终于开始尝试着站起来，不过他所谓的尝试却不是用脚，而是用那条诡异的金属尾巴。

那动作倒是有点像动画片里跳跳虎的样子，就是尾巴带着弹性。他可以靠那条尾巴稳定住身体，站直一会儿。

刘乐乐陪着小家伙，每天都乐在其中，只是她这么一耽搁，她父母有点接受不了了。平时每到周末都会过来的小两口，这次是怎么了，都一个月了，到了周末别说过来了，连个电话都没有，这也太不正常了。

刘乐乐的妈想女儿，再等到周末的时候实在是忍不住了，就给刘乐乐去了个电话，在电话里嘀咕着："乐乐啊，你干吗呢？你爸给你去电话你也说忙啊忙的，你到底忙什么呢，连娘家都不回了啊？！妈这次可是给你做了一桌子的菜，你赶紧过来啊！"

刘乐乐也是吓了一跳，她最近一直待在小家伙的身边，早就忘了回娘家的事儿。之前陈天佑叮嘱她给家里去个电话，她也给忘了。她知道自己有点过分了，忙叫上陈天佑，让他开着车载着自己往娘家赶。

临出门的时候，她实在放心不下小宝贝，明明陈天佑都已经出去了，她还在那儿喋喋不休地跟保姆说着注意事项，其实那些保姆都非常称职，只是刘乐乐就是不放心，总觉着心里七上八下的。

在路上，她还忍不住地跟陈天佑嘀咕着："不知道小宝贝怎么样了，有没有调皮啊，会不会很想我？他平时最喜欢跟我玩，要是突然看不到我，他会哭吗？"

虽然小家伙不爱哭，可是她就是忍不住担心。

陈天佑无奈地安慰她："没事儿的，你要不放心可以给保姆打个电话问问。"

刘乐乐又觉着有点不好，毕竟那些保姆都很负责，自己刚出门就去电话，好像多不放心一样。她也就握了握拳头，自言自语着："我是坚强的妈妈，我是坚强的妈妈……"

这么嘀咕了一路，等到了她父母那儿，刘乐乐还是放不下心，等着她妈端菜的工夫，她终于是忍不住给家里去了个电话，着急地问保姆："怎么样，小家伙好不好？"

"挺好的，就是忽然见不到你，到处爬着找呢。"保姆倒是非常负责任，而且又是陈天佑本族的人，那忠诚度就更不用说了。

只是刘乐乐一听说孩子在爬着找自己呢，她那心就缩紧了，简直都想立刻飞奔回去，刘乐乐也就忍不住在电话里跟保姆多聊了几句。

等她妈妈把饭菜端出来的时候，就看见了刘乐乐那副心不在焉的样子。盼女儿盼得眼睛都红了的妈妈，此时一见刘乐乐这个样子，终于生气了。

她妈那脸拉得长长的，直训她："你就忙成这样啊？好不容易回家吃顿饭你都要打几个电话，打完电话还这么愁眉苦脸的，好像多不愿意回来似的，而且谁那么闲啊，大周末的还让你工作？"

"没有啦。"刘乐乐为难地解释，"就是……"

"是乐乐怀孕了，她在跟朋友说。"一旁的陈天佑不知道怎么就把话题接了过去。

刘乐乐差点没吃了陈天佑，直瞪他。

他居然说这么个借口！

她是怀了，可问题是她生的那是啥啊？

那个小宝贝她再当宝贝，可能往她父母面前带吗？

陈天佑却跟没看到她的表情似的，"爸、妈，本来想晚点再告诉你们的，不过我看着乐乐的状态挺稳定的，她又这么年轻，应该没问题的。”

原本还不高兴的乐乐妈，现在脸上的表情简直可以用眉开眼笑来形容了，先是哎呀一声，然后就是狂给乐乐夹菜，同时急急地说着：“乐乐，你可得多吃，要吃得壮壮的，孩子生出来才好看！”

刘乐乐哭笑不得，心说那小家伙正到处爬着呢，还生啥啊生。

等在娘家吃过了饭再回去的时候，还在车上呢，刘乐乐就想发作。她气呼呼地质问他：“你什么意思啊，这下我父母都知道了，到时候他们要被吓到你可要负责。”

陈天佑却是笑眯眯的，很有自信地把她的手握在手心里，“怀胎要好几个月呢，到时候我一定会想办法藏住孩子的尾巴，再说哪儿有把外孙藏起来的道理，咱们总要让他们相见的。”

刘乐乐当然也想他们见面啊，不过真的可以吗？

她眨巴眨巴眼睛，最后笑眯眯地搂住陈天佑的腰说：“那好吧，就相信你这一次，你一定要弄好啊，不然到时候我妈逼着我要孩子，我从哪儿变出来啊。”

5

自从那次从娘家回来后，刘乐乐发现陈天佑忽然就忙碌了起来，而且没事儿总往医疗组跑，她就很担心是不是之前的话让陈天佑有了压力，所以想着要好好地研究研究孩子，用孩子做做试验啥的。

那可不行！刘乐乐一个激灵。只是她担心了几天后，却发现陈天佑所做的事情和孩子压根儿没有关系，倒是每天见他忙进忙出的，偶尔还能在他身上看到一些青紫。

刘乐乐这才醒悟过来，这个陈天佑该不会是拿自己当试验品吧？

那怎么可以呢？

刘乐乐一想都要心疼死了，当下就跑过去找到陈天佑。结果也是赶巧了，她去的时候，就见那些工作人员正不知道在给陈天佑注射着什么呢。

一看到他那副样子，刘乐乐的心一下就缩紧了，她着急地走过去，看着陈天佑，声音都发颤地问他：“你在做什么？”

“乐乐。”陈天佑显然也很意外，他笑着同她解释，“只是几个试验。”

“什么试验？”刘乐乐眼睛都泛泪花了，她一把抓住陈天佑的胳膊，急急地说道，“你别做了！原来你说的是这个啊。为了让小家伙收起尾巴来，你就先拿自己做试验啊？你怎么这么傻啊！你这么做觉着是为我好，可是你这样我多心疼啊……你别做了，我不要瞒着父母了，大不了我告诉他们真相好了，反正他们也都接受你了，你就是异种人嘛，不管你是妖怪还是外星人，他们能怎么样啊？！小宝贝又那么健康懂事，他们肯定会喜欢的！再说就算不喜欢，孩子也是他们的外孙，你也是我的丈夫，他们不喜欢也要喜欢！”

就是因为她太自私了，总想着不要吓到自己的父母，很多时候才会给陈天佑增加不必要的负担，其实如果她早点看开的话，就什么事都没有了。

陈天佑听了她这么一番话后，一时间没有答话，他停顿了好久才慢慢地同她说：“乐乐，我明白你的意思，你是不想我为难，可是我也同样地不想你为难。这是我应该为你做的，老人岁数大了，他们未必能理解这些，更何况现在也不是时候，让他们一下接受我跟孩子，也太难为他们，等孩子大一些，他们自然就会明白了。”

刘乐乐也知道陈天佑说的是对的，她握着陈天佑的手，半天说不出话来，她都要心疼死了，她能怎么说啊。

从那以后刘乐乐只能忍着心疼守在陈天佑身边，不过看着那些人拿着不知道是什么的东西给他注射，只看了没两天她就忍不住了，最后陈天佑好说歹说总算把她劝回去了，还告诉她，最痛苦的试验他都做过的，这些真不算什么。

刘乐乐心里明白，这些试验不会不分轻重的，但知道陈天佑被人扎针，还是会觉着很不舒服。可是她也知道自己要忍住，因为不光是她的父母，还有将来孩子怎么融入这个世界，如果试验成功了的话，她的孩子就可以像普通的孩子一样，可以上普通的小学，可以上普通的初中，可以和普通人的孩子交朋友……这一切也是她梦想中的事儿，所以她只能努力地忍耐着。

6

时间一天一天地过着，这期间刘乐乐不光要照看拿自己做试验的陈天佑，还要每天陪伴着宝宝，最主要的是去她父母那儿的时候，她还要塞一号枕头、二号枕头的，让自己的肚子看着大些。

问题是身上捆个枕头多别扭啊，而且超级惊险的是，有一次她妈突发奇想，非要让她撩起衣服来看看肚子，这下可把刘乐乐给吓坏了，她赶紧装着要吐的样子，死活把她妈给拦下了。

最后她妈还很生气地说了她两句："真是的，这么娇气，我怀你的时候可是啥反应都没有，好吃好喝好睡的，你看你们现在的年轻人，就吐几下也这么难受啊？"

刘乐乐苦笑着，心说我那哪儿是为吐啊，实在是都要疯掉了，一旦被她妈发现她腰上不是大肚子而是个枕头，她还要不要活命了？！

刘乐乐之后也就留了心思，她觉着自己像是在演喜剧片，为了能够满足她妈看她肚子的心愿，她没办法，只好向陈天佑求助，幸好陈天佑身边藏龙卧虎，还有专门做特型造型的人，最后那些人用了各种办法，终于给她肚子贴得圆滚滚的。

这个肚子看着还好，可一摸就会觉着肚皮好像橡胶的一样。刘乐乐心惊肉跳的，等她妈再提出要看肚子的时候，她就小心翼翼地把衣服掀开了一些，给她妈看了半个肚子。

她妈倒是不讲究那些，就是很担心她的肚子怎么那么圆，也不见她肚子动。一边嘀咕着，刘乐乐的妈一边就想摸刘乐乐的肚子，这下可把刘乐乐吓一跳。

她赶紧拦住她妈，警告道："妈，你可别摸我肚子，我肚子正敏感着呢，可怕人摸了。"

她妈虽然不满意，不过也没再坚持，只嘀咕着："你这孩子，真是越来越娇气了，就怀个孕还不能摸了。"

话是这么说，不过等晚些时候，刘乐乐的妈妈还是给刘乐乐做了满满一桌子好吃的，要让她无论如何都吃得白白胖胖的，将来也要生出一个白白胖胖的小家伙。

刘乐乐一边往嘴里塞着饭，一边想：她家里倒还真有个白白胖胖的小家伙，就是一想到刚出生的孩子既会爬又会蹦，还能依靠着尾巴站起来，她就觉着前途未卜，各种不靠谱啊。

这个陈天佑也真是太想当然了，他怎么就觉着她父母不会发现端倪呢？他家的那个宝贝，能跟普通的地球小孩子一样吗？

刘乐乐心里就很忐忑。等再回到住所的时候，看到灯火通明的养育间，小宝宝正在高兴地一蹦一蹦的，一边用尾巴支撑着身体，一边用尾巴当弹簧弹跳着，刘乐乐就想叹气。

这样的孩子跟刚出生的孩子能一样吗？就算自己怀胎十个月，也不能把这么个孩子抱出去啊！

不过小家伙还是很可爱的，刘乐乐靠近的时候，小家伙就跟条件反射一样，刘乐乐猜想这小家伙的耳朵肯定特灵，她也就刚进到房间里，他立刻就能转动身体，头对着她的方向，高兴地啊啊地叫着。

他的叫声倒是属于小婴儿的，怎么听都是那么开心可爱，而且这个小家伙也是真的很可爱，那种萌萌的可爱宝宝的样子，实在让人萌得小心肝都要发颤了。

就连照顾小家伙的保姆们都喜欢得不得了，之前刘乐乐怕那些保姆太辛苦了，就让几个保姆轮换着上班，这样大家都能好好休息。哪知道自从实行轮班制后她算是捅了马蜂窝了，几个年轻漂亮的保姆妹子为了多看会儿小宝贝居然还会各种抢，那副样子简直就跟要吵起来似的。

刘乐乐都要惊呆了，心说这孩子不会跟他爸似的，全身上下都是宝，让他们族的人各种喜欢吧？可是不对啊，他爸只是能让人服从自己，并没有这种爆棚的魅力啊，难道是随了她吗？还是说小家伙是自带这个系统的？

看着小家伙一天比一天大，刘乐乐一边高兴，一边担忧，高兴的是小家伙这么健康，担忧的是，这要是到了十个月的时候，抱出去个足有一岁那么大的孩子，她可怎么跟父母交代啊？！

不过日子一天天过着，渐渐地，小宝贝的情况稳定住了，之前他长得很快，可到了后期倒有些像是人类的孩子了，只是牙齿和尾巴还是跟人类的孩子不大一样。

倒是陈天佑最近不知道在忙什么，刘乐乐能够感觉到，虽然小宝贝不会说话，可是已经能理解大人说的话了，比如吃饭的时候告诉他吃慢点儿，他真的会放慢速度；喝水的时候，把他放在一边让他乖乖等等，他也会乖乖的。

在陈天佑跟小家伙沟通了几天后，刘乐乐又有了一种自己是不是生活在童话里的感觉，之前让她愁得头发都要白了的尾巴居然没有了，也不知道那个小家伙是怎么做到的，除了有牙齿外，别的地方都跟人类的小孩子一样了。

这下刘乐乐高兴坏了，她生怕夜长梦多，赶紧找了个时间，反正陈天佑也早安排好了，就跟真生孩子一样——她虽然真生的时候是睡着的，这次却是清醒地走了个全套——到了医院，什么都准备妥当了。

最后等陈天佑把她父母接过来的时候，小家伙早已经在她身边熟睡了。

她父母还是头一回见到小家伙呢，一看到那么白白胖胖的孩子，当下整个人都软了。她妈更是迫不及待地就要去抱孩子，最后还是被乐乐的父亲给拦住了，提醒她说："别弄醒了，让孩子多睡会儿。"

刘乐乐闭着眼睛装睡，心说这是包裹打开了，光看瓤不看包裹皮了。

这还是亲爹亲妈呢，见了外孙都忘了她这个独生女了。虽然她不是真的生孩子，可被冷落到了一边她还是多少吃起了孩子的醋，脸色不好地躺着。

幸好她妈在看过孩子后，很快就想起自己的闺女了，忙问了问乐乐的情况。

刘乐乐这才委屈地哦了一声，诉苦说："妈，你才想起我啊……"

她妈一下就乐了，摸着刘乐乐的头发说："你怎么还跟个孩子似的……"其实刘乐乐的妈心里也是知道的，现在的乐乐吧，被陈天佑宠得就跟个孩子似的了。她笑着说乐乐，"还跟自己的孩子吃醋啊，我知道你没事嘛，你好好休息啊，我跟你爸先走了，明天给你带好吃的。你想吃什么，我做了给你带来。"

刘乐乐歪着头想了会儿，最后笑眯眯地说道："我想吃猪蹄，要软软的。"

"肯定是软软的，你要坐月子呢，不能吃硬东西。"刘乐乐的妈笑着给她掖了掖被子，又说了两句话，怕耽误刘乐乐休息，两位老人也不肯多待了，很快就轻手轻脚地走了出去。

不过陈天佑倒是没忘记照顾两位老人，见这样，忙找了司机去送他们。

等把两位老人送走再回来的时候，陈天佑就看见刘乐乐正缩在被子里哧哧地笑呢，他知道她是在高兴呢，之前一直提心吊胆地，现在终于可以放下一件心事了。

陈天佑走到她身边，笑着把她抱在怀里，跟哄孩子一样地摇晃着。

刘乐乐也是一脸的心满意足，就是有一点点害怕，现在的生活太像童话了，可是童话故事里，一般都只写到公主跟王子幸福地生活在一起就结束了。按说婚姻应该是平淡无奇、越过越没滋味的，可是她却一点那种感觉都没有，总觉着每一天都那么开心，只要看到陈天佑的脸，她就会觉着幸福。

按说他们都在一起生活这么久了，她也不是个好脾气的人，就算陈天佑再喜欢她，也不见得会一直容忍她吧，可是现在的陈天佑简直都要把她宠坏了。陈天佑怎么能一直都这么喜欢她，好像就不会有丝毫改变似的。

刘乐乐也就回抱着陈天佑，小声地说着："我要做个好老婆，要对你比你对我还要好……"

陈天佑没有吭声，他只是浅浅地笑着，心里却是明白的，不管刘乐乐多么努力，他都会更加对她好，来回报她的一片真情……

生活还在继续，只是有些事出乎刘乐乐的意料，自从她的父母在医院见过小家伙后就跟着了迷一样，简直恨不得一天到晚见小家伙，原本刘乐乐还怕小家伙的身份曝光呢，现在倒好了，她又遇到别的难题了。

她本来还说凑合装个样子就行了，结果现在好了，之前都没坐过月子的她，这个时候在父母的面前被迫跟演戏似的硬是演了个月子，那可是整整一个月啊，一天都不带差的。

而且她妈是那种典型的不开窍的老辈子坐月子倡导者，什么月子里不能吹风啊，其实不吹风倒是无所谓，不吹就不吹吧，反正也不会怎么样，可问题是，不刷牙、不洗澡怎么得了，人不得臭死了啊！

可是只要知道刘乐乐偷偷摸摸地洗澡了，她妈就会嘀咕她，还好几次偷偷地把她的牙刷给藏了起来。刘乐乐算是吃到了坐月子的苦，简直比当孕妇还遭罪，更别提什么不能吃盐、不能吃酱油的各种奇葩讲究了，弄得刘乐乐烦不胜烦。到最后她妈非要留下帮着她看小孩子的时候，刘乐乐都要被吓死了，好说歹说地才算是把她妈劝走了。

等再对着陈天佑的时候，刘乐乐就只能苦笑。

陈天佑也没办法，只能宽慰着她，不过小家伙倒是很喜欢自己的外公外婆，明明才见面没几次呢，小家伙已经会主动伸胳膊要抱抱了。

刘乐乐的父母也留意到了孩子的牙齿，而且哪有没过满月的孩子就会伸手要抱抱的。刘乐乐正在担忧的时候，她妈这个封建迷信的倡导者就说了一通自己的歪理，“这是孩子好啊。不都说贾宝玉是含着玉生出来的吗，咱们这个自己就带牙的，说明这辈子不愁吃啊！”

刘乐乐之前还怕她父母起疑心呢，现在看来，她真是担心多余了。这当长辈的都是只会看见自己家孩子身上的好处，孩子身上发生的任何事儿都会往好处想，哪怕是不可思议的事，也是必定有神通啊！

幸好也是这样，所以小家伙学说话学得早啊，很聪明啊，站起来得很快啊，走路很稳啊，两位老人居然一点怀疑都没有，反倒当作可以炫耀的事儿，见了人就会炫耀。

弄到最后，附近的人都知道他们家有一个天才小宝宝了，那么小就可以说话，还会做算数。

直到有什么记者要过来采访的时候，刘乐乐才发觉情况不妙，幸好陈天佑早已经跟有关部门打了招呼，他家的孩子是一级机密，不能轻易曝光的，最后把那些闻风而来的媒体都给挡了回去。

就是她父母自从有了这么个天才外孙后，就对电视上什么宝宝秀之类的节目产生了极大的兴趣，每次看那种节目，不管节目里的孩子多可爱，都会说一句：“是很可爱，可是不如我们家的宝贝可爱……”

“是很聪明，可是不如我们家的宝贝聪明……”

“是很漂亮，可是不如我们家的宝贝漂亮……”

简直就跟一对外孙控似的，什么都是宝贝是最好的，宝贝是最棒的。

刘乐乐见了都发愁了，偷偷地跟陈天佑嘀咕：“你说我父母这样会不会把孩子惯坏啊？”而且都到现在了，她跟陈天佑还没商量好孩子的名字，主要是每次不管取什么名字，她父母都觉着不满意，不是没显出聪明，就是太俗，要不就是不好听，还有一次反对的理由居然是不押韵。

刘乐乐都要疯掉了，起个名字而已，她父母不知道贱名好养活吗？

苦口婆心地说了好久，最后终于选了一个中规中矩的名字：陈健康。刘乐乐倒是挺满意的，她最大的心愿就是让孩子普普通通的，就像所有普通的地球人一样生活着，她要的是儿子，又不是超人。

刘乐乐的小日子每天都幸福美满地过着，只是人生也不全是十全十美的，虽然老公对她百依百顺，各种温柔相待，孩子看上去又那么活泼可爱，可是随着陈健康越来越大，各种端倪也就慢慢显露了出来。

真是怕什么来什么，看着小家伙跟爬行动物一样趴在房顶上，还仰着脖子对她咯咯直笑的时候，刘乐乐差点没晕过去，她这是养的孩子还是养的壁虎啊！

偏偏这个孩子贼精，没人的时候既会爬墙也会甩尾巴，可是一旦在人前，就立刻变成了小乖宝，会很乖地缩在妈妈身边，就跟个害羞了的孩子似的，还会用胖嘟嘟的小手捂着眼睛做害羞状，被人夸好可爱、好漂亮的时候，也会腼腆地做出“我真是这么可爱的小孩子嘛”的样子。

当然了，对比其他人家养的熊孩子，陈健康还是蛮可爱的。可是私下的时候刘乐乐就愁了，毕竟她还是希望能有个乖乖的普通孩子，这样爬上爬下的，她真HOLD不住啊!难道让她搬把梯子来跟孩子折腾吗？

刘乐乐只能扬起下巴，大呼小叫着：“陈健康，我知道你能听明白我的话，你装什么无辜，赶紧给我下来！”

刘乐乐也是太着急了，她的本意当然是让小家伙赶紧爬下来，结果她这句“赶紧给我下来”刚说完，小家伙直接就松开手，从房顶上掉了下来。

那一瞬间，刘乐乐都要吓死了。

那么小的孩子忽然从那么高的地方掉下来，她都忘记了反应，等要采取什么措施的时候已经晚了，小家伙眼看就要掉在地上了，刘乐乐脚一软，整个人都瘫在了地上，可是让她惊讶的是，她最怕的那幕却没有出现。小家伙在靠近地面的时候咯咯地笑了一声，不知道是什么原理，他长的那条金属尾巴忽然就摆动了下，然后刘乐乐就看到他整个人都跟小猫似的，居然四肢软软地就触到了地面，然后身体弯曲了下，很快地就稳住了。

刘乐乐这才想起来，对啊，当初陈天佑可是能变猫、变狗的。

这小家伙有他爸爸的基因，她怕什么呢！

可她刚刚被吓得脚都软了，挣扎了半天才站了起来，整个人都是晕乎乎的，简直就跟要晕倒似的。她勉强站起来，正想教训小家伙呢，陈天佑就跑了过来。一见到刘乐乐这样，陈天佑很快就紧张起来，赶紧走过来，扶着她问她怎么了。

刘乐乐正在气头上呢，就一五一十把孩子故意吓唬她的事儿说了出来，于是很快地，小家伙就被气呼呼的陈天佑领走了。

不过等到晚些时候，刘乐乐又担心起来。果然等她再见到小家伙的时候，就见小家伙已经被打得屁股都肿起来了一块。刘乐乐真是又心疼又生气，她算是发现了，管孩子这个事儿真是劳心费力啊……

在孩子爸爸把小家伙教训了一顿后，不知道是受了惊吓，还是像普通的小孩子一样受了凉，陈健康没有任何征兆地就发起了烧。

起先刘乐乐摸着小家伙体温不对的时候，还以为他是被吓到了，也就给小家伙测了个体温，结果这一测不要紧，平时都是36℃整的小家伙，这次体温居然一下儿到了38.5℃。

刘乐乐一下就紧张起来，再看向陈天佑的时候，她气呼呼地就说了他两句："让你教育孩子，你打孩子干吗，你看你把孩子都吓到了。"

陈天佑也很郁闷，忙解释，"小男孩被教训几下没什么的吧。"

"什么叫没什么。"刘乐乐撇着嘴说，"以后不准你这么教育孩子了！说服教育不懂吗？"

刘乐乐心疼地抱着孩子，把小家伙抱到婴儿床上。之前小家伙的那些保姆有两个还在，一见陈健康被抱了回来，也跟着围了过来。刘乐乐赶紧把孩子发烧的事儿跟保姆说了说，那两个保姆倒是很有经验，很快就找来了降温的冰枕，又联系了医疗组的人。

医疗组的人得了命令后，整个组的人都沸腾了，千盼万盼的，他们终于派上用场了啊！

兴致高昂地到了地方后，医疗组成员个个神情紧张地围绕在陈健康的身边，各种检查轮番上阵，还给小家伙验了个血。

等结果的时候，刘乐乐一直紧张地望着小家伙，对地球的孩子来说发烧感冒都不算啥，可是陈健康不同。他的身体毕竟跟地球人不一样，她也不知道地球小孩能用的药，陈健康是不是也可以用。而且他是因为被陈天佑说了一通才这样的，是不是身体受了什么影响？

刘乐乐真是越想越后悔，小男孩嘛，调皮就调皮了，她明明知道陈天佑对自己言听计从，她干吗让陈天佑去教育孩子啊，现在把孩子教育成这样了，最后心疼的还不是自己。

这么提心吊胆地等了一会儿，医疗组的检查结果终于是出来了，只是医疗组的人很谨慎，并没有立即把结果告诉她，而是开了个组内会议，先是情况汇总，然后又进行分析。

刘乐乐早都等得不耐烦了，她在医疗组的会议场外转来转去，恨不得冲进去摇晃那些人的肩膀。他们到底在干吗呢，嘀嘀咕咕地，是不是小家伙真得了什么了不得的病？

不然他们为什么那么紧张谨慎，一直到现在都不告诉她？！

陈天佑也跟着过来了，只是刘乐乐心里正不高兴呢，一直不肯理他，明显是有点迁怒的意思。

终于在等了十来分钟之后，医疗组的人才慢吞吞地从会议室里走了出来，普通的组员走得都很快，刘乐乐紧张地等着负责人出来。

一直等到那些人都陆续地走了，医疗组的负责人才面色阴沉地出来。

刘乐乐立刻就跑到那人面前，一把抓住那人的手急急问道：“我家健康怎么样了？你们这么紧张，是不是有什么问题？”

医疗组的负责人为难地看了看刘乐乐，又很谨慎地看了看陈天佑，迟疑着，犹豫着，过了几秒钟才慢吞吞地开口：“我们不知道他是怎么了，因为所有的检查都显示他很健康，可是他的体温显然是有些偏高……我们实在是不懂这是为什么……”

刘乐乐这个郁闷，不过同时又很庆幸，不管怎么说，孩子现在还没检查出问题，应该就没什么问题吧，就是这个发烧挺可怕的。她试探地跟医疗组的负责人商量，“那既然这样的话，要不要先给孩子吃一些退烧药呢？”

负责人很快摇头道：“一般发烧超过38.5℃，我们都是提议吃退烧药的，不过他的情况很特殊，很多人类的药未必适合他的身体，再说也许副作用也不同，我建议还是先用物理降温的办法吧。”

刘乐乐也没什么经验，别说带这种孩子了，就连普通的孩子她都没带过，既然他们这些人给出了最谨慎的治疗方案，她也就乖乖地听从。而且，医疗组的人已经开始准备物理降温的东西了。

不过让刘乐乐多少放心了一些的是，虽然孩子的体温一直在升高，可是孩子的精神看着倒是不错似的，哪怕是体温升高到39℃，孩子还会爬起来东跑跑西看看呢。

刘乐乐真是又心疼又无奈，忙过去把孩子抱在怀里。

这么过了一天后，小家伙也没什么别的反应，照常吃吃喝喝，到了晚上体温虽然不低，可到了39℃后，就再也没有升高过，保姆以及医疗组的人一直在密切地关注小家伙的体温。

虽然知道不用自己守着小家伙也没关系，可刘乐乐还是放心不下，仍守了一整晚。看着睡梦中的小家伙，刘乐乐时不时地会用手去摸摸他的脸颊。他的脸总是那么烫，刘乐乐每次都会紧张起来，幸好陈天佑一直在她身边陪伴着她，到了后半夜的时候，刘乐乐终于困得睡着了。

等她再起来的时候，就见陈天佑正在抱着孩子给他喝着什么呢，她走过去才发现他是在给孩子喂米汤。

其实陈天佑对孩子也很宠的，只是男人的宠跟女人的宠不大一样。她大多数时候就算被陈健康气得哇哇叫，恨不得打得他小屁股都肿了，可陈健康都不会怕她，反倒见她生气了还会跟开玩笑似的咯咯地笑。

可是陈天佑就不一样了，他好像在孩子面前很有威严，不管做什么，小孩子只要看到他一脸的严肃就会怕了。

刘乐乐心口有一个地方软了下来，她凑了过去，从背后轻轻地抱住陈天佑说："还以为你不会这么温柔地对孩子呢。"

"我怕会惯坏他。"陈天佑望着有些蔫蔫的小家伙。

虽然陈健康昨天看着还很活泼呢，可显然昨天发烧的威力今天展现出来了，小家伙终于是扛不住病魔，露出了病弱的样子，整个人都没什么精神，也不调皮，也不玩了。

刘乐乐从陈天佑怀里接过孩子，她叹了口气，用脸贴了贴孩子的小脸蛋，孩子的体温比她的温度高多了，不用说，一准儿是还烧着呢。

她的心都要疼了，这到底是怎么回事啊，偏偏还不敢给小家伙吃退烧药。

正在她难受的时候，医疗组的负责人带着一个很年轻的女孩走了过来，那女孩好像是医疗组里的一个组员。

那个负责人走近后，并没有立即说什么，而是让那个年轻的组员检查了陈健康的情况。

都弄完了，那个负责人才开口说道："夫人，我们在怀疑一种可能，具体的情况让我们的这位组员给您讲解一下吧。"

那个小组员一看就特紧张，刚才在给小健康量体温的时候，手指都是哆嗦的，这个时候听说要让她讲解，紧张得脸都红了，在那儿哆嗦了半天都没说出一个字来。

刘乐乐赶紧上前一步握住她的手说："你别紧张，你只要把你们的猜测说出来就好，这种情况大家都是第一次遇到，你别有太大的心理压力。"

刘乐乐本来就是个开朗的人，那个组员也知道他们都不会为难她，只是事关重大，她的解释又那么简单，明明之前他们整个医疗组费了那么大力气都没检查出个一二三来，她怎么可能这么简单地就找到了病因呢？

她在找到负责人说的时候都觉着不可思议，因为对象是陈健康啊，那个世界上唯一的与众不同的孩子，他怎么可能得那么简单的病嘛！

要不是负责人硬把她叫来，她都觉着自己那都是瞎想的，可现在既然来了，她也是骑虎难下，哪怕那些话说出去会被人笑死，她还是深吸了口气说道："我怀疑是幼儿急疹……"

刘乐乐一动不动地看着这个女孩。

小组员咽了口口水，虽然刘乐乐人很好，对他们也都没有架子，可是毕竟她的身份在那里摆着呢，她可是嫁给陈天佑的女人啊！

陈天佑可是这个世界上拥有所有异种支持的大BOSS啊！

那可是超级恐怖的一个存在，只要他想的话，发动世界大战都是无所谓的事情……

而她现在所要说的，却是这两个人的孩子只是得了一种很常见的叫作幼儿急疹的病……

"幼儿急疹也叫婴儿玫瑰疹，是幼儿常见的一种急性发热出疹的疾病，一般得了这个的婴幼儿都会出现高烧的情况，而且起病很快，几乎没有任何预兆，体温也会升高，往往都会达到39~40℃，持续的时间也很长，怎么也要过了三四天体温才会降低，在降温的同时还会出现玫瑰红色的斑丘疹……我昨天观察了他，我觉着他现在的症状很像幼儿急疹。而我们之前检查的那些，我怀疑是因为我们在用地球孩子的检查方式对他进行检查，所以数据才会有差错……”

女孩太紧张了，说话也有点语无伦次，不过刘乐乐还是听明白了大概的情况。

不管怎么样，现在的医疗组也算是给了他们一个答案，刘乐乐不管这是对的还是错的，就先按这个来照顾陈健康好了。

她也没什么医疗知识，所能做的也就是全凭着当妈妈的直觉。陈天佑倒是很果断，在得到这些解答后，很快就去调阅了各种关于幼儿急疹的资料，等再回来的时候，刘乐乐明显能感觉到陈天佑做事变得沉稳起来，不再像昨天那样傻乎乎的了。

她知道陈天佑这是缓过来了，刘乐乐到此时也有了主心骨，他俩一直看护着小宝贝，照顾着小家伙的饮食，不断地观察小家伙的体温，就这么又熬了一天。到第三天，虽然白天孩子的情况没有什么变化，不过到了傍晚，刘乐乐能明显地感觉到孩子在渐渐地恢复，几乎是用肉眼都能看到的速度，小家伙从之前的病快快的样子变得越来越精神，到了晚些时候还吃了三碗粥呢。

刘乐乐这个开心，而且就跟小组员说的一样，陈健康在体温降低后，没多久就起了一些疹子，这下刘乐乐终于是长出了口气，她知道她家的小家伙还真就是得了这么一种普通得不能再普通的病。

不知道是不是从此后小家伙的人类基因被唤醒了，之前一直各种超能宝宝样的陈健康，后来又生了几次地球小孩子才会得的小病。

虽然多操了很多心，不过在那个过程中，刘乐乐也发现了，这个无所不能的简直就跟小超人似的小家伙终于也像个地球的小孩子了，也会腻着妈妈，也会病恹恹地，会靠在妈妈的怀里撒娇，那样子简直就跟个小萌物似的。而且，在医疗组的努力下，也终于尝试着找到了一些适合陈健康吃的药物。

刘乐乐心满意足地想着，世上的事儿就是这样，没有十全十美的小家伙，虽然她多少有些遗憾，不过拥有地球孩子一面的小家伙比以前更可爱了些，也更像人类的小孩子了。

7

陈健康现在可是家里的小宝贝了，不过小家伙也真是家里一宝，只是随着岁数增长、活动力增强，刘乐乐变得总围绕在陈健康身边了。

陈天佑是个老实人，虽然身份早已经不能用“老实”两个字来形容了，可是在关于刘乐乐的事儿上，他可是从始至终都老实如一，哪怕是有了小家伙后，刘乐乐对他的各种疏忽，他也没在意过，反倒每天都喜滋滋地看着自己的妻儿在一起玩。

可是时间久了，哪怕是泥人也有点气性，一直被冷落的陈天佑在某天终于是有点按捺不住了。这个陈健康还有完没有啊，让乐乐讲故事就讲嘛，一个讲完了还有一个，这已经是今天晚上的第三个了！

陈天佑郁闷地走了过去，推开孩子房门的时候，原本堵在嗓子眼的话却一句都说不出来，因为那场景实在是太温馨了，在一堆可爱的毛绒玩具中，刘乐乐把孩子抱在腿上，正笑眯眯地讲故事呢。

陈天佑也就放慢了脚步，走了过去。

他默默地坐在刘乐乐的身边，不知过了多久，说完童话故事、准备找别的书的刘乐乐才看到陈天佑，不过此时她腿上的孩子已经昏昏欲睡了。

她也就笑着把小家伙抱到小床上，又给小家伙盖上了被子，然后跟着陈天佑轻手轻脚地走了出去。

到了外面，刘乐乐才想起什么似的，忽然问他：“你是有事儿吗？”

她停顿了下，忽然就捂住嘴巴哎了一声，赶紧道歉说：“对了，你今天说有事儿要跟我说的，是什么事儿？我光顾着哄孩子了，都忘了！”

“没什么。”陈天佑握着她的手，把她领到天台上。

夏天的天台上绿葱葱的，除了一些宽叶植物外，还有好几盆花在开着，过去的时候，隐隐还能闻到一些花香。

刘乐乐深吸了口气，她倚靠在陈天佑的肩膀上。他的身体跟普通人有些不一样，不管多么努力，都听不到他的心跳声，起初她还紧张过一阵，不过等习惯后，她也就坦然了。

微风轻轻地吹过，让她想起好多以前的事儿，她跟他的相识，小时候的两小无猜，还有长大后她跟家里抗争非要嫁给他的决心，带他来到城市，她努力地工作……还有过去经历的那些戏剧化的事儿，每一件事都那么神奇……

但最主要的是不管经历了什么，他们都熬过来了，现在她觉着很幸福，这就足够了。

正这么想着呢，刘乐乐忽然听到一声很响的声音，然后，她就看到一个超级漂亮的烟花在半空绽开了，霎时半个天空都被照亮了。

刘乐乐当下就惊住了，她张了张嘴，一脸不可思议地看着这一切，随后是第二个、第三个，无数的烟花在天空绽开，还有笑脸!

这太不可思议了，她都要看傻眼了。

这是怎么回事？为什么会有人放烟火？而且还放这么多烟花。到最后整个天空都被盛开的烟花给占满了，她只能仰着脖子看，觉着天空好像变成了漂亮的画布一样。

不过很快她就反应过来，这肯定是陈天佑干的，他们所住的地方附近都是陈天佑的势力范围，他的属下都在附近，有人在这儿放烟花他不可能不知道的。

她一把抓住身边的陈天佑，急急地问他："这是你让人放的吗？是为了纪念什么吗？"

"还记得当初咱们第一次约定的婚期吗？"陈天佑表情温柔地望着她。

刘乐乐一下就想了起来，还真是今天。当初她还不知道他的真实身份呢，两个人每天都甜甜蜜蜜地，装修房子，买家具，还把结婚的日期定了下来，而那时候定的日期正是今天。

这是陈天佑在做纪念呢!

只是感觉好浪费，刘乐乐望着那些转瞬即逝的烟花，想到她以前跟陈天佑在广场上看过别人放烟花，她喜欢是喜欢，可是总觉着那种东西不长久，每次放完了都会觉着有一点点伤感。

尤其是整个天幕从那么喧嚣热闹变得那么冷清的时候……

就好像知道她在想什么一样，陈天佑忽然开口说道："这不是真正的烟花，这是用最新的技术做的立体图形。”

“啊？！”刘乐乐都要惊呆了。

她张大了嘴，看着这个所谓高科技的产物，过了好半天，才长长地呼出了一口气说：“我的天啊，这可太漂亮了！”

她微笑着看向身边的陈天佑，她明白这一切多半是这家伙为她特意做的，就因为她不喜欢转瞬即逝的烟花。

她微笑着抱住陈天佑，幸福地笑着。

（本文完）